乡野传奇集

XIANGYE
CHUANQI JI

於可训 著

百花洲文艺出版社
BAIHUAZHOU LITERATURE AND ART PRESS

图书在版编目（CIP）数据

乡野传奇集 / 於可训著. — 南昌：百花洲文艺出版社，2021.9
ISBN 978-7-5500-4343-5

Ⅰ. ①乡… Ⅱ. ①於… Ⅲ. ①短篇小说—小说集—中
国—当代 Ⅳ. ①I247.7

中国版本图书馆CIP数据核字（2021）第148532号

乡野传奇集

XIANGYE CHUANQI JI

於可训　著

出 版 人	章华荣	
策划编辑	程 玥	
责任编辑	刘 云 程 玥	
特约编辑	黄博文 刘云菁	
封面设计	仙 境	
版式设计	彭 威 刘洪平	
封面插画	陈菲菲	
出版发行	百花洲文艺出版社	
社 址	南昌市红谷滩区世贸路898号博能中心一期A座20楼	
邮 编	330038	
经 销	全国新华书店	
印 刷	南昌市红星印刷有限公司	
开 本	720mm×1000mm 1／16 印张 19.25	
版 次	2021年9月第1版	
印 次	2021年9月第1次印刷	
字 数	230千字	
书 号	ISBN 978-7-5500-4343-5	
定 价	45.00元	

赣版权登字 05-2021-274
版权所有，盗版必究
邮购联系 0791-86895108
网 址 http://www.bhzwy.com
图书若有印装错误，影响阅读，可向承印厂联系调换。

见证小人物生命里的大场面

目录

元　贞

清早起来，元贞的一泡尿，总要送到我的窗户底下屙。这小子尿劲足，只听得窗户底下一阵乱响，不是雨打芭蕉，是雨淋乱草。他挺着小肚子，龇牙咧嘴，一定畅快极了。

这时候，妈就开始在被子里用脚蹬我了，起来，起来，元贞都尿了。

我就起来了。就着天光穿上衣裤，摸索着拿起鱼篓，冲出门去。

元贞在门口等我。

顺着田间的小路往前走。我说，你小子真能屙。元贞说，不光是我，我家猪娘也屙。我说，难怪，婆娘屙得破雨淋。元贞说，那是说人。我说，猪也一样，比人还厉害些。

很快就到了队上的打谷场。元贞爬上草堆，扯出一捆稻草扔下来，我接着背在背上，相跟着走进旷野。

通往湖堤有一条路，把内湖切成两半。湖面上结了冰，看上去白生生的。稀稀拉拉的芦苇、荷叶，长在冰面上，像外公头上的乱发，遮盖不住头皮。

天冷得狠。元贞走在前面，猴着腰，不停地嗦鼻子。我背着草，背上暖和些，偶尔一抬头，脸上还是有刀锋掠过。

元贞猴精，低头走路，眼不闲着。川儿，川儿，快看，快看，冻着了一只野鸭。

我朝他指的方向看去，湖面果然有个黑点，一动不动，像一堆牛粪。

我说，捡吧。他说，不行，让它多冻会儿，早上冷，冻稳了，等会儿好捡。

到了下笼的水沟边。把背上的稻草分成两半，一半下水前用，一半上来再用。

元贞掏出火柴，哧的一声点着了草，天地间就跳出一团光亮，照着两个早起的少年，照着少年身边的湖水、稻田，照着湖岸上、稻田里的枯草，把沟里的水也染了颜色。

我和元贞面对面坐着，地上凉，往鱼篓里塞块土，当凳子用。烤了手又烤了脚，烤了前面，又烤了背面。把身子烤暖和了，就开始下水取笼。

笼是竹子编的一种纺锤形的捕鱼器具。腰身上下，对应安装一个漏斗形的须口，须口的尾部是柔软的竹片丛集之处，鱼进去容易，出来很难。将笼放置在流动的水沟中间，或田埂的缺口处，两边用泥堵住流水，让鱼顺水而下，或逆水而上，通过须口进入笼中，而后收笼取鱼。

春夏两季，是水流鱼动的季节，内湖的每一条水沟、每一块稻田都有鱼。把笼随意丢在有水流动的地方，不用两边堵泥，都会有鱼进到笼中。老辈人说，懒人下笼，愿者入内，是姜太公传下的法子。

秋冬两季，游鱼都深藏水底，只有不怕冷的小虾，在水草中闪烁，依旧十分活跃。

脱下鞋袜，赤脚下水那一瞬间，少不得要显示几分豪气。我和元贞吼着叫着跳进水沟，各自提起了隔夜放置的竹笼。一阵哗哗啦啦、喊喊喳喳的水滴虾跳过后，手里的竹笼顿觉沉重。

爬上沟岸，把一笼的小虾倒进鱼篓，又点着了火，烤冻僵了的手脚。还是稻草的火焰，却像针一样扎进皮肉。一会儿手脚麻痒痒的，有无数的虫子在咬。元贞笑嘻嘻地望着我，隔着火，脸像个裂开的石榴。元贞嘴阔、牙白，生就的地包天。他说话，我总怕他的下牙咬了鼻子。

他说，我敢吃生虾，信不信。我说，信。

就随手拿起一只活虾，丢进口里。并不嚼，只张着嘴，让虾在舌面上跳跃。雪白的牙齿像半圈护栏，围着舌头像猩红的地毯，一个通体透明的精灵在上面跃动。风吹着火焰，发出呼呼的声音，天地都在看着这个含虾的少年。

元贞真的吞下了这只虾。又笑嘻嘻地说，走，捡野鸭去。

踩灭了火灰，朝村里走去。天已大亮，湖面上的景物看得清楚，果然是一只野鸭。昨夜许是贪食，错过了结冰前起飞的时间，如今被牢牢实实地冻在冰面上。

元贞说，我来。就用一根树枝探着冰面，小心翼翼地向野鸭靠近。走了两三丈远，快够着野鸭了，他突然停下来说，你来，你来，我手太短。

我毫不犹豫地冲上冰面，三步两步就到了他身边。他说，再往前走几步，就够着了。你先抓的，你多分一点。说完，就退到我后面。

我继续向前，又走了几步，伸手抓住野鸭的翅膀。突然脚下一阵碎响，冰面裂开了一个大洞，我连人带鸭跌进了深水沟里。

元贞救起了我。我的衣服鞋袜打得透湿，身子瑟瑟发抖，牙齿咯咯地打战。元贞说，草没啦，烧不成火，跑吧，跑起来暖和些。

就背起鱼篓拼命地跑，到家了，浑身还是结成了冰枷子。

元贞的妈是我的堂伯母，我叫大娘。大娘说，川儿吃了亏，鸭子多分点。我得了连头颈带腿的半边，元贞那半边没有头颈。妈说，大娘就是精。

元贞送鸭子过来时，我才看清，他这天穿了一身新衣裤。我说，行呀，元贞，就过上年啦。

元贞龇着下牙说，要不是这，你就掉不了沟里啦！

我说，原来你狗日的晓得前面有沟哇。

元贞说，是。我七哥前年穿新的，八哥去年穿新的，今年轮到我，死也不能打湿了。说完，转身走了。那样子，是比往年神气。

元贞走后，妈说，比他妈还精。我说，妈，别怪他，他家人口多。

正说着，元贞家传来叫喊声。是队长找到他家，说烧了队上稻草的事。大娘说，队长，莫怪，我把他的屁股打成两半。

队长说，屁股本来就是两半。他说了大家都笑了。

队长走后，大娘对我和元贞说，小气！烧一捆稻草么样，下次扯两捆，烤暖和些再下水。

归　渔

腊月里，临近过年的十来天，村子里有一种奇怪的躁动。

女人把砧板刮了又刮，把刀磨了又磨。老人把挑担整了又整，在村口望了又望。孩子们欢天喜地满村巷乱跑，猫儿亢奋得房前屋后乱叫。

连狗也耐不住寂寞，时不时要对着村人汪汪几声。

下湖拉索的人要回来了。

元贞的嫂子眼尖，头一个瞄见村道上出现的人影。大元，大元，也不管是不是自家男人，就扯着嗓子喊开了。

围在村口的人都扯着嗓子喊开了。一个名字被无数次地重复着，用不同的呼号重复着。许多名字被搅和在一起，被不同的声音重复着。从老人、小孩、男人、女人嗓子眼里冒出的热气，在村口漫成一团，随着声波向旷野弥散开去。

就有人扛起挑担迎着归人奔去，许多人也扛起挑担紧随其后。

各家都准备好了接鱼的人。拉索的人是不带鱼回家的，他们是英雄，英雄是不负责回收战利品的，他们要接受灵与肉的供奉。

元贞的哥一进门，就把他嫂子按在床上，屋子里顿时发出一阵厮打之声。元贞的十弟说，我哥又打嫂子了。元贞说，不是打，是杀。

这天傍黑，村里的女人都遭遇了一场疯狂的屠杀。村巷里，到处可以听到各种古怪的撞击声。

然后各家的女人从屠场上站起来，拢一拢头发，整一整衣衫，推一把馋嘴的男人，指着桌上的饭菜说，不够吃这个，就提起砧板、菜刀，奔向另一个屠场。

队里的打谷场上，已是灯火通明。各家挑回的鱼，堆成了一座一座的小坟包。女人熟练地围着坟包坐下，盘着腿，把砧板用土坯垫着，就开始杀鱼。

她们管杀鱼叫驰，不叫杀。叫杀太凶，叫驰柔和些，驰是刺的别音。刺是古音，读走了就是驰。所以，驰鱼，驰鱼，快点驰，快点驰，就成了这天晚上所有女人最文雅的交际语言。

驰鱼是技术活，也是力气活。女人一边唠着家常，一边开膛破肚。纷飞的鳞片在灯光下闪闪烁烁，不同颜色的鱼杂，被分置在身边的筐篮内。孩子们在鱼堆间穿出穿进，拿鱼当武器互相打闹。各家的猫静静地守候在主人身边，等着随手丢出来的赏赐。也有哪家的猪娘在旁边哼哼，那多半是刚下了仔等着鱼杂作为营养。狗是永远忠实的看守者，尽管不沾一点儿荤腥，依旧这儿嗅嗅，那儿闻闻，不停地在鱼堆边逡巡。

夜半时分，冷月升上高空，灯火渐渐变得昏暗。孩子被老人拉回去睡了。猫饱餐过了，蜷缩在谷垛边打盹。狗也停止了巡逻，半蹲在主人身边，望着已被主人削平了的坟包，耐心地等着送主人回家。

大元的媳妇打了个长长的哈欠，对坐在附近的桂花说，莫闭着嘴，砍个鬼噻，哎呀，困死了。

他们把讲故事叫砍鬼，大约故事里都有鬼，鬼不吉利才要砍。

桂花是山里嫁过来的，人老实，叫她讲，她就讲。

还真的有鬼耶，我家五火讲，他们这次拉索，就遇到鬼。

听说遇到鬼，女人都停下了手中的活计，催桂花快讲。

那天下湖，六火、七火兄弟拉着两个索头，顺水往东南走，麻索吃了桐油、猪血，又硬又重，落在泥水里，拉成个半圆，要多大力气。

莫说，莫说，这个我们都晓得。砍鬼，砍鬼。女人们都等不及了。

五火他们几个提着赶网，跟在后面，穿着齐胯裆的牛皮腰靴，在膝盖深的烂泥里往前赶。

桂花继续不紧不慢地往下讲。

麻索在水下碰到一条鱼，翻起一个水花，就伸手抓到网里，又碰到一条鱼，又翻起一个水花，又抓到网里……

又碰到一条鱼，又翻起一个水花，又抓到网里。你撩我们呀，快讲，快讲，砍鬼，砍鬼。女人们都愤怒了。

桂花笑笑说，莫急嘛，听我讲噻。五火说，先拉得好好的。突然，湖水在眼前打起旋来，往东南流的水，改西北方向了。水底下的鱼，也不用碰到索，就都翻出水花来了，湖面上哗哗啦啦，闹了足有大半天。

后来呢，女人显然都为自家的男人揪着心。

后来呀，就听到鬼叫，喔喔喔喔——咿咿咿咿，喔喔喔喔——咿咿咿咿，喔喔喔喔——咿咿咿咿，一男一女，还是两个鬼耶，这个叫，那个应，吓死个人。他们越叫，湖水旋得越快，搞得五火他们天旋地转，站都站不稳……

怕是在叫春吧，也太早了呀，这还是寒冬腊月呀，搞那事就不怕冻坏身子。

是你家五火被女鬼迷了吧，叫几声就软了腿，这要是粘上了，还不变成一坨糯米糖。

接下来是一阵开心的哄笑。笑够了，又接着问，再后来呢。

再后来呀，再后来湖水成了一锅粥，不知是向东南还是向西北，湖面又大，方圆上百里，望不到边，又辨不到方向，就困住出不来了。

那么办呢，女人的神情，仿佛事情正在发生。

么办哪，豆瓣。幸好他们那天干粮带得足，要不，非冻死饿死不可。挨到晚上，才望着天上的星星走出来。

呀，真是见了鬼耶。女人都如释重负地笑了。

不是鬼，是翻湖。

不知什么时候，睡了一觉的男人都起来了。大元冲着桂花笑笑说。

么叫翻湖呀。桂花听不懂。

么叫翻湖呀，我也不懂。听老人说，是有人堵住了通往长江的出口，湖水倒灌，打起旋来，翻起花来，人就晕头转向了。

谁有这么大能耐呀！

谁呀，大元说，我爷爷说，光绪年间，他碰到过一回，是洪帮大爷卢胜堂干的，为的是争一片湖产。我爹说，日本人来的时候，他也碰到过一回，是县太爷邱秉梁干的，学三国上的水淹七军，为的是挡住日本人。这回让我碰到了，就不知为啥。

听说是政府在修水闸。谁家的女人冒了一句。

好呀，修水闸好呀。大元的话显然引不起女人的兴趣，纷纷打着呵欠，伸着腰臂，说，去回吧，去回吧。

各家的男人帮女人收拾完残局，都相跟着回家睡觉。

天麻麻亮，还捞得上睡个回笼觉。

被窝冰凉。大元抱着自己的媳妇，拿起她的手问，驰了一夜的鱼，痛吗。媳妇说，不痛。

媳妇摸着大元的大腿根问，还要吗。大元说，不要，留着吧，睡。

又摸，又问，牛皮靴硬，扎得疼吗。大元说，惯了，不疼，睡。

元贞的十弟屙完尿，钻进元贞的被窝筒子说，我哥不打我嫂了。元贞说，不打了，总打不打死了。

村巷里听不见人声、犬吠、猫叫，都趁着天光补足这一个回笼觉。

精　古

　　精古不是个文词儿，是个口音。从不同口里出来的，不一样。精骨、精怪、精瓜、精哥、精狗的，随你怎么叫，都晓得是一个人。这个人就这样没了名字，又有许多名字。

　　姓氏名谁不晓得，何方人氏不晓得，因何而来也不晓得。不做坏事，也不害人，长年在湖岸上落脚，搭个草棚子，吃睡都在里边。没看见有人来往，也很少外出走动，一年四季在湖边安营扎寨，没人理，没人管，死活队上都不问。查人口的问下来，队长说，他是精古，不是人。

　　精古是湖上的一道风景。热天脱得精赤条条的，往湖水里扎猛子，屁股一撅，腿一跷不见人，钻出水来，两手都是鱼。把鱼放在鱼篓里，又一个猛子扎下去。鱼篓固定在一块木板上，木板浮在水面上，有一根细绳与他相连，他在水里钻到哪，木板和鱼篓就游到哪，像水面一朵流动的睡莲。

　　冬天摸脚迹是他的绝活。也脱得精赤条条的，不论刮风还是下雪。下水前先对着酒壶喝上几口，然后漫不经心地走进冰凉刺骨的湖水里。永远是小山边的那个湖汊，说是有胶泥，踩下去一个深深的脚印，顺着脚迹插上一根根细长的竹条子，从湖汊这边插到湖汊那边，密密麻麻的，像冬日的芦苇。

　　照常是在头半夜踩上脚印，插上竹条，天蒙蒙亮就下水取鱼。踩脚印是站着的，齐腰齐胸深的水都有。取鱼时得蹲下身子，伸手到脚印里去摸，人就得整个身子都没在水里。脚印是个窝，有人的体温，鱼把它当了床，蜷在里面，一动不动，只等你伸手去抓。没人看见他什么时候踩脚印，也没人看见他什么时候下水取鱼。但所有人都听见了他下水取鱼时发出的声音，喔喔喔喔，喔喔喔喔，喔喔喔喔，喔喔喔喔，又尖又细又长，像唱，又像叫，初听时说是人声，后来都说是鬼叫。

不管是人声还是鬼叫，这时候，湖汊那边的小山上，就有回声传来。咿咿咿咿，咿咿咿咿，咿咿咿咿，咿咿咿咿，同样又尖又细又长，像人声，也像鬼叫。

山上有个观，又有一座庵，观名清风观，庵名水月庵。观中没有道士，庵里有个尼姑。乡里的婆娘爱嚼舌根，就把这喔喔咿咿的声音，派给了湖汊两边的这两个人。不是他俩，能是谁，难不成真有鬼，说有鬼是迷信，你们谁见过。婆娘们这样说，男人也只能点头称是。

有一年清理队伍，一个敌人都不能漏网。村里的都清完了，工作组忽然想起了精古。精古就成了特务，尼姑也成了女特务。敌人实在太狡猾了，他们潜伏得实在太深了，就在我们眼皮子底下还不知道，还不当回事，可见我们丧失了警惕性。工作组长这样说。就把他们抓起来了，押到队上来审问。

村里人见过精古的不多，见过尼姑的没有。把他们押到审问台上，当着面，想怎么看就怎么看。结果上台审问的没话说，台下的后生媳妇倒叽叽喳喳地说个没完。大元说，这娘们年轻时一定俏死个人，你看人家那模样，要鼻子有鼻子，要眼睛有眼睛，哪样都不缺，女特务就是俏。

就都回过头去看大元媳妇，笑她缺鼻子少眼睛。

大元媳妇却看着精古不眨眼，扯扯桂花的胳膊说，你看你看，都四五十岁了吧，胯裆里还有一大坨。桂花说，你就喜欢那，不害臊。

大元瞟了她们一眼说，不看了，不看了，去回，去回。大元媳妇说，去回搞么事呀，看哪，看哪，让你看过够，省得半夜里想起来把我不得了。

审不下去了，工作组就来扭转方向。组长说，谁派你们潜伏的，你们的上级是谁，给你们布置了什么任务，电台在哪里，密码本在哪里，同伙在哪里，通通都说出来。最后领着大家喊口号，坦白从宽，抗拒从严，敌人不投降，我们就叫他彻底灭亡。精古答不上来，尼姑也答不上来。问急了，一个喔喔喔喔，一个咿咿咿咿，学鬼叫呢。还是工作组长英明，说，不审了，瞎耽误工夫，他们是哑巴，两个死哑巴！

后来有一年，县志办来了人，说是民国年间，本县有一位国民政府的参事，退休后在湖中的那座小山上修了一座别院。参事本人笃信道教，夫人却是一个虔诚的佛教徒。为了尊重彼此的信仰，就在山上另建了一座道观，一座尼庵，分请老道、老尼主持，又为这老道、老尼各派了一个弟子。这两个弟子正值青春年少，虽自知是出家之人，却禁不住荡漾春心。整日在一起采莲、荡舟、淘米、打柴，一来二去，日深月久，有一天竟偷吃了禁果。

出了这样的事，师傅蒙羞自不必说，参事本人也叫苦不迭。原以为找两个哑巴可以相安无事，谁知道语不通情通，可见古人言之不谬。就摇头晃脑地念诵起来，情动于中而形于言，言之不足，故嗟叹之，嗟叹之不足，故咏歌之，咏歌之不足，不知手之舞之，足之蹈之也。我怎么就忘了言之不足，还可以手脚并用，一样可以做出那事呢。于是将小道逐出山门，却将小尼幽禁尼庵。这哑巴小道不知在哪儿流浪多年，有一天忽然又跑回来了。好在江山易主，无人追究，就不声不响地在这湖汊边安了家。

这以后，湖汊两边就有了喔喔喔喔、咿咿咿咿的鬼叫声。

听了方志办老师的话，人们自然对这一对哑巴男女多了几份尊敬，觉得他们给乡梓增了光，乡里还计划将他们的故事开发成旅游产品。

后来，精古和尼姑都活到了八九十岁，世道变了，他们没变，也没人要他们变，就这样，年复一年地装扮着湖上的风景。

乡里想趁他们在世时，把这个旅游项目搞成。要在山上大兴土木，重修道观，再造尼庵。又从县里请人下来，规划设计，撰写脚本，忙得个不亦乐乎。

又过了些时，大元下湖回来说，这几天怎么没听见精古的叫声。村长就叫大元打发几个后生去看看。去看的后生回来说，精古不知道什么时候死在湖上了，精赤条条的，平躺在水面上，围着山打转，怎么弄都弄不上来。

村长说，么办呢，大冬天的，不把尸体弄上来，就冻在湖面上了。吓都要把人吓死，还搞个屁的旅游呀。

生　人

　　村里有一男一女两个生人。不是生熟的生，是回生的生。就是煮熟了的米饭回了生的意思。村里人说，明明是好端端的一个人，却要向畜生学习，学着学着，就忘了自性，沾染了畜生的习性，与畜生合了群。他娘好不容易把他生成个人，他却回过头去随了畜生，就像煮熟了的米饭又回了生，可不就是生人。

　　村头胜华家有个儿子叫秀，秀就像他的名字一样长得眉清目秀，他娘养的儿子多，缺个闺女，从小就把他当闺女养，穿着打扮，与女孩儿没有两样。秀也就把自己当了女孩儿，举手投足，都向女孩儿学，从不跟男孩儿玩耍，只往女孩儿堆里扎。这一来二去的，等到他成年了，女人的胚子也就养成了，不但从外表上，看不出来是个男的，骨子里也透着那么一股子女人气。

　　有一年，村里来了个黄梅戏班子。秀家房子多，队长让住秀家，在他家吃供饭。演七仙女的小演员十五六岁，与秀一般大，秀一见就喜欢上了。整天跟出跟进，连早上吊嗓子，晚上练功也跟着。到睡觉的时候，赖在戏班子的地铺上不走，硬要跟他们挤着睡。好在是大家挤在一起睡地铺，各睡各的被窝，就像北方人的大通炕，没有什么危害性，也就由着他了。

　　演七仙女的小演员有个癖好，喜欢模拟各种小动物的声音。乡下小动物多，猪狗牛羊、鸡鸭猫鼠的，应有尽有。这小演员就趁着早起练声的机会，到人家的猪圈旁、鸡笼边学这些小动物的声音。秀对村里的情况熟，知道哪家养的多，一大早就带着小演员满村子转悠。渐渐地自己也染上了这个癖好，而且学起来比小演员还快，模拟得比小演员更真实。有天半夜，睡在地铺上，一个学老鼠，一个学猫叫，硬是把戏班子的人都闹起来了，打着电筒到处赶老鼠。等到黄梅戏班子离了村，秀也就落下了这个毛病，从此不跟人来往，只往家禽家畜的圈里扎，成了他们的队长。到后来，他叫，它们也叫，他不叫，它们就不作声。秀就这样整天跟着这些家禽家畜满村子转悠，乐不思归。秀的妈说，这孩子疯了。村里人说，好在是文疯子，不打人。

村后胜利家有个女儿叫明，明虽然是个女孩，却长得五大三粗，老门老嗓的，说起话来像个男人。像秀的妈一样，明的妈养的儿子也多，也缺个小妞，虽说明像个假小子，有这么个假小子的妞，聊胜于无，就这么养着了。偏偏明的爹习武，是远近有名的教师爷，正愁如今武运不昌，想收个徒弟都难。先前想在儿子中，找一个有根基的，教他习武，好传承自己一身的功夫。可这些不孝之子，不是嫌他的武功不正规，就是说习武不能当饭吃，都不愿跟他瞎耽误功夫。撞上了这么个闺女，正好拿来当徒弟，教她练把式。明自小见惯了爹用武术招式跟她逗乐子，耳濡目染，已有几分喜爱，就真的跟爹当了徒弟，练起了功夫。

明的爹从小习武，并非正宗门派的传人，不过是一般男孩的习性，喜欢舞枪弄棒，挥拳踢腿，显示一点男儿本色罢了。那时节村里常有杂耍班子来，趁机也学了些花拳绣腿。但他最喜欢的，还是自己琢磨的那些动作。这些动作，不属哪家门派，倒与村人见过的猴拳、蛇拳相似。只不过从他的动作中，能看出更多动物的影子。

明爱的，就是她爹自己琢磨的这点功夫。

学了爹的功夫，还觉不够，自己又留心琢磨，乡下孩子没进过动物园，不知狮子、老虎啥样子，就琢磨上了身边的家禽家畜。但凡猫子上房，小鸡啄米，母猪拱土，老牛拉犁，鸭子凫水，公鸡打架，只要这些活物有点动静，都是她琢磨的对象。这样琢磨起来，没几年，明也成了村里家禽家畜的领袖。她走到哪，这些禽畜就跟到哪。她不走了，它们就扎堆攒在一起。明也像秀一样，整天跟着这些家禽家畜满村子转悠，乐不思归。明的妈说，这孩子疯了。村里人说，好在是武疯子，不想女人。

村里有这样两个宝贝，自家人闹心，别人也不好受。两家人到处求医问药，都说不好治。秀的爹埋怨秀的妈没把儿子管教好，明的娘怪明的爹不该让女儿习武。但埋怨归埋怨，终究于事无补。

有一天，村里来了个记者，说是采访禽流感后家禽的饲养情况，无意间听说了秀和明的故事，看到了村里的这幅景象，很感新奇，回去后写了篇文章，题目叫《和谐乡村的变奏曲》，登在报上。不久，县里就有人带着一些专家下来，在村里开了一个现场会，专门研究人和动物和谐相处的现象。开会前，让秀和明与众多家禽、家畜做了现场表演，然后就开展学术研讨。研讨会上专家说的话，村民都听不懂，只知道会后村长传达说，从今往后，我们大家都要向秀和明学习，与各家各户的猪马牛羊、鸡鸭猫狗和睦相处，说这有利于建设和谐农村。

就有人问，那以后还杀不杀鸡杀鸭，吃不吃猪牛羊肉。

村长说，那是自然。要不，还不把人寡淡死了。

大家就笑。

又有一天，秀的妈和明的妈在一起看电视，看到电视上有个人跟羊抵角，抵了半天，也没抵出个输赢。秀的妈就跟明的妈说，可惜电视台离得远，要不，也把咱秀和明的绝活，拿到电视上去秀一秀。

秀和明从没想过要到电视台去秀他们的绝活，他们也不会这样想。他们只是年复一年、日复一日地与村里的这些活物在一起，他们和这些活物是朋友。村里的人过他们的日子，他们和这些活物也过属于他们的日子。他们和这些活物是村里的另一个部落，他们是这个部落的酋长。只有他们才懂得这些活物的语言，只有他们才明白这些活物的行为，知道它们的喜怒哀乐，他们是这些活物的精灵。

追 鱼

村里有个杀脚鱼的，名字叫细火（读虎）。细火是个寡汉条，这儿的人叫孤佬，跟一个傻弟弟一起生活。傻弟弟也没结过婚，两兄弟相依为命，家里虽然缺个女人打理，却不愁吃，不愁穿，比一般人家的日子过得还要安生。

细火有一手绝活，就是杀脚鱼。这儿的人把鳖叫脚鱼，把抓脚鱼的活计叫杀脚鱼。大约是抓脚鱼的人大多不用网，也不用钩，而是用叉，一叉下去，直透鱼背，岂不是杀。细火抓脚鱼所用的家伙就是一把大钢叉，只是这叉有点特别，人家的叉是五齿，他的叉是七齿，人家的叉长七寸，他的叉长九寸，七齿张开，一字并排，入土九寸，深及泥芯，任多宽的湖滩，多深的烂泥，只要细火的钢叉像篦子一样地来回篦过几遍，偎得再深、藏得再巧的脚鱼，也别想逃脱。细火因此得了一个外号，叫"绝户"。

这"绝户"二字虽然恶毒，但放在细火身上，倒也切合实际。一者自然是说他杀脚鱼的技艺高超，所到之处，鱼户皆绝；一者又显然是暗指他断了香火，后继无人。有这么一个"绝户"在身边，村里人就免不了要编出许多故事。说是细火曾经差点就有个老婆，那是在他二十多岁的时候，家里给他说了一门亲，新婚之夜，新郎新娘行礼已毕，正簇拥着要进洞房，有人在他耳边嘀咕了几句，说是今天早起下湖，看见了一个大脚鱼的足迹，朝西北方向的许家岔去了，那脚鱼没有十斤也有八斤，来人不无夸张地说，他追了一天没追上，这才回来告诉他，想不到正撞上他的大喜日子，可惜，可惜，实在是可惜。

这事儿要放在旁人身上，就嘻哈一笑过去了，或者要说来人不识相，没见我正忙着吗，你小子存心想冲了我的喜事怎么的。可放在细火身上，就不一样了，他一听这事，就像着了魔似的，立马扯下胸前的绣球，头上的宫花，丢下新娘，扒开众人，跑进柴房，抓起他的七齿钢叉，就发疯似的跟着那人跑了。新娘等了一夜，到天亮还没见新郎回来，就被娘家人用一辆独轮车接回去了。

这件事村里人后来传说的是，细火和那人当即就顺着那只脚鱼的足迹追到了许家岔，又从许家岔追到了桂家墩，从桂家墩追到了吴家湾，从吴家湾追到了张家圩，从张家圩追到了胡家港，从胡家港追到了丁家汊，从丁家汊追到了孔家桥，最后在孔家桥一户人家的菜园里找到了这只脚鱼，拿回来一称，果然有七八斤，细火从此名声大震。

追到了脚鱼，丢掉了老婆，细火并不后悔，逢人便说，这婆娘没福气，本想杀个大脚鱼给她打副首饰，她没这个福分，就怪不得我了。从此不谈婚娶之事，把心思都用在了杀脚鱼上面，早起扛起钢叉下湖，傍晚回来，钢叉上就挑着两只鼓鼓囊囊的大麻袋，兴子起来了，有时候夜半时分还在湖滩上晃悠，天亮了回家就蒙头大睡。他这一折腾不打紧，这一带的脚鱼可就遭了大难。村里人说，湖滩上有细火的足迹，就没有脚鱼的足迹，老天爷让细火绝了户，细火让脚鱼绝了户。这"绝户"的名字就这样叫开了。

细火杀脚鱼，却不吃脚鱼，他说这东西黑乎乎的一坨，又蠢又笨，像泡牛屎，看着就让人恶心，他是吃不下去的。他杀脚鱼就是为了卖，换几个小钱让他和傻弟活命。可偏偏这地界的人也不兴吃脚鱼，所以细火虽然杀了那么多脚鱼，却一直未见卖出多少，更不要说发财不发财的事了，细火和他傻弟的生活也因此未见有多大改善。

细火的脚鱼生意不旺，除了没有多少买主，还有一层原因，就是细火的傻弟喜欢给脚鱼放生。细火杀的脚鱼多了，家中无处存放，就在院子里挖了一个大水池，囤在里面圈养起来。兴许是水池挖得太浅，也兴许是脚鱼善爬，每到夜半，常常有许多脚鱼从池子里爬将出来，钻到院子的各个角落，有的又顺着院子的杂物爬上窗台，水平高的便从窗台爬进室内，钻进室内的各个角落，甚至藏入屎尿桶内。乡下没有公共厕所，但凡起夜，无论屙屎屙尿，都屙在床头的一只粪桶内。有一次，细火的傻弟起夜，坐在粪桶上屙屎，正屙得起劲，突然觉得自己的屁股被什么东西咬住了，当即大叫一声，疼得站了起来，等到细火掌灯一看，才知是被一条脚鱼咬住了。细火知道，被脚鱼咬了，只有等到天上打雷才会松口，这夜半更深的，皓月当空，想必雷公也睡熟了，哪还管得了人间之事，只好用一把剪刀铰断了脚鱼的脖子，方才把傻弟的屁股从脚鱼口里解救出来。傻弟从此就对脚鱼生了畏惧之心，常常有事无事地要拿着一把大粪勺子，从池子里捞脚鱼出来，捞出来的脚鱼就顺手甩到院外，有那贪便宜的于是打发孩子见天到细火家周围捡脚鱼，细火的脚鱼也就日见其少。等到他有一日发现傻弟这败家的举动，却又奈何他不得。爹娘临终前托付他的事就是照顾好傻弟，不准打也不准骂。可这事，放在他这个傻兄弟身上，不打不骂，又如何阻止得了。细火只好听之任之，由他去了，就算是卖了这些脚鱼，给傻弟添置了衣服鞋袜，再说，他放的还能有我抓回来的多吗，想想也觉得这事儿没必要大惊小怪，说两句也就行了。

可让细火万万没想到的是，傻弟的这个举动不是说两句就能解决得了的，在他警告了几次之后，不但没有收敛，相反却变本加厉。忽一日，有人看见傻弟也像细火一样挑着两只麻袋出门，就问，傻弟，去哪？说，下湖。下湖干啥？说，回家。问的人知道他又发生了逻辑问题，笑一笑就让他走了。到了湖边，打开麻袋，一股脑儿把里面的脚鱼都倒进湖里，脚鱼得了自由，扭动着蠢笨的身躯，很快就消失在蓝色的湖水之中，傻弟望着四散的脚鱼，嘿嘿嘿地笑了。这时候，有一个一直在看着他放生的人走到他身边，问他，小兄弟，你在干啥？说，回家。那人说，对，回归自然就是回家，又夸奖了一句说，看不出来，你还有很强的生态意识哩。傻弟又笑，说，回家。说着就弯腰收拾麻袋，用扁担扛了转身回家。这人这才恍然大悟，自己也像傻弟一样嘿嘿嘿地笑了。

细火发现傻弟这个大规模的放生举动，依旧谨遵父母遗嘱，不打不骂，只是收了一应可供放生之用的工具，又在池上加了木盖，自此无事，只是细火的脚鱼生意依旧没有红火起来。

又一日，一个衣着光鲜的中年男子找到细火，说是要跟他订购一批脚鱼，条件是一只起码要五斤以上，裙边要厚，他要用这些脚鱼的裙边熬制一种裙胶，医用，大补，吃了可以补阴壮阳，延年益寿。来人开出了一个让细火想都不敢想的好价钱，细火扳着指头一算，就是只卖出一只，他和傻弟也好几年吃穿不愁。

这人走后，细火的心上却压了一块石头。他知道这人说的不是一般的脚鱼，而是此地特有的一种旱脚鱼，这种脚鱼不长在湖水里，却长在湖岸上，在湖岸边的土坎里打洞穴居，靠吃岸边的草根为生，因为不食螺蚌鱼虾，渔民便以为它餐风饮露，吸天地灵气，日月精华，久而久之，竟视为异物。细火知道，一般的旱脚鱼大的也不过二三斤重，要找五斤以上的谈何容易，心想，这不是成心为难我吗，这个钱不赚也罢。

话虽这么说，可细火终究放不下那个价钱。既存了这份心，每日里下湖杀脚鱼时也就格外留意。功夫不负有心人，终于有一天让他发现了一只旱脚鱼爬行的足迹，这脚迹印在沙地上，凸凹分明，清晰可见。两行脚迹之间，还拖出了一条差不多与身体等宽的浅槽。见这浅槽，细火心中暗喜，根据他的经验，这注定是只抱蛋的母脚鱼，这会儿正想找一个地方产卵。可说来也怪，偌大的湖岸，高坡低坎，哪儿找不到一个合适的地方，偏偏要舍近求远，朝那高地上爬。又转念一想，这莫非就是传说中的脚鱼朝山，要是那样，想逮住这只脚鱼可就难了。老人说朝山的脚鱼有时候会爬行百十里，直到遇见一座大山为止，至于为什么要这样折磨自己，谁也说不清楚。有人说是为了朝拜山神，保幼仔平安，有人说是越爬得远，幼仔出壳越快。总之是要追到这只脚鱼，得带足干粮，做长途跋涉的准备。

细火从家里出发的时候，是夜半时分，日间他记住了脚鱼往高地爬行的路线，不用细看，就知道它爬行的方向。到天色大明，已来到一片树林，树林里杂草蓬乱，灌木丛生，须得拨开荆棘乱草，仔细查找，方才得见脚鱼爬过的痕迹。出了树林，又见一座裸露的山丘，虽然光秃秃的山石间容易辨认脚迹，却让细火汗湿了几层衣衫。下了土山，就是一片稻田，平畴千里，一望无边，细火就像一条小鱼，游弋其间，顺着田间小道，跨过沟沟坎坎，终于走到了岸边。出了这片稻浪翻滚的大海，又上了一条人来车往的公路，翻过公路，就见一方水塘，绕过水塘，又是一条羊肠小道，顺着羊肠小道过去，走到尽头，竟是一座小庙。细火认得，这就是远近有名的八卦山山神庙。到了，到了，追了一天一夜，终于追到了，听老人说，朝山的脚鱼，爬到这儿，就不再往前爬了。细火抬头一看，山神庙后，果然是一座大山，原来传说中的脚鱼朝山，朝的就是这座八卦山。细火心中一喜，顿觉身疲脚软，就想着要坐下来吃点干粮，抽几口黄烟，歇歇气再收拾这要命的冤家。

山神庙前有一片沙地，此刻，那只身躯硕大的旱脚鱼正钻头不顾屁股地把半个身子埋在一堆沙砾之中，翘起的短尾下，湿润的后窍在轻轻蠕动，一只脚鱼蛋正要夺窍而出，整个沙堆都在摇动。细火低头看得真切，心想，下吧，下吧，把肚子里的蛋都下干净了吧，就当你拉空了屎尿，我少赚几个就是。反正我也追到你了，你也朝过山了，咱俩谁也不用跑了。

正自言自语地说着，细火突然听见山神庙后有脚步声传来，等他抬起头来，只见一条大汉站在自己面前，冲他笑眯眯地说，老哥，好运气呀，见者有份，让兄弟也沾点儿光。细火一听，顿时急火上顶，情急之中，不由分说，便举起手中的钢叉朝脚鱼的颈脖处一叉下去，把那只正在下蛋的母脚鱼稳稳地钉在地上。那大汉一见，吃了一惊，俄顷又嘻嘻一笑说，老哥，下手太狠了，杀下蛋的母鳖，要遭报应的。说完，又哈哈大笑，转瞬就消失不见。

待细火惊魂甫定，突然发觉天地间有些异样，抬头一看，只见天上阴云四合，有隐隐雷声从远处传来，山间的冷风也飕飕飕地从四面八方卷地而起。他知道，一场酝酿了半日的风暴就要来了，适才只顾得了脚鱼，却忘了这半日的闷躁。正思谋着找个躲处，却见一束强光在天地间拉开了一道豁口，紧接着是一声炸雷劈头盖脸地砸将下来，插在脚鱼颈上的那柄钢叉就像被人平地拔起，嗖的一声从细火的头顶划过，杀到近旁的一棵树上。细火紧紧地抱住这棵大树，刚刚稳住脚跟，又是一道闪电，一声炸雷，噼里啪啦，噼里啪啦，细火抱住的那棵大树顿时被劈成两半，一团火光冲天而起……

数日后，县报登了一篇特稿，是省城来的一位环保人士写的，内容是呼吁保护本县一种特有的鱼类品种——旱脚鱼。文章还提到了他在湖区考察时与一位智障人士的对话，说连这位智力尚未完全开发的老弟都有一种天然的生态意识，况我等自称全智全能的正常人乎。

国　旗

　　国旗出生在 1949 年 10 月 1 日，出生那会儿，他父母还不知道数千里外的天安门城楼上，正在升起一面五星红旗，后来找小学的老师给他起名字，老师掐指一算，才发觉他出生的日子好生了得，就把这国旗二字送给了他。

　　国旗小时候颈上长满了疬子，像一个个小老鼠爬在脖子上，后来送去开刀，就留下了一圈疤痕，看上去像戴着项链。戴项链的国旗不喜欢上学，就喜欢捉鳝鱼。他捉鳝鱼也是受他爹影响，那时节正闹初级社，各家各户的田地还没有全部归公，国旗家土改时分得的那几亩水田，主要还由自家打理。这几亩水田地势较高，虽然过水还算方便，但却蓄不住水，常常莫名其妙地流失得干干净净，这让国旗的爹十分苦恼。到了稻子灌浆的时节，就整日里扛着一把铁锹，沿着田埂到处堵漏洞。堵到后来他才发现，原来这打洞放水的活物，竟是生性温和的鳝鱼，于是就放下铁锹，改捉鳝鱼。起先，国旗帮他爹打下手，提个鱼篓，跟在他爹身后，他爹捉到哪，他就跟到哪。后来，见他爹捉得一板一眼，有滋有味，也想试试。他爹也乐于把这点手艺传授给儿子，儿子学会了捉鳝鱼，田里的水就保得住，饭桌上还多了一道菜，该是多好的事。偏偏这国旗学别的东西汤水不进，学捉鳝鱼却无师自通，说是他爹教他，其实他早已心领神会，在他爹的指导下没捉过几条，就说出了一大堆心得体会，让他爹不得不刮目相看，没多久便将这主捉的位置禅让给儿子，自己改做了跟班侍卫。后来办高级社，自家的田地彻底归公了，捉鳝鱼的事就再也不用自己操心了。这本来是件省心省力的好事，没想到他爹却当上了高级社长，除了原属自家的田地，还管着更多的田地，捉鳝鱼的业务无形中也就跟着扩大了百十倍。因为事关社里的收成，把这事交给别人委实放心不下，还是交给自己的儿子可靠。反正这小子也不是块读书的料，家里有他姐读书也就够了，既然迟早要回来捋牛尾巴当社员，不如就让他兼着这活儿，好歹为家里挣几个工分，也省得他放学回家到处乱野。国旗于是就做了这兼职的保水员。

这事儿虽说是兼职的，国旗却做得比正式的社员还要尽心尽力。放学回家，一有空闲，就背上鱼篓到田畈去巡查。高级社田多地广，无数条田埂阡陌纵横，密如蛛网，像座棋盘，又像迷宫。国旗一条条地走过去，又走过来，看过了田埂的左边，又看右边，有时还要深入稻田腹地，追根寻源，找出鳝鱼进出的洞口所在。到了暑假，除了一日三餐，几乎都不落屋。他娘说这孩子得了魔怔，他爹却说，像个社员的样子，从小就要把集体的事放在心上。

说话间到了1958年，这年国旗九岁，上小学二年级。有一天，村里来了一帮人，住在他家后面的仓库里面，男男女女一大群，滚地铺，吃食堂，嘻嘻哈哈，有说有笑，国旗很喜欢跟他们在一起。这时候，国旗的爹已经当了公社二大队的大队长，管着湖区几个村的事。这帮人找他爹要个向导，说是要下湖去考察，队上的男人都上了各种会战工地，他爹就把这差事派给了他。他本来就不喜欢上学，这些时学校天天在炼钢铁，搞劳动，不正经上课，他也乐于接受这份新差事。

这差事其实极简单，比捉鳝鱼轻松，也比捉鳝鱼好玩。他只要带着这帮人在湖滩上到处转悠就行。他也不知道这帮人到底要干什么，一时问问湖里出产哪些鱼，一时问问湖里长了些什么草，哪一种鱼爱吃哪一种草，各种鱼的习性，在什么时候产卵，最大的有多重，哪个季节哪种鱼最多，村里人用什么工具用什么方法捕捞，还问他喜欢吃哪些鱼，他娘怎么弄给他吃，等等，等等。反正与湖里的出产有关的东西，他们都问了个遍。虽然这些问题他平时从没想过，但就像一日三餐吃喝拉撒，不用想他也答得出来。这帮人就像逗他玩儿一样，东问一句，西问一句，张三问一句，李四问一句，他都对答如流，一点儿也不紧张。有个人对他捉鳝鱼的事还特别感兴趣，问得也特别仔细。既然问到了他的专长，他也就眉飞色舞，不厌其烦地给这人讲了个够。这帮人于是就夸他真聪明，真能干，还说他是小小的鱼类学家，捉鳝鱼的高手。这些话他听了自然高兴，从此干脆与这帮人滚在一起，日里夜里都不回家。后来这帮人走了，他心里好久都空落落的，不是个滋味。他爹说，人家是来搞教育革命的，哪能总住在这里不走。从此他就盼着哪一天这帮人再来搞一次教育革命。

说来也巧，过了不久，这帮人当中，真的有一个又回来了。还是找的他爹，但这回不是要他派向导，而是要带国旗去省城，说是让他去现身说法，参加教育革命大辩论。这人跟他爹说的话，他一句都听不懂，也不想听，但让他去省城，他却是求之不得，连做梦也没有想到，当下就要跟那人出发。他娘不放心，要让他姐做个伴，他姐那年念初二，正好放假在家，就跟他们一起走了。

一路上的新奇按下不表，单说那天的辩论会场。一个大屋子里坐满了人，没有一千，也有八百。带他们去的人让他姐弟俩坐在台上，他虽然没见过这世面，但左顾右盼的，并不心慌。他见过队里开社员大会，乌泱泱的一大片，纳鞋的抽烟的，说笑的打闹的，乱七八糟，像赶庙会，谁讲话也听不见。这儿的人都规规矩矩地坐着，讲话一个一个地来，没轮到的就伸长脖子、张大嘴巴听别人讲。带他们去的那个人嗓门最大，话讲得最多，还时不时要回过头来问，小同志，你说是不是这样。他只顾看新奇，来不及回答，他姐就代他说，是。有时候，他听他姐说完是以后，还多说了几句，这人就特别高兴，还带头鼓掌，弄得他姐红着脸，低下头，很不好意思。有一次，台下有个年轻姑娘问，小同志，你捉鳝鱼碰到蛇吗，你怎么知道哪是蛇洞，哪是鳝鱼洞呢。这回不用他姐代答，他就脱口而出说，这也不晓得，蛇洞口是糙的，鳝鱼洞口是滑的。那姑娘紧追不舍说，为什么呀。他说，这也不晓得，蛇身上有鳞，把洞口刮糙了，鳝鱼身上有涎，洞口不就滑了。说着还要站起来比画，说他第一次错把蛇洞当成了鳝鱼洞，被蛇咬住的样子，弄得台下笑成一片。

国旗姐弟俩的这次省城之行，后来上了省报、县报，他俩的名声越传越大，事迹越传越神。说是他们用铁的事实，打破了权威的结论，破除了对书本的迷信，证明了实践出真知，教育要革命。还说他们为编撰一本叫作《水产志》的书做出了贡献，是参与这项工作的小专家。最后弄得老师也不敢教了，学校也不敢留了，就打报告到县教育局，省教育厅，想让他们跃进到更高级的学校。不久，上面果然批示了意见，同意当年暑期，由所在学校破格保送到更高级的学校深造。刚好这时候，县里办了个水产技校，省里办了个水产学院，姐弟俩这年暑假就分别被这两所学校破格录取，一个从小学跃进到技校，一个从初中跃进到大学。

拿到这两份录取通知书，国旗的爹娘没高兴一顿饭的工夫就犯了愁。再怎么穷也得为儿女办一套上学的行装，这一个到县上，一个到省城，不是说回家就能回家的，总要有一床被褥，两套衣服，几双鞋袜，还有洗脸毛巾，牙膏牙刷什么的，加上一口木箱，再少也得几百块钱。可这几百块钱到哪儿去找，队上的钱不敢动，亲戚朋友一样穷，卖田没田卖，卖房没人要，两口子合计到天亮一夜没睡觉。

第二天早上起来，国旗见爹娘愁眉不展，知道是为他姐弟俩上学的事犯愁，就说，这有何难，不就是几百块钱的事吗，捉鳝鱼卖去，我就不相信捉一个暑假的鳝鱼卖不到几百块钱。国旗的爹一听，觉得有理，心想，这小子人小鬼大，心眼不少，口气不小，就让他试试，好歹也是个历练。就说，好，从明天起，你捉鳝鱼不记工分，捉了让你姐帮你去卖，不够爹再帮你凑凑。

从这天起，国旗就背着个鱼篓，像游魂一样满田畈转悠。为避免重复，他用柳树枝制作了一些路标，已走过一遍的田埂，都插上标记。六月的田野，骄阳似火，刚翻过的早稻田，耙得平平整整，被犁耙搅得晕头晕脑的鳝鱼喘息方定，就忙着钻洞栖身，平整的泥毯上很快就出现了许多圆圆的小孔，国旗要的就是这孔中的活物。国旗当保水员的时候，主要捉的是在田埂上打洞的鳝鱼，并不经常深入稻田，这会儿的鳝鱼大多在稻田中间，每捉一条，都要拖泥带水，跑上跑下。刚割过不久的稻茬子埋在泥水下面，还没有腐烂，硬戗戗的，像锥子一样刺人。没几天，国旗的双腿就被戳得稀烂，血淋淋的伤口插入被骄阳晒得滚烫的泥水，钻心地疼。国旗忍着疼痛，睁大眼睛四处搜索，不放过田间的任何蛛丝马迹，眼睛看久了，被泥水的反光蒙上了一层荫翳，脑袋也像吹足了的气球一样发涨。终于有一天，他感到天旋地转，眼前一黑，就栽倒在一处田坎下面。等到家里人找到他，紧掐他的人中，又灌了几口凉水，才苏醒过来。望着满田满畈的绿色标记，国旗的爹娘不禁悲从中来，国旗的姐想到年幼的弟弟为了上学，吃这般辛苦，遭这般活罪，干脆放声大哭起来。

捉了一个暑假的鳝鱼，国旗晒成了一团黑炭，人也瘦了一圈，跟画上的非洲人差不多。他姐把卖鳝鱼的钱一清点，足有三百多元，够他们姐弟俩上学的路费和置办行装了，国旗的爹娘既感欣慰，又觉心疼，看看暑假将尽，开学在即，一家人就忙着做上学的准备。

临行那天，队上男女老少都到村口相送，公社和大队也来了一些干部，又敲锣鼓，又放鞭炮，还给他姐弟俩一人胸前戴了一朵大红花，这该是多大的事呀，百年不遇，千载难逢。有人说是国旗家的祖坟埋得好，有人说是国旗的名字起得好，也有人说，这都是讲迷信的老话，还是今天大跃进的时代好。只有国旗的爹心里知道，说到底，是自己从小教儿子捉鳝鱼捉得好。昨天晚上，一家人在灯底下说了一夜的话，国旗的爹始终不信，两个孩子就这样歪打正着鬼使神差地到县城省城上了学，直到这会儿，他心里还在犯嘀咕，难道天上真能掉馅饼，世上真有这么好的事儿。

国旗的爹让国旗先送他姐到省城，回头再到技校去报到。姐弟俩一路上又坐车又坐船，还住了一晚上旅店，这些国旗先前跟那个带他到省城的人都经历过，所以并不特别新鲜，他姐却好像是大姑娘上轿头一回，看什么都新奇，看什么都激动。一路上，她跟国旗谈大学，谈理想，谈毕业后的打算，自己谈得模模糊糊，也把国旗搞得一头雾水。国旗想，这都不要紧，只要姐姐高兴就行，他从小就佩服这个比他整整大六岁的姐姐，姐姐说什么他信什么，姐姐走到哪他跟到哪，村里人都说他是他姐的跟屁虫。现在，他又跟他姐去上学，虽然一个在县城，一个在省城，一个是技校，一个是大学，但此刻只要有他姐在就行。两个乡村少年就这样怀着满心的梦想，千里迢迢地来到了省城。

省城的码头很高，从船上下来要走很长的跳板，上了岸又要爬很多的台阶，姐姐挑着行李，他提着包袱，都气喘吁吁。终于到了码头的出口，就听见人声嘈杂，大呼小叫，乱哄哄地闹成一锅粥。通知书上说，学校有人到码头来接，只要看见一条写着江湖水产学院的横幅，就可以跟他们走。姐弟俩找了半天，也没找见横幅，就找码头上的人打听。那人指着墙上贴的一则告示说，怕是撤销了吧，你们自己看看。等他们挤进人群，见那告示上果然写着，接上级通知，对本省新建大学做如下调整，决定撤销的学校名单如下，如下中间就赫然写着江湖水产学院。姐弟俩把这几行字一个一个地钉进自己的眼睛里，来不及看下面的内容，就一屁股坐到地上。

回到家里，国旗的爹娘并没有什么不高兴，国旗学校的老师来说，这是上面搞的小调整，这一年的教育放卫星，上得太猛，学校办多了，就像人吃多了一样，消化不了，恐怕国旗也要做好思想准备，我在县里开会，听说水产技校也要撤销。老师说得很宛转，国旗的爹却听出了话音。老师走后，就对国旗说，我说吧，天上是不会掉馅饼的，你小子就是个捉鳝鱼的命。我看，你还是把队里的保水员兼上得啦，国旗于是又老老实实地干起了他的老本行。

我最后一次见到国旗是在三十多年以后，那时节，他已经是远近有名的养殖专业户。这天，他把我带到他的鳝鱼养殖场，指着星罗棋布的养殖池说，还是我爹说得好，我就是个捉鳝鱼的命。顺着他的手指看过去，在阡陌纵横的养殖池边沿上，插满了许多柳树的枝条。这枝条又让我想起那个捉鳝鱼的少年，我仿佛又看见了我身旁的国旗，背着鱼篓，赤着双脚，在一片插满绿色标记的田埂上奔跑。

鞠　保

　　我在小说里写过鞠保，名字是真的，故事是我编的。其实，鞠保家还有很多不用编的故事，写出来也像小说。

　　鞠保是个牵猪的，牵猪的意思不是像牵牛牵马那样牵着猪走，而是给公猪和母猪牵线搭桥，让他们交配，繁殖后代。说白了，也就是他养一头公猪，给别人的母猪配种。这种公猪在这儿叫狼猪，也就是种猪。

　　鞠保家养狼猪已有三代的历史。他爷爷原来在江西樟树的一个猪行里做伙计，看见成千上万的猪仔从江北卖到江南，而后又转卖到广东、广西、福建沿海一带，虽然没见卖猪的发多大的财，但一窝猪卖下来，少说也有个百儿八十的，心想，庄稼人要有这一窝猪，一家人一年的吃穿用度就不用愁了。于是就留心打听了一下，结果发现，这简直就是为他家准备的一个生财之道。他的家在湖区，不缺米粮，又有螺蚌鱼虾，鸡米菱藕，蒿芭芦根，各色水草，都是猪的绝好饲料，养一头母猪，正常情况，一年要产两窝猪仔，卖了这两窝猪仔，该是多大一笔财喜，还用得着我在这儿起早贪黑累死累活地做伙计。当下就用辞工结算的工钱买了一头草猪仔（小母猪），连夜赶回湖北老家，开始做起了衣食丰足的发家梦。

　　鞠保的太奶奶那时还在，见儿子侍候这头小母猪，比侍候自己还要周到，一日三餐，变着法儿给它配饲料，荤素搭配，干稀适度，时不时还要给它洗个澡，清理清理身上的泥水污垢，只差晚上没有抱着它睡觉。这头小母猪因此被鞠保的爷爷拾掇得油光水亮的，人见人爱。鞠保的太奶奶因此闹了点小心眼，逢人便说，我哪是他娘，那小畜生才是他娘。听的人当时只当是句气话，后来鞠保的爷爷养母猪养出名气了，他娘把母猪叫猪娘也叫习惯了，提到她家母猪，就说我家猪娘，猪娘，猪娘，就这样在当地叫开了。

鞠保的爷爷因为养猪娘发了一点小财，日子过得富足，就有许多人纷起仿效，不到三年工夫，沿湖的村落就像发鸡瘟一样，也都跟着养起了猪娘。这猪娘的养法不同于外乡，也是鞠保的爷爷创下的模式，除了刚畜的幼仔，一般不需要专门的饲料，蕴藏丰富的湖滩，就是它们的放场。清早起来，各家各户的老人小孩把大猪小猪赶到湖滩，让它们自由觅食，傍晚时分，再把它们召唤回来，通往湖滩的大路小路上，一早一晚就挤满了这黑色的精灵，奔涌着，呼吼着，像一道道黑色的水流。有好事的文人把这番景象连同湖滩上放牧的牛羊，一起编进了本县十景，起了个文绉绉的名字，叫平湖牧野，养猪娘的在得了实惠的同时，又上了县志，就别提有多美气了。

得了实惠的村民想表示一点心意，也想保佑自己日后得到更多的实惠，就鼓捣着修了一座猪娘庙。这猪娘庙里供的神明，不是天上派的，也不是凭空想的，而是鞠保的爷爷这个实实在在的大活人。他们从后山请来了一位专塑城隍土地的师傅，比着鞠保的爷爷的真身，塑造了一座跟真人一样大小的雕像，供在猪娘庙的正中，又在他爷爷的雕像前面雕塑了一只猪娘和一群小猪。外地人进了这座猪娘庙，不明就里，乍一看，还以为是进了哪家的猪圈，直到看清了迎面坐着的鞠保的爷爷的塑像，才知道上面还供着一位从来也没有见过的尊神。

接受生供固然是一种殊荣，但明明是一个大活人，却被人拓了模子，放在庙里供着，死不死活不活的，总有些不自在。鞠保的爷爷从此很少出门，窝在家里一门心思琢磨养猪娘的事，久而久之，竟有些恍恍惚惚，神神道道，村里人都说这是神灵附体，玉皇大帝来招，鞠保的爷爷就要列入仙班了。从此，鞠保的爷爷名声越来越大，事情越传越多，越来越神，引得远远近近养猪娘的农户都来朝拜，猪娘庙的香火也就更加旺盛了。

忽一日，有在樟树猪行共过事的一位熟人路过本县，听说了鞠保的爷爷的故事，特意登门拜访。因为彼此都心知肚明，也就不提乡民传说的那些神神鬼鬼的事了，寒暄过后，来人就单刀直入地发问，你如今既有如此名声，何不也开个猪行，坐地收猪，转地发卖，既可以赚钱发财，又方便了乡亲四邻，该是一件多好的事。那人说鞠保的爷爷如有此意，他愿与合作，共襄此举。鞠保的爷爷一听，顿时如醍醐灌顶，大梦初醒，当即便与那人讨论了开猪行的进行办法和具体细节，不到一月，万事俱备，猪行即择日开张。那年正逢江南大熟，谷米丰足，上门来收猪的贩子如过江之鲫，不用转地发卖，在家门口就赚个盆满钵满。那人和鞠保的爷爷经营猪仔生意都是轻车熟路，加上鞠保的爷爷和猪娘庙的名声影响，当年就攒下了一笔不大不小的资产。后来两人各立门户，不到几年工夫，鞠保的爷爷就成了本县屈指可数的富户。

这说的都是同治光绪年间的事，到了宣统年间，民变四起，国事蜩螗，加上江南江北，水旱灾害不断，兵连祸结，民不聊生，哪有余钱余粮畜养生猪，鞠保的爷爷猪行的生意也就渐渐淡了下来，到最后无论买的卖的，都不上门，偌大个猪行只剩下自家畜养的几头猪娘在装点门面。放在别人身上，懂得盛极而衰、曲终人散之理，见好就收，这门生意也就到此罢手，偏偏鞠保的爷爷像他娘说的那样，天生是个犟种，到这份儿上还不死心，还在到处求门问道，想让他的猪行起死回生。

终于有一日，他在猪娘庙遇见了一位高人，这人原本是来寻访他的，却不期在猪娘庙相遇。来人指着猪娘庙的雕塑，问，这是何意，是视你为猪娘之父，还是视你为猪娘之夫。鞠保的爷爷听不懂他这话的含义，仓促间也没有绕过父夫的弯子，就用他在生意场上学到的一点半文不白的话说，乡民所为，乡民所为。那人却一点敷衍的意思也没有，依旧一本正经地说，就是没有天灾兵祸，你的猪行也维持不久。他听了一怔，随口用那人的话反问道，这是何意。那人说，你但知人要传宗接代，有什么种出什么苗，有什么葫芦结什么瓢，就不知猪也要传宗接代，猪的种不好，出的苗，结的瓢也不会好，再多也挡不住猪种一代一代退化，最后成了老鼠，就彻底没人要了。现今沿海一带养的都是洋种杂交猪，江北的土猪没人要，卖不出去，所以江南的贩子也不来收了，你的生意做不下去的原因，天灾兵祸只是其一，猪种不好才是最主要的。这人最后的意思，是劝他改弦易辙，由养猪娘改养种猪，由做猪仔生意，改做育种生意，并说他可以无偿给他提供种猪，条件是杂交母猪的选择和交配育种一应事情，都要接受他的指导。

这人的这番话，鞠保的爷爷并没有完全听懂，但却隐隐感到，这是老天爷指给他的一条生路，更何况人家答应免费提供种猪，就当是招了一个不要陪嫁的上门女婿，虽然是个洋玩意儿，但生出来的儿女总还传着本乡本土的血脉，这样无本万利的事，又有何不好。只是要接受他的指导这一层，鞠保的爷爷心中略有滞碍，但转念一想，就是招个上门女婿，也得找个媒人相相，看看新媳妇长个什么样子，挑肥拣瘦也属正常，至于接受指导什么的，无非就是场面上的一个说法，想操心就让你操心去吧，我落得个轻松快活，难不成公猪母猪干那勾当你也要指导不成。当下就答应了那人的要求，把一个即将废弃的猪行，改成了一个种猪场。不久，那人果然送来了一只骨架高大的种猪，鞠保的爷爷也就一门心思地养起种猪来了。

这一晃就过了两个年头，这两年间，那人每逢种猪交配时节，都要到鞠保的爷爷的猪场住上一阵子，做完了媒婆，又做接生婆，张罗完了媳妇生孩子，又张罗着给孙子选媳妇，总之是一茬接一茬地忙得个不亦乐乎，真的连公猪母猪干那勾当都管上了。鞠保的爷爷除了伺候这些畜生的一日三餐，吃喝拉撒，就只能在他忙活的时候打个下手，跑跑腿，打打杂，到这会儿，他才明白了那人当初说的那个"指导"二字的意思。直到有一天，那人说他要带走一头猪到省城化验检查，看新育品种的成色如何，从此杳无音信，因为来无影去无踪，鞠保的爷爷也无从打听，只好由他去了。好在这两年间，鞠保的爷爷虽说没有把那人的看家本领全部学到手，也有个八九不离十，此后也就放开胆子独自干起来了，等到他年迈力衰，要把这个猪场传给鞠保的父亲，他已经能够手把手地传道授业，是一个信心十足的育种专家了。

这个种猪场传到鞠保的父亲手上没几年，发生了一件怪事。一日，鞠保的父亲在猪场接待了一位来访的道士，这位道长自称是受人之托，来跟他商量一件事。这事说怪也怪，说不怪也不怪，说是此去东南方向，湖那边有一个狄家庄，庄上有一个富户，这个富户说起来鞠保的父亲也略有耳闻，人称敌（狄）半县的便是。他家不光有良田百亩，在沿江码头还开着十数家店铺。只是这狄家三代单传，狄老先生如今年过半百，膝下虽有一子，先后也娶过三四房媳妇，却没有留下一个子嗣，这让狄老先生很是忧心，到处寻医问药，求神拜佛，都不见效果，后来听说道长精通阴阳之术，能知过去未来，福祸寿夭，就用重金请他出山。道长在狄老先生的房前屋后里里外外看过一遍，忽然失声大叫，说，哎呀不好，距先生华宅西北方向，有一团秽气，盘踞多年，尽吸周边阳精，以求自壮，故此处人畜，多患失精之症，贵公子无嗣，即遭此物吸精所致。狄老先生惊问，可有破解之法，道长便说，待我掐指算来，看这股秽气从何而起，算的结果便是鞠家庄上鞠保家的种猪场。道长的破解之法，是让狄老先生出资盘下这个种猪场，让他的公子经营，而且要他的公子亲自住进种猪场，日观阴阳交合，夜收天地元气，将此物所吸阳精，凝于自家体内，只有这样，才可消彼方秽气，狄家子嗣才有指望。道长说，不入虎穴，焉得虎子，为今之计，只能让先生破财，公子受累了。狄老先生一听，顿时喜出望外，当即便把这购买种猪场的事托付给道长，说事成之后，另有重谢。

　　道长开出的条件倒十分优厚，狄老先生虽然出重资买下了种猪场，但这种猪场仍归鞠保的父亲打理。狄公子住进猪场后，也只是遵道长嘱咐，于种猪交配之时，在一旁守候，静观默察，精骛神游，并不插手具体事务。至于夜收天地元气，无论狄公子如何按照道长传授的一套功法操练，仍然不得要领。好在狄公子受过新式教育，并不太在乎传宗接代之类的事，也不太相信道长的说法，所以不管有没有效果，他都处之泰然。倒是鞠保的爷爷结交的那个人在鞠保家留下的一些书籍资料，引起了他的浓厚兴趣，漫漫长夜，灯下翻阅，才知此人当年正留学英伦，学的是种猪的繁殖培育之学，因为撰写博士论文想得点一手材料，就回到本乡本土做杂交育种试验，他所用的洋猪父本，正是产于英国巴克夏郡的巴克夏猪。只是这种猪不是由英国直接引进，而是由德国侨民带入中国饲养的品种。那位洋学生最后的结论怎样，他自然不得而知，但他当年建议鞠保的爷爷开办种猪场的事，却给了他很大的启发，心想，我何不也在沿江的商号附设一个育种站，一来是个赚钱的生意，二来也好借此机会把这位洋学生培育的新品种，在长江一带推广。倘若沿江一带都流行这个新品种，我正好趁机开一个猪行，这岂不是一个财生财利转利的好事，就回家与狄老先生商量。事情到了这份儿上，狄老先生也只得硬着头皮答应下来，当下就请了鞠保的父亲做技师，选了狄家在九江的一处商号附开了一个育种站。

这家育种站开了三年，就变成了育种公司，狄公子饮水思源，把这家公司命名为娘庙种猪育种公司，鞠保的父亲也由技师升为襄理。又三年，九江就解放了。此前，狄老先生已变卖了家乡田产，把资金悉数投入公司经营，趁着改天换地之际，扩大了数倍的规模。到了新政府搞公私合营的时候，娘庙种猪育种公司几乎垄断了长江中游一线的种猪生产，而且真像狄公子当初设想的那样，在育种的同时，又开起了猪行，自产自销，成龙配套，狄公子很快就成了远近闻名的大老板。

俗话说，人怕出名猪怕壮，狄公子后来的命运，就与这个大老板的大字有关。起先，作为资方代表，在自家的公司猪行中，还算有权有利，公家的人对他也还算客气。但是到了后来，有人不知从哪儿弄来一份材料，说是世纪初年，国外有人以中国的娘庙猪为第二代种源，育出了新的猪种，还上了英国的种猪品种登记协会名单，据说这娘庙猪就产在猪娘庙地界。里外一查，很快就落实到鞠保的爷爷和那位神秘人物身上，据说这位留学英伦的神秘人物就是本县大地主王马五之子王奇功。可这两个事主一个死了，一个远在国外，无论死活都够不着，这笔账自然就算到了狄公子和鞠保父亲头上，于是在原有的罪行之外，又给他们加戴了个里通外国的帽子，把他们发落到各自老家的农村改造。那时节，狄老先生早已过世，老屋经过土改，也荡然无存，能够收留他的，只有鞠保一家，鞠保的父亲也就趁着下放回乡之际，把这个无依无靠的老人带回了自己的老家。好在这时候鞠保已是十几岁的少年，虽然因患有小儿麻痹症，腿脚不很方便，但协助父母照顾这个风烛残年的老人，尚能胜任，狄公子因而在去世前几年，并没有吃多大的苦。但是不久，狄公子就去世了，遗嘱将公家归还的家产和补发的利息，悉数留给鞠保。鞠保的父亲看过了狄公子的人生，担心日后鞠保也像狄公子那样，为钱财所害，就转手将狄公子的捐赠悉数交还公家，只要了一只种猪给鞠保喂养，一来是为鞠保寻个谋生之道，二来也给自己留点念想。不久，鞠保的父母也弃他而去，就这样，鞠保从十几岁就独自养起狼猪来了。

我在小说里编的那些故事，都发生在鞠保养狼猪之后，都是假的，但有一件真事，应该写进小说的，当时却怎么也编不进去，我现在补写在这里，算是给鞠保一个交代。说是有一天，公社和大队的干部陪着一个穿西装的人来到鞠保的猪棚，来人一见鞠保，就拉着他的手说，哎呀，这就是鞠老先生的后人呀，幸会，幸会，又围着那头狼猪转了半天，说，果然是娘庙猪的真传。说完，就从随身携带的手提箱里拿出一块牌匾，说，我遵先父之命，要将这块金匾送给你的祖父，可惜他和令尊都已作古，现在就只有请你代收了。鞠保一看，在这块一尺见方的金匾上，端端正正地刻着五个大字：娘庙猪之父。众人当时就撺掇鞠保把匾挂上，鞠保说，等我到我爷爷的坟上敬了香再挂。待一干人等走后，鞠保把匾上的字又看了一遍，心下就犯了嘀咕，自己对自己说，这放的哪家洋屁，我爷爷成了狼猪的父亲，我爹和我都成啥啦！

腊　戏

　　腊月里请戏班子唱戏，是本乡的老规矩。村里人一年忙到头，也就这几天空闲。这说的还是新中国成立初那几年，后来年年冬天上水利，不是修江堤，就是修水库，就连这点空闲也给占去了。这是后话，按下不表。

　　照例由各村的长者出面，到各家各户凑戏份子。戏份子有出钱的，有出鸡蛋谷米，活鸡活鸭，鲜鱼河虾，花生蚕豆，红苕芋头的，实在连这些也拿不出来，就用青菜萝卜腐乳豆豉甚至谷壳柴草抵充也行。反正这些东西招待戏班子都用得着，省得上门去买还要费些冤枉工。花钱看戏，是先人传下来的规矩，戏班子进村，不论大小远近，好歹都是个客，出钱出物，拿多拿少，都是个待客的心意。当然，也有免了这戏份子的，那只有一种人，就是算命的瞎子，这也是先人传下来的规矩。就这，村里的一对瞎眼夫妇还说，前几日讨得一点糍粑豆丝，也凑个戏份子，我们看不见，听得见。

　　凑足了戏份子，就该请戏班子了。到了寒冬腊月，请戏班子比请县太爷还难。本县戏班子就那么几家，有固定班底家伙什齐全的，不过邢、马、赵、桂四家，其余的多半是临时拼凑起来的杂伙班子，虽然也有唱功好的，武功高的，但比起那四家来，就是小巫见大巫了。乡下人看戏，唱做念打固然重要，但多半看不出门道，他们要看的与其说是戏，不如说是热闹。但凡旦角扮得俏的，小生扮得俊的，戏服穿得花哨亮丽的，锣鼓家什敲得急火响亮的，文戏唱得呼天抢地的，武戏打得昏天黑地的，就是他们喜欢的。年轻的后生和各家的大姑娘小媳妇尤其喜欢小生和花旦的戏，所以就缠着村里的长者去请桂家班。原因是桂家班里有个桂三元，虽说生了个男儿身，但扮上了花旦，就俏死个人，开口一唱，便收走了你的魂。村里日常主事的虽然是这些长者，大事小情都由这些长者定夺，但遇上腊月唱戏这种事，说大不大，说小不小，又是玩儿的，也就由了这些年轻人。就当是小伢们玩把戏，大人跟着看热闹。

请桂家班不易，也就因为这桂三元。你想想看，村村都有年轻人，都有他的铁杆粉丝，都想趁着看腊戏一睹他的风采，就是那些上了年纪的叔伯婶娘们，也愿意看个扮相俏的唱功好的。要讲公平竞争，岂止价码会水涨船高，就这你争我夺的，还不把一个桂三元撕扯着吃了。好在本乡唱腊戏有个不成文的规矩，就是有些戏码是戏班子有的，有些戏码却是戏班子不排的，各村要看，戏班子可以出人主演，但配角却要各村自备。这戏班子不排的戏码，多半是些风流小戏，排了会让人说有伤风化，败坏了戏班子的名声。偏偏乡下人看戏，有时候又喜欢这些带点色儿的风流小戏，所以预先都备下了配演的角色。这配演的角色有个专用名称，叫作搭头，跟买肉的饶头一个意思。别看这搭头，配演久了，也会成精，也像个角儿，一出场就有彩头，渐渐竟成了戏班子的编外演员。这些风流小戏穿插在连本大戏中间，既消除了日夜看戏的疲劳，又活跃了演出的气氛，演者乐意，观者欢迎，也就成了一些戏班子额外保留的戏码，就像一桌满汉全席穿插了几样酸辣的乡野小菜，给人的印象未必不及那些山珍海味。

本村常给桂三元配戏的搭头是荷英婶家的亚佬。这亚佬从小生得眉清目秀，机灵乖巧，又有乡下人少见的一副俊美身段，活脱脱一个小生的坯子。村里人早就说这伢该去学戏，可惜荷英婶平生最恨的就是戏子，二十多年前，她丈夫就是被一个戏子勾引走的，虽说如今在外面也成了角儿，但撇下这孤儿寡母的，终究是余恨难消。再让她的儿子跟桂三元去配戏，她怕像他爹一样，配上了就回不来了，撇下她一个孤老婆子，叫她如何是好。好在这桂三元是个男儿之身，荷英婶也就把这个心放下了。

就因为有亚佬给桂三元配戏，所以桂家班每年在本村的演出效果最好，常常惹得外村的后生小子姑娘媳妇也跑过来蹭戏，倒把自家村里请的戏班子冷落了，桂家班由此名声大噪，亚佬由此也成了有名的搭头。也就是因为这层原因，所以只要本村出面请桂家班，桂家班每请必到，就是档期排得再满，也要抽出空来给本村演上几场。

这年腊戏，桂家班演的是连本的《千里寻父记》，说的是一个孤儿跋涉千里寻找在外做生意的父亲，一路上曲曲折折，惊惊险险，倒也让观众揪着颗心，看到动情处，也禁不住要擤鼻涕抹泪，跟着伤心一回。但动情归动情，伤心归伤心，真正要跟这孤儿走完千里寻父的路程，观众实在力不从心，所以三天三夜的连本戏，演到第二天晚上，村人有半数已哈欠连天。就在这当口上，桂家班班主突然出现在台前，双手一拱，对着台下的观众说，各位乡邻，可怜这孤儿走了一天的路程，又遇上一伙强人，幸好有人搭救，就让他跟着恩公歇息一晚，明日再往前赶路。趁他正在酣睡，在下献上一折小戏，先让各位醒醒精神。说罢，丝竹响起，门帘掀动，从门后走出一个俊俏女子，这女子不是别人，正是桂三元所扮的狐狸精。这折小戏名叫《戏狐仙》，说的是一位风流书生路遇一个俊俏女子，这女子乃狐仙变化，二人山洞避雨，共处一窟，狎昵调笑，书生是情场老手，却佯装不识女人，狐仙借机挑逗，明知故纵。狐仙坐在书生怀里，二人一呼一应地唱着。

狐仙：你摸姐的头。

书生：有头油。

狐仙：你摸姐的脸。

书生：脸敷粉。

狐仙：你摸姐的颈。

书生：黑发分。

狐仙：你摸姐的肩。

书生：披罗衫。

狐仙：你摸姐的胸。

书生：一抹红。

如此这般地摸下去，直到那隐秘幽微之处，现场的气氛达到高潮。台上肆意动作，台下也没有闲着，有那不安分的后生小子，就乘机在嫂子媳妇身上动手动脚，结果不是招来一顿鞋板，就是被纳鞋的粗针扎得哇哇乱叫。一阵骚乱过后，台上的狐仙也现了原形，书生求欢不得，顿悟色空，一边退向后台，一边连呼罢了罢了，孽障孽障。

　　有这一折小戏提神，次日清晨，孤儿醒来，观众才能继续跟着他赶路，完成千里寻父的未尽旅程。只是这样的风流小戏在台上演得久了，两人耳鬓厮磨，肌肤相接，难免不生出一点真情，以至于把戏中演的也拿到戏外来照着做了。就有人看见，十冬腊月，亚佬和桂三元在谷草垛中相拥而坐，摩挲取暖，那情形就如戏中一般。乡下人没有同性恋的观念，反倒觉得既然戏里演得，戏外也就做得。无论戏里戏外，只要是亚佬和桂三元配的对儿，都一样好看。年轻的嫂子媳妇甚至觉得他们就是老辈子说的天造的一对，地设的一双，就是大白天打着灯笼，也难找这样的搭配。有那平日里无顾忌的，竟当着荷英婶的面道喜道贺，弄得荷英婶应也不是，不应也不是。虽说她知道这是乡邻拿他们母子打趣，但渐渐地，她发现亚佬真的对女人没了兴趣，想到自家就要成了绝户，荷英婶也就把对丈夫的那点怨恨暂时放下了，忙着托人给亚佬找媳妇。无奈媒人踏断了门槛，跑破了鞋底，亚佬终归是个不中意，荷英婶这才知道儿子的魂，也像他爹一样，又被一个戏子收走了。既然如此，也就由他去吧。总不能把儿子逼上绝路，让他像他爹一样也离家出走，要那样，她这辈子还能靠谁。

　　说来也是天意，这年唱腊戏，本村派去请桂家班的人顺道走亲戚晚了一步，让邻近的几个村子占了先机。这一演就是半个多月，本村的戏迷望眼欲穿自不消说，亚佬更是心急如焚，如热锅上的蚂蚁，本想相邀着去邻村蹭戏，无奈本村多年占头档占惯了，拉不下这个面子。这天，亚佬实在耐不住煎熬，一个人偷偷跑到邻村的戏台底下，挤进人群，伸长脖子等着桂三元出场。偏偏这档戏唱的是连本的《三国》，男人的戏多，女人的戏少，熬到半夜时分，方才等到桂三元扮演的小乔出场。这小乔虽然戏份不多，却一出场就艳惊四座，把正要进入梦乡的观众，又生生地拉了回来。亚佬的瞌睡本来就交给了桂三元，这一刻更是耳热心跳。直到小乔惊鸿一瞥回了后台，亚佬还在傻傻地等着她再度登台。可惜周瑜死后小乔便杳无音信，害得亚佬伸长脖子竟一夜等到天明。

天明时分，亚佬昏昏沉沉地回到家门，正想进房倒头大睡，却见堂屋上首坐着一个妇人。这妇人亚佬自觉依稀见过，像是后山里下来的一个媒婆。亚佬早就不耐烦媒婆的纠缠，不想这媒婆却走上前来，温言细语地说，你可是去看戏了。亚佬不耐烦地应了一声，是。媒婆又说，那小乔可是好看。亚佬又咕哝了一句，说，好看。媒婆又说，把小乔说给你做媳妇，你可愿意。亚佬突然一个激灵，从昏睡中惊醒过来，知道媒婆在捉弄他，突然大吼一声，说，再说我撕了你的嘴。伸手就要去扯这妇人。见此情景，一旁的荷英婶赶紧上前，一把薅住亚佬的手说，是真，是真，听娘慢慢道来。亚佬瞌睡已极，哪有心思听这些闲言，就说，不听，不听，想说你自己说去。没想到荷英婶刚一开口，亚佬便像针扎了一样跳了起来，说，当真。荷英婶说，当真，当真，娘何时骗过你。

原来这桂三元从小家境贫寒，他有一个孪生妹妹，出生后便送给后山的一个戏班子，班主把她当自己的闺女养大，又教她学戏做人。如今到了出嫁的年龄，想寻一个好人家把她嫁了，就托了这个媒婆为她物色婆家。这媒婆先前给亚佬做过媒，虽说没有成，但却探到了亚佬的心事，又听班主说了桂三元这个孪生妹妹的身世，益发觉得这是天作的姻缘，就大着胆子再次来找荷英婶提亲。恰好这班主在养女出嫁之前，想让她认认自己的亲生父母，也带着她到桂家班来认这个一母同胎的哥哥。桂家班班主遇着同行，又听说这姑娘也会唱戏，学的也是旦行，惺惺相惜，就让她代替正在闹感冒的桂三元，客串了一把周公瑾的妻子小乔。原来这出场的小乔不是桂三元，而是他的孪生妹妹。这下轮到亚佬傻眼了，只好点头弯腰，一迭连声地向媒婆赔不是。

有了这个铺垫，接下来的事就好办了。无非是下聘订婚，择日迎亲。等诸事停当，亚佬在新婚洞房把新娘子上上下下，前前后后，左左右右，翻来覆去地看了又看，直看得新娘子浑身长毛，哪哪都不自在，就说，看什么看，我哥你还没看够。亚佬却拿眼睛盯着新娘子的脸说，原来你哥是你脱胎转世呀，说得新娘子对着灯花扑哧一笑。这一笑不打紧，却让亚佬五爪挠心，这一挠，把心里藏的一个鬼也给挠醒了，这鬼说，原来我喜欢的还是女人呀。说着就转身扑哧一声吹熄了闪烁的灯火，一把把新娘子按到床上。

亚佬婚后的生活幸福美满，人人羡慕，虽然开头几年，见着了桂三元这个大舅哥，还有些不自在，日子久了，也就顺其自然了。有时候，亚佬想起桂三元，也会有点失落感。但看看妻子，又觉得桂三元时刻都在自己身边。好在不久政府就搞戏曲改革，那些风流小戏都在禁演之列，亚佬和桂三元也就没有了合作的可能，两人见面的机会越发少了。再以后就是每年冬天都要上水利，不是修江堤，就是修水库，腊戏唱不成了，这些陈年旧事也就没人再提了。

再提这件事，是县剧团的一个年轻人，这已经到了半个世纪以后，那天，在剧团讨论送戏下乡的会议上，这位年轻的戏曲导演说，听说从前的旧戏班子演腊戏要找搭头，我看这是演员和观众互动的好办法，也是从群众中发现和培养戏曲人才的好经验，我们应该学习借鉴，发扬光大。当场就勾起了一些上了年纪的老演员的童年记忆，亚佬和桂三元又被人提起。于是剧团领导就带了一干人等下乡考察，又把亚佬和桂三元叫到一起，要他们把当年演过的小戏再演给他们看看，学习学习。亚佬和桂三元这时都是六旬老人，提起当年演过的风流小戏，都觉得不好意思，说，那都是年轻时候的事，说起来丢人，不演也罢，不演也罢。最后拗不过去，就在亚佬家的堂屋演了一段。县剧团的人用嘴巴打着锣鼓，用鼻子拉着胡琴，书生和狐仙依次出场，演到关键处，依旧是狐仙坐在书生怀里，逗书生从头到脚地抚摩，只是这亚佬却把唱词改了：

狐仙：你摸姐的头。

书生：光秃秃。

狐仙：你摸姐的颈。

书生：冷冰冰。

狐仙：你摸姐的肩。

书生：两根筋。

狐仙：你摸姐的胸。

书生：硬生生。

　　狐仙逗着书生就这样笨手笨脚地摸下去，亚佬也一本正经地唱着他自编的词儿。还没等摸到腰上，县剧团的人就笑岔了气，几个女演员实在站不住了，干脆一屁股坐在地上，笑得直打滚。只有剧团的领导沉得住气，一边鼓掌，一边跷起大拇指说，幽默，幽默，智慧，智慧。了不起，了不起。

元　宵

　　元宵有各种各样的闹法。

　　本乡闹元宵除了狮子、龙灯、高跷、旱船、秧歌、连厢之外，还有一项，就是比武。说到比武，看官自然会想到武林高手打擂之类，可惜本乡既无武林高手，也不打什么擂台，所谓比武，不过是个说法，也就是召集本村的后生，拉起一支队伍，穿上戏台上武生的装束，打出旌旗若干，叮叮咣咣地敲着响器，先在各村的田埂上游走一番，而后集中到一个社戏台前，开始正经的比武。

　　见过这比武的外乡人都说怪。怪就怪在双方都有人上阵，手中都持有器械，却只是吹胡子瞪眼地对视片刻，鼻子里哼哼一通，扯开嗓子大吼几声，或在地上顿一顿手中的器械，一片哗哗乱响过后，便各自下场，如此这般，直到双方该出场的武士都悉数登场，便是这场比武的结束。这登场武士的数目也有个讲究，小村一十八，大村三十六，就小不就大，就少不就多，大村小村，抽签作对，轮番比试，就像如今的体育赛事分组对决一样，一对一地比完作数。这样的比武自然没有流血牺牲，结果也分不出输赢，所以本乡人并不把它叫作比武，而是用土话说抖狠。

　　虽说是抖狠无须武功，不伤筋骨，但真要抖出狠气来，并不容易，事先得请专门的人进行专门的训练。要训练首先得组建队伍，所以这选人是第一要务。既然参加抖狠，这人自然得有一点狠气，这狠气不是后天训练出来的，而是先天就有的，是从娘胎里带出来的，所以得选人高马大的后生，而且要长得粗壮，麻秆条子不行。长相虽不甚讲究，但有一条，到时候要睁得开眼睛，两眼一瞪，如一对铜铃，如此，才能显出杀气和威风，所以小眯细眼的也不行。本乡说狠人就是那种拳头大眼睛大的，抖狠就是要选这样的后生。可这样的后生，一个村子要选出十个八个来，已属不易，何况要过十个之数，所以在本村选过之后，还得到外村去拉夫凑数。而这外村又不能离得太近，太近了村村都难免缺人。于是本村长者就要动员各家各户的男丁，趁着正月拜年，到后山下湖的村上搜索一遍，把那够条件的后生先号上，而后再派人登门拜请。

人凑齐了，所谓训练，其实就像如今戏台上的导演说戏。无非是穿上戏服，分派角色，说你是谁谁谁，你是谁谁谁，到对阵的时候，你就照着说我是谁谁谁，我是谁谁谁就行，就像戏台上的角色出场时自报家门。可这谁谁谁也不是好说的，得有个讲究，就是所有上阵抖狠的，都得是古书里的名将，不能是无名鼠辈。可这古书里的名将分属前朝后代，这么多人都派上了用场，又不能一个朝代一个朝代地依次出场，也不能照书上写的对阵交手，这就难免要闹出一些关公战秦琼、李逵打李鬼之类的乌龙。不过，就是闹了这样的乌龙也不打紧，观众要的正是这样的效果。正月里出门看热闹的多半是半大小子，或大姑娘小媳妇，没读过多少古书，也不晓得哪位名将是哪个朝代的，但凡戏服华丽点儿的，嗓门大点儿的，鼻音浓点儿的，器械响点儿的，他们就觉得是狠气大的，就叫好，就喝彩，就朝他们身上扔糖果点心、瓜子花生，也有扔铜钱角子、花花绿绿的钞票的，被扔的角色也就在这欢闹声中得胜回朝，等着本村的长者给他的奖赏。

这抖狠的风俗不知起于哪朝哪代，放在这元宵节上也不知是何人所为，但在这闹元宵的节庆里，真正配得上闹字的，还得算这抖狠表演。你想想看，这些人高马大的后生穿上古人的衣裳，必然要去找古人的感觉，一旦找到了这感觉，便觉得自己是古人，像演戏一样，便算进入角色了。演得好不好不打紧，只要全身心投入就行。乡下人的想象力受知识的限制，不会像读书人那样，从书上写的去推想古人的样子，只要扮得俏就行，这就给这些后生留下了充分自由的表演天地。于是，伸胳膊撸袖子的，蹬脚板踢腿的，挺胸脯皴脖子的，晃肩膀摇脑袋的，瞪眼睛鼓腮帮子的，张嘴巴咬牙巴骨的，各显神通，各尽其态，只要有个动静，必有一阵喝彩。叫得最凶、喊得最响的，往往是各村的大姑娘小媳妇，因为那里面有她们所心仪的对象，这些对象多半是武将里的那些美男子或美少年，如吕布、赵云、燕青、罗成之类，虽然她们不知道这些人到底有多高的武艺，但他们的美名却从小就在心里扎下了根，日子久了，也就成了胡思乱想时的意中人，就像今天的粉丝或追星族。别看她们平日里低眉顺眼、循规蹈矩，可到了这节骨眼上，心里积压的那份情愫，就由不得自己，要迸发出来。有那玩得疯的，会禁不住挤出人群，冲进场子里，朝自己心仪的对象怀里塞进一把花生、一捧糖果，顺手在他的胸前摸上一把，于是又引得场外一阵哄笑，结果是扮演这些角色的后生都走了桃花运。

树槐的媳妇就是这样到手的。那年闹元宵，树槐装的是三国里的吕布。吕布戏貂蝉的故事，乡下人耳熟能详。树槐的媳妇做姑娘时长得水灵，乡下人没见过多少美女，没有比较，也没见过貂蝉长得个啥样子，就把她比作了貂蝉，她也就认下了这貂蝉的身份，从此每日里思忖着，将来的如意郎君一定要找吕布，可年年出场的吕布都不合她的心意，于是只好在梦里与吕布相会，久而久之，竟显出了一点疯癫模样。恰好这一年闹元宵各村抖狠，出场的吕布有一个就是树槐。树槐这天穿的是一袭白色战袍，配上白盔白甲，白色方天画戟，整个就是一尊贴了银铂的战神，不用比画，就把那些看热闹的大姑娘小媳妇弄得魂飞魄散。偏偏这天树槐的表演格外出彩，恰到火候，就在那些大姑娘小媳妇的灵魂刚要出窍之际，突然一个断喝，将方天画戟朝天一指，又朝地上一顿，说，我，三国名将吕布是也。这一声是也刚落地，就听得场外一声大叫，即刻冲进来一个女子，上前拉住吕布的方天画戟，死扯活拽地拖到场外，一把推到她爹面前，说，爹，就这吕布，我就要他。她爹是个老实巴交的庄稼人，又只有这一个独生女儿，晓得她又犯了魔怔，只好咬牙认下。好在树槐家还知礼数，事后三媒六聘，吹吹打打，风风光光地让吕布和貂蝉又进了一次洞房。

这事儿人人都说是缘分，闹元宵闹出一门亲事来，抖狠抖到手一个媳妇，这样的好事哪儿去找呀。唯独树槐的爷爷不以为然，逢人便说，不该呀，不该呀，这叫我伢如何下得了手，女人祸水，祸水，祸水啊。说的人痛心疾首，听的人一脸茫然。年轻人则骂他老古董老封建，那时节乡下已经过土改，年轻人都有些觉悟，只当他是人老了犯糊涂，也不跟他计较。殊不知，没过多久，树槐爷爷的这话便应到一件事上了。

原来本乡是个湖区，常发大水，三年一小淹，五年一大淹，每次大水过后，外湖的湖滩原来的边界模糊了，需要重新厘定。这厘定边界的办法是从祖上传下来的，十分古老，就是每次大水过后，要在沿湖两大姓之间举行一次抢滩活动。这两大姓分布在湖滩的东西两面，平常时节，各占着一片湖滩，开垦稻田，畜养生猪，放牧牛羊，是各自衣食的主要来源。大水一来，淹了原来的边界，又无法凭印象确认，只好动手去抢。抢的次数多了，难免要伤和气，有时候还有人员损伤，所以两姓之间绝少通婚，也没有太多的往来。偏偏这吕布貂蝉在沿湖两大姓中一人占着一姓，他们的婚事一办，岂不破了祖上传下来的规矩。虽说是解放了，政府分了地主的田地，可还没分这湖滩呀，这大水过后的湖滩还得靠抢。

果然，没过多久，沿湖两姓就开始筹备抢滩。照往常的规矩，头年冬天从逃水荒的山区回来，第二年春上就得重划湖滩的边界，接着犁耙水响，猪吼羊叫，大水过后新的一年的日子就要开始了。元宵节的抖狠，不过是两姓在抢滩前借机显示一下自己的实力，也吓唬吓唬对方，对对方起一点威慑作用，所以起先是不借用外人的。后来大约是为了给自己壮胆，也在众人面前爱点面子，就借用了外村的力量。其实借不借的都一样，谁家那点底子，本乡本土的还不清楚。所谓抖狠抖狠，也就抖抖而已，真到要拿出狠劲儿来的时候，那还得看自家的实力。

这年抢滩，树槐照例和村里几个人高马大的后生冲在前头，照老规矩，他们只要冲破对方的人阵，把手中的木桩钉到最前沿的位置，然后在前沿的木桩上连接起预先准备好的绳索，圈得了一块最大的湖滩，就算大功告成。这其中的难点是在突破对方人阵的时候，会发生肉搏甚至械斗。以前树槐在阵前，就像一匹脱缰的野马，抱着麻绳木桩，横冲直撞，如入无人之境。但这一次，他却有点放不开手脚，显得心慈手软，畏缩不前。原因是对方在他面前拉开的人阵，立着的人墙，在前排站着的，不是貂蝉的叔伯，就是她的堂兄堂弟，都是相亲时拜见过的长辈，或在一起喝过酒的兄弟，叫他如何下得了手。对方这样布阵，显然是有意为之，见着了树槐，不是喊姑爷、姐夫的，就是叫大哥、老弟，让他应也不是，不应也不是。这一仗下来，自然比往年少圈了许多地盘，于是村人就怪树槐抹不开情面，怪他不该与貂蝉成亲。年轻人这才想起树槐爷爷的话，虽然不中听，但到底还是让他说中了。

这次抢滩，是本乡最后一次，稍后，政府提倡移风易俗，把抢滩列为严令禁止的蛮风陋俗之列，而且帮助划定了两姓村落永久的边界，勒石为记，永不再抢。但对抢滩前的抖狠，却认为是一项带有表演性的民俗活动，可以活跃元宵节的气氛，增加元宵节庆活动的内容，就保留了下来。县文化馆在向上级写的报告中，还以吕布和貂蝉的亲事为例，认为这项表演还能给农村青年男女创造自由恋爱的机会，是新生事物，带有喜剧色彩，于是就这样年复一年地沿袭了下来。

说话间便到了改革开放的新时期，有一年，县上一位管文化的领导从国外考察回来，特意到本乡做了一次调研，说本乡元宵节的抖狠表演，类似印度和巴基斯坦一处边界的降旗仪式。这两个国家原本是一家人，后来分开来过，扯过皮，打过架，再后来和平了，不打了，相安无事地过日子，可双方都觉得自己比对方狠，都要显示一下自己的实力，也借此吓唬吓唬对方，表示再要打我也不得怕你，所以就在每天傍晚关闭边界的时候，举行一次抖狠表演，清一色选一米九几的大汉，穿上古代武士的服装，脚步迈得大大的，手臂甩得高高的，眼睛瞪得溜圆，皮靴蹬得山响，金鼓齐鸣，彩旗飞扬，看台上万众欢呼，就像军前对阵一样。领导讲得绘声绘色，村民听得如痴如醉，还要打着啧啧说，哦嗬，哦嗬，外国人也兴抖狠，稀奇，稀奇。领导末了说，要把本乡这个元宵节抖狠的项目申报省级非物质文化遗产，叫随行的县文化馆长打个报告。

这年元宵节，沿湖各村又在老戏台前抖狠，过去三十多年，树槐早就不能装吕布了，后来又装了几年周瑜，这几年明显老了，连周瑜也装不成了，只好装个老将黄忠。这黄忠既非美男子，更不是美少年，所以也就讨不到什么彩头。好在他有个孙子，隔代遗传，把吕布的那一点基因，一点不拉地都糊弄到自己身上，加上如今的戏装都照着卡通人物制作，穿在身上，岂止吕布再世，简直就是卡通现身。所以这新款的吕布一出场，迷倒的不光是本乡的大姑娘小媳妇，还有一群从县上来的女中学生。恰好这时节电影院里正在放映新版的《三国》，电影里吕布与貂蝉的爱情让她们神魂颠倒，难辨古今。于是，她们就将自己的话，掺和进吕布的台词，在场外乱喊一通，吕布，我爱你，没有你，我一天也活不下去。

合该这天有事，在这群女中学生中，有一个县委大院的太妹，这太妹就是不久前出国考察的那位县领导的千金，听她父亲说，本乡元宵节的抖狼表演很好玩，就让她的男友用摩托车带上她，跟着同学一起过来了。这太妹的做派果然不同一般，跟着大家胡喊乱叫一通还觉过不足瘾，趁着男友不注意，竟冲进场内向吕布索吻。这些年乡下虽然开放，但也没见过这样的阵势，场面顿时大乱。太妹的男友随即也冲进场内阻拦。无奈太妹却吊在吕布的颈脖上死不松手，可怜这吕布既挣脱不得，又不敢轻易低头，生怕真的就碰着了太妹的香唇。正在进退两难之际，太妹的男友突然从腰间拔出一把匕首，朝吕布的胳臂上猛地一扎，吕布顺手一甩，就把太妹甩倒在地。太妹的男友乘势拉上她，分开众人，冲出场外，等到众人醒过神来，太妹和她的男友已驾着摩托车跑得无影无踪。

出了这样的事，申遗自然就要缓行。正在兴头上的文化馆长忽然灵机一动，给那位主张申遗的县领导出了一个主意，说，何不干脆把抖狼表演改革一下，变成卡通真人秀，男的女的都上。领导觉得这主意不错，但做了一点修正，说，先搞个卡通武士秀吧，摸着石头过河，试试看，搞火了再扩大。从此，本乡的元宵节抖狼表演就改成了卡通武士秀，不几年，便红遍邻近各县，成了闹元宵的一个保留节目。又几年，省里来的一个民俗学家到本乡考察，提到元宵抖狼的民俗，竟无一人知晓。那时节，树槐的爷爷已过世多年，连树槐本人也老得不成名堂，问了半天，哆哆嗦嗦地说不出一句话。

猖 日

元宵过后，最热闹的日子要算放猖。

清早起来，就有一种神秘的气氛钻进各家各户的门窗。女人掩上门，关上窗户，把一样样东西夹进被窝，或压在枕头底下，也有放到柜顶，或搁到榻板下面的。做这些事，要背着自家的男人和小伢。男人多心，小伢嘴快，都不宜窥见她们的秘密。她们一年难得做几件秘密的事情，何况放的东西多半是些吃食，大家都晓得的，算不得秘密。当然，也难免要塞进一些私货，小伢不懂，男人也懒得计较。

男人有男人的事，精明些的，力气大的，被叫去扎抬杠，修神牌，备三牲，买供果，剩下的就到田畈里去捡土巴。捡土巴也要有心窍，块头不能太小，太小了没分量，起不了效果，也不能太大，太大了甩不动，弄不好要砸死人，还要堆放得当，在进村的大小道口，水塘边上，各家菜园的篱笆后面，这些都是最容易突破的地方，也是最好闹得玩的地方，既要严防死守，又要留有余地，没有点心窍眼儿是不行的。

只有各家小伢的事最简单，也最轻松，他们只需找好自己的临时藏身之所就行。多半是自家的大门或房门后面，既能起保护作用，又能听见响动，胆大点的还能扒着门板边子看个热闹，或事过之后从门缝里看一眼五猖的背影，这就是这一天他们最大的满足。

一切准备停当，五猖就进村了。

照例是由土地护送，五猖在前，土地在后。五猖穿戏服，着朝靴，画花脸，持钢叉，威风凛凛，像关公秦琼。土地穿破衣，涂锅烟，着草履，系草绳，摇蒲扇，邋里邋遢，像济公和尚。一干人等，吹吹打打，闹闹哄哄，从上村到下村，从大墩到细墩，送猖的接猖的，把进村出村的道口挤得水泄不通。

不知是哪朝哪代兴起的规矩，土地是不准进村的，否则五猖进村后就没得放猖的自由。但这既是一方土地的管辖之地，熟门熟路，他又有责任把五猖送到所辖各村。无奈到了村口之后，就要被村民拦下，让他在村外守候，等五猖在村里猖够了之后，方才让他继续履行护送的任务。偏偏这天下的土地，就像人间的小吏，官不大，责任心却强，无论如何也不愿放弃监管的职责，执意要随五猖进村，这就难免要与村民发生一场进退攻防的战争。这战争有一个直白的名称，就叫作打土地，虽是游戏，却要逼真，否则便失掉了娱神的意义，也减少了狂欢的气氛。

打土地通常是从土地的退却开始的，土地须得退到一定的位置，给村民留下足够的距离，村民手中的土巴才能发挥作用，自己才有一个回旋的余地，这场人神之战才有了一个恰当的空间。

开打了，当第一块土巴从村民的手中向土地飞去，土地就开始了无休止的奔跑。但见那，苍茫的天幕下，一个人形的神在没命地狂奔。料峭的春寒，扇动他单薄的衣衫，像长了无数的翅膀。裸露的庄稼地，呲着隔年的稻茬，扎进草履的边沿，渗出斑斑血痕。如蝗的土巴，从村民的手里飞出，如射出的箭矢，有躲过的，有躲不过的，每一次躲闪，都会引来一阵笑声，隔着水塘，会溅起一片水花，遇着篱笆，会突出一支奇兵，最奈何不得的，是那些年轻的嫂子媳妇，会冲出人群，追打到村口的大道小道上。不能还手，只能避让。避让，避让，还是避让。

大约是村民们都进过土地庙，拜过土地菩萨，烧过香，磕过头，上过供品，现在该让土地菩萨做点牺牲了。也或许是土地菩萨换了凡人的打扮，穿戴了凡人的衣裳鞋帽，显得不那么庄严，他们就用土巴砸他，跟他开开玩笑。最要紧的是，当他们在村口打打闹闹的时候，五猖在村里正闹得欢腾，他们不能让土地扫了五猖的闹兴。你想进村哪，就是不让你进。

就是不让你进，就是不让你进，就是不让你进。嬉笑的村民一边念动这咒语，一边摆动着身体，弯曲了手臂，嗖的一声从手中射出一枚飞土。无数的飞土在他的上下左右穿射，他所能做的，依旧只是避让。有那避让不及的，便着了一招，又着了一招。于是，顷刻之间，头上起了一个小包，又起了一个小包，脸颊、脖颈、前胸、后背、臂膀、腿脚，这些凡人的皮肉，都像被炭灼了，火辣辣地疼。在村民眼里，此刻他是菩萨，不是凡人，所以，无论怎么用土巴砸他，他都不会疼，无论砸多久，他都不会发恼，不会厌烦。但他却从这疼痛得知，他不过是凡人装扮的菩萨，是人不是神。砸久了，他也会招架不住，跑久了，他也会腿脚发软，肚子会饿，喉咙会渴，还想，停下来，方便方便。可这一切凡人俗事，他都不能做，他得不停地奔跑，不停地避让，一次次试图进攻，又一次次注定被村民击退。只有这样的进退攻防，才能使这场狂欢持续进行下去，才能让它最终到达高潮。

终于，高潮到了，一块拳头大的土巴稳稳地砸在他的脸上，在他倒下去的那一瞬间，他似乎闻到了这土巴散发着莲藕的香味，睁眼一看，果然是一节雪白的莲藕，正好落在他的嘴巴边上。他一把抓过莲藕，就趴在地上大口大口地啃着。村民们望着这个倒下去的身影，还以为他在啃着庄稼地里的泥土，土地啃土，这正是他们要的结果，于是，蹦着跳着发出阵阵欢呼。

有战术家说，在村口发生的这场进退攻防的战争，表面上是村民在阻止土地进村，实则是土地布下的声东击西的疑阵，目的是把村民都吸引到村口，好让五猖在村里的行动更加自由。此刻，在土地的掩护下，五猖已猖遍了村里的大巷小弄，家家户户。大巷小弄的路，他们是熟悉的，家家户户的门都是敞开着的，大门是敞开的，房门也是敞开的，他们尽可以大着胆子穿堂入室，绝无障碍。就连那些刚过门的小媳妇的新房，那些尚未出嫁的大姑娘的绣房，他们也可以抬腿就进，无须顾及平时的那些禁忌和规矩。家家户户都愿意为他们大开方便之门，都欢迎他们进屋胡翻乱找一气，唯其如此，哪些藏在暗处的阴气晦气霉气才会被驱赶出门，他们的屋子才有地方装得下猖日留下的热闹和欢乐，他们才能放心大胆地领受这一年的吉利和喜庆。

为了这点意思，无论穷的富的，都要为五猖准备一份犒劳和奖赏，五猖知道这些犒劳和奖赏藏在什么地方，等在屋里其他地方翻够了闹够了之后，就径直掀开被褥枕头，探手柜顶榻下，熟门熟路地伸手就摸。有摸到好吃的，当即就往嘴里乱塞，摸到不好吃的，或暂时不想吃的，就塞进怀里的大布兜，总之是满载而去，不会空手。偶尔也有摸到不能吃的物件，如一把锅铲，一只汤瓢，或一个秤砣，一包咸盐的，那大半是一些促狭的嫂子和调皮的小媳妇的恶作剧，不要了就是，或还他一报，把那些生硬的物件儿通通塞进床絮下面，把能化的咸盐撒进他们家的水缸，让他们也尝点被人捉弄的厉害和辣头。

　　只有那摸着了一些体己之物，如一双布鞋，一副鞋垫，一条汗巾，一块垫肩什么的，就急忙收藏起来，留待偷情约会时面酬心上之人。五猖都是本村或邻村的青壮年扮演，谁谁是谁的心上人，谁谁想着谁家的大姑娘小媳妇，谁和谁是相好，是情人，不用挑明，村里村外的人谁还没个数儿。所以但凡摸到这些体己之物的，藏的人取的人，必定都心知肚明，同为五猖的伙伴也没有不识相的，会去拆穿这里面的小把戏。只有躲在门后的小伢，有可能看到这个场面，见着这些物件，可他们实在不明白，自己的娘或嫂或姑，为何要将这些东西藏在枕头底下，被窝里面。他们太小，解不得其中的风情。更何况他们还得防着五猖临出门时会用手中的钢叉嘭的一声敲打一下门板。五猖知道这些偷窥者藏在门板后面，他们要用手中的钢叉震慑他们一下，也跟他们开一个善意的玩笑，看见什么了，别说出去，小心我叉破你的屁股。有那胆大的，憋在门后大气不出，胆儿小点的，没等五猖的后脚跨出门槛，就轰的一声关上了大门，蹦咚蹦咚跳了一天的心，随着这一声门响，才归于平静。抬头看堂屋的亮瓦，已有几颗星星爬上了屋顶。

　　闹腾了一天，整个村子都沉沉入睡，只有打谷场上的几个草垛还不安分。扮土地的猫伢家离打谷场最近，此刻，他正躺在元贞的姐姐怀里，温驯得真像一只猫。元贞的姐用一团棉絮，蘸着碗里的清水，帮他轻轻擦拭头上脸上肩上臂上和脖子上的伤痕，淡淡的血丝洇开在清亮的水中，在月光的照耀下，像一幅写意的山水画。

元贞的姐说，明年别装这个土地了，看把你砸的，到处是包，像长疖子的树根。

猫伢说，我家三代单传，我爹说我是金线吊葫芦，说断就断，得年年装土地，让他们砸够了，玉皇大帝心疼，才不让我们家断根。

元贞的姐说，那我过了门就跟你多生几个，个个是儿，生一大群，儿又生儿，还能断得了根。

猫伢说，你又不是猪娘，一窝下一大群。

元贞的姐说，那我就一个一个地生，现在就跟你怀一个。说这话时，她自己觉得脸上有些发烧。

猫伢在她的怀里翻了个身说，那节莲藕是你砸的吧。

元贞的姐说，不砸你还不饿死了渴死了。

猫伢又翻了个身说，我就晓得是你。

元贞的姐又感到脸上有些发烧。

隔着一个草垛，他们说的话，都让元贞的六哥听见了。他六哥这时正抱着淦生的媳妇打滚，淦生在长江上跑船，有了姘头，长年不归，他媳妇就跟元贞的六哥好上了。村里的老人都说不该，嫂子们却说，像淦生这样的人就活该当王八。村里也有人说这样不明不白地厮混着，女的不离，男的不娶，也怪可怜的。他们才不管该不该的，也不觉得自己可怜，你情我愿的，就这样好着就是，谁也管不着。

淦生的媳妇说，看不出，你姐也这大胆。

元贞的六哥说，大胆有么用，你没看见猫伢放着咸鱼吃淡饭，送他口里也不咬。

淦生的媳妇说，就你，咸鱼臭鱼都想咬。

元贞的六哥说，我就要咬你这条臭鱼。说着，就朝淦生的媳妇脸上咬。

淦生媳妇往旁边一躲，反过来朝元贞的六哥肩上咬了一口。

这一口咬得好重，搞得元贞的六哥哇哇乱叫，也不怕隔壁草垛里有人听见。

可淦生媳妇却觉得没咬着肉，掀开他的衣服一看，原来咬着了一副垫肩，就拿眼睛看着元贞的六哥，轻声说，在我枕头底下摸的。

元贞的六哥也像猫伢一样温驯说，嗯。

淦生的媳妇说，又不挑担子，深更半夜的，戴个么事。

元贞的六哥说，挑担子才舍不得戴呢，我就戴给你看。

说着，两人又相抱着滚在一起。

动静太大了，那边，猫伢和元贞的姐听得清清楚楚。元贞的姐轻轻地叹了一口气，对猫伢说，回吧，由他们闹去。

他们相跟着离开了打谷场，猫伢回头看了一眼那个剧烈摇动着的谷草垛，也学着元贞的姐，轻轻地叹了一口气，说，放了一天的猖，也不怕累。

又回头看了一眼那个谷草垛，像是对自己说，猖吧，猖吧，一年难得有这一回。

元贞的姐在后边踢了他一脚，怅怅地说，就会说别个，你做么事猖不起来。

猫伢嘻嘻一笑说，我是土地，不能乱猖。

元贞的姐就用两个拳头捶他的背，说，我就打你这个土地，就打你这个土地。

猫伢就跑，元贞的姐就追，月亮底下，他们的脚步和笑声，是那样遥远而朦胧。

整个村庄都睡熟了，只有他们，在延续这猖日狂欢的余韵。

唐·孙

唐·孙是孙反修的绰号，孙反修本名孙德民，是他的打过游击的老子孙光复起的。德民德民，有德于民，自然就是老子的革命理想和奋斗目标，怕的是在老子手里面不能完全兑现，便将希望交给了儿子。偏偏儿子醒事的年月，觉得老子的这番理想和希望颇多局限，于是便把革命的目标转向世界，安内必先攘外，德民必先反修，不久这位少年便从里到外，连招牌到货色都是地地道道的反修战士了。

其实孙德民或后来的孙反修另有一个诨名叫孙苕。苕在我们那儿是红薯的俗名。红薯外观敦厚，内里结实，喜欢吃的觉得它甜，脆，烧熟了粉，香，讨厌它的就说它吃了爬气，尿骚屁多。另有一首歌诀的态度倒是不偏不倚，评价公正，说的是："生苕甜，熟苕粉，夹生苕没得整。""没得整"即没办法，不可救药，也是本地土语。根据孙德民或孙反修后来的表现，他大约只能归于"没得整"一类，即"夹生苕"是也。

毕君即是根据他的这一特点正式给他命名为唐·孙的。我们当中数毕君读的外国书最多，那时候我们都不知道西班牙有个叫塞万提斯的洋人写了本洋书叫《唐·吉诃德》，更不知道这个名字的中间一点前后的"唐"和"吉诃德"各代表什么意思。根据有限的一点俄语知识，就猜想这大约也是一个洋人的全名吧，类似于康斯坦丁·伊万诺维奇之类。经过毕君的解释，大家才茅塞顿开。毕君又给我们讲了几则那位吉诃德先生的故事，对照孙德民或孙反修最近的表现，大家不得不点头称是。唐·孙就这样暗暗地叫开了。这名字既高雅又含蓄，加上毕君释名时用过的许多知识，于是便顺理成章地代替了当今的孙反修和叫惯了的孙苕，更不用说过去的孙德民和他娘老子熟悉的小名了。

　　所谓最近的表现，是指唐·孙从下乡之日起，到命名之日前所做的二三事。

　　头一件事后来公社的秀才整材料时用的题目叫《拒腐蚀，抗拉拢——四队知青对富农保持高度革命警惕》。事情原来是由一篮腌菜引起的。我们下乡时，乡下腌菜的季节已过。腌菜在城里大半是用作调剂胃口的，但在乡下，腌菜常常在饭桌上唱主角。尤其是蔬菜淡季或农忙季节，腌菜更是须臾不可或缺。乡下人心细，关心人多从人的衣食住行打算，来得实惠。别的东西拿不出来，腌菜可是满缸满瓮，家家富裕，自然是东家一篮子西家一篮子地送。直送到这些破絮头一样的东西在墙角堆成了一座小山，担心这辈子烹、煮、煎、炸无论怎么吃也吃不完。队长却说好办，趁还没有沤热沤烂，拿个大缸夯结实了，算是乡亲们代你们腌过的。

　　这小山一样后来满缸满瓮的腌菜中便有富农王伯元送来的一篮。那是他女儿夹在川流不息的人流中送来的。女同学见那姑娘长得清秀，还着实喜欢了一回，是唐·孙发现王伯元家的成分是富农的。原来他下乡这几天脚不沾地，整天价见不到人影儿是到大队干部和土改根子家去调查本队的阶级斗争情况，好决定今后或依靠，或团结，或打击的具体对象。"富农的腌菜怎么能接受呢……"他自问自答指天画地对着腌菜堆发表了一通演讲，然后便动手到那小山一样的腌菜堆中去翻找富家送来的一篮。我们起先以为他是闹着玩儿的或故意装疯卖傻，都不去理会。女生在一旁吃吃地笑。大毛则跟他逗乐子说："是的，富农的腌菜吃了拉黑屎！"等到看出了他的认真，大家便一连声地叫苦不迭。因为那一堆小山一样的腌菜颜色相同型号相同气味相同，是很难分出成分来的。到底是唐·孙心明眼亮，嗅觉灵敏，硬是从中深挖细找，找出了一小堆颜色稍黄茎叶稍细气味稍异的腌菜来，便认定这是富农女儿送来的。于是由他领头，还要带上我们这些人，抱着腌菜，浩浩荡荡朝着富农家奔去。出来招呼的是王伯元本人，他望着扔到他怀里的这堆腌菜怯怯懦懦大惑不解地说："其实，这是上好的雪里蕻腌菜……""是金子富农的也不要！""但我家送的不是这个……"王伯元正欲分辨，但唐·孙的队伍已向后转。只有毕君走在最后才听到了这句话，但毕君挑明这事却是在回城之后。

自此，乡下人送东西就格外谨慎，除了几户贫雇农和队干部，一般人家轻易不敢出手。但这些人家可送的不多，且总数有限，自此外财大为减少。虽然唐·孙连带我们都得了表扬，但终究不如腌菜实惠，尤其是当我们真正认识到腌菜的意义之后。

第二件事便是使唐·孙大出风头的搅粪窖事件。六七十年代，凡看过新闻纪录片的人都记得一个镜头：铁人王进喜跳进泥浆池用身体搅和泥浆。泥浆何以要用身体搅拌，这些乡下人并不清楚，但沤了豆饼的粪池要搅拌均匀才好泼洒，在农活中却是一个常识。粪窖很大，装满了有一人多深，人粪人尿家畜粪豆饼青草混在一起，远远地就可闻到一股奇臭，且蛆虫成球，密密地把整个窖口封住，走近了看，万头攒动，煞是热闹。这天天刚麻亮，一群青壮劳力各自挑了粪桶把整个粪窖团团围定，只等搅和均匀了便起挑下田。时值早春，赤脚踩着露水还有几分冰冷。唐·孙因为到队屋换大粪桶稍稍来迟一步，见众人只顾逗笑，便问："怎不动手？"有人应说："等搅和了"。"怎么搅？"众人便拿眼看住他，只笑不答，大约是笑他没常识或看看他能拿出什么好办法。我后来和毕君都认定王进喜用身体搅拦泥浆池的新闻镜头起了作用，只一眨眼工夫，唐·孙便当着众人脱得精光，只留一条三角短裤，扑通一声跳进蛆丛。等众人惊醒过来，眼前正与王铁人搅泥浆的场面无异。一时间，窖沿上的人都乱了方寸，唯一冷静的是毕君，他从棉垫肩上扯下两块棉花团子递给唐·孙，又指指耳朵说："堵上，别让蛆钻进去了！"但这时漫山遍野的蛆虫已在唐·孙的脖颈上迅速往上攀登，前锋已接近耳垂，有的已迂回到两侧鼻窝里，正准备着向内偷袭，不消一个喷嚏的工夫，唐·孙的整个脑袋都将缀满珍珠……

幸好队长及时赶来了，他肩上扛着一把大桨，这桨便是专用的搅拌工具，只需伸进粪窖左右各抡三圈便可搅拌均匀。见此情景，队长心中自是叫苦不迭，口里却说："小孙真不愧是四队的铁人！"说完又狠狠地瞪了众人一眼。

自此孙铁人名声大振。

如果还要说一件的话，那便是唐·孙发誓要娶一位贫农的女儿为妻，以示一辈子扎根农村与贫下中农相结合的战斗决心。这是后话，按下不提。有这二三事，唐·孙的绰号在知青中便叫笃定了，孙铁人三字倒从未听人提起。

这些事当地的农民都愿意谈论，因为毕竟憨态可掬。而且韭菜麦子不分的旧话也已说腻味了，孙铁人的故事要生动得多。四队的人得以亲眼所见，尤显骄傲。知青们虽不以此为荣，但也不以为耻。因为拿这些事取乐倒也是难得的材料。上头的人喜欢的自然是其中的政治意义。总之，唐·孙在众人眼里上上下下都堪称一个可爱的人。只是各人爱的意思不同，那只好悉听尊便，难得的是他这样的人并没有丝毫的讨人嫌。

佩佩爱他兼有各种各样的意思。这是个能耐不大但却喜欢充当各种各样的保护人角色的女孩子。她对唐·孙的感情最先便是由此萌发的。她讨厌人们拿唐·孙的憨劲取乐，更讨厌知青同类怂恿唐·孙去干这类憨事又背后拿他当笑料。她因此常常为唐·孙打抱不平，有几回甚至与人发生口角。知青们听了毕君讲的吉诃德先生的故事后，背地里就叫她罗任索，即那位被吉诃德先生封为想象中的意中人并赐了一个贵妇人的雅号叫杜尔西内娅·台尔·托波常的牧猪女，或简称为啰唆。啰唆也常常在没人的时候开导孙反修（她从来不叫他唐·孙）："反修，人家都把你当猴耍，你难道还看不出来？以后别再装疯卖傻了，省得人家看我们的笑话！"说到"我们"，她便拿眼睛看定了唐·孙，等待唐·孙拿同样的眼神报答。但唐·孙却若无其事地说："说我傻，我就傻，我愿当革命的傻子！"这是雷锋叔叔的话。佩佩知道唐·孙对她无情，但却不甘心，仍然时时肩负着保护唐·孙的责任。

但有一件事使唐·孙失去了佩佩的保护，并且佩佩最终也对唐·孙绝了念头。

1969年遭灾，一连半个多月，天大漏，几百亩湖田都泡在水里，正要成熟的谷子有半数成了瘪壳。连年年成不顺，家家都无存底，但本大队是学大寨典型，上报公余粮的数字海大海大，得一颗颗的谷子填平。湿淋淋的谷子刚从水里面捞上来，公社便派来了工作组住进打谷场旁边的队屋。晒场、脱粒、扬场、装袋，一应工作完成，只等往公社粮站运送。这一天，工作组忽然不见了人影，队长却天麻亮便吩咐各家备了箩筐到场上去分瘪谷，好腾出空地来让拉粮食的拖拉机掉头。瘪谷只有喂猪，人是不能吃的，好在我们也喂大了两头猪，等着用瘪谷碾糠，于是担挑肩扛，一顿饭工夫，小仓房里便堆平了罗墙。向晚，队长通知开会，各家各户都要派人到场。工作组全班人马忽然又都冒出来了，加上大队书记，大队长和大队会计、出纳、民兵连长，一应人等，悉数到场。众头脑在一支大灯泡下坐定，神情极严肃，知道谈的不是一般事情。果然，众头脑轮番讲话都围绕一个中心，被压迫人民都在眼巴巴地望着我们这点粮食，我们要支援世界革命一定不能让各国人民饿着肚子和帝国主义修正主义及各国反动派做斗争，说我们是学大寨典型一定要起带头作用踊跃交售爱国粮反修粮，尤其不能瞒产私分要，提高革命警惕，谨防阶级敌人破坏捣乱，即使勒紧裤腰带也要把公余粮保质保量交好交干净，云云云云。然后散会，一切平静。

坏就坏在队长散会后一个人单独到知青户来了一趟。时当夜半，队长趑进门后便问："瘪谷呢？""喏。"毕君朝仓房努努嘴。"会弄吗？""明日挑到加工厂去轧。"毕君说。"嗨——"队长拖长了音调说，"这不行，要连夜弄出来，到明天便沤烧了。"我们正将信将疑，门外已有人抬进一台煽谷的风车，队长不由分说，便在堂屋里架车、上料，然后又忽喇忽喇地摇动风车。等到第一箩筐瘪谷煽出来，众人却惊了个半死。原来所谓瘪谷不过五分之一，一箩筐上去，吐出来的仍有浅浅的一箩筐。

全是饱满的谷子啊！众人那份惊喜自不必说，这以下的动作便心有灵犀，都带上了那么一点神秘色彩。

天快亮的时候，队长走了，临走时再三叮嘱把谷子藏好，还留下一个诡秘的笑容。众人正要把谷子抬上阁楼，唐·孙却冷不丁地说："不行，这是瞒产私分，我要到公社去报告！"

这一天，唐·孙没有回来，第二天没有完成征粮任务的工作组连同大小队干部都进了公社的学习班（后来大队书记和工作组长被革职查办，大队长降为大队副，队长因生产离不开仍保留原职），第三天，公社广播站播放了表扬唐·孙的广播稿，题目已记不得了，只记得正在这时候唐·孙回来了，但大门口已站了一排人，是自己的哥们姐们，内中当然也有佩佩。他的行李全数被扔在门外的地上，在队里人从他身后呈扇形或半圆慢慢围拢过来的时候，佩佩忽然从大门里扔出一件东西，这是唐·孙骑的一辆破自行车，坏了好久了，已不能用，佩佩大叫着说："去你的唐·苕吧，骑你的努骍难得（注：原为吉诃德先生的瘦马）滚吧！"说着放声大哭。毕君则双手抱胸，龇牙裂嘴，笑脸阴森。

唐·孙后来就分开过了。不久，便做了贫协组长的上门女婿。那一段唐·孙虽然仍旧憨头傻脑，但因为没人欣赏，便不可爱。那姑娘常过去帮他烧火弄饭，缝补浆洗，顺便也就成全了他刚下乡时的誓言。

唐·孙仍在乡下，这年月人们都出来找活钱，他却在侍弄几亩薄田，日子过得清苦。我们曾下去看过他，后来也没少向出来做生意的人打听。佩佩和毕君还托人稍过儿回东西，他们也早不记恨他了。但大家谈起那件事来，仍忘不了从那年下半年到第二年开春，唐·孙给我们全队人带来的一场好饿。

赵家姑娘

赵家姑娘，大脸盘，皮肤白皙，留齐耳短发，身段居中，肩背稍宽，但也有腰窝。住赵家墩，离桂家墩仅一里之遥。因为住得近，又因为赵家墩是小姓，户头少，故而每年冬天搞戏班子，赵家姑娘总是一个人跑到桂家墩来学戏。

桂家墩戏班子请的师傅是本家本姓的桂三元。桂三元唱采茶戏，上起采茶戏的发源地端云山，下到采茶戏的出口处浔阳江，二百里狭长县界，远近闻名。桂三元从小跟师傅学花旦，老旦也能唱。既然男人能装扮女人，把老少娘们演得惟妙惟肖，又何必女人丢人现眼地上台。在乡下观众眼里，只要演得像就行，管他是真是假。大概就这个原因，桂三元不喜欢女人演戏。据说他从未教过一个女徒弟，赵家姑娘是个例外。毕竟年月不同了，何况赵家姑娘的未婚夫是区上的一个干部，到了年节，还得他通知上县里开会，受县领导接见，搞慰问演出，领奖状、请吃饭、坐首席。

徒弟是认了，但桂三元并不全心教。确切地说，除了教唱，口对口地传授外，举凡各种扮相、做作，桂三元对赵家姑娘的态度就像一个滑头领导，只是让她看，并不像教别的徒弟那样身贴身，手把手地教。再说有些动作也实在不好出手，比如，桂三元的拿手好戏《戏狐仙》，说的是一个狐狸精迷恋一位迷路的书生，用种种暗示和挑逗对这个书呆子进行爱情启蒙。演到高潮处，狐狸要变成一个漂亮村姑，斜倚书生怀里，半敞酥胸……虽说是演戏，但师徒之间，到底碍着男女大防。偏偏桂三元又是一个极守旧的人，所谓出淤泥而不染，人虽入了下九流，却死守着一片净土，所以他演了大半生戏，走遍村村店店，不曾留下半点污名。临了，他当然不愿为破例教一个女徒弟而叫人在背后道论。赵家姑娘注定演不成《戏狐仙》里的狐狸精。

话又说回来，狐狸精一角桂三元从来就没有全心教过他人。名分上学演这一角戏派定的是亚佬，但亚佬除了长相白净，身条子细长，装扮起来像个女人外，其余一应唱念做作都不得窍。别说那些细微处既要台下看得明白，又要观众眨眼之间随之动容，对亚佬来说，简直如转着牛眼送秋波。就是那些大起大落，明明白白的招式，亚佬也做不到堂。加上亚佬是个铁骨子人，个子虽小，身份却重，在演书生的铁汉怀里坐久了，由不得不叫铁汉的大腿发麻。

桂三元天生就是演狐狸精的料。他个子细巧，真正是筋软骨嫩，身段轻灵。按说是个福相，但看相的庭彩老爹说，他坏就坏在错投男生，不然命里主贵。要说桂三元演的女角招男人欢喜，那是事实。据说他年轻时演《戏狐仙》，把四乡八里跟他一样年轻的后生撩拨得狗仔一样哇哇叫。等戏演完了，一窝蜂抢到后台，却发现，原来是个假的，只好扯八瓣把他拉到家里，请他吃酒吃茶。如今这些年轻的后生哥都成了老辈，已没有当年的狂劲。但桂三元近六十岁了，一出台还照样招惹人。只是当后一辈后生哥又像当年一样冲着台上的桂三元哇哇叫的时候，那些老辈子却扎在人堆里含着烟杆暗笑。三元哪三元，哪辈子挖了你狗日的眼睛，削下你狗日的那两片薄嘴唇，后生哥们才算是安静了。

但桂三元演《戏狐仙》也有不济的时候。戏演到高潮处，有一节要有点脱露。其实脱露的面积并不大，不过是罗衫微敞、酥胸乍露，超出常规的总共不过是从颈脖根到花抹胸之间的一块倒挂的梯形。但这块梯形的做功却大。狐狸精和书生都喝了戏狐仙的山葡萄酒，各有几分醉意，狐狸精趁醉敞怀，肆意挑逗，书生几经点拨，已是情窦初开：

狐（白）：秀才哥，你可曾见过这样的白皮嫩肉吗？
生（白）：未曾见过。

狐（白）：那你可有一比？

生（白）：我有一比。

狐（白）：所比何来？

生（白）：我比作一张上好宣纸。

狐（白）：哎呀——纸是要写字的呀，那不是要涂上墨坨子吗！

生（白）：那大姐说比作什么？

狐（白）：秀才哥，你近前细看。

秀才醉眼蒙眬，趋步向前，逼视酥胸，妖女若即若离，举步飘摇，引秀才边舞边唱。

狐（唱）：要说那白白如雪。

生（唱）：白呀白如雪

狐（唱）：要说那滑滑如冰。

生（唱）：滑呀滑如冰。

狐（唱）：要说那冷冷如霜。

生（唱）：冷呀冷如霜。

狐（唱）：要说那平平如镜。

生（唱）：平呀平如镜。

狐（唱）：要说那柔柔如水。

生（唱）：柔呀柔如水。

狐（唱）：要说那嫩嫩如笋。

生（唱）：嫩呀嫩如笋。

如此这般地对唱下去，台下顿时一片大乱。乡下人虽然保守，但在这种场合却分外开放。因为台上的一男一女明摆着是两个男人在做戏，用不着顾忌男女之大防。嫂子媳妇不怕自家的男人看中了狐狸精，听任他们馋嘻嘻地盯着狐狸精的那一抹酥胸张开嘴呵呵地傻笑。她们自己则根本不要看狐狸精颈上挂的那块二尺白绫裁成的假胸，真的到底有多白多滑多冷多平多柔多嫩，只有她们自己和她们的男人知道。因此在这种时候，她们往往像那些藏着真玩意儿的古董商人，看着人家仿制的假古董可以乱真，虽有三分赞赏，但总免不了有三分不屑、三分挑剔，一分盛气凌人。这种时候，她们会停下手中纳着的鞋底，跟着大家一起哄笑，笑到难堪处，她们会低下头去骂一声："该杀的三元！"又撕拉撕拉地扯起了麻线。最不规矩的是那些愣头后生，哇哇哇哇乱叫的是文明人，不文明的便凑到嫂子媳妇的颈脖上，嬉皮涎脸地叫着某嫂某姐的，吵着嚷着要"让我看看！"甚而至于动手动脚，假装要来真格的。遇着这种调皮后生的死乞白赖和胡搅蛮缠，乡下女人有的是对付的办法。要么是一鞋板拍到脑门顶上，要么用食指护住半个针头狠狠地扎上一针，准保这些后生哥抱头鼠窜或哎哟连声。这些占了便宜的嫂子媳妇便咯咯咯咯地笑个不停，台下的这出戏实在是比台上的那出戏还要热闹。

桂三元的不济就不济在那二尺白绫裁成的假胸上。放在二三十岁上，他那身注意保养、风不吹日不晒的细皮嫩肉，即使不敷铅粉，在明晃的汽灯下一照，仍可乱真。而今毕竟筋肉松弛，皮色蜡黄，连演书生的铁汉也目光游移，心不在焉，也就怪不得台下的后生哥要扯着嫂子媳妇看真格儿的了。乡下人看戏，任什么都可以假得，所谓有杯无筷、有酒无菜、移步千里、一将千军，只需稍作暗示、点到为止，是那个意思就行。唯独涉及人身上的零部件，就少了这份悟性，偏偏要穷根究底看个清楚明白才算过瘾。这也是活该桂三元要走背时运。

赵家姑娘就这样年复一年地在师傅身边坐冷板凳，说是徒弟，实际上只能算是他师傅门下的一位女票友。偏偏这位赵家姑娘对这一切并不介意，她尽心尽意地唱，目不转睛地看，远远地跟在师傅和亚佬身后模仿，留心师傅忽上忽下，忽左忽右地搬弄亚佬的手脚，用了一根手指牵着亚佬的眼神硬硬地往演书生的铁汉那边碰将过去。渐渐地，师傅忽然发现铁汉的眼神有点捉拿不住，像是刚从山那边过来又像刚看过远处的地平线。有几次桂三元已是老大不快，但也就在他的手指指向铁汉的眉心间轻轻一点的瞬间，铁汉便把眼神收了回来。终于有一次，任凭桂三元的手指如何点戳，铁汉的眼神一去不回。桂三元先是一疑，后是一惊，等到他顺着铁汉的眼神，自家侧过身来，又翻过亚佬的肩头，才在屋子的暗处捉住一双眼睛。那眼睛又大又亮，生灵灵、滑溜溜，如抓钩般死死地把铁汉的眼神擒住，直叫他挣脱不得。桂三元这一气非同小可，但他依旧没有十分发作，只重重地往椅子上一坐，恨恨地叫一声"茶!"

平心而论，桂三元恼的并不是赵家姑娘偷学了狐狸精的戏，她到底是自己名分上的徒弟，况且他要的就是这双眼睛，勾魂摄魄，让迷路的书生神痴心迷。但又转念一想，若果真的是让赵家姑娘学走了这角戏，岂不是坏了我桂三元一生的规矩，况且有心栽花花不发，无意插柳柳成荫，总不免要被同行和外人道论。想着长叹一声，大约是我桂三元气数将尽，自此怏怏不乐，无心教戏。

却说赵家墩和桂家墩相距不过里路之遥，但那中间却隔着一块打谷场，唤作瓦屋圹，是必经之地。瓦屋圹闹鬼，常人即使是在月朗星稀之夜，也不敢独自通过。赵家姑娘每次过桂家墩学戏，归去已是半夜，自然免不了要人伴送。铁汉自恃胆大，便自告奋勇地当了护法尊神。夜深人静，一男一女相跟了在野畈地里走着，时不时哼一声戏文，说话间也就到了赵家墩。铁汉便在村头柳树下站定，听赵家姑娘家的门闩一响，就打道回府。照旧是哼一声戏文，一抬头，便是自家大门。

这一夜，赵家姑娘忽然在瓦屋圹的打谷场上站定，转过身来对着铁汉说："铁汉哥，我想……"

"你想什么呀?"铁汉说。

"我想要你教我《戏狐仙》。"

"你不是早就偷学了吗，还要教呀!"

"那我们练练。"

"行。"

寒冬腊月，难得有一夜融融月光，四野肃杀，已是寒气森森，任这一男一女歌舞了一回，颈脖间已腾起阵阵雾气。赵家姑娘便脱了棉军大衣说："铁汉哥，我们真练吧!"

"行，真练。"铁汉也卸下棉装。

于是，歌舞又起。

"要说那白白如雪。"

"白呀白如雪。"

"要说那滑滑如冰。"

"滑呀滑如冰。"

"要说那冷冷如霜。"

"冷呀冷如霜。"

"要说那平平如镜。"

"平呀平如镜。"

"要说那柔柔如水。"

"柔呀柔如水。"

"要说那嫩嫩如笋。"

"嫩呀嫩如笋。"

"要说那……"

"要说那……"

"那个水呀……水呀……"

"那个笋呀……笋呀……"

月光沉沉地照着，周遭是一片死静。从颈脖根到抹胸的那一块倒挂的梯形上亮着白光，其上有两条冷火在光影里推拉迫拒，如赤练蛇，死死活活地纠缠不放……

第二天亚佬突然对师傅说："师傅，我不学狐狸精了。"

"嗯？"

"我昨晚看他们练了。"

"……"

"真练。像真的……"

"……"

这天晚上，桂三元破例把赵家姑娘叫到身边，说："试试。"又向铁汉招了招手，说："你来陪练。"却没有招呼亚佬，只在散场的时候含含糊糊地说："今后你们演吧。"就不再提这出戏了。

桂三元自此以后果然再也没有演过《戏狐仙》里的狐狸精，也没有见他教演过《戏狐仙》这出看家的戏。他死于饥荒，是吃观音土和油树皮憋胀死的，临死前抓破了胸口，把那块万人瞩目的梯形也抓得稀烂。这时候赵家姑娘已和那位区干部结了婚，住到离桂家墩五里地的胡家墩去了。她在桂三元之后只演过一次《戏狐仙》，也是铁汉演的书生。但怎么演亚佬都说不像，一口咬定没有那天晚上的"真"。台下的观众除了赵家姑娘出台的那个瞬间有过一阵骚动外，其后便无太大反应。

上起端云山下到浔阳江一二百里狭长的县界，人们还是怀念桂三元演的狐狸精。直到前些年，省里有位戏工干部提起这出久已被人们忘却了的老戏还说："这出戏演得是一点真性灵。"

书场春秋

　　本县中上乡有两位很有名气的说书人。首屈一指的是猪娘嘴。猪娘嘴的名气很大，一般人都不晓得他的本名本姓，但只要提起"猪娘嘴"三个字，无人不晓。就好像戏台上的名角儿，挂牌子、跑江湖，吃得开、叫得响的往往是艺名，本名本姓的只要爹娘还记得就行。猪娘嘴也是艺名，虽然听起来不甚雅驯，像是绰号，但只要与那个具体人挂上号了，就不能不让你肃然起敬。这地方把母猪叫猪娘，猪娘嘴说文了也就是母猪嘴。

　　另一位便是老赵。老赵的本名也不大有人记得起，他的诨名赵铁嘴或赵油嘴，因为叫的人不多，也不大记得准确。老某老某的，是那地方对下乡干部的称呼。老赵一解放便由中式对襟便衣改穿天津蓝或学生蓝制服，蓄二一添作五的中缝分头，胸前挂杆黑金星钢笔，细皮嫩肉的，很像干部。

　　猪娘嘴的行头不同。他骨架子粗大，不像老赵那样身条子单薄。皮色油黑，剃葫芦头，在先，后脑勺还留有一排齐刷刷的短帘子，那是剪辫子不彻底的标记，后来撤了这帘子，也就彻底地"光瓢儿"了。猪娘嘴走村串户地开书场自然是在冬季农闲之后。因此，在听众眼里他永远是穿一身斜襟棉布长袄，上束一根布带。他的一套混饭吃的家什也就靠了这根布带子在他身上左披右挂：鼓架子别在左边，像一把长剑。牛皮鼓挂在右边，又像一副箭囊。光看这一左一右颇像一位古代武士。但偏偏他的那　副响板却呈八字形在肚皮上插着，活像两把二十响的盒子炮。这副装扮自然滑稽，但也有一个好处，就是不用劳神去接请他的人另外帮着拿行李。不像老赵，一个鼓鼓的藤篮子，装了说书的家什，还有换洗衣物、口杯毛巾、牙刷牙粉、各种通俗的小说唱本和政府的油印宣传品等，让接请他的人在前面提着，他自己则跟在后面不紧不慢地走。不明底细的人，会以为他是出诊的郎中。猪娘嘴用不着这一套，他没有老赵的那些卫生习惯，要说的书文和要吃的饭菜一样，都装在肚里，熟门熟路的，也用不着指引，只管自家在前面急走急行，倒把接请他的人远远地撂在后头，紧撵慢撵撵不赢。

按说这两个人就不该在一个场面上混饭吃。常言道行毒行毒，同行是冤家，更何况这两个人的性情如此天渊之别。但偏偏他们两位从来就没有红过脸，也没有谁在人前背后拆谁的台，正所谓井水不犯河水，自来相安无事，大路朝天各走半边。听众那边虽各有所好，但也没有特别地亲谁疏谁，抬谁踩谁。秋收一过，场上的事完了，猪娘嘴就难得落窝，老赵也没在家闲着。气派大的村子还要设两个书场，把两位都请了，两副鼓点一起敲，让大家伙儿听个对台。只闹了个单吊的，村里的主事人还要加意向大家解释，今年就这么凑合了，来年再补。

乡下人图的是热闹，并不去深究其中的道理，但谁最对自己的胃口，各人胸中有数。因此，只要鼓点一响，用不着招呼，都知道该端着凳子往那个书场上凑。等人围成圈儿了，你就知道，物以类聚，人以群分，这两位说家各有各的听众。

猪娘嘴的师傅是后山一位还俗的和尚，这位出家人年轻时就迷恋说书，常在晨祷晚课中敲着木鱼点子杂念一些书文，师傅嫌他凡心未了，坏了佛门清规，就将他逐出山门。猪娘嘴从小死了爹娘，靠砍柴为生，常歇了柴担子潜入寺内听和尚说书，等到和尚被逐出山门以说书为业，也就正经八百地收他为徒，因此，他的数十部书文倒是得师傅的一点真传。他天资聪颖、悟性极高，因为认不得字，全靠师傅口口相传，但过耳不忘，立马能诵，很得师傅喜欢。等到他接了师傅的衣钵，他的名声已大大超过了他的师傅。因为从小受穷受苦，看多了天下的不平，猪娘嘴最喜欢说的是书中的那些忠臣义士、绿林好汉，尤其是《三国》、《水浒》、说唐、征东、杨家将、岳家军，更是倒背如流。说得多了，自家也就成了书中的人物，陡地生出一腔豪气，长成满身侠肝义胆。就因为这，后山的一位大户少给了他二升米的"包场"，他一脑袋扎在管家的胸脯上，险些闹出人命。因为用力过猛，碰着了身旁的石狮子豁了两颗门牙，虽碍着说书，但他到老不补，便成了他这次壮举的终生标志。猪娘嘴无论在书场内外，说的做的生的长的，都不愧是一条汉子、一介英雄。

所以在他的书场上坐的，清一色的都是些老少爷们儿。上了年纪的喜欢怀古，正当盛年的日子过窝囊了，也想借听书出口鸟气，得些补偿。年轻的后生哥虽然少了一份耐性，常在两个书场之间流动，但他们到底是生性顽劣、争强好斗，在猪娘嘴这里自然得了更多的满足。而且，他们冲着猪娘嘴来的，还有他说书时的那身绝技。猪娘嘴的第一绝技自然是他的那张嘴巴，虽然掉了两颗门牙，说话时难免走风漏气，但这个出气口恰恰成全了他的各种口技。举凡风声、雨声、波涛、马蹄、宝剑出鞘、空中飞镝，各种响动从这个豁口里吐出来，*丝丝丝丝*，沙沙沙沙，往往透着几分寒气，真个是气象萧森，肃杀逼人。其二便是他的那张鼓皮。猪娘嘴说书用的鼓比一般说书人用的鼓要矮个二三分，形状、厚薄都如同一块芝麻饼，据他自己说蒙的是水牛皮，皮质厚，透音差，敲起来崩崩崩崩如敲树皮，无半点空明敞亮之气。但这面鼓在他手里常常被用作盾牌盔甲，一旦两军对阵，那根小棒在鼓上点拨挑戳，哗叭有声，如真的砍杀劈刺一般。最神的要算他的那副响板，常人说书用的响板有一根绳头穿起，拗在大拇指上，便于拍打用力，猪娘嘴的响板没有这根绳头，而且拿在手里的那块还缺了半边。响板木质乌黑，通体油亮，身份沉重，是猪娘嘴宝爱之物，任谁也不敢擅摸擅动。猪娘嘴说是师傅的遗物，用上好的犀牛角打磨而成，价值千金，日后便是他的半生衣食。这响板在他手里如同活物，一片在掌心稳稳粘住，另一片却在半空里上下飞动，遇着兴起，敲鼓的小棒便在半空里对着响板橐橐敲打，橐——叭，橐——叭，橐橐橐——叭，橐——叭，音调铿锵，金声玉振，奇响迭出，有刀兵格杀之气。这沙声、闷鼓、亮板，堪称猪娘嘴的书场三绝。就凭了这三绝，鼓过三通，猪娘嘴就把这些老少爷们儿带进沙场，任八头牛也拉不回。

老赵全然不是这番滋味。他是个游馆先生的后代，自幼跟父亲识文断字，像猪娘嘴说的那些书文，他从父亲的布包袱中几乎都偷来读过。但老赵对这些了无兴趣。他无意究天下兴亡之理，也不愿看征战杀伐、英雄横死。他感兴趣的只是那些痴男怨女，红颜薄命，公子多情。因此他说的书大多是《西厢》《红楼》一类。老赵说书，一则是因为家境败落，二来是全凭了这种兴趣。他几乎是无师自逼，不像猪娘嘴那样拜师学艺。加上他粗通文墨，他说的那些书文几乎全是他自己根据小说和戏文改编而成。这是老赵的专利，猪娘嘴不敢轻慢老赵的，大约也就是因为这一点。老赵也有老赵的听众，这是猪娘嘴请不动也拉不走的。

就是老赵长相斯文，行事心细，开篇前，先拿两眼在场子里扫个半圆，知道来的是姑娘婆婆，便紧一声慢一声地说些家常理道 (后来是说些政府的政策和新人新事) 算是书帽子，渐渐地，收拾家务的嫂子媳妇们过来了，或抱着孩子，或纳着鞋底，等到把场子坐饱满了，便不露痕迹地转入正文。老赵说书，极少道白，全是低吟浅唱。他的嗓子虽算不得响亮，但高处能上，低处能下，一波三折，九曲回肠，也都转得过去，无遮无碍，不堵不塞，末了还能拖个长尾子，尽管颈脖子憋得通红，但到底是一气贯穿，余韵悠长。那些姑娘婆婆嫂子媳妇就稀罕老赵的这副嗓子，说他硬生生地就是个唱戏的，所以她们也就把老赵的说书当戏听，越听到夜深，味道越醇，等到猪娘嘴的书场上的那些老少爷儿们跟着猪娘嘴打杀得困乏了，老赵这边书场上爱哭闹的孩子睡了，纳不完的鞋底停了，姑娘婆婆嫂子媳妇正愣着神儿听在兴头上。

就是这样的两个说书人，一文一武，一粗一细，一个称得起婉约，一个说得上豪放，在冬日的漫漫长夜，该给四乡八里的村民带来了多少生之乐趣。他们把他俩当作一个公共的家族成员，也全在道理。正因为如此，猪娘嘴和老赵每到一处，都无人见外。说是吃派饭，其实是半固定的食宿之所。猪娘嘴爱喝一口，自然有几位年长的酒友陪着，喝到酒酣耳热，话题便由古到今，也无非是些世道人心、邻里是非、家庭龃龉之类。自然也免不了要数落自家的老婆子，骂骂媳妇刁钻、儿孙不孝。到这种时候，猪娘嘴任喝得多醉，也会梗着脖子，拍打拍打着胸脯说："我那义子，虽说不是……亲……亲生，但有情……情义，媳妇也……也孝道……"众老汉便口齿不清地附和道："那是……那是……"然后大家横七竖八地睡。管食宿的人家也不嫌弃，倒觉得猪娘嘴虽终生未娶，总算有个亲人知个冷热酸疼，好歹也不枉在人世走过一回，竟生出许多怜惜之意。

老赵虽也应付着喝一口，但不贪杯。他爱牌，茶饭清淡点却无所谓，但饭后必得开一桌。那一带男人好赌，用骰子，女人才围着摸撮牌。这正好是老赵的基本听众，于是书场上不能说的话便在牌桌上且打且说。话题也无非是些家常理道，有时也无话找话地问些老赵那里的乡风俚俗，或恭维老赵的老婆漂亮贤惠，间或也开些不荤不素半荤半素的玩笑。这些老赵都应付得轻松得体，既不故作正经，也不油滑轻浮，更让这些女人觉得老赵真是男人堆里挑出来的温存种儿。有那受过男人拳脚的，自然要在心下暗叹这辈子错配了八字。也有那身外把持不住的，免不了要背着人给老赵一点特别的温存，或给老赵送上一件心上之物什么的。遇上这种事，老赵也不特别回避，有时候反倒亮着嗓子谢那送温存的："哟，这水好甜哪，该莫是把了冰糖吧！""这袜垫子好看，我拿回去一定让我老婆照着做！"既没有什么见不得的，人家对他也不加防备。那些送温存的女人渐渐也觉得老赵果然是个君子，只叹自己今生没有这个缘分。

1958 年，猪娘嘴和老赵都上了水库工地。起先，工地指挥部让他俩都参加搞宣传。猪娘嘴只能说，不能编，鼓词儿便先得有人写好，再念给他听，他才说得出来。偏偏编词儿的人对说鼓书不在行，便常常让猪娘嘴感到别扭。忽然有一天，有几句鼓词儿说："老年个个赛黄忠，青年个个赛子龙，妇女赛过穆桂英，中年要比张飞强。"猪娘嘴认为这不在理，第一，这两个人有三个是三国的，有一个是宋朝的，前朝后代，男女混杂，不好放在一块儿说。第二，赵子龙固然是张飞的义弟，但年龄也老大不小，不便算作青年。要说年轻，张飞年轻时也英雄过，为何又算作中年呢！既认了死理，难免要与编词儿的人发生争吵，结果弄得大家心下不快。但当天晚上猪娘嘴却别出心裁地在工地上说起杨家将来了，并把白天编的那两句词儿中的老年由黄忠换成了杨令公，中年由张飞换成了杨延昭，青年由赵子龙换成了杨文广，只保留了穆桂英，正合了杨家将老中青三代、男中豪杰巾帼英雄。在理虽算在理，却触怒了管宣传的领导，一怒之下，便罚他去当了火头军，管起了一个突击队的伙食。

老赵比猪娘嘴灵活，他既不喜欢古代的这些赳赳武夫，自然不拿他们与当今英雄作比。再说他觉得这样比也不伦不类，上阵冲杀怎能比挑土挖泥，刀枪剑戟怎能比扁担畚箕。他要学那些搞新闻报道的，做些采访，编些新词，活模活样，亲眼得见的，说了让上下欢喜。于是，他便跟了一个借调来搞报道的女教师下到工地，边采访，边写词，等民工休息了，就在工地现说现唱，果然大家欢喜。那位搞报道的女教师还特意向领导汇报了老赵的表现，不久老赵便得了一张奖状。直到水库工程结束，老赵一直在指挥部搞宣传，很得领导器重。

1958 年在水库工地的这一段，大约便是猪娘嘴和老赵最后一次在人前露嘴，接着，这两张嘴就只顾得了吃顾不得说了。再接着是连吃的和说的都顾不得了。这时候，猪娘嘴家里已饿死了儿媳妇，义子无奈，只好挑了一对儿女到江西谋生。猪娘嘴死活不肯离开故土，便留在家里束口待毙。

1961 年冬，某一天下午，老赵背着一个布包袱从湖堤下经过，远远地看见堤边藕圹里有一个人影，弯腰弓背，像是在找吃的东西。走近了吆喝一声不见回应，便疑惑这人已死。等到把这人翻过身来，才知道死的便是猪娘嘴。猪娘嘴还是穿的那身斜襟长袄，手里还拿着一截没吃完的蔫蔫的藕带，豁牙上沾着湿泥。那副心爱的响板仍呈八字形插在肚皮上，终于未曾换得后半身的衣食。老赵不禁悲从中来，忙把猪娘嘴拖到湖堤上一个背风的豁口内，又解开包袱，拿出一对蕨根做成的硬饼，摆在猪娘嘴脚下，然后单腿跪下，望着猪娘嘴的尸体重重一拜。拜毕，又说："周大哥，想不到兄弟这样见你！"猪娘嘴本姓周，老赵还能记起。

天傍黑，老赵收起那对硬饼，肩了包袱，又往西迤逦而行。想起包袱中的硬饼还是当年在水库工地上搞报道的那位女教师（后来与那位管宣传的领导结了婚）的一点馈赠，不禁长叹一声，想我老赵，还有周大哥，到底是在书场上风流一世，英雄一时，如今竟落到这步田地。想着，泪水顿时涌了上来，渐渐地模糊了眼前的道路。

老赵时年五十一岁，后不知所终。

决 堤

1954年，本县大水。内圩湖堤就在我家门前豁开一个大口子。那时，我们正租住着一对老夫妇的两间茅草房。那一瞬间，我们已坐到一条船上。房东大爷打算把我们先送到高处，再回来搬运大件行李。只有房东大娘还守在屋子里，她说她还要"等一等"。

那一瞬间发生的事情，除房东大爷外，船上的人都看得明明白白。起先是一声枪响，声音很闷。我看见房东大爷的身子一抖，像是被击中了似的，手中的桨划得更快了。接着是一片炸鞭似的锣响，就见堤上的人像举行拔河比赛，一拨子东倒，一拨子西歪，麻麻匝匝的两条黑龙在堤上扭动，较着劲儿，就是不接近那道白亮的龙口。"糟了！"母亲终于把多少天来一直忌讳说的话喊出了口。所有的人都像遭了雷击一样，瞪着眼，张着口，说不出话来。只有房东大爷在剧烈地摆动着身子，把桨摇得杀猪也似的嚎叫。天阴沉着脸，苍白的云块正从东南方向低低地扑压过来。

接下去，又是枪声、锣响，"砰！""砰！""汤汤汤汤……"已经有人向那道白亮的龙口冲进去了。一群，又一群，后来便像下饺子似的，一会儿便将那道白亮的龙口堵得密密实实。又是枪声、锣响。忽然一阵撕天裂地似的呐喊，那道白亮的龙口又豁开了。紧接着是房东家那三开间茅屋的屋顶被一个浪头高高地举起来，又重重地扔向白汪汪的水面。船上的人都如泥塑木雕一般眼睁睁地看着一条长龙被截成两段。豁口愈撕愈大，终于拉成一条白亮的水带，把豁口两端的人挤到天的尽头，堆成两块黑点。

就在这时，划船的房东大爷突然丢开手中的桨，扑地一声跳进水里朝豁口游去。船顿时在原地打着旋儿，两支木桨陡地立了起来，豁口冲过来的暗流用强力撞击着船的底板，船身在剧烈地颤抖。我们眼睁睁地看着房东大爷在一片白汪汪的水面上下颠簸，谁也没有跳下去搭救他的勇气。

　　十几天前，长江干堤吃紧，连月的大雨，已经把人心下得麻木了。从内圩湖堤上开向长江干堤的民工队伍愈走愈长，愈过愈多。人们戴着斗笠、草帽，撑着纸伞、油布伞，披着草的、棕的蓑衣或蒙着油布、帆布，挂着草袋、麻袋，推着独轮车、拉着板车、赶着牛车，抬着、挑着、扛着各式各样的防汛器材，顶风冒雨朝前方开过去。谁也没有心思闲嗑牙，心像扛湿了的麻包一样沉重，除了一片唧呱唧呱的脚步声，这四乡八圩莽莽荡荡的天地间，就只有风声雨声在肆虐。

　　最后几天过去的民工，车上装的、肩上扛的，已经是一块一块厚实的门板和被陈年的油烟熏黑的碗口粗的檩条，也有来不及砍去枝叶的生树，在风雨中不屈地晃动着青绿的躯干。七月十六日，江堤决口的前一天，有人看见一辆板车上架着一口一人多高的通体漆黑的寿材，那是只有后山四十八家世代山民才有的出产。人们为了这场生死搏斗，已经砍断了最后一条通往另一个世界的路。

　　那几天，我和房东大爷日夜守在他的三角形的鱼棚里。鱼棚在湖堤外侧，紧挨着渡口的大闸。这儿据说是伍子胥过昭关的出口，当地人说那位吴国大夫就是在这里一夜之间急白了胡子头发的。现在，"昭关"关门大开，三孔闸门大张着口，日夜向外倾吐着堤内的积水。但是，愈到后来，排水愈加困难。江堤决口的前几日，从堤内放下一只苇船，竟有半日在闸门内外盘桓，不能离开。闸口的水缓缓地向前涌动着，在两岸留下尺厚的浪渣和泡沫。房东大爷说，"湖水封喉了。"

　　房东大爷架在闸口的一大一小的两张罾已有几天没有扳动了。罾架将四肢扎在水里，被浪渣和泡沫簇拥着，纹丝不动。房东大爷每隔半个时辰就要走出鱼棚一次，他要到闸口去看他设置的测量涨水的标志。标志是一长一短的两根苇秆，短的一头插在泥里，一头与水面平齐，长的高出水面一截。每次测量，只需在短秆以上量出长秆淹进去的部分，就是涨水的高度了。每次测量回来，房东大爷都阴沉着脸，话愈来愈少了，最后几天，竟至一言不发。无事的时候，就坐在鱼棚里闷头抽烟，或趁大雨停歇的片刻，走出鱼棚，望望天，又望望白汪汪的水面，再回到鱼棚里闷坐，抽烟。

这几日，湖水涨得厉害。房东大爷不再在鱼棚里抽烟闷坐了。每次量完涨水标志，他就沿着闸口两岸的堤沿逡巡，两眼在附近的水面上扫过来扫过去，像在寻找什么。晚上，吃过饭，提着马灯，又出去了。又是走来走去，又是在水面上到处搜寻。有时还要把马灯高高地举过头顶，晃来晃去，像给水中的什么人打着信号。

我说："大爷，找什么呢？"

"小伢子家，别多嘴！"

他不要我跟他后面，我只好一个人回到鱼棚里蜷曲着身子，听风雨扑打着棚壁和水鸟凄厉的叫声。四周一片漆黑，只有房东大爷的那盏马灯放着光亮，把水面照成一团惨白。我感到无聊极了。我想起我和房东大爷在这座鱼棚里度过的那些美好的日子。那些听不完的故事和喝不完的香喷喷的鱼汤，还有在起罾的时候那泼剌剌跳动的鱼儿和日日夜夜从脚下轻轻地滑过去的那蓝幽幽的湖水……

就为这场该死的大水，这一切都成了过去。大爷说，这是本县八大圩的第一道圩，这道圩一破，其他七道圩断难保全。全县十有八九要成为水乡泽国，成为龟鳖鱼虾的世界。想到这里，我也禁不住忧心忡忡起来。

可是，大爷，你找个什么呢？你这样日夜转悠着，水就不会涨了吗？

这天深夜，雨突然停了，一阵风过，密密层层的阴云鳞开了道道裂缝，露出了星月的微弱光亮。渐渐地，大块的云团向东南方向缓缓移动，不一会儿，就让出片片的蓝天，星光皎洁，闪烁其上，让人感到从未有过的舒畅和快意。只是月亮还泛着隐隐约约的红晕，像刚刚哭过了似的，满眼的血丝还未完全消退。

我惊讶于瞬间发生的这个奇妙的变化，跑到闸口对着水面大喊："哦，天晴啰！天晴啰！大爷！大爷！天……"

我忽然发现就在我脚下匍匐着一个人，是房东大爷。他向着水面跪伏着，星月的光辉投射在他披挂着的棕毛蓑衣上，把他照成了一团寒气森森的阴影。几天没有扳动的那张大罾不知什么时候被绷出了水面，网底擦着水，呈锅形兜着。就在那锅形的底部，卧着一条大鱼。星光下，那鱼的三只大角呈三角形展开着，顶上的一角上指如王冠的金顶。有两条圆而滑腻的长须十分随意地在水面上漂浮着。鱼嘴阔大，双眼突出，额上有雀斑，鱼身虬曲，通体金黄，状如卧龙。

我见过这条鱼，多少次房东大爷把它从水里网起来又恭恭敬敬地放回去。我曾经问过为什么，房东大爷说"那是龙"，就不愿多说了。我觉得好笑。那不过是一条王角鱼罢了。就因为它长着三只角像戴着王冠，当地人才叫它王角鱼，与龙有什么关系呢。我还想到王角鱼的肉质细腻，味道鲜美，没有那些难理的丝刺，吃起来方便，我可爱吃了。这条王角鱼尤其大，该有四五斤重吧，够吃好几顿了。为捉放这条鱼，我还和房东大爷闹过几次别扭呢。有一次告到房东大娘那儿去，房东大娘不等我说完，就说："小伢子家不好乱说！"

我知道他们都怕吃这条鱼。

我今天晚上也怕这条鱼。光它那大模大样的架势和一双咄咄逼人的眼睛，就叫你望而生畏。不是龙又是什么呢，至少是一条怪物。看着房东大爷那顶礼膜拜的架势，我只好退回鱼棚里躺着。也怪，刚刚天晴这条鱼就出来了。兴许是这条鱼出来了天才晴的呢。难怪大爷整日整夜地找呢，该莫是要请这位"龙王爷"出来镇水吧。也好，只要不再涨水了，就把这条王角鱼当作"龙王"也可以。谁叫它长得与一般的王角鱼不一个样儿呢。这么长，这么长……

我这么想着，渐渐地入了梦乡。

醒来的时候，大约是下半夜。先听到说话声，睁开眼一看，除房东大爷外，房东大娘也在。小凳上还坐着一位穿黄军装的年轻人。只是没戴军帽，也没有任何标志，不像是解放军。年轻人很黑，很瘦，头发茬短短的，象还俗不久的和尚。他们在小声说话，只听房东大爷说：

"你这么跑了，抓回去还不要枪毙！战场上不能临阵脱逃，这防汛堤上就是战场呀！何况……"

"可是，我听说调我们上去是拿活人堵口子的，不往下跳就枪……"年轻人嗫嗫嚅嚅,满脸惊恐。

"胡说!新社会了,不兴这个!再说你就是为防汛死了,也可以将功折罪,总比这样抓回去当逃兵枪毙强!"

"我说伢他爹,别总是死呀活的,说得吓人。让伢吃点,换件衣服,还让他去赶队伍就是。"房东大娘一边抹泪,一边把小方桌上的一碗饭和一双筷子塞到年轻人手里。桌上还有一碗鱼汤,已经不冒热气了,汤面上结着一层油皮,皱巴巴的,像房东大娘那张愁苦的脸。

原来这是他们的儿子。我好像听说过他们有一个儿子,因为合伙盗卖粮站的芝麻被判了徒刑,关在县牢里。可这是……我忽然想起这几天从堤上过去过几批穿黄军装的人,确像眼前这位年轻人的装扮。有人说他们是县牢的犯人,换了这身旧军装,是开到长江干堤上去抢险情的。莫非大爷大娘的儿子是半路上逃回来的!难怪……

我不敢再往下想了。房东大娘见我醒了,指指年轻人说:"这是你强哥。"

我点了点头。年轻人含着饭也朝我点点头。我看见他的那双眼睛很细,眯着,看不见眼白和瞳仁。

吃过饭,房东大娘帮儿子换了一件衬衣,又塞给他一双袜子,一副鞋垫,就和房东大爷一起送儿子走出鱼棚。我跟在他们后面走出来,想着这位第一次见面的强哥此去吉凶未卜,心里顿觉沉甸甸的。

走到闸口,他们停下了,房东大爷拉过儿子的手,把他牵到那张"养"着"龙王"的大罾面前,说:"强子,给龙王磕个头吧,请他老人家保佑你平安!"

强子果然跪下去磕头。那位"龙王爷"依旧大模大样地接受人间的朝拜,它踞伏着,纹丝不动,冷眼看着人间的悲欢离合。

强子向"龙王"磕过了头,又回身向父母双亲扑扑地磕了几个头,就踩着泥泞追赶队伍去了。临走时,我看见他也朝我点了点头,虽然星光很亮,但我仍然看不清他的眼白和瞳仁。

从那天夜晚以后,房东大爷除了测量涨水标志,就是对着"龙王爷"呆坐。或者跪在潮湿的泥地上朝"龙王爷"磕头,口中还念念有词,大约是求"龙王爷"保佑他儿子平安归来,也保佑大水早退,免除灾难。

但是,在那天天亮前,西北风又改成了东南风,不久便满天阴云密布,早饭时分,大雨又倾缸倒盆地泼洒下来,一连三日,下得四乡八圩的人都乱了方寸。房东大爷设置的涨水标志已经不起作用了。湖水已经漫到鱼棚脚下。"龙王爷"的宝座虽然升了一次又一次,但依旧没有压住暴涨的湖水。忽然有一天,从上游冲下一副屋架,穿闸而过,顺便扯破了房东大爷一大一小的两张罾网,"龙王爷"也随之消失在茫茫水荡之中。第二日便传来了长江干堤在姚家嘴决口的消息。

我已经记不得长江干堤决口后的第几天内圩湖堤才在我们家门前豁开那个大口子。总之是那以后一连几日,不断有大队大队的人马从长江干堤上撤下来。撤下的人大半都被挡在我家门前的湖堤上参加内圩防汛抢险。其中也有穿不带标志的旧军装的囚犯。不断地有人到房东家来喝水,起火弄饭,房东大娘干脆烧起了两架大铁锅,日夜不停火,为人们提供开水热水,也让他们烤烤被雨水打湿了的衣物。只是一有闲空,房东大娘就向长江干堤上撤下来的人打听儿子的消息。人们大半都来不及细说江堤决口时的详情,或许他们当中有许多人根本就没有亲眼得见。有一次她问到一个穿旧军装的囚犯,那人正要开口,就被一个持枪的军人喝住了。老大娘不敢向那位军人打听儿子的消息。自此以后,她只是看,在穿梭般来来往往的人群中仔细辨认,希望从中认出儿子的身影。

强子的身影始终没有在房东大娘面前出现,但湖堤就要决口的消息已经在防汛抢险的民工中暗暗传开了。这天后半夜,所有的人都被召到湖堤上站成一道厚厚的人墙。湖水就在人们的脚底下狠命地撕咬着已经被木桩、沙袋和石块、泥墙弄得残破不堪的堤面。马灯、汽灯、手电筒和火把的光亮到处乱窜,报警的枪声、锣声和风浪的呼吼声响成一片。但是这道人墙却是沉默的,已经连发号施令的声音都听不到了,人们仿佛在静静地等待着什么,这似乎真的是面对着风浪筑成的一道石头的城。

天亮时分,房东大爷从防汛抢险指挥部弄来了一条船,船上已坐了好些人,都是镇上机关商店的职工家属。我们都上了船。但是房东大娘说什么也不肯上船。她扶着门框站着,直瞪瞪地望着堤上那道人墙,仿佛她的儿子就站在里面。

那一瞬间的事不过是我们乘坐的这条船离开房东大娘之后的几分钟内发生的。几天后，我们在一个回水湾找到了大娘的尸体，已经泡得肿胀了，只能大致辨认出她的模样。房东大爷埋葬了大娘后，就想着到县牢去打听儿子的消息，但因那次惊吓和跳水后所受的风寒，竟一病不起，终于不能成行。这年冬天，大水退后，县法院有一纸公文下到昭关乡政府，告知该乡原判盗窃犯冯火强因参加长江干堤防汛抢险表现突出，被减刑二年，由五年改判三年，已于本年七月十七日服刑期满。因救灾在即，未及通知家属，特为补告云云。乡长向房东大爷告知这个消息时还带来了强子的几件遗物，计有钥匙一串，夹衣裤两件，布鞋一双，鞋垫一副。前三样是他收监时留下的，鞋垫则是那天晚上房东大娘给他带走的那双，还是新的，没穿。房东大爷依稀记得，他儿子确曾是三年前七月某日捕去的。是否是十七日，阳历，他记不准，但十七日是长江干堤决口的日子，他没有忘记，那也是他儿子的忌日。世界上的事真有许多巧合。

大水退后，我们一家人另租了一处住房，但我依旧常常光顾房东大爷的鱼棚。只是我不久便上学了，不能日日夜夜和房东大爷在一起。每次我去看他，他依旧让我守着那架小罾，给我讲故事，熬鲜美的鱼汤。一切似乎都和从前一个模样。唯一不同的是，直到我后来到很远很远的地方去读书，永远离开房东大爷的时候，我再也没有听他提到过那条"龙王"，再也没有见过那个长着三只角的"龙王"威风凛凛的模样。

金　鲤

一

细女喜欢一大清早起来站在自家的鸭棚外抹澡。

细女家的鸭棚搭在一片湖滩上。湖滩一马平川，它的边缘接着一片白汪汪的湖水，像镶着白色的裙边。站在这里抹澡，四野无人，她觉得安全。她喜欢用一条白色的大布毛巾，蘸着冰凉的湖水，轻轻地在周身涂抹，就像城里的姑娘向身上涂抹脂粉。冰凉的湖水刺激着温热的肌肤，即使是在炎炎夏日，也禁不住要打几个冷噤。

细女家在这片湖滩上放鸭，已经有些年头了。起先，是她爷爷帮一家地主放鸭，后来土改了，这鸭群就归了她爷爷，她爷爷就带着她爹在这片湖滩上放鸭。细女十岁那年就没了她爹，后来又没了她娘，她就和爷爷相依为命，继续在这片湖滩上安营扎寨，侍弄这些鸭群。村里都合作化了，一大群人在一起，早出工，晚收工，有说有笑，过了上热热闹闹、有白有黑的日子。她和爷爷却依旧守着这群不会说话的鸭子，没日没夜地照应着它们，整天听它们嘎嘎嘎嘎地叫着，却一句话也插不上。细女偶尔有些为难的事烦心的事对它们说，得到的回应依旧是嘎嘎嘎。好像天下再烦再难的事，只要嘎一嘎就都可以解决一样。跟这群鸭子待久了，细女的爷爷也沉默寡言，一天到晚说不上几句话。细女长大了，不想过这种没人说话的日子，就要她爷爷去要求入社。她爷爷回来说，人家说她家世代没人种

地，不让我家入社。

田，入社干不了什么，上面的精神，养鸭的可以单干。细女和她爷爷就这样一直单干下来。

湖那边也有一家单干户，是靠打鱼为生的水伢家。水伢家的渔船就停在对岸的湖汊子里面，他的爹娘也死得早，水伢打记事起，就跟着他爷爷在湖上打鱼。清早起来，爷爷要带他到湖上撒网。湖太大，水太深，平常日子，一天打不到几条鱼，有时还会打空手。水伢的爷爷就在打鱼之外，找些副业贴补。水伢的爷爷会打排铳。排铳是把许多铳扎成一排，里面填上铁砂，点燃火药后喷射出去，打下来的大雁野鸭就是一大片。

水伢不喜欢下湖打鱼，他喜欢跟爷爷一起打猎。爷爷带着猎狗来富走在前面，他推着排铳紧随其后。秋天的湖岸，芦苇渐渐黄了，去南方过冬的大雁野鸭成群结队地歇在芦苇丛中，是一年打猎的好时候。爷爷说雁群和鸭群都很精，歇在芦苇丛中都要派出哨兵。猎人要想接近它，不能弄出任何响动。一有风吹草动，被哨兵察觉了，就扑棱棱地飞得干干净净。所以，要是发现了一个雁群或鸭群，就得屏息静气，不声不响地摸到它的附近。这时候，爷爷会轻轻地拍一下来富的头，让来富在他身边匍匐下来，然后，爷爷会从荷包里掏出一块小石头，用力朝雁群或鸭群抛出去，就在雁群或鸭群突然受惊飞起的一瞬间，水伢会用事先准备好的火绒点燃火药捻子，手中的排铳同时发出砰的一声巨响，就见远处随风摆动的芦苇丛上空，被击中的大雁或野鸭，就像黑色的冰雹一样从天上砸下来，散落在芦苇丛中。这时的来富，也像伏在战壕里的战士听到了冲锋号声，呼地一下从爷爷身边冲出去，兴高采烈地把大雁或野鸭一只一只地衔回来。爷爷说，只有在大雁或野鸭起飞的那一瞬间，排铳才能打得着，迟了早了都不行。排铳不能平射，也不能低放，打不着水面上的东西。跟着爷爷打了几回铳，水伢也想成为爷爷那样的猎手。

这年秋天，水伢的爷爷病了，他一个人打不了鱼，就想打些大雁野鸭回来，换钱给爷爷看病。早晨，他带着来富出发，悄悄摸到湖对岸一处芦苇丛附近。探头一看，晨雾朦胧中，有一群野鸭就歇在芦苇丛边的湖滩上，偶尔还能听到几声嘎嘎嘎嘎的叫声。水伢就学着爷爷，让来富匍匐下来，然后掏出石头朝鸭群抛过去，随手就点燃了排铳上的火药捻子。砰的一声巨响过后，就见来富箭一样地从自己身边射出去，却没有看见一只打中的野鸭从天上掉下来。水伢正感到纳闷，就见来富垂头丧气吭哧吭哧地跑回来，身后跟着一个跟自己差不多大的小姑娘。小姑娘长着一双好看的大眼睛，扎了一根粗大的辫子，像芦花穗子一样，垂挂在脑袋后边。小姑娘手里提着一个竹篮子，竹篮子里装满了青幽幽的鸭蛋。她走到水伢跟前，露出满口白牙，冲水伢笑了笑说，我爷爷叫你拿到街上卖了，拣药给你爷爷看病。水伢奇怪她爷爷怎么知道自己的爷爷病了，小姑娘说，来湖上收鱼的和收鸭蛋的是一路人，是他们说的。水伢接过篮子，不好意思地笑了笑，就带着来富推着排铳转身回去了。

从那天以后，水伢就记住了细女的样子。有事没事，总要朝湖那边张望。爷爷知道水伢一个人孤单，不像村里的孩子有许多小伙伴，就对水伢说，你想找细女玩，就自己去。水伢得了爷爷的允许，就带着来富驾起小船划到了湖对岸。

细女见了水伢，也很高兴。因为上次错把细女家养的家鸭当野鸭打了，水伢还有点不好意思。细女的爷爷说，不碍事，家鸭飞不起来，你打不着。又问了他爷爷的病，就让细女撑着自家的溜子，跟水伢到湖上玩儿去了。

湖上长大的孩子与村里的孩子不同，他们玩不了过家家，捉迷藏，也玩不了打弹子，敲梭子，上不了树，掏不了鸟窝，挖不了洞，逮不着田鼠。他们能玩的，会玩的，只有水和水里生水里长的东西。

细女的溜子在前，水伢的小船在后，一直朝湖荡深处划过去。水伢听爷爷说过放鸭的溜子，却从来没见人划过溜子。看到细女站在一个头尖尾平的小划子上，用一根细长的竹篙撑得像飞一样，他感到十分稀奇。细女的溜子在水面上划出一道白色的水线，像射出的一支泥弹，一会儿就成了一个模糊的黑点。水伢用力摇动双桨，怎么追也追不上，急得来富蹲在船头汪汪乱叫。突然，来富扑通一声跳到水里，一边叫一边顺着水线追过去，好像要跟水伢比赛一样。寂静的湖面，在这追逐声中，顿时热闹起来。

等水伢追到湖荡深处，细女早已躺在溜子里吃莲蓬。她仰面朝天，左右开弓摘着伸到溜子两边的莲蓬，把莲子一个一个从里边抠出来，又一粒一粒送到嘴边。莲子从左边嘴角进去，右边嘴角就吐出了绿皮，眨眼工夫，一个莲蓬就剩下了一些撕裂的空洞。水伢在湖心岛上见过松鼠吃松果的样子，他觉得细女此刻就是一只松鼠，看她吃莲子，像看松鼠吃松果一样，让他着迷。

细女见水伢追上来了，就说，我们比赛吧，看谁吃得快。水伢自知比不过细女，就说，我摘鸡头包你吃。说着，就扑通一声跳到水里，抓住一个开着紫色花朵的鸡头包，用力揪了下来。细女正说，小心，刺。水伢已经把一个拳头大的鸡头包紧紧握在手里。细女又说，快丢了，扎人。水伢却笑嘻嘻地把那只握着鸡头包的手伸到细女面前，那个拳头大的鸡头包已经被水伢捏成了两半，里面露出石榴籽一样的鸡头包米。细女拉过水伢的双手一看，见上面布满了厚厚的老茧，就说，难怪扎不疼你。水伢说，摇桨摇的。我从小就帮爷爷摇桨，爷爷说我已经练成了一双铜钱手，不怕扎。细女就伸出自己的双手，说，我也有，没你的厚。水伢说，竹篙子滑溜，木桨把毛糙。你撑溜子早出晚归，我整天在湖上摇桨，你当然没我的厚。细女没占着上风，就顺势把水伢的双手一拉，两人失去重心，扑通一声都掉到水里。细女一手抓住自家的溜子，水伢一手钩住身边的船帮，两人一边喷水，一边嬉笑。来富围着他们在水中打转，仰起头来对着天空汪汪乱叫。

明亮的天空，有一层荫翳在缓缓移动，给这一对嬉闹的少年悄悄罩上了一层薄薄的纱幕。

二

细女喜欢撑着溜子追赶天上的荫翳。她说天上的荫翳是仙女姐姐的裙摆，仙女姐姐在天上走动，她的裙摆张开来就成了一片云彩，云彩遮住了太阳的老脸，从天空投下一片阴影，在炎热的夏季给地上带来一片清凉。老人把它叫作过天阴，细女却喜欢叫它仙女姐姐的裙子。仙女姐姐走到哪里，她漂亮的裙子就飘到哪里，细女撑着溜子追赶着仙女姐姐的脚步，觉得自己也在跟仙女姐姐一起玩耍。溜子撑进湖荡，荷叶芦苇拍打着船舷，细女说是仙女姐姐在穿过一片树林。溜子在水面穿梭，身边浪花飞溅，细女说是仙女姐姐在淌过一条小溪。天上的云雀叫了，细女说是仙女姐姐在高兴地唱歌。水鸟在湖面翻个跟斗，细女说是仙女姐姐掉下了一只花荷包。仙女姐姐离开了湖面，那些漂亮的裙子飘过了田畈和山冈，细女还要站在溜子上眺望半天，目送仙女姐姐渐行渐远。

有时候，仙女姐姐走得乏了，要在湖上歇息一会儿。这时候，细女就把溜子停靠在一处湖埂边上，弯下腰去看仙女姐姐的倒影。湖水像镜子一样平静，照着仙女姐姐的裙子，泛着幽幽的光。不知什么时候，有一群小鱼出现在镜面上，像被仙女姐姐的裙子罩着，又像被仙女姐姐的裙子兜着，忽忽悠悠，麻麻眨眨，在仙女姐姐的裙子上绽开了一朵黑色的牡丹花。细女知道，这是一群黑鱼的幼仔，没有一万，也有八千，看上去足足有一个簸箕那么大。这群幼仔长大了，就是这片水泊中的好汉，可现在却要在它们的母亲保护之下。它们的母亲就在附近的湖草中游弋，一旦发生险情，就会从湖草深处冲出来保护自己的孩子。渔民常常抓住这个机会诱捕这些黑鱼幼仔的母亲，细女却觉得这些人的心太狠。她不愿意看到这些黑鱼的幼仔也像自己一样失去亲人。遇上这样的人，就算是她爷爷的朋友或客人，她也不会搭理他。她虽然做不了这群黑鱼幼仔的姐姐，但发誓要当它们的保护人。谁要伤害它们，谁就是她的敌人。

水伢有一回就差点儿成了她的敌人。这天中午，细女正撑着溜子追着仙女姐姐玩耍，突然发现水面上有一根芦苇在缓缓移动，就停下溜子仔细观察。仙女姐姐好像也发现了这根会移动的芦苇，也停下来用她的裙摆罩着这片湖面，在湖面撒下了一片薄阴。正午时分，空气和湖水都熬成了一锅浓浆，滋滋地冒着热气，只有不远处的荷丛中，一群活泼的小生命，正在这片薄阴中自由嬉戏。这根会移动的芦苇就是冲着那片薄阴去的。细女正想靠近这根芦苇，突然从芦苇下面冒出一个人来，紧接着就见一条黑影嗖的一声朝那片薄阴冲过去，水面上顿时发出一片哗啦啦的响声，被惊散的黑鱼仔像麻乍乍的雨点落在湖面，溅起无数晶亮的水花。这时，就见水伢朝细女的溜子游过来，额头上洇着一片殷红的血水。细女用竹篙拍打着水面，不让水伢靠近，水伢只好跟在细女的溜子后面游向岸边。快到岸边的时候，细女抬头看看天空，发现仙女姐姐已经走远了，那些漂亮的裙子在遥远的天边飘动，把偌大一片湖水全留给了暴躁的太阳。

为了让细女消气，水伢把所有好玩的东西都带给细女玩，又摘了许多菱角莲蓬鸡头包米，扯了许多蒿芭芦根藕带送到细女面前，细女还是不愿意搭理他。直到有一天，细女亲眼看见水伢从一条鳡鱼口里救回了一条鲤鱼，才同意跟他和好。

这年夏天，山洪来得早。六月初头，山水就顺着后河劈头盖脸地向湖中倾泻下来，霎时漫遍了湖滩。在深水里窝了一个冬天的水族，受了这股山洪的挑逗刺激，纷纷爬上湖滩，或觅食，或嬉戏，成群结队，像赶庙会一般。每到山洪暴发的季节，水伢的爷爷都要带着水伢在河口垒起鱼围子，好圈住漫上湖滩来的大鱼小鱼，等山洪过了，湖水退去，再用大笼小笼兜住那些随着湖水退去的鱼群。这是他们的丰收季节，一个夏天收获的鱼虾比一年打的鱼还要多。

这天早晨，细女和爷爷站在鸭棚门前看着渐渐退去的湖水。露出水面的鱼围子像蜿蜒的长城，把面前的湖滩围成了一个半圆形。细女和爷爷都盼着湖水快点退干，早些现出湖滩来好放鸭子。细女的爷爷一边望着湖滩一边自言自语地说，水退得差不多了，水伢家的鱼围子今夜怕是要下笼了。下了笼以后就不能离人，一直要守到天亮，你去帮着守个夜吧！水伢爷爷的年纪大了，身体又有病，怕是熬不住。见细女没有回应，爷爷知道她还在生气，就不作声了。过了一会儿，又禁不住说，水伢也不是故意的，他就是想看个稀奇，是你自己说谁要靠近黑鱼仔，黑鱼妈妈就要跟他拼命，他才想着要去试试的。这不，果然伤着了，这回该信了吗。细女心里说，活该，还是没有应声，爷爷就不再说了。

突然，细女指着河那边的湖滩说，爷爷，爷爷，你看，你看，好像是疯鱼发癫。这儿的人把那些洪水季节在湖滩上戏水的鱼儿叫疯鱼，把在湖滩上没来由地乱窜叫发癫。爷爷顺着细女指的方向，手搭凉棚，眯着眼睛看了半天，才说，是个大鳡条子在抢食。这畜生饿了一冬天，这会儿见鱼就咬，只怕是见了人也要咬上几口，前午村里就有一个半糙子伢被它咬伤了。听爷爷一说，细女就为那条被追的鱼儿担着心。正想问爷爷有什么解救的办法，就见远处的鱼围子上，正在堵口子为下笼做准备的水伢，突然丢下手里的铁锹，朝那条正在疯跑着的大鳡鱼追过去。细女和爷爷见状，也飞快地跑下湖堤，站在河这边观看。只见水伢跑上湖滩，顺手从水里捞起一根木棍，就去迎头追打那条鳡鱼。谁知这条发疯的鳡鱼不但毫不退缩，反而朝水伢胯下直冲过来。水伢一个趔趄，竟被它撞倒在地。汹涌的洪水从水伢身上漫过，把水伢冲出了一丈多地。等水伢挣扎着从水里爬起来，却见那条鳡鱼咬着一条鱼的尾巴，正要张口吞噬。水伢冲上前去，挥起手中的木棍就打，那条鳡鱼摆动身子，也来迎战。隔着河水望去，只见水伢追着那鳡鱼，忽而左边，忽而右边，忽而上下腾跃，忽而原地转圈，把个湖滩搅得水花乱溅。最后，大约是那条鳡鱼被水伢追得乏了，四窜的速度渐渐慢了下来，水伢拄着手中的木棍，干脆一翻身跨到鳡鱼背上，把它紧紧压在身子底下，任它驮着自己奔跑，一边用木棍狠狠地抽打它的头部。鳡鱼的身子大，水伢的个头小，水伢的木棍打得鳡鱼不停地挣扎，有几次，差点把他从背上颠落下来。直到这条鳡鱼被水伢打晕了，不能跑了，这场人鱼大战方才停了下来。

水伢从腰上解下随身带的鱼绳，穿住鳡鱼的腮口，把它拖到河边，又从水里摸起一块石头，系在鱼绳的另一端，朝对岸嗖的一声扔过去。细女和爷爷接过绳头，用力把鳡鱼拖了过来。一看，这条鳡鱼比细女的身个还长，总有百把斤重。难怪水伢花了这么大劲才制服了它，细女不禁对水伢暗暗生出几份钦佩之情。回头再看水伢，只见他赤着上身，双手举着一个布包，正从河那边蹚水过来。细女把他拉上河岸，打开布包一看，原来里面包着的是一条金黄色的鲤鱼。鲤鱼的尾巴上带着伤，尾鳍已被咬去半截，渗出斑斑血痕。细女指着脚下的鳡鱼说，是它咬的。水伢说，是。这条鲤鱼被它咬了，吓得躲在水草丛中，我伸手捉它，它以为鳡鱼又来了，身子直往后缩。细女从水伢手里接过鲤鱼，一把抱在怀里，用脸贴着鲤鱼的腮盖，轻轻地抚摩着鲤鱼的背鳍，一边抚摩，一边不停地念叨着，不怕不怕，水伢哥哥已经把坏蛋抓住了，它再也不会咬你了。水伢无意间听见细女叫他哥哥，觉得很难为情。那条金色的鲤鱼却在细女怀里瞪着大眼，翕动着嘴唇，像有很多委屈要对细女和水伢诉说。

三

细女给这条鲤鱼起了个名字叫金鲤，细女姓金，她说金鲤是她的妹妹。水伢让金鲤在自家的鱼舱里养好了伤，就把它放到了附近的湖汊里。金鲤在养伤的时候，水伢找来了许多水草，为它布置了一个水底的迷宫，让它自由自在地在那里遨游。又从浅水滩上捞来了各种各样的鱼虫，让它尽享美食。没多久，金鲤的伤就全好了。水伢舍不得金鲤，又养了一段时间，才把它放回湖里。这段时间，细女撑着溜子，也来看过几次，还带来了一些喂鸭子的食料。金鲤很喜欢这些香喷喷的食料，吧嗒吧嗒着嘴吃得十分香甜。水伢的爷爷看了说，嘿，想不到你还会挑食。就这样，金鲤在水伢家的鱼舱里度过了一段神仙般的日子。

要放回湖里去了，细女和水伢都恋恋不舍，水伢爷爷的眼里也噙着泪花。金鲤在水里游了一个来回，就围着水伢家的渔船转圈，再也不愿离开。水伢只得把她重新从水里捞起来，用船送到湖心岛附近的湖滩上，再放下水去。湖心岛上林木茂盛，山石耸立，有一股清泉流到湖滩上，终年不息。金鲤碰到这股泉水，就泼啦啦地迎着水流纵深游去，倏忽就不见了影儿。看着金鲤消失的水面，细女和水伢这才摇着船放心回去。

又过了些日子，一天夜里，细女和水伢正在听水伢的爷爷讲古，忽然听见一个细小的声音在脚底下摩挲，水伢的爷爷趴在船舱底一听，说，是鱼咬船板。水伢说，又不是鱼汛期，深更半夜的，哪来的鱼咬船板。水伢的爷爷也觉得好生奇怪，就用力晃动船身。晃了一会儿，又和细女水伢举着马灯到船舷边仔细察看。昏黄的灯光中，就见一个窈窕的黑影在朦胧的水色中游动，还不时地浮出水面，张开嘴巴吞吐湖水。细女说，是金鲤，金鲤，金鲤回来了。水伢取过捞网，就要把金鲤捞上船来。水伢的爷爷说，别捞了，湖里比船上自在，别让它跟我们坐水牢。细女和水伢就眼睁睁地看着金鲤游远了。

后来，金鲤又回来过几次，都是在深夜时分，水伢和爷爷听她轻轻地摩挲船底，久久不肯离去，心里都很感动。水伢怕惊动金鲤，不让爷爷摇晃船身，等船底没有声音了，他才走出船舱，举起马灯，照着金鲤游回湖水深处。有时候，听见金鲤摩挲船底的声音，水伢就把自己的半边脸紧贴在船板上，静静地谛听。他觉得这是世界上最美妙的声音，听着这样的声音，他好像在听着一首催眠曲，觉得自己死去的母亲就坐在身边，再也不感到孤单了。有时候，就这样听着听着，真的睡着了。有一次还做了一个奇怪的梦，梦见自己和金鲤脸挨脸地睡在一起，金鲤冰凉的鳃盖贴着自己滚烫的脸颊，舒服极了。正在这时，细女不知从哪儿冒出来了，她用手指着水伢说，跟女伢睡觉，不害羞，我再也不理你了。水伢突然一惊，伸手就去抓身边的马灯。等他举起马灯朝湖上张望，才发现金鲤早已游远了。

　　水伢决定邀细女一起去看金鲤。这天中午，出发的时候，湖面上没有一丝风，天气格外闷热。水伢的爷爷说，小心点，怕是有风暴。水伢应了一声，就和细女划着小船出发了。湖心岛望着不远，可要划到那儿得有一会工夫。船行一半，果然天上扯起了乌云，凉风飕飕，夹带着丝丝雨滴，朝水伢和细女面上扑来。一会儿，就有大滴的雨点零零碎碎地倾洒下来。雨点越来越密，越来越大，最后竟有元宵节吃的汤圆一般大小，密密匝匝，哗哗啦啦，朝细女和水伢身上乱砸，冰凉冰凉的，砸出了许多鸡皮疙瘩。水伢一看，说，不好，跑雹了。六月天下冰雹，细女还是头一回见到，水伢却跟着爷爷在湖上见过多回。这冰雹有时候会有鸭蛋大小，砸到人身上，生疼生疼的，时间久了，体内会有瘀伤，弄不好要出人命。前几年就有个放牛孩子被冰雹砸伤了，至今瘫痪在床，不能起身。冰雹越下越大，像密集的弹雨从高空向地面扫射。水伢见细女抓着一个鱼篓，顶在头上，抵挡着冰雹的扑打，整个身子却依然暴露在枪林弹雨之中，就丢下手中的船桨，冲过去，猛地把细女扑倒在甲板上，四肢张开，用尽全身力气，紧紧地压在细女身上，自己的后背却承受着冰雹无情的扑打。细女正要挣扎起身，突然一阵狂风袭来，把小船兜底掀翻，细女和水伢都跌落水中。在水中摸索了一会儿，细女和水伢的手又拉到了一起。湖面上的水很凉，湖水深处却很温暖。细女和水伢各自把头露出在倒扣的船舱内，以便自由地呼吸，两个人的身子却在水下紧紧地扭在一起，共同抵御风浪的冲击。细女感到水伢的身体里有一股热气，正源源不断地朝自己的体内灌注，水伢也感到细女的身体里有一股涓涓细流，在轻柔地漫过自己的身体。两个少年就这样在水下依偎着度过了那个漫长的中午。等到冰雹过去，又下起了瓢泼大雨，水伢怕爷爷担心，加上又冷又饿，就把船划回去了。

水伢的爷爷见水伢和细女平安归来，很是高兴。水伢对爷爷说了遇上冰雹的事，爷爷说，那是金鲤不想让你们去看它。过不了多久，它就要产子了。这个季节它要吃饱肚子，攒足力气，到时候好顺利产子。它这会儿住在湖草深处，你们去了也看不到它。水伢和细女听了都很失望。爷爷说，过些时你们再去看它吧，它产子的时候才好看呢。你们去看它，它准定高兴。水伢和细女就盼着这一天早点到来。

终于有一天，夜半时分，水伢的爷爷轻轻把水伢和细女叫醒。这些时湖田的稻子在灌浆，细女爷爷怕鸭子糟蹋了禾苗，就在鸭棚里圈着养。不用撑溜子了，爷爷放了细女的假，细女没事，吃睡都在水伢家的船上。水伢的爷爷说，你们不是要看金鲤产子吗，我看今晚就会。你们看，月亮多圆，星星多亮，湖上还有雾气，这时候正是鲤鱼产子的好时候。要看，就得熬夜，产子的时间大半都在天蒙蒙亮的时候，你们要把船停在远处等着，不要性急，等湖心岛下的湖滩上有了响动，水面像镜子一样闪光，那八成就是金鲤在产子了。鱼产子就像女人生孩子一样，只能远听，不能近观。切记，切记。水伢和细女也学着爷爷讲古里的侠客，双手一拱说，遵命，就摇着小船出发了。

临近天亮时分，湖面上蒸腾着浓浓的雾气。圆圆的月亮像一只巨大的青油灯盏，支在西边天上，它的光芒照彻湖上的浓雾，让整个湖面变成了一座热气腾腾的豆腐房。湖水像一锅正在变稠的浓浆，托着水伢的小船缓缓向前滑动。细女坐在船头上，目不转睛地盯着前方。突然，她看见前方的水面有波光在闪，忽而是散金碎玉，忽而是银盆白练。紧接着，她又听到了哗哗的水声，知道那是湖心岛上终年不息的山泉。听水伢的爷爷说，母鲤鱼在产子前，会有许多公鲤鱼跟在它们后面追尾。它们会逆流而上，让这群傻小子吃点苦头，跟着它们去寻找一个合适的产房。直到找到一块沙砾清亮水草丰茂的温暖的浅滩，它们才会停下来静静地产子。这水面上的波光大约就是那群鲤鱼追尾溅起的水花。

细女让水伢停下船桨。水面风平浪静，小船像粘在湖上一样，一动不动。细女对水伢说，你说那产子的鲤鱼就是金鲤吗。水伢说，不是它，就是它的姐妹。我爷爷说，金鲤也到了产子的年龄。细女说，金鲤还没有找婆家，怎么就要生孩子呢。水伢说，她生的不是小鲤鱼，是小鲤鱼的种子。细女说，小鲤鱼又不是秧苗，是从种子里长出来的吗。水伢也搞不大懂，就有点不耐烦地说，你见过母鸡下蛋吗，小鸡就是从鸡蛋里长出来的。细女哦了一声，自觉听懂了一点，又似乎没有全懂，正想继续追问，突然，水伢推了她一下，用手指着湖滩说，你看，你看，金鲤产子了。细女从船头站起来一看，只见不远处的湖滩上，像煮开了一锅稀粥，在月光和雾气中，泛着黏稠的白沫，发出咕咕咕咕的响声。细女要水伢把船再靠近些，好看得更清楚一点。水伢说，你忘了我爷爷说的话啦，只能远听，不能近观。细女只好拉着水伢并排坐在船头细听。听了一会儿，水伢发觉远处咕咕咕咕的响声，变得越来越清亮，像有人从天上朝水面泼下一盆清水，哗啦啦地响成一片。细女说，这是水烧开了，翻花了，刚才是闷着的，像煮粥。这时，月亮已有半个身子沉下湖面，初露的晨光正在淘滤水面的雾气。等到雾气渐渐澄清，水伢和细女这才发现，不远处的湖滩上，总有上千条鲤鱼挤在一起，头攒尾摇，熙熙攘攘，比元宵节赶会还要热闹。鱼尾相击发出的声音，噼噼噼噼，叭叭叭叭，像有人在水底炸开万响鞭炮。鞭炮的碎末从水下飞溅出来，散成一片银花。银花铺洒在湖滩上，像随风飘动的芦絮。又过了一会儿，太阳出来了，它从东边的湖面射出一排金光，收尽了月亮的余晖，把整个湖滩都染上了一片黄金的颜色，也把这两个少年染成了两尊黄金的雕像。湖滩上金光闪闪，像铁匠炉里飞溅的火花。有一朵火花突然腾空而起，在湖面留下了一条漂亮的弧线。水伢和细女不约而同地从船头跳起来，大声喊着，金鲤，金鲤，又扑通一声跳下船，拼力向湖滩游去。受惊的鱼群一哄而散，像无数支金箭朝四面八方射去。等水伢和细女游近湖滩，湖滩上已经风平浪静，只留下一些生命的种子，像乳液琼脂，漂浮在沙砾水草之间。

四

夏天过去了，荷叶蔫了，芦苇黄了，湖田的稻子收过了，细女和爷爷也忙碌起来了。清早起来，细女要打开鸭棚，把鸭子赶到湖田里，让它们自己觅食。刚刚收割过的湖田，散落的稻粒像月饼上的芝麻，稀稀落落的，夹杂在湖草和稻梗之间。鸭子用它的长喙在水下嗍弄，寻找这难得的美食，遇上窝藏在湖草稻梗间的螺蛳蚌壳，和游走其间的小鱼小虾，还能意外打一回牙祭。放出了鸭子，细女就开始在鸭棚外抹澡。看着自家的鸭群像一片浓云一样，在一望无际的湖田中游动，细女的心里别提有多高兴。高兴了，细女就想唱戏。她虽然没跟人学过，但听爷爷天天哼唱，也学到了不少，就扯起嗓子唱开了：

> 小女子本姓陶呀子依子呀，
> 天天打猪草依嗬呀。
> 昨天起晚了嗬啥，
> 今天要赶早呀子依子呀。
> 呀子依依子呀嗬啥
> 今天要赶早呀子依子呀。

正这样唱着，细女突然听见鸭棚外的芦苇丛中好像有什么动静，就赶紧扯过衣裤穿上。还没穿好，就见芦苇丛中蹿出一条狗来。细女一看，认得是水伢家的来富。正感纳闷，却见自家鸭棚前的来福也冲了过来。这来福和来富本是一对孪生兄弟，当初有个人到细女家收蛋，送了个来福。到水伢家收鱼，又送了个来富。养狗的人家有个讲究，不能要买的，只能要送的。这来福来富虽然分养在两个家庭，但一有机会，就要凑在一起玩耍。平常时节，来福要在细女家的鸭棚前守候，防止生人野物。来富却守着水伢家的渔船，不到下湖打猎，很难有机会外出。这天早晨，水伢见爷爷的气喘病又犯了，就安排他吃药躺下，自己却带着来富，推着排铳，想去芦苇丛中猎些大雁野鸭。走着走着，不知不觉便到了细女家的鸭棚附近。正想大声招呼细女出来打猎，却听见细女在苇林那边唱戏。水伢觉得稀奇，便扒开面前的芦苇朝那边观望，却见细女光着上身，正在自家的鸭棚外边抹澡。有一线晨光从水伢的背后斜射过来，透过芦苇的缝隙，照到细女身上，在细女黝黑的皮肤上闪闪发亮，把细女弯着的身子照成了半边镀金的月轮。有一缕黑发散落其间，是月中朦胧的树影，一对新莲倒扣于月轮之上，是月中凸起的山形。细女正弯腰掬起一捧湖水，拍打到自己脸上，清亮的水珠从她光滑的两颊滴落下来，又流向裸露的前胸。细女用雪白的大布毛巾接着，在身上慢慢擦拭，像一片白云在细女的胸前游动。水伢从来没见细女赤裸着身体，当下便呆在那里，进退不得。偏偏这时匍匐在身边的来富，似乎闻到了来福的气息，突然朝细女家的鸭棚冲去，水伢只好拨开芦苇跟了出来。细女见是水伢，就嗔怪他说，大清早的做鬼吓人，也不叫一声。水伢说，听你唱戏听迷了。细女就红了脸说，乱唱的。水伢说，乱唱的也好听。细女说，你也会唱戏。水伢说，也会几句。细女说，那你说说看，我唱的什么戏。水伢说，《打猪草》。你唱的是陶金花出场，下面还要跟金小毛对花呢。细女就不说话，带着水伢朝自家的鸭棚走去。

听见来福的叫声，细女的爷爷也跟了出来，看见来富和来福在一起嬉闹，又见水伢跟在细女身后向鸭棚走来，就明白了几分。细女渐渐大了，爷爷几次跟她说，叫她不要再在鸭棚外抹澡，让人看见了不好。细女不听，爷爷也拿她没办法。好在水伢不是外人，真要让外人看见了，那还不丢死人了。当下就有点生气，当着水伢的面，又不好发作。就问了水伢爷爷的病，又跟水伢说，大雁和野鸭怕生，不敢在有人的地方歇脚。这边的芦苇荡离鸭棚近，除了自家养的鸭子，从没有大雁野鸭停留过。要打到大雁野鸭，得像你爷爷那样，到西边的落雁滩去。水伢正为刚才无意间看见细女抹澡心跳不止，又想起上次错打家鸭的事，就红着脸说，我来邀细女打猎。细女的爷爷就对细女说，去吧，早去早回。水伢吆喝上来富，转身推起排铳，就跟细女一起奔落雁滩那边去了。

落雁滩是一个半岛形的湖滩，伸到湖水中的部分像一个有颈的葫芦。葫芦的底部因为挨着湖水，长满了芦苇。芦苇丛中，浅水滩上，有丰富的水草，游动的鱼虾，和附着在芦根上的小螺小贝。大雁和野鸭在南飞途中有这么一个补给站，都乐意停在这里中转，吃好了歇够了，再踏上漫漫征途。这落雁滩的名字便这样叫开了。

水伢和细女到达落雁滩的时候，大雁的先头部队已经出发，只留下一群迟飞的还停在芦苇丛中。大约它们出发的时间也快到了，雁群中已有轻微的骚动。水伢不敢怠慢，赶快让细女捡起一块石头抛出去，自己同时点燃了排铳。一声铳响，天上果然有许多击中的大雁掉了下来。正当来富欢快地扑向这些猎物，突然，从苇丛四周冒出一群半大小子，冲上来跟来富拼抢这些大雁。细女认出是村里的那帮坏小子。为首的一个叫荣华，是村长的儿子，平时为非作歹，专爱欺负女孩子。细女听村里的小姐妹说，荣华常到河边偷看女孩子洗澡，还把她们的衣服藏起来，让她们天黑了才敢回家。细女就想到，刚才她抹澡时，芦苇中也有动静，莫不就是荣华领着这帮坏小子在偷看，就上去和他们理论。细女说，水伢打的大雁，你们凭什么要抢。荣华嬉皮笑脸地说，凭什么说是水伢打的，有记号没有，我们天不亮就跟上他了，见者有份，天上掉下来的，谁都能捡。细女说，你再看看天上，还能不能掉下来。荣华一脸的坏笑说，我不看天上，天上有什么好看的，我就看你，看你光身子抹澡。细女气得说不出话来，冲上去就要跟荣华打架。水伢在一旁拉住她的胳膊说，算了，算了，我明天再打一铳，看他们还敢来抢。荣华说，是呀，明天细女再来抹澡，水伢再打一铳。又趁势领着那帮坏小子起哄说，细女抹澡，水伢打铳。细女抹澡，水伢打铳。等水伢真的推出排铳来吓唬他们，他们却在荣华的带领下，一哄而散。

细女再也不敢在鸭棚外抹澡了，水伢来邀细女打猎，也听不到细女唱的戏文。每次走到鸭棚附近的芦苇丛中，想起那天的情景，水伢都有一种莫名的失落之感。村里的那帮小子又来闹过几次，都让细女的爷爷给轰走了。细女的爷爷原想给细女在村里找个人家，免得跟着他过这种漂泊不定的日子。看了这帮小子的德行，想到自家是单干户，像样的人家瞧不上，也就断了这个念想，又想水伢倒是个合适的人选。虽说一样是吃水上饭的，可这孩子的品性好，靠得住，跟细女又玩得来，细女要嫁就得嫁这样的人。心里想着这事，就常在细女面前说水伢的好处。细女也有十五六岁了，男婚女嫁的事，多少也听村里的姐妹说过。听爷爷说得多了，就明白爷爷的意思。口里却说，你要是真的喜欢水伢，就干脆收他做你的孙子。爷爷说，水伢是他爷爷的孙子，我只能分他一半。人家说，女婿半儿，他做我半个孙子就行。爷爷的话，说得细女耳热心跳，就不停地顿脚喊着，爷爷，爷爷。爷爷只好停下了不说。

　　过了几天，细女的爷爷拎了一瓶烧酒，煮了一些鸭蛋，带着细女一起去看水伢的爷爷。水伢爷爷的气喘病，春秋两季都犯，按说不该喝酒。可奇怪的是，每次喝一点酒，水伢爷爷的气喘反而平和许多。细女的爷爷就笑话他说，你这哪是气喘病，是馋酒病。水伢和细女又去湖荡采了些下酒的菱角、莲蓬、藕带。当天晚上，皓月当空，水伢和细女在船头的甲板上摆开酒菜，水伢爷爷和细女爷爷就你一杯我一杯地喝了起来。酒过三巡，两人的话逐渐多了起来。细女的爷爷虽然不会作诗，但说出来的话却像诗一样。他端起酒杯跟水伢的爷爷轻轻地碰了一下，汲拉了一口酒，半是问人半是自问地说，你说世界上什么东西最深。水伢爷爷以为是在问他，就随口说，眼前的湖水最深哪。细女的爷爷说，不对，湖水再深也深不过人的心思。水伢的爷爷就说，那你说说看，人的心思怎么个深法呀。细女的爷爷又汲拉了一口酒，望着水伢的爷爷笑眯眯地说，那你就猜猜我的心思看，我今天是干什么来啦。水伢的爷爷说，不是看我来的吗，我病了，你来看我，请我喝酒。细女的爷爷说，那倒也是。我还有一层心思，你猜得出来吗。水伢的爷爷说，鬼晓得你还有什么心思，你的心思，我怎么猜得出来呢。细女的爷爷就说，我说人的心思深吧。就我这点心思，你都猜不出来。水伢的爷爷说，我猜不出来，那你自己说说看。细女的爷爷就让水伢的爷爷附耳上来，在他耳边轻轻说，我想跟你结个亲家。水伢的爷爷突然哈哈大笑说，就这点心思呀，也就一桨水，有什么深不深的，还要人猜。我的心思跟你一样。明年春上，我就下聘。细女的爷爷说，我不要聘礼，只要人。两人端起酒杯，又叮地一下碰了个碎响。

　　这下，细女的爷爷高兴了，就端起酒杯，晃晃悠悠地走到船头，朝湖上观看。水伢的爷爷怕他喝醉了，就上去扶他。两人颤颤巍巍地站在船头，朝湖面指指点点。细女的爷爷又唱起了戏文，沙哑的声音随着水波在四周荡漾。水伢的爷爷不会唱，只会嘿嘿嘿嘿地痴笑。突然，水伢的爷爷用手指着脚下的湖水说，看，金鲤，金鲤回来了。细女的爷爷顿时停下不唱了，弯下腰去看湖中的金鲤。水伢和细女听说金鲤回来了，也从船舱里跑出来，趴在船头跟金鲤拍手招呼。月光把四人长短不齐的倒影投射到湖面上，照着金鲤窈窕的身影在他们中间穿梭游动，像在跟他们玩一场捉迷藏的游戏。

五

第二年春天，连着下了几场暴雨，湖水猛涨，没几天工夫，就淹到了湖心岛的半山腰。湖心岛是一座由湖中的沙砾堆积起来的小岛。不知从哪一代开始，也不知是哪一位神仙，从哪儿搬来了一些巨石，放在湖水中间。有人说是女娲娘娘补天时踏脚用的，也有人说是大禹治水打的坝基。每年春夏季节，从后山下来的山洪，冲到这些巨石之间，就要打一阵回旋，而后掉头向东，沿着长港泄往长江，却将从后山带下来的泥沙，留在这些巨石之间。久而久之，就淤积成了一个小岛。这小岛上虽然长满了各种灌木，在高处也有一片参天大树，但毕竟根基不牢，低处的泥沙常常滑坡。这滑下来的泥沙就成了环绕小岛的一圈沙滩。沙滩上长满了水草，又有经年不息的山泉汩汩流淌，是鱼儿栖息的好地方，也是鱼儿交尾产卵的理想处所。每年春夏季节，成群结队的鱼儿，相跟着从深水处溯流而上，拖着饱满的腹部，到这片浅滩上来挥洒生命的种子。这是这片湖滩一年中最热闹的季节。但有经验的渔民知道，这也是一年中，这片水域最危险的季节。虽然鱼儿交尾产卵，都在皓月当空或风和日丽的天气，但老天爷也常常有突然变脸的时候。有时候正当鱼儿沉醉于喷洒生命的种子，突然阴云四合，暴雨倾盆。被连日暴涨的湖水浸泡的泥沙，哗啦哗啦地一涌而下，直扑这片湖滩，让这些正在播种生命的鱼儿，顷刻葬身泥沙之下。水伢的爷爷说，鱼产子的时候，是静止不动的。母鱼肚皮朝上，一掣一掣地喷着鱼子，公鱼围着母鱼，也在向外喷射鱼白。这时候，无论公鱼母鱼，都不防人，就常常有渔民趁这个机会下网捕捞。水伢的爷爷说，这是害性命的事，要遭报应的。所以这个季节是鱼儿的生门，也是它们的死穴。听爷爷这一讲，细女和水伢每年春夏季节，都要为金鲤担心。

这年夏天，细女和水伢见入春后暴雨连连，就想到湖心岛去看看。自从得知两家的爷爷跟他们定了亲以后，细女和水伢就渐渐长了这方面的心思。两个人虽然依旧玩在一起，却没有以往那样自在。水伢在前面走着，细女在后面跟着，两个人足足隔了丈把远的距离。正午时分，没有一丝风，阳光从高处树叶的缝隙间投射到灌木丛上，一动不动，留下了密密麻麻的斑点。林间小路上，细碎的沙粒在他们脚下发出叽叽嘎嘎的响声。走得乏了，水伢便小声哼起了戏文：

> 郎对花姐对花，一对对到田埂下。
> 丢下一粒籽，发了一颗芽，
> 么杆子么叶开的什么花？
> 结的什么籽？磨的什么粉？
> 做的什么粑？此花叫作
> 呀得呀得喂呀，
> 得儿喂呀，
> 得儿喂呀，
> 得儿喂的喂喂，
> 叫作什么花？

细女听见水伢在唱，就势接了上去：

> 郎对花姐对花，一对对到田埂下。
> 丢下一粒籽，发了一颗芽，
> 红杆子绿叶开的是白花。
> 结的是黑子，磨的是白粉，
> 做的是黑粑，此花叫作
> 呀得呀得喂呀，

得儿喂呀，

得儿喂呀，

得儿喂的喂喂，

叫作荞麦花。

……

八十岁的公公喜爱什么花？

八十岁的公公喜爱万字花。

八十岁的婆婆喜爱什么花？

八十岁的婆婆喜爱纺棉花。

年轻的小伙子喜爱什么花？

年轻的小伙子喜爱大红花。

十八岁的大姐喜爱什么花？

十八岁的大姐喜爱一身花。

面朝东什么花？

面朝东是葵花。

头朝下什么花？

头朝下茄子花。

节节高是什么花？

节节高芝麻花。

一口钟什么花？

一口钟石榴花。

　　两人就这样你一句我一句把《打猪草》中对花的戏文唱了一遍。唱到最后，细女学着戏文的结尾说，小毛哎，到我家了。水伢也接上说，到你家啦，那我要回去了。细女又说，哎你莫走，我去看看我妈在不在家，我妈要不在呢，我就打三个鸡蛋泡一碗炒米给你吃。水伢跳出戏外说，你妈肯定不在家。细女却接着说，小毛哎，我妈真的不在家哩，吃鸡蛋炒米去哟。水伢应和着说，吃鸡蛋炒米去哟。说完，两人笑成一团。笑过以后，水伢就问细女，我要真的是戏里的金小毛，你真的会弄鸡蛋泡炒米我吃呀。细女说，是呀，一定会。水伢学着戏里的口气说，那你真是我的好媳妇哟。细女就嗔水伢说，不要脸。两人又笑。笑声惊动了林间的栖鸟，引得它们在树上乱飞。

两人沿着山边走了一圈，水伢突然发现山体有些异样，原来像围墙一样围着的一圈石头，现在只剩下一些大坑小坑，像拔过门牙留下的一圈空洞。空洞内外裸露的泥沙，像残破的牙床，悬挂在半山腰上。失去护持的半山泥沙，正对着山下的湖滩虎视眈眈，像随时要俯冲下来一样。水伢听爷爷说过，早年在山上建湖心寺的时候，曾沿山用石块垒了一圈护坡。如今湖心寺人去楼空，砌护坡的石头也不翼而飞。要是连降暴雨，山体坍塌，金鲤和它的姐妹们就别想安心产子，弄不好性命不保。

水伢和细女回去后，就把这事跟水伢的爷爷说了。水伢的爷爷说，是村里人挖的。听收鱼的人说，要修水渠，没石头，就派人上岛去挖。细女听说，就更加担心。水伢说，不怕，有我呢，我守着。细女说，你守着有什么用，雨下长了，山要垮还是会垮，你想挡也挡不住。水伢说，挡不住我就喊呀。细女说，喊有什么用，山又不听你的。水伢说，山不听我的，我喊金鲤快跑呀。细女说，爷爷说了，金鲤产子不想动。水伢说，那我就用篙子赶。细女说，这还差不多。可又一想，这样很危险，万一跑不及，垮下来的泥沙把自己埋住了怎么办。水伢的爷爷在一旁听他们说得热闹，觉得虽然有点孩子气，但眼下也没有更好的办法，就轻轻地叹了一口气说，这时正是鲤鱼产子的时候，但愿老天爷开恩，不要下雨，要下，就下点小雨，千万别下大暴雨。

六

从这天以后，水伢果然天天到湖心岛下的湖滩守候。细女自告奋勇，给水伢做伴。每天夜半时分，两人带上干粮，摇起水伢家的小船，就向湖心岛附近的湖面进发，一直守候到第二天正午时分，产子的鱼儿散尽才摇船回家。一连数日，湖上都是朗月晴空，风平浪静，水伢和细女坐在船头上，一边啃着干粮，说着闲话，一边看鱼儿从四面八方向湖滩附近集结。初看鬼影幢幢，形单影只，像幽灵一样从湖水深处升上湖面。继而成群结队，摩肩接踵，像迎亲的队伍一样拍拍打打涌上湖滩。而后便是你追我赶地交尾，晕头转向地甩子，就像新郎新娘拜过天地，入了洞房，先前的热闹都甩在身后，只剩下两个身子在烛光下赤裸裸地面对。水伢和细女虽然没读过多少书，没有文人墨客那样的雅兴，也不懂得拽文，但看这些鱼儿采天地灵气，汲日月精华，在自己眼前化育生命，心里仍禁不住涌起阵阵感动。

这天后半夜，湖面上凉风习习，吹得人昏昏欲睡。一连守候了几夜，细女觉得倦了，就铺了一张凉席在船头的甲板上躺了下来。水伢坐在她身边，指着天上的星星说，我要是天上的星星就好了，就能看得到湖滩上的鱼儿产子。细女就羞他说，真不要脸，女人生孩子你也想看。水伢又忧心忡忡地说，也不知金鲤产过子没有。细女说，产不产都一样，你又不光是为了金鲤，金鲤怕泥沙埋了，别的鱼也怕。水伢说，也是。不过，我还是担心金鲤。细女说，也难怪，金鲤是你救的，你对它有感情。正说着，细女感到背上奇痒难耐，就要水伢帮她抠抠，水伢犹豫了一下，就把手伸到细女衣服里面。抠了半天，细女又觉得不是痒在背上，要水伢往别处去抠。水伢不敢把手伸到别的地方，就要细女自己抠。细女抠了半天，也抠不着痒处。正急得抓耳挠腮，水伢突然觉得自己身上也痒了起来，正要伸手去抠，却像被人迎面撒了一把细沙，感到有无数小虫在脸上扑打。再看看四周，铺天盖地的小虫，像随风刮起的沙尘暴，遮天蔽月，已弥漫了整个湖面。有团团碌碡大的黑影，在沙尘暴中四处游动，发出嗡嗡嗡嗡的响声。水伢说，不好了，要起风暴了。我爷爷说，蠓子集成堆，暴雨不用催，蠓子集成球，天上雷打头。说话间，细女就听得远处天边，果然有隐隐雷声传来。湖上的风息了，闷热难耐。刚才还在疯狂肆虐的虫阵，瞬间消失无形，四周一片漆黑。

细女从来没见过这样的场面，感到十分害怕。她一把抱住水伢，不敢松手。水伢说，别怕，别怕，有我呢。就在黑暗中，凭着平时头脑里留下的印象，水伢摇船把细女送到湖心岛下的一处山脚躲避，自己却从船上操起一根竹篙，跳下船朝湖滩方向奔去。

水伢走后，细女更加害怕。她担心水伢这样黑灯瞎火地往外跑，会遭遇不测。又担心风暴来了，像上次那样，会把小船掀翻。水伢临走时叮嘱她不要进船舱，就趴在船头的甲板上。这样，风浪来了，不会把自己撞伤，船翻了也不会把自己倒扣在里面。她照水伢说的，把身子摆成一个大字，像水伢上次扑在她身上保护她的样子，让胸部和肚皮紧紧地贴着船板，双手张开，死死扣住船板两边的水槽。湖面上又起了风，一阵紧似一阵，湖上的浪头也一浪高过一浪。在骤起的风浪中，小船像失去控制的风筝，任由风浪抬举摔跌，推拉摇曳。细女对身边的一切，已失去知觉，她的脑子里只有水伢在风雨中奔跑的身影。雨下来了，湖面已有了微光。闪电把暗夜撕成道道豁口，也把湖面照得透亮。借着闪电瞬间投射的强光，细女睁大双眼，想看清水伢的去向，却依然只见远处的树木在风雨中摇晃。突然一声炸雷，就在细女的头顶爆响，细女顿时觉得劈头盖脸的暴雨，就像那次遇到的冰雹，在自己身上砸出了一个个的大坑小洞。她不能像上次那样，有水伢扑在身上保护自己，茫茫湖水，又无处躲避。说不定今天就要死在这里，再也见不到水伢了。细女越想越伤心，越想越害怕，禁不住放声大哭起来。就在这时，她突然听见远处有一个沉闷的声音传来，不像是雷声，也不像是风声，细女的心顿时提到了嗓子眼上。她睁大眼睛，看着湖滩的方向。一个闪电突然像萤火一亮，就在这一瞬间，她看见一道金黄的瀑布，正从湖心岛上倾泻下来。闪电熄了，细女眼前一黑，顿时昏死过去。

细女醒来的时候，已是当天晚上。头天后半夜，水伢的爷爷听见湖上风雨大作，就担心水伢和细女出事。等到天亮，水伢的爷爷匆忙从旱路赶到细女家的鸭棚。细女的爷爷也很担心，两人就到村里去叫上一些乡亲，又从社里借了一条船，风风火火赶到湖心岛附近。在湖心岛附近，他们找到了被风浪推上湖滩的小船，救下了已昏死过去的细女，却怎么也找不到水伢的身影。有人在湖滩上发现一根竹篙，像旗杆一样插在一个土堆上面。水伢的爷爷认得是自家撑船的竹篙，就让人扒开土堆，却在土堆下面发现了水伢的尸体。

这事发生后，村里人议论纷纷。村长报到区里，区里还派人下来调查。调查的人说，鱼对雷电是有感应的，即使是在产卵期，暴风雨来了，也会像人一样躲避，不会等着山洪冲下来淹没自己。这起事故是乡民缺少科学知识所致，要加强科学知识在农村的普及。村里人也埋怨水伢的爷爷大意，不该让两个孩子去做这样的事。要去，也要叮嘱孩子们，风暴来了快跑。硬要在山洪下来时，去给鱼通风报信，那还不是送死。这些话，水伢的爷爷和细女的爷爷都不敢让细女听见。细女清醒过来以后，就守在水伢旁边，不吃不喝，没日没夜，一步也不肯离开。细女的爷爷发现，有时候，细女会把手伸到水伢的衣服里面，一边轻轻地抓着，一边咕咕哝哝地说，你痒，蛐子咬你吧，我帮你抠，别不好意思。这儿，这儿，不是。那是这儿，也不是。不是，那是哪儿。抠痒，抠痒，不痒不抠，不抠不痒。越痒越抠，越抠越痒。我不帮你抠了，你自己抠吧。就这样，有时要抠上大半天，说上大半天，细女的爷爷担心，细女这孩子怕是要疯了。

　　自从水伢出事以后，水伢的爷爷就老得不成样子。腰也弯了，背也驼了，双手扶不住拐杖，走路跌跌撞撞，口里像拉风箱一样，呼呼呼呼地有进气没有出气。细女的爷爷来劝过他几次，都不管用。他翻来覆去地只说一句话，我只想他们在一起玩，没想到他们真干这种傻事。细女的爷爷就宽慰他说，人死不能复生，就算是干傻事，也是一片好心。

　　又过了些日子，水伢的爷爷撑不住了。这年冬天，连日不停的气喘把水伢爷爷变成了一个虾弓。水伢走后，他身边没人照料，细女爷爷就叫细女搬到水伢爷爷的船上来住。这天，细女爷爷又来看水伢爷爷，水伢爷爷拉着细女爷爷的手，勉强挤出一点笑容，一边喘着粗气一边学着细女爷爷的腔调说，你说说看，世界上什么东西最浅。细女爷爷笑了笑说，都什么时候了，你这老东西，还有这份心思跟我闲嗑牙。水伢的爷爷坚持说，你说呀，世界上什么东西最浅。细女爷爷就要水伢爷爷自己回答。水伢爷爷停了片刻，等稍稍喘定了才说，要我说呀，世界上人的眼睛最浅。细女爷爷也学着水伢爷爷的口气说，那你说说看，人的眼睛怎么个浅法呀。水伢爷爷又喘了一阵说，要不是眼睛浅，怎么会把护坡的石头挖走呢，没有石头，湖心岛就完了。细女爷爷知道他还是放不下水伢的事。就安慰他说，你放心，完不了，女娲娘娘和大禹爷还会送来呢。水伢爷爷伸出干瘦的指头朝细女爷爷点了点，就轻轻地闭上了双眼。

七

又是一年春天。

清晨，细女一个人撑着溜子来到湖心岛下的湖滩上。湖面上水平如镜。不知从什么时候起，有一条金黄色的鲤鱼，不声不响地从湖心深处升起，悄悄地跟着细女的溜子，来到长满水草的湖滩之上。一会儿，她的身后跟上了一群同样是金黄颜色的鲤鱼。这群鲤鱼跟着细女来到湖滩上，就开始围着先前的那条鲤鱼转圈。圈子越转越小，越转越小，最后把先前的那条鲤鱼围成了一个簸箕大小的圆圈。先前的那条鲤鱼停在圆圈的正中，轻轻地翻转身子，把镶着金边的雪白肚皮，朝向天上的一轮明月。一会儿，便从肚皮下方那个神秘的小洞中，一阵一阵地向外倾吐着淡黄色的琼脂。围在她周围的那群鲤鱼，也像接受了这条鲤鱼的神秘暗示，同时侧转了身子，也从肚皮下方的小洞中，向外喷射着白色的浓浆。不到一顿饭工夫，又相跟着游回湖水深处。湖滩上只剩下一片鹅黄蛋白，漂浮在沙砾水草之间。

细女坐在埋葬水伢的沙堆上，手里拄着长长的竹篙，望着远去的鱼群，轻轻地唤了一声，金鲤。

男孩胜利漂流记

　　余少时尝读《说岳全传》，知岳飞出世，孽龙作祟，洪波滔天，岳母抱飞坐花缸漂流，有鹰鸟护持其上。后人敷衍其事，以为神异。忽忆吾乡男孩胜利，昔年漂流故事，多与此类。始知世间特异之人，特异之事，皆不悖于情理，因制为小说，以彰好生之德而发解魅之思。

一月三十日小记

一

　　胜利的娘就要给胜利生一个小妹了。

　　胜利的一家都不知道胜利的娘生男生女，只有胜利想要他娘给他生个小妹。

　　胜利一想起这事，就高兴得睡不着觉，常常半夜里爬起来，翻到铺的那一边，打着盘腿坐在娘隆起的肚皮旁边，一动不动地盯着看，好像娘肚子里的小妹随时会从那里面蹦出来一样。

　　胜利的娘四仰八叉地躺在铺上，睡得很沉，还打着很响的呼噜。胜利觉得这呼噜一定吵得小妹睡不着，就轻轻地推了娘一下。娘像被蚊子咬了，只轻轻地动了一下身子，就又睡着了，呼噜声接着又响起来了。

　　胜利娘的呼噜没吵着肚子里的小妹，却把铺那边的弟弟们都吵起来了。胜利一共有三个弟弟，他是抗战胜利那年出生的，所以叫胜利。以后，他娘每隔一年多一点就给他生一个小弟。有的叫建国，有的叫和平，还有的叫解放。

这些名字都是村里的私塾先生起的。私塾先生有个表弟在县城教中学，常常拿些报纸给他看，所以他知道很多国家大事。只要看见胜利的娘肚子又鼓起来了，他就天天到胜利家来念叨那年的国家大事。等胜利的娘肚子瘪下去了，他念叨的当年的国家大事就成了胜利这些弟弟的名字。

胜利的娘很喜欢私塾先生给自己的孩子起的这些名字，觉得叫起来响亮，又很有学问。胜利的爹却说，么事狗屁学问，就胜利和解放是捡现成的，1945年抗战胜利了，就叫胜利，1949年全国解放了，就叫解放。胜利的娘生了解放以后，肚子瘪了好几年，这年突然又大起来了。胜利的娘天天盼着私塾先生来家，可私塾先生却好久没来胜利家念叨这年的国家大事。

这年是1954年，七月里发了一场大水。

从六月起，雨就下个不停。起先，从后山下来的水沿着后河往后湖里灌，后湖里的水沿着长港往长江里灌。后来，就倒过来了，长江里的水沿着长港往后湖里灌，后湖里的水沿着后河想往后山里灌，却被后山下来的水挡了回来，只好转过身来在沿湖的田畈里打转。转了几天，就把沿湖的十里八村分割成了一个个小岛。又过了几天，小岛也不见了，打着旋儿的水爬墙上壁，把屋里住的村民都赶上了屋顶。站在屋顶上一望，四周黄汤汤的一片，像一锅滚开的豆浆。

胜利的一家也在自家的屋顶上安了家。

胜利的爹在屋顶上搭了个草棚子，顺着瓦楞铺上木板，垫上稻草棉絮，就成了床铺。在铺前架个破水缸做的缸灶，埋锅造饭，就可以过日子了。

在屋顶上过日子很不方便，可也有许多好处。揭开几片布瓦，就可以把预先吊在屋梁上的一应生活用品一件一件地拿上来。柴米油盐酸菜腐乳锅瓢碗盏菜刀砧板一件不缺，一样不少。用不着挑水，从屋沿边顺手扯上一桶，打上明矾，半天就可以饮用。吊在屋梁上的柴火虽然湿了点，用吹火筒一吹，照样烧得着。只是烟太大，呛得人喉咙痛。胜利喜欢这种烟笼水绕上不着天下不着地的日子，觉得好像爹在故事里说的神仙。

胜利的爹也喜欢这样的日子，他觉得这是一个难得的收获季节。

每次大水到来之前，胜利的爹早早地就把一排挂钩拉在他家门前的两棵柳树中间，等到大水一来，就会有许多随水漂来的物件挂在这些挂钩上。这些物件大到箱笼桌柜农具水车，小到衣裳被褥日用器皿，有死猪死牛死羊死兔，也有死鸡死鸭死猫死狗，间或也会钩住一具浮尸。胜利的爹每天都要解下系在屋沿边的木船，去收捡这些被挂钩钩住的物件，用不着的就让它随水漂走，用得着的就放进船舱。遇上浮尸，胜利的爹总要在船头烧上纸钱点上香，不论男女老少，一律磕三个响头，然后轻轻摘下挂钩，在死者身上挂上一块条石，让他沉入水底，等大水过后，再就地掩埋。胜利的娘反对胜利的爹捡这些浮财，但对收葬这些浮尸，却赞赏有加，说是积德行善，日后必有好报。

胜利从不跟他爹去捡这些浮财，他怕看那些死物，尤其是浮尸，看了他晚上会睡不着觉。他喜欢和建国和平解放守在娘身边，带他们用一个草把子钓黄鳝。发大水的时候，秧田里的黄鳝在洞里憋不住，都跑出来到处游荡，遇到胜利抛在水里的草把子，就钻进去当了安乐窝。不到半天工夫，一个篮球大的草把子里就钻满了黄鳝。胜利和建国和平解放把钻满黄鳝的草把子扯上来，把钻到草把子里的水蛇择出去丢了，就把黄鳝倒进桶里养起来。胜利喜欢吃娘做的黄鳝炒韭菜，觉得那是世界上最好吃的下饭菜。建国和平解放也吵着要吃黄鳝炒韭菜。胜利的娘就对胜利的爹说，这会儿让我到哪里去找韭菜，自家园里的都淹了，你就到镇上去买一把吧。胜利的爹就撑起自家的小船去后山脚下的镇上买韭菜。

胜利的爹走后没多久，胜利的娘就挺着大肚子剖黄鳝。胜利帮着把黄鳝的肠子从剖开的黄鳝肚子里扯出来，再用砖头把黄鳝的身子砸扁，切成段，就等着爹买韭菜回来。

做完了这些事，胜利的娘就坐到铺上做针线活，她拿起一件蒲扇大小的婴儿上衣，一针一针地缝着。胜利觉得好奇，就问他娘，我家小妹么时出世呢。胜利的娘停下手中的针线活，笑着回答胜利说，你么样晓得是个小妹呢。胜利说，我喜欢小妹。胜利的娘就问，为么事喜欢小妹呢。胜利说，不为么事，小妹漂亮。水生和树生家都有小妹。水生和树生是邻居家的孩子，常和胜利在一起玩，总带着他们的小妹。胜利有几次想去牵牵他们的小妹，水生和树生却拉起他们的小妹说，走，女伢儿，别跟男伢儿玩。胜利很扫兴，也很羡慕他们，就想他娘给他生个小妹。

看着娘手上缝的小衣服，胜利觉得他娘还是为小弟准备的。就说，娘，我要个小妹。胜利的娘就挺起肚子对胜利说，你自己看吧，是小弟还是小妹。胜利真的就把脸贴到他娘的肚皮上，睁大眼睛朝肚子里看，却隔着一层厚厚的肚皮，什么也看不见。正失望地抬起头，却发现他娘的肚子里好像有什么在动，接着就听见隐隐约约地传来一阵婴儿的哭声。这哭声好像是从娘的肚子里传来的，又好像是在远处的水面上。胜利的娘也觉得奇怪，低头看了看自己的肚子，又摇摇头说，不是，不是。正自言自语地说着，却见胜利像弹簧一样从铺上蹦起来，口里喊了一声，小妹，就扑通一声跳进屋下浑黄的水流中，打着鼓球朝门前的两棵柳树游过去。等胜利的娘反应过来，胜利已游到了柳树旁的挂钩边。

胜利的爹不在，建国和平解放都小，邻居都在各家的屋顶上，隔得远，看不见也听不见，胜利的娘这时候真是叫天天不应，叫地地不灵，只好大声地朝胜利喊，快爬到树上去，别下来，你爹一会就回来。

建国和平解放也在一旁帮着喊。胜利家养了一条大黄狗，这时候也冲着胜利汪汪乱叫。胜利的娘和建国和平解放喊了半天，胜利好像什么也没听见，他也没听见大黄狗的叫声。

隔着朦胧的水汽，胜利的娘看见胜利好像在从挂钩上往下摘一个钩住的木盆。木盆被水流冲得摇摇晃晃，胜利用力摘了几次，都没摘下来。胜利的娘就着急地喊，别摘了，别摘了，快上树，等你爹回来接你。

胜利听不见他娘的叫喊，他在用力把挂住木盆的钩子摘下来。挂住木盆的钩子不止一个，他摘掉了这个，那个又被挂上了，水流推着木盆打转，胜利趴在木盆沿上，像趴在转动的磨盘上，停不住，又使不上劲。突然，一个浪头打来，把木盆的一边掀了起来，木盆就势脱去了所有的挂钩，顺水漂了出去。胜利的娘在远处的屋顶上大喊了一声，像响了一个炸雷。胜利什么也没听见，就趴着木盆沿子漂走了。

就在胜利趴着木盆沿子漂走的这一瞬间，胜利看见他家养的那只大黄狗，嗖的一声，像箭一样，从他娘身边冲出来，冲到屋檐下的水流里，露出半个脑袋，朝他游过来。胜利一边随水漂流，一边大声喊着，大黄，快点，快点，到我这里来，到我这里来。可是，水流得太急，大黄游得太慢，一会儿工夫，胜利就连大黄的影子也看不见了。

胜利趴住的木盆其实是一个装谷子的扁桶，胜利认得，他家里就有一个，椭圆的，像剖成两半的冬瓜，桶沿比洗澡的脚盆高，里面可以睡一个半大小孩。他跟弟弟们捉迷藏，有时候就往这桶里躲，盖上盖子，很难找得着。刚才只顾了摘钩，没仔细往桶里看，现在他看清楚了，原来里面睡着个小女孩，头上扎着两根小辫，穿着一身花衣服，黑黑的，瘦瘦的，模样儿很好看。胜利刚才在屋顶上听到的，就是她的哭声。许是刚才吓着了，这会儿她不哭了，只把一双大眼看着胜利，好像等着胜利跟她说话。胜利就趴在扁桶沿上，一边随水漂流，一边逗她说话。胜利啊啊啊啊地逗着，小女孩却没有回应，依旧睁着大眼望着他。胜利就想，她大概还不会说话，就想找个东西逗她玩。在桶里翻找了半天，除了一个小夹被和一些花花绿绿的衣裳大大小小的尿片子，什么好玩的东西也没有。回头一看，满田畈的野花野草，这会儿也看不见了，全泡在黄汤汤的水底下。胜利就使出自己的绝活，像小时候逗解放那样，做出各种怪相来逗她。逗了半天，小女孩依旧没有反应。胜利正束手无策，突然一个浪头扑到桶沿上，水花溅了他一头一脸，也溅到了小女孩身上。胜利一边伸手抹脸，一边在小女孩身上拍打，小女孩突然咧开嘴笑了。透过眼前朦胧的水花，胜利觉得这小女孩的笑容，就像画上的仙女一样。他禁不住伸手在小女孩的鼻子上轻轻地刮了一下，口里说，你坏，你真坏，小女孩又咯咯咯咯地笑了。

胜利觉得这笑声他很熟悉，好像很久以前就听过一样。又盯着小女孩黑瘦的小脸看了半天，然后自言自语地说，是她，是她，就是她，她就是我娘肚子里的小妹。

二

扁桶越漂越远，胜利已望不见自家的屋顶，也见不到屋顶上的娘和建国和平解放。再望望漂过的水面，大黄也不知道跑到哪儿去了。

胜利四五岁的时候他爹就带他下湖打鱼，水是他童年游戏的世界，趴在船沿边练习打鼓球，是他爹教他学游泳的绝活。他喜欢这样趴着扁桶沿顺水漂流，就像小时候娘让他趴着摇窝沿摇弟弟们睡觉一样。现在，弟弟们都长大了，不睡摇窝了，轮到他们的小妹睡了。他是大哥哥，又该摇他们的小妹睡觉了。

建国出生的时候胜利还小，胜利的娘就让胜利和建国睡一个摇窝，一头一个。后来和平出生了，和平就睡了胜利的位置，让胜利下来摇两个弟弟睡觉。再后来解放出生了，解放又睡了建国的位置。本来应该轮到建国摇摇窝，胜利的娘说建国比胜利小，还是让胜利摇和平和解放睡觉。家里的地凹凸不平，大大小小的泥巴坨硬邦邦的，像一个个鹅卵石，密密麻麻地缀满地面。摇窝在地面上摇得哐当哐当地响，就像推着鸡公车走在高低不平的山路上。有一次，摇窝被地上的泥巴坨子托住了，胜利一个人摇不动，建国就过来帮忙。兄弟俩一起使劲，结果把摇窝掀翻了，把和平和解放都从摇窝里掀出来了。和平和解放躺在地上哇哇大哭，胜利和建国怕娘骂，吓得在一旁不敢吱声。胜利的娘从地上抱起和平和解放，拍了拍身上的灰，又把他们塞回被窝，一边塞一边对站在一旁的胜利和建国说，儿伢子，摔一下不怕，再摇，使劲摇。

水面比胜利家的地面平，不用胜利使劲，风吹浪打就让扁桶在水面上轻轻摇晃。遇到一个大点的浪头，扁桶就像跳过一道门槛，过去了又是和风细浪，又在轻轻摇晃。有时候，水面也会出现一个漩涡，像磨盘一样，推着胜利和扁桶团团乱转。转着转着，一会儿又把胜利和扁桶从漩涡边上送出来了。胜利趴在扁桶沿上，尽力避开随水漂来的杂物，遇到淹死的动物和浮尸，就推着扁桶远远地绕开。胜利怕这些死物和浮尸，他也不想让睡在扁桶里的小妹受到惊吓。

随水漂了半日，胜利觉得乏了，就趴在桶沿上睡着了，突然扑通一声，自己的双手从桶沿上掉了下来，整个身子也被水流从桶边冲开了。胜利赶紧划到桶边，紧紧抓住桶沿，趴着桶沿察看小妹的动静。他发现小妹也像他一样睡着了，在睡梦中还咂巴着小嘴，像吃着什么好吃的东西。

一想到吃，胜利好像听见自己的肚子在咕咕乱叫，就想着自己已经大半天没吃东西了。本来想等爹从镇上买韭菜回来，让娘弄黄鳝炒韭菜吃，这下好了，连爹娘也见不着了。还有建国和平解放，也不知道他们这会儿怎么样了。爹回家没见了我，还不知要急成什么样子，一定会骂我娘没看好我，还要骂建国和平解放没拉住我。可这都不关他们的事，是我自己跳下水的，小妹在哇哇地哭，我不能不去救她。

正这样想着，胜利突然发现，小妹不知什么时候醒来了，正睁开双眼看着他，小嘴还在一吮一吮地咂巴着。胜利把自己的手指伸到小妹嘴边，小妹张开嘴就咬住了，像含着娘的乳头使劲地吸起来，胜利费了好大的劲才把手指从小妹嘴里拔出来。胜利知道，小妹像他一样，也饿了。得给小妹找点吃的东西，要不，会把小妹饿坏的。

到处都是黄汤汤的水，到哪儿去找吃的东西呢，胜利趴着桶沿四处张望。突然，他发现不远处有一条淡绿色的带子在随水摆动，就打着鼓球用力推着扁桶前进。到了绿带附近，胜利才看清，绿带是沿着水沟长的一排蒿芭叶，就想到爹摘给他吃过的野蒿芭。野蒿芭生吃很甜，想起那种甜丝丝的滋味，胜利的口水都出来了。他把扁桶推到蒿芭旁边，一手扒着扁桶沿子，一手去扯蒿芭叶，蒿芭已被大水冲得七歪八倒，用手轻轻一扯，就起来了。摘下上面的蒿芭，胜利情不自禁地对小妹说，好了，好了，有蒿芭吃了，饿不着。说着，就把一个蒿芭放在口里嚼烂了，用嘴唇抿出汁来，口对口地喂到小妹嘴里。胜利见过娘用米汤这样喂三个弟弟，他也学着娘的样子，用蒿芭汁喂自己的小妹，自己就用嚼烂了的蒿芭渣充饥。

桶里的小妹一口接一口地吸着胜利喂的蒿芭汁，胜利趴在桶沿上嚼也嚼不赢，一连嚼了十几个野蒿芭，胜利的嘴都嚼麻了。看看桶里的小妹，还在张着嘴要喂。胜利就想，小妹肯定是没吃饱，又想，光靠这些蒿芭汁要让小妹吃饱，肯定不行，得找点顶饿的东西。胜利就想起过年吃的芝麻糖米泡糖，还有平时吃的花生枯蚕豆，夜饭吃的糍粑豆丝，可眼下到哪儿去找呢，再说，小妹还没长牙，找到了也不能吃呀。

　　正在犯难，胜利的后背突然被撞了一下，回头一看，原来是一棵柳树。胜利正想用双脚蹬开树干，自己却被水流冲开了。这棵柳树旁边还有一棵柳树，两棵树挨得很近，正好把胜利和扁桶卡在里面。胜利拽了几次拽不出来，只好趴在桶沿上喘气。桶里的小妹却在望着他笑，好像笑他没本事。胜利就冲小妹做了一个鬼脸，说，笑么事笑，你来试试，小妹咯咯咯咯地笑得更欢了。

　　小妹的笑声惊动了树上的鸟儿，胜利听见头顶上有扑棱棱的声音，抬头一看，原来他撞上的那棵柳树上，有一个喜鹊窝，刚才是一只大喜鹊从窝里飞走了。胜利就想起爹常常带自己到门前的柳树上掏喜鹊窝，捡喜鹊蛋。捡回的喜鹊蛋娘用猪油蒸了，吃起来跟蒸鸡蛋一个样。有时候，爹从树上送下来的喜鹊蛋自己没接住，掉在地上摔破了，爹怕浪费了，就叫他生的吃下去。胜利生吃过好几个喜鹊蛋，觉得吞下去就像娘在热天用蛤蟆叶做的凉糕一样。想到这里，胜利就想爬上树去捡几个喜鹊蛋给小妹当饭吃。

　　胜利在家里爬过树，都是背着娘偷偷爬的。有一次被娘发现了，还挨过一顿打。打完了以后，胜利的爹说，爬墙上树，是男伢儿的本事，你打他搞么事，胜利以后就跟着爹学爬树。胜利爬到喜鹊窝边上的时候，发现窝里没有鸟，就从碗口大的门洞伸手进去找喜鹊蛋。爹说喜鹊是最喜欢做窝的鸟，窝也做得讲究，外面看上去像一堆乱柴，里面却有顶有墙，有门有梁，有泥抹的地面，有茅草铺的地铺。地铺摸上去很软和，像过年时来拜年的表哥们在堂屋里睡的地铺一样。喜鹊蛋就搁在这茅草铺成的地铺上。

　　胜利伸手进去，一下子就摸到了五个喜鹊蛋，再伸手进去，蛋没有了，却摸到一个肉乎乎的东西，拿出来一看，原来是一只毛茸茸的小喜鹊。胜利想把它放回窝里，又怕一些坏鸟伤了它。胜利的爹说，小喜鹊的爹娘经常不住在窝里，一些坏鸟像草斑鸠野八哥，趁小喜鹊的爹娘不在，就到窝里去偷喜鹊蛋吃，有时还会伤了小喜鹊。胜利把喜鹊蛋放进裤兜里，又小心翼翼地把小喜鹊揣进怀里，就踩着树枝下去。还没下到一半，突然，脚下的一根树枝折断了，胜利手上没抓住，就扑通一声掉到水里了。胜利憋足了气往下沉，一只手护着裤兜里的鸟蛋，一只手捂住胸前的小鸟，直到这口气憋不住了，才哗的一声冲出水面，游回扁桶旁边。

回到扁桶边，胜利从怀里取出小喜鹊，轻轻地放到小妹身旁。又在小妹睡的小棉絮旁边，为小喜鹊造了一个碗大的窝。等小喜鹊睡舒服了，胜利就从裤兜里掏出一个喜鹊蛋，用牙轻轻地咬开一个小口子，又在另一头咬开一个小洞，就一点一点地喂给小妹吃。胜利见过娘做空蛋挂，娘说，要把蛋里头的蛋黄蛋白倒出来，要在蛋壳上打上两个孔，打一个孔倒不出来。小妹吧嗒着嘴，吃着胜利喂的喜鹊蛋，两只小腿不停地上下乱蹬，很开心的样子。一会儿工夫，小妹就吸进去了胜利喂的两个喜鹊蛋，正等着吃第三个，胜利却哄着小妹说，再不吃了，再吃下去，你肚子里就会长出三只小喜鹊，你肚子小，住不下的。

有一次，家里炖脚鱼吃，胜利一口气吃了一个脚鱼头加三个脚鱼腿，正要吃最后一个脚鱼腿，胜利的娘说，快别吃了，再吃，你肚子里就会长出一只整脚鱼，到时候会疼死你的。胜利打算把那三个喜鹊蛋留给小妹明天吃，小妹明天还没东西吃呢。听了胜利的话，小妹果然不再吧嗒嘴，合上眼迷迷糊糊地睡着了。

胜利在喂小妹的时候，小喜鹊在一旁一直叽叽叽叽地叫，好像在说，我也饿了，我也要吃东西。胜利就把两个空蛋壳放在手心揉碎了，把碎末子一点一点地喂到小喜鹊口里，又把剩下的蒿芭渣子喂了一点给小喜鹊，小喜鹊张开嫩红的小嘴，津津有味地吃着蛋壳末和蒿芭渣，一会儿也低下头不作声了。

这时候，太阳已经落到水面上了，黄汤汤的水面顿时铺上了一层金红的颜色，就像胜利的娘做的豆花上撒上了一层辣椒粉。看着熟睡中的小妹和小喜鹊，胜利想，今晚就要在这里过夜了。一想到过夜，胜利就想，像这样敞开扁桶，小妹和小喜鹊都要着凉，要是下雨，小妹的衣服和被子都会打湿的。得想法子给他们搭一个凉棚，就像小喜鹊的爹娘给他搭的窝一样。想到喜鹊窝，胜利就跟熟睡中的小喜鹊商量说，小喜鹊，我想把你的家借用一下，给你和小妹睡的扁桶搭个凉棚好吗。没等小喜鹊答应，胜利就转身抱住树干，嗖嗖嗖地又爬到喜鹊窝旁。喜鹊窝看上去不大，但要想搬下去，可不那么简单。有时候，家里冬天缺柴，胜利的爹上树去搬一个废弃的喜鹊窝，要费大半天的工夫，拆下来的树枝在灶门口堆得像山一样。爹用砍刀砍断喜鹊窝下的树杈子，喜鹊窝就哗啦一下掉下去了。胜利也想像爹那样，可是手里却没有砍刀。胜利就抓住树枝使劲地摇，摇了半天，却摇不下来。胜利急了，就爬到喜鹊窝上，抱住喜鹊窝往下跳。放在平时，胜利绝对不敢，眼下，水已经把树淹了半截，喜鹊窝离水面不高，胜利才敢大着胆子往下跳。村里人都叫胜利小胖墩，浑身都是肉疙瘩，喜鹊窝下的树杈承不住胜利的体重，咔嚓一声折断了，胜利就趴在喜鹊窝上掉到水里了。这回有喜鹊窝托着，胜利虽然没有扎进水里，却被喜鹊窝上的树枝戳破了衣服，划破了皮肉，流出血来了。胜利顿时感到一阵钻心的疼痛，就像在菜园里摘菜被刺棵子拉开了一样。

有了喜鹊窝的树枝，胜利就开始在小妹和小喜鹊睡的扁桶上搭盖凉棚。喜鹊是鸟类的能工巧匠，比鲁班的手还巧，它建造的房子可不是那么好拆卸的。幸好这个喜鹊窝是带着胜利从树上掉下来的，虽然是掉在水面上，但也摔散了架。胜利就把这个散了架的喜鹊窝上的树枝，一根一根地抽出来，又在柳树上折了几根大点的树枝做支架，把喜鹊窝上的树枝一根一根搭在小妹和小喜鹊睡的扁桶上。

天渐渐黑了下来，借着天上的星光和月光，胜利一边搭着凉棚，一边看着水面上的动静。扁桶卡在两棵柳树中间，是不会随水漂走的，他今晚只能在树杈子上过夜了。胜利夏天乘凉在树杈子上睡过，树高风大，蚊子少，常常睡到天亮才回家。夜半时分，胜利的凉棚搭好了，用去了喜鹊窝的所有树枝，乍看上去，也像一个喜鹊窝，只不过别的喜鹊窝是搭在树上，胜利搭的喜鹊窝却漂在水面上。搭完了凉棚，胜利伸头进去看了看小妹和小喜鹊，发现他们睡得正香，小喜鹊把自己的小脑袋紧贴着小妹的身体，小妹的一只手也搁在小喜鹊身上，就像手里抓着一个毛茸茸的玩具。胜利把小妹身边的一个薄薄的小夹被轻轻盖在小妹和小喜鹊身上，又用脚顶着树干用力推了推扁桶，确信扁桶不会随水漂走，才爬上树去，找了一个大点的枝杈舒舒服服地躺下了。

胜利喜欢躺在树上看星星，风吹树叶，发出窸窸窣窣的响声，从树叶的空隙望上去，天上的星星像铃铛一样，好像也在随风摆动，发出好听的声音。胜利就伴着这好听的声音沉沉地进入梦乡。在梦中，他看见水生和树生带着他们的小妹过来了，他们看见胜利，拉起自己的小妹，转头就走，一边走，一边说，走，女伢儿，别跟男伢儿玩。胜利说，不跟我玩就不跟我玩，我也有小妹。水生和树生又转过头来说，吹牛，你有小妹，你的小妹在哪里。胜利就指着树下的扁桶说，我的小妹正在睡觉。水生和树生就说，睡觉，在哪里睡觉，怕是你自己睡觉，在说梦话吧。胜利就想让他们看自己的小妹，低头一看，却发现树下的扁桶已经随水漂走了。胜利大叫一声，吓出了一身冷汗，差点从树杈上掉下来。再往下一看，扁桶还牢牢地卡在两棵柳树中间，这才放心大胆地睡去。

三

第二天早晨，天刚蒙蒙亮，胜利就被鸟叫声吵醒了。抬头望天，高处的树枝上一只鸟儿都没看见，仔细一听，原来叫声是从下面传来的。等他低头一看，下面的景象让他大吃一惊。不知什么时候，在他昨晚搭的凉棚上，歇满了各色小鸟。这些鸟儿像蜂巢上的马蜂，密密麻麻地挤在半圆的凉棚上，把凉棚挤成了一顶绒线帽。胜利知道，发大水了，平畈的树林子被冲得七零八落，这些鸟儿像人一样，都从家里被赶出来了。胜利不忍心惊动这些无家可归的鸟儿，就轻轻地从树上溜到水里，又悄悄地游到扁桶旁边，探头朝里边望了望。小妹醒来了，小喜鹊也醒来了，小妹瞪大眼睛看着凉棚顶上的树枝，好像在听着凉棚上的动静。小喜鹊张大嘴巴，发出叽叽叽叽的叫声，好像在回应棚顶上的鸟叫。只是这声音太小，棚顶上的鸟儿听不见，小喜鹊只好闭上嘴把头低下了。

胜利把昨天留下的三个喜鹊蛋喂给小妹吃了，又给小妹换了尿湿的片子。给细伢儿换片子，胜利会做。解放出生后，他在家帮娘做过。小妹好像有点拉稀，片子上有一些黄粑粑，发出一阵难闻的臭气。胜利把这些沾着屎尿的片子从小妹身上扯下来，丢到水里，又从小妹脚头拿起一块干净片子给小妹换上了。胜利给小妹换片子的时候，小妹伸出手来，不停地抓他的头发，又把手指头伸进他一边的耳朵孔，不停地挖着，胜利知道，这是小妹不好意思了。娘说，细伢儿不懂人事，不好意思的时候，就爱抓人推人。解放在细伢的时候，也不愿意人家动他的小鸡鸡，娘给他换片子的时候，解放就不停地在娘脸上抓，有一次还把娘的脸抓破了。胜利就对小妹说，我是你哥，哥给你换片子，有么事不好意思的。你看看这片子上又是屎又是尿的，再不换，就要长蛆了。换上了干净片子的小妹一定是舒服了，果然不再乱抓，一会儿就闭上眼睛睡着了。

给小妹换完了片子，胜利又给小喜鹊喂了一点剩下的蒿芭渣，就憋足气钻到扁桶底下去，用肩膀拱着扁桶底，想让扁桶从卡着的两棵柳树中间脱离出来。拱了几次，没有拱动，胜利就想起小时候爹逗他玩儿，常常仰躺在床上，用双脚顶着他的肚皮，让他在空中打转转，像把戏班子玩把戏一样。就再次憋足一口气，潜到水下，倒转身来，用双脚去蹬，蹬了几次，扁桶果然松动了一点，再一用力，扁桶就悄没声儿地从两棵柳树间漂了出来。胜利从水里冒出头来，长出了一口气，就又跟着扁桶随水漂流。

从胜利的家往东，是一条狭长的平畈，平畈被水淹了，就成了一条宽宽的河流。胜利昨天从自己的家门口漂流出来，就顺着这条大河往东，一路上，除了像昨天那样，偶尔遇到被水淹了半截的大树，就见不到别的露出水面的东西。胜利以前跟爹办年货时走过这片平畈，平畈尽头，翻过一个名叫卧牛岗的山坡，就是爹去买韭菜的后山脚下的小镇。小镇上有百货公司，供销社，铁匠铺剃头铺，饭铺肉铺豆腐铺，还有小学中学卫生所，区政府也在镇上。胜利最喜欢吃镇上的臭豆腐，每次跟爹到镇上，爹都要给他买几块。从胜利的家到镇上，有几十里路，曲里拐弯，走起来要花大半天时间。现在好了，成了一条直不笼统的大路，好走多了。好走是好走了，可是，扁桶在水上漂流，走不了直线，一直都是绕着弯弯走，有时候绕到这边，有时候绕到那边，比走旱路拐的弯还要多。

太阳已经升到头顶上了，临近中午，水面上冒起了热气，凉棚上的鸟儿也不叫了，小妹和小喜鹊都睡着了，四周静悄悄的。胜利的身子在水里一浪一浪的，发出噗噗噗噗的响声，这响声一会儿就传到胜利的肚子里，胜利的肚子里又发出了咕咕咕咕的叫声，就想到该吃中饭了。自从昨天下午吃下那些野蒿芭，胜利就一直没有吃别的东西。早晨起来忙着给小妹换片子，喂小妹和小喜鹊吃东西，自己却什么也没吃。一听到自己的肚子在叫，胜利就闻到了一股淡淡的香气随风飘来。这香气混杂在蒸腾的水汽中，像煮熟了的猪食，又像豆腐铺的黄浆，馋得胜利的口水都要流出来了。人饿了容易犯困，闻着这股香气，胜利趴在桶沿上，也像小妹和小喜鹊一样睡着了。睡梦中，胜利远远地看见爹摇着小船回来了，一手扶桨，一手举着一把绿油油的韭菜。建国和平解放高兴得在屋顶上跳起来，娘把切好的鳝鱼放进油锅里，就要爹赶快洗韭菜。爹把韭菜洗好了，切好了，倒进锅里，嗤的一声响过，胜利就闻到了一股他和建国和平解放都熟悉的奇香，都围到娘身边吵着要吃娘做的黄鳝炒韭菜。娘把炒好的黄鳝炒韭菜添到碗里，还没等爹接过去，建国和平解放就伸手去抓，爹躲着建国和平解放，把碗举到头上，跟建国和平解放兜圈子。突然，爹脚下一滑，那碗黄鳝炒韭菜就从爹手里飞出去了，像撒种子一样，都散落到水面上，水面上顿时飘起一股黄鳝炒韭菜的异香。

受了这股异香的刺激，胜利一个激灵醒了过来，就吸着鼻子四处寻找。突然，在他的背后，他看见一个倒扣着的饭桌，上面插着一面小旗，四脚朝天，正跟着扁桶一起朝前漂流，再仔细闻闻，觉得香气好像就是从那里飘出来的。这样想着，就拽着扁桶朝倒扣着的饭桌游去。等到胜利靠近了饭桌，才看清原来饭桌的背面，确实摆了一些吃食，有糍粑有豆丝，还有米泡。这些吃食分装在三个大盘子里，堆成三堆，排成了个一字。在这一字排开的三个食盘前面，有一个香炉，里面插着三根线香，正冒着袅袅的轻烟。香炉旁边还有一个泥壶，好像装了茶水。

饿急了的胜利也来不及细想，就拖着扁桶游过去扒住倒扣着的饭桌的边沿，把三盘吃食都拖到自己手边。糍粑是熟的，切成一条一条，摆成一个豆腐块。豆丝也是熟的，却没有切开，整张整张的卷成筒，堆成了一个宝塔尖。米泡虽然也炒熟了，却在上面蒙了一层白菜叶，炒熟的米泡轻，大概是怕风吹跑了。胜利就想起，有一次，爹在门前下的挂钩上，也钩住了一个倒扣的饭桌，饭桌上除了这三样东西和茶水，还有些别的吃食。爹说那是有钱的人家做善事，给那些随水漂流的灾民送的吃喝。爹把钩住的饭桌又放走了，害得胜利建国和平解放馋了半天。此刻，胜利庆幸自己碰上了这样的好事，心想，要是爹当时扣下了那张饭桌，就有灾民要像自己和小妹小喜鹊这样，一直挨饿。

看到这些吃食，胜利已不觉得饿了。他先小心翼翼地把米泡上的菜叶子掀开，又一把一把把米泡抓到口里，轻轻地嚼成一个小团，然后一点一点喂到小妹嘴里。小妹很喜欢吃这样的米泡，一边吃一边又像昨天那样，用力蹬着两条小腿，好像也在帮着嘴上用力。喂完了小妹，胜利又嚼几口米泡去喂小喜鹊。喂完了小喜鹊，自己才抓了一块糍粑，一张豆丝，胡乱往口里塞着，又拉过泥壶，灌了一通茶水，才用双手倒钩着桶沿，把自己放平了躺在水面上。胜利平时吃完了饭，也喜欢这样躺在自家床上，他觉得这水面和他家的床一样舒服。

胜利在喂小妹和小喜鹊的时候，凉棚上的鸟儿闻到了米泡的香味，都跳到倒扣的桌面上，在啄上面的米泡。胜利见它们翘着尾巴，收紧翅膀，脑袋一点一点的，就想起娘每天清早给鸡喂食，家里养的那群鸡吃食，也是这个样子。一会儿，米泡吃完了，糍粑和豆丝也被这些鸟儿撕成了碎片，啄成了马蜂窝，只剩下一些残渣。有些鸟儿还在恋恋不舍地吃这些食物的残渣，胜利就翻过身来，用双手的手掌推出一片水帘，想赶开它们，让它们回到凉棚上去歇着。夏天在河里洗澡，胜利就像这样用手掌推水跟弟弟们打水仗。一些鸟儿飞走了，有几只小鸟却纹丝不动地站着，对着迎面扑来的水帘，睁大眼睛，不停地摇晃着脑袋，好像在接受劈头盖脸的冷水浴。

胜利正无可奈何，突然觉得自己的后背有一阵凉风掠过，接着就是一个黑影从头顶俯冲下来，叼起一只小鸟就走。胜利知道这是一只鹞鹰，他家的小鸡在稻场上找食的时候，经常被这些鹞鹰叼走。这些鹞鹰不朝鸡群下手，专叼那些离群的小鸡，这几只离群的小鸟就成了攻击的对象。就在这只鹞鹰俯冲下来的那一瞬间，胜利顺手折断绑在桌腿上的旗杆，嗖的一声，朝鹞鹰砸去。那只鹞鹰受了惊吓，爪子一松，小鸟就从空中掉下来了。

胜利从水里捞起小鸟，正小心翼翼地把它放回凉棚，突然又有一只鹞鹰从半空俯冲下来，去叼饭桌上别的小鸟。胜利只好回过身来，一边踩水，一边挥动双手，去赶这只鹞鹰。哪知这只鹞鹰还未赶走，又飞来了一只鹳鹰。先前被赶走的那只鹳鹰好像也飞回来了，三只鹳鹰围着饭桌打转，不停地在胜利的头顶上盘旋。胜利只好一耸身冲出水面，爬到倒扣的饭桌上，与这些鹳鹰周旋。

胜利在家里也赶过叼鸡的鹳鹰，有时候砸土，有时候敲锣，有时候是让大黄追着这些鹳鹰吼叫。要是大黄在就好了，它冲着这些鹳鹰一叫，准把它们吓得飞跑。正这样想着，胜利突然发现，远处又有几只鹳鹰在朝这儿飞来。这些鹳鹰大概是饿急了，发现了一个猎食对象，闻到了一点腥味儿，都朝这儿集中。

看着从四面八方飞来的鹰群，胜利就想起在电影里看到的敌机轰炸，心里感到格外紧张。他脱下身上的汗衫，在空中抡成一个圆圈，想抵御这些鹳鹰的攻击，谁知这些饿急了的鹳鹰根本不把胜利的反击放在眼里，照样一轮一轮地朝下俯冲，有几次竟撞到胜利身上，在胜利的前胸后背，抓开了几道血痕。

见胜利这儿不能得手，有几只鹳鹰就去攻击凉棚上的鸟儿，凉棚上顿时一片混乱。小一点的鸟儿吓得扑扑乱飞，大一点的鸟儿，就与鹳鹰展开搏斗。看着凉棚顶上纷飞的羽毛，听着凉棚顶上传来的嘶叫，胜利禁不住血往上涌，手中的汗衫也抡得呼呼生风，像哪吒三太子手上的乾坤圈一样。

就在这时候，胜利好像听到了大黄的叫声，正要回头去看，只见眼前一道白光闪过，果然是大黄，不知从哪儿冒了出来，带着一身晶亮的水珠，呼地一下，突然冲上倒扣的饭桌，站在胜利身边，对着天上的那些鹳鹰狂叫。鹳鹰见大黄越叫越凶，有时还要跳起来扑咬，就纷纷散去。

等到鹳鹰飞远了，胜利才蹲下身子抱住大黄的脖子，用脸贴着大黄的脑袋，像见到久别的亲人一样。大黄也用脑袋蹭着胜利的肚皮，发出呜呜呜呜的叫声，像对胜利诉说，又像在嘤嘤哭泣。自从昨天上午大黄从屋顶上冲下来以后，胜利就没有见到大黄。他知道大黄的水性好，爹有时候撑着溜子出去打铳，大黄跟在后面，一游就是半天，连口气都不歇。可是，从昨天上午到现在，已经过去一天一夜了呀，大黄一直都泡在水里，这黄水汤汤的，大黄是在哪里过夜的，吃过东西没有，碰到水蛇了吗。胜利知道大黄怕水蛇，有一次，一条拇指粗的水蛇缠住了大黄的腿，把大黄吓得团团打转，满地乱跳。胜利越想越心疼大黄，禁不住抱住大黄的脑袋亲了一口。

大黄没有回应胜利的亲热，却冲着远处的水面汪汪乱叫，接着嗖的一下从胜利的怀抱中挣脱出来，扑通一声跳到水里，朝远处游去。远处是小妹和小喜鹊睡的扁桶，正随着浪头在一颠一簸地漂流，看上去像一顶黑色的帐篷。那些受惊的鸟儿又飞回到凉棚顶上，有的在蹦蹦跳跳地选择落脚的地方，有的张开翅膀在凉棚上盘旋，好像电影里的侦察机在巡逻放哨。胜利刚才只顾了与鹞鹰大战，扁桶却不知什么时候已随水漂走了。他顾不得多想，朝着大黄游去的方向喊了一声，大黄，等等我，也扑通一声跳到水里，打着鼓球朝远处游去。

四

有大黄做伴，胜利胆壮多了，也不觉得冷清。大黄虽然不会说话，却听得懂胜利的话，胜利把自己的心思说给他听，他都要呜呜呜呜地发出回应。胜利说，我现在有小妹了，她也是你的小妹，我俩都可以带小妹出去玩了。水生树生不让他们家的小妹跟我们玩，我们就跟自家的小妹玩，他们要牵我们的小妹，我们就拉上小妹回家，气死他们。大黄呜呜呜呜地叫着，好像同意胜利的话。胜利又说，往后小妹长大了，你要天天送小妹上学，不准那些男伢儿欺负小妹，小妹走累了，你就帮小妹背书包，你不会背，就用嘴叼。大黄还是呜呜呜呜地叫着，好像在说，这些我都能做得到。胜利就把大黄拉到自己身边，让它的两条前腿也趴到桶沿上，胜利说，看见了吗，这就是我们的小妹，你以后就天天跟她一起玩。又对睁着大眼的小妹说，这是我们家的大黄，它比你大，不用叫哥，就叫它大黄，叫名字亲热。小妹依旧睁着大眼看着大黄。大黄突然摆摆头汪汪地叫了几声，好像对胜利不让小妹叫它叫哥有意见。大黄头上甩出的水珠像雨点一样溅到小妹脸上，小妹张开嘴咯咯咯咯地笑开了，胜利摸摸大黄的脑袋，也嘻嘻嘻嘻地笑了。大黄在桶沿上趴了一会儿，趴不住了，就放下前腿，回到水里，跟着胜利朝前游去。

天色渐渐晚了，灰色的云层像一床破旧的棉絮，覆盖在头顶。黄汤汤的水面变成了一缸浑浊的酱汤，远处的景物也渐渐模糊起来，看不清轮廓，也分不出颜色，像包裹在一个麻袋之中。胜利刚刚看到远处有一个山包，好像就是他跟爹去后山小镇经过的卧牛岗，翻过卧牛岗，就是爹去买韭菜的小镇。卧牛岗不大，横躺在这片平畈的尽头，像通天大道上躺着的一头老牛，绕不开，也赶不走。胜利就想，这会儿要是飘到卧牛岗上岸就好了，我就可以带上小妹回家了。胜利有个堂姐嫁在卧牛岗的岳家湾，只要找到堂姐，姐夫一定会用船送我们回家。

正这么想着，胜利发现，刚刚还看得清的卧牛岗，怎么一会儿就不见了，就睁大眼睛四处寻找。天已经断黑了，四周灰蒙蒙的，什么也看不见。突然，在灰蒙蒙的前方水面上，胜利发现了一线光亮。这光亮像元宵节的灯笼，又像清明祭祖的野火，在水面上一闪一闪地飘动。再回头一看，在他身后，也有一片光亮，忽闪忽闪的，从远处向他包抄过来。看到这些光亮，胜利就像走了很长的夜路，突然看到自家的灯光一样。有一次，他跟爹下湖打鱼，回来晚了，到处黑咕隆咚的，爹突然看到前面有一点灯光，就说，好了，到家了，你娘一定急坏了。

前面的光亮越来越近，已经听得见有人说话的声音了。大黄听到人声，就冲着水面汪汪乱叫，胜利也用双脚不停地拍打水面，用力推着扁桶前进。前面越来越亮，胜利已经看清了那是一排渔船，船上的人举着火把，正缓缓地向他靠拢。就在胜利快要接近那排渔船的时候，尾随胜利的那片光亮，好像也在向他逼近，不用回头，胜利也听得见喧闹的人声和火把燃烧的声音。身前身后的火光把胜利周围的水面照得通红，胜利感到自己像小人书上写的火烧赤壁一样，一下子陷入了一片火海之中。胜利从未见过这样的场面，吓得在水中团团乱转。大黄也转着圈儿朝火光汪汪乱叫，凉棚上的鸟儿受了惊吓，扑扑扑扑地四处乱飞，只有小妹和小喜鹊像没事人儿一样，依旧在扁桶里睡得香甜。

前面船上的人后面船上的人会到一起了，他们把胜利和小妹小喜鹊睡的扁桶，都抬上了一个高高的木架，连大黄也被他们抱上了木架，让它趴在胜利脚下。胜利坐在高高的木架上，像戏台上得胜回朝的将军。这种木架胜利坐过，就是闹元宵时扎的抬子，抬子上抬着庙里的菩萨，戏台上的关公，抬着面做的猪马牛羊，大箩小筐的五谷六米和活鸡活鸭，还有穿得红红绿绿，擦了胭脂水粉的男伢女伢。各村都有这样的抬子队，后面跟着舞龙的，耍狮的，划旱船的，打连响的，举花灯的，连起来总有里把两里路。胜利有一年也被选去坐抬子，娘给他换上了一身新衣服，后来嫁到卧牛岗的堂姐在他脸上擦了粉，还抹了好多胭脂，打扮得像女伢儿一样。胜利坐在抬子上，让村里的大人们抬着他，听着喧天的锣鼓，看着满眼的灯火，还有烟花爆竹，心里说不出有多高兴。

这会儿，胜利坐到抬子上，却一点也高兴不起来。他不知道这是些什么人，也不知道他们要把他抬到哪里去。他怕他们吓着了小妹和小喜鹊，又怕他们把小妹和小喜鹊就这样带走了，再也见不到了。他想跟大黄商量商量怎么办，大黄趴在他脚边呼哧呼哧的，好像睡着了。

走了好长一段路，快进村了，胜利看见村口的水塘边摆着一个香案。这香案胜利见过，就是大年初一出天方用的。爹把香案摆在大门口，在香案前烧了黄表纸，插上香，就开始拜四方。胜利看见香案前站着一个白胡子的老人，这人总怕有上百岁的年纪。老人手里也像爹出天方时一样拿着几根香，香头上冒着红火青烟。看见抬子走近，老人就朝抬子拱手叩拜，口里好像还在说着什么。胜利听不清他说的活，只觉得脑袋里像进了一只瞌睡虫，困得连眼睛都睁不开，就想眯上眼睛睡一会儿。正在这时，胜利突然听见有人叫他的名字，胜利，胜利，胜利想站起来看看，却怎么也站不起来。朦胧中，胜利看见抬子前面有一群人在拉拉扯扯，中间有一个人，高高大大的，好像是他爹。胜利正要张口喊爹，抬子却进了一个高大的门楼，胜利和小妹小喜鹊睡的扁桶又被人架到一个高高的台子上，台下站了很多人，都在踮起脚尖往台上看。刚才在村口拱手叩拜的那个白胡子老人，又站到台前说话。胜利听不懂他说的话，只听见台下的人口里喊着恩公，恩公，呼啦跪成一大片。胜利正月十五跟娘到和尚庙里进过香，大殿前面也像这样跪满了人。胜利不知道这些人为什么要向他下跪，也听不懂恩公是什么意思，就用手拍拍趴在脚下的大黄，大黄却冲着台下汪汪汪地叫个不停，就听见台下哄地发出一阵笑声。胜利也想笑，眼睛却被糨糊粘住了，怎么也睁不开，干脆就这样迷迷糊糊地睡过去了。

胜利一觉醒来，已是第二天中午。堂姐家正在吃中饭，堂姐的一家人都在，爹也在。堂姐夫也从学校回来了。堂姐夫在县城中学教书，跟村里私塾先生的表弟在一个学校。堂姐见胜利起来了，就招呼胜利吃饭。胜利问，小妹和小喜鹊呢，堂姐就把他带到自己房里，指着床上的花被窝说，你自己看吧。胜利看见小妹和小喜鹊头挨头地睡得正香，就放心了。出门的时候，又看见小妹和小喜鹊睡的扁桶也放在房门后边，连他搭的凉棚也没动。大黄像卫兵一样守在桶边，见胜利走过来，就扑到胜利身上。胜利拍了拍大黄的脑袋说，不错，不错，像个做哥哥的样子。

　　堂姐说，他们都吃过了，就你没吃，饿坏了吧，快上桌吃饭。胜利坐下来拉过饭碗就吃，吃了几口，这才想起，爹怎么也在这里呢。爹说，我就知道你会漂到卧牛岗上岸，一发大水，这里就成了个回水湾，要找漂失的家人，漂散的财物，就得到卧牛岗岳家湾来。堂姐说，村里有个每天驾船在水上捞浮财的，昨天一大早就跑回村里对太爷爷说，他看见水上漂着一个扁桶，扁桶上还搭着凉棚，凉棚顶上有很多鸟儿护着，正向村里漂来。他怕是神物，不敢靠近，也不敢乱动，特来向太爷爷禀报。岳家是个大姓，传说是岳飞的后人，什么事都是太爷爷说了算。太爷爷说，有神鸟护着在水上漂流，那必定是岳王爷转世，岳王爷当初就是坐在一口花缸里，从河南省汤阴县漂到河北省大名府的，花缸上就有许多鸟儿搭着翅膀，像凉棚一样护着岳王爷。太爷爷对那人说，这是他老人家投胎转世，来看我们来啦，你这是遇到贵人了。贵人哪，千载难逢的贵人哪。太爷爷就要村里人准备船只吃食，备好香案抬子迎接。太爷爷说，护着帐篷的鸟儿都是神鸟，不把岳王爷送到地头，它们是不会飞走的，不要随便惊动它们。所有迎接护送的船只都不准靠近，只能远远尾随在后，还要顺水放些吃食下去，不要饿了贵人和那些神鸟。堂姐指着刚从灶屋里出来的老人说，我公公一早就跟村里人驾船到上游去放吃食。胜利他们吃的那些东西，就是村里人用倒扣的饭桌从上游放下去的。堂姐的公公也说，他们放下去好几桌吃食，胜利只吃到一桌，其他的都顺水漂走了，正好也救了别的灾民。

　　胜利听大人们说了半天，有些听明白了，有些听不明白。堂姐夫就说，这都是《说岳全传》闹的，听多了打鼓说书，把书上的事都当成真的了。胜利就要听《说岳全传》的故事，堂姐夫说，吃完饭再讲，现在好好吃饭。

吃饱了喝足了，又听了堂姐夫讲的岳飞出世的故事，胜利心满意足地跟着爹坐船回家。回到家里，建国和平解放围着小妹看个没完，娘说，我肚子里的小妹还没生呢，你就给我带个小妹回来了。爹说，你肚子里的小妹没有这个小妹金贵，人家是岳王爷转世。胜利就说，小妹又不是男伢儿，我不要小妹当岳王爷，我要小妹当我的小妹。胜利的娘就说，好好好，当你的小妹，当你的小妹。到了晚上，娘让胜利建国和平解放都挨着小妹睡，小喜鹊和大黄也睡在胜利旁边，娘还是睡在铺的那一边，爹说要下暴雨了，他要加固一下屋顶上的草棚，搞完了再睡。胜利就闭上眼睛舒舒服服地进入了梦乡。

睡到半夜，胜利突然听到天崩地裂的一声巨响，接着就是倾盆大雨劈头盖脸地从天上泻下来。一会儿工夫，洪水就漫上了屋顶，把胜利一家都卷到水里。胜利看见爹娘和建国和平解放都在水中挣扎，小妹和小喜鹊都不见了，大黄也不知道跑到哪里去了。胜利正大声呼救，却见养在桶里的黄鳝都跑出来了，眨眼间变成了一条条黑色的巨龙。这些巨龙在水面兴风作浪，把天地间搅得一团漆黑。就在这一团漆黑之中，胜利突然看见远方有一道金光，接着就是一只长着金色翅膀的大鸟从天边飞了过来。胜利知道，那就是堂姐夫的故事里讲的大鹏金翅鸟，岳王爷就是它变的，它准是搭救我们来了。大鸟越飞越近，胜利又看见在它的翅膀下，护着一个圆形的花缸，胜利心想，岳王爷就该坐在这花缸里面。胜利正奋力向花缸游去，突然听见花缸里传来小妹的哭声。原来花缸里坐的不是岳王爷，而是他的小妹。胜利就喊，小妹，别怕，别怕，哥救你来了。大鹏鸟听到胜利的叫声，把一只翅膀伸了过来，说，快点上来，我救你和小妹出去，胜利就说，我爹我娘，还有建国和平解放大黄小喜鹊呢，大鹏鸟说，都在我身上。胜利抬头一看，果然他们都在。胜利的娘朝着胜利大声说，多亏了大鹏鸟，救了小妹，也救了我们一家。胜利的爹扯着喉咙埋怨胜利的娘说，早就叫你把这些黄鳝都炒了韭菜吃了，你偏要留给胜利回来吃，现在好了，都变成黑龙了，要吃我们了。胜利游到大鹏鸟的翅膀底下，攀住大鹏鸟的翅膀尖就往上爬。还没爬到一半，大鹏鸟的翅膀突然忽闪了一下，又把胜利甩落到水里。水面是一条黑色巨龙，正张开利爪在等着胜利。胜利大叫一声，顿时惊醒过来。

　　醒来一摸，胜利就知道有人尿床。不知是谁在床上拉了一泡热尿，把身子底下垫的棉絮全都打湿了。建国的一只胳膊也不知什么时候甩到了胜利的脸上，把胜利的半边脸打得生疼。胜利再欠身一看，自己的下半身还压着建国的两条腿。建国的另一只胳膊甩在和平脸上，和平的一条腿横在建国的肚子上，另一条腿却顶着解放的屁股，解放的头歪在小妹胸前，小妹的手抓着解放的头发，像横七竖八的树枝交叉在一起。胜利想抽身起来，却被这些树枝卡住了，一动也不能动。

　　娘还在铺那边四仰八叉地睡着打呼噜，爹加固了草棚还没睡，正对着水面坐在铺沿上抽烟。烟头上的光亮一闪一闪的，缕缕轻烟一阵一阵地从爹的肩头冒出来，像庙里坐着的土地菩萨。

　　这年大水过后，胜利的妈又给胜利生了一个小弟。村里的私塾先生又来家了，还带来了一张报纸，胜利救小妹的事上了报纸。文章是岳家湾的堂姐夫写的，上面的事都是胜利那天说给堂姐夫听的。胜利的娘又要私塾先生给胜利的小弟起名字，私塾先生想都没想就说，今年的大事就是抗洪，什么事也没有抗洪的事大。

　　胜利的小弟就叫了抗洪。

我因何而死

一

飞哥去报案的时候，一定会向他们讲述一个少女殉情的故事。

一定是飞哥去报的案。这么早，只有他才会来店里叫我。他一定是先狠敲了一通门，敲不开，才用了他身上带的钥匙。他知道我平时睡觉很警醒，一有动静就会起来。他进了门以后，一定是先看看店堂里沿墙上下挂的服装，没有发现什么异样，才会顺着墙边的梯子爬上我睡的阁楼，然后用手轻轻地碰碰我的脚，或推推我的身子，把我叫醒。他从不当着我的面大声吼叫，也从不在我身上动手动脚，即使是在我睡着了的时候，也不。

他一定是在这时候发现我完全失去了知觉，已经变成了一具僵硬麻木的尸体，还有歪斜在一边的脑袋，和从嘴角流出的白色泡沫。

我想，他们发现我的时候，我的样子一定难看极了。他们一定会把我从那个小小的阁楼上搬下来，放到楼下的地面上。或者把帘子后面试衣间的那张小床拉出来，让我躺在上面。然后就会解开我的衣领，给我的口里灌水，给我做人工呼吸。我会被他们挤压、揉搓、拍打得狼狈不堪，敞胸露乳，张口吐舌，灌进去的清水和我口里吐出的泡沫流了满地。他们也会把平哥从阁楼上拉下来，甩到店堂的地面上。不会有人给他灌水，也不会有人给他做人工呼吸。

二

我逃出原来洗头的那间发廊，在这个城市四处流浪。

那天早晨，我在这条有名的服装街上闲逛，逛到飞哥的这个铺面时，我看中了站在门口的模特儿身上穿的一套新式男装。这套男装是用乡下的条纹土布做的，做成T恤的式样，穿在一个塑料的模特儿身上，神气极了。模特儿虽不是真人，但要按真人论年纪，看上去也就十七八岁的模样。

我一下子就想起了平哥。

平哥也是这个年纪，也有模特儿这样的块头。但平哥不是塑料做的，平哥是真人。平哥的皮肤比这个模特儿的皮肤白，白皮肤的人穿衣服更出色，这套衣服穿在平哥身上一定更神气。我站在门口望着穿土布T恤的平哥挤眉弄眼地笑了。

飞哥就是在这一刻出现在我面前的。

他冷不丁儿地问我一声，喜欢吗。吓了我一跳。我猛一抬头，就有一个门扇一样的大块头堵在我面前，他说要是喜欢就便宜卖给你，买回去给你的哥哥弟弟穿。声音虽然有点炸耳，态度倒是挺和气的。我赶紧往后退，说，不。眼睛却直直地看着他，好像怕他一口把我吃进去似的。

飞哥没有吃我，却说，我看你不是来买衣服的，买衣服的没这么早。是出来找工作的吧，刚进城的，还是丢了旧饭碗想找份新工作。

他好像什么都知道似的。我只好老老实实地告诉他，我原本在一家发廊洗头，那儿的工作丢了，想找一份新工作。

他就问我愿不愿意在他这儿做帮手。他说他这个铺面开张不久，还没有请帮工，就他一个人跳出跳进，忙不过来。

我想这真是天上掉馅饼的事，就在飞哥的店里干下来了。

三

我跟平哥从乡下跑出来已经两年了。

我和平哥是一个村里的人。在跑出来之前，我们已经好了两三年，从到镇上读中学时就开始好了。我们家离镇上的中学有五里多路，中间还隔着一条小河。早上吃完早饭，平哥就过来邀我一起上学，中午放学回家吃午饭，之后又一起去上学，有时候晚上还要到学校去上自习，上完自习又一起回家。就这样，我们一天三个来回地往学校跑。村子里就我们两个中学生，跑着跑着，我们渐渐地就跑成了一对儿。村里人也这样看我们。学校里的同学也这样议论。现在时兴早恋，同学中谈恋爱的很多。我的同桌花儿对我说，人家谈恋爱要到处去寻找目标，你们却是早就配好了的，真是别无选择——她用了一个很洋派的词。

我与平哥同年，平哥只比我大三个月。叫他平哥，不是他名字里有个平字，而是他从小到大都剪个平头，大人于是就平伢平伢地叫开了。这也是我们那儿叫人的方法，你身上的五官四肢衣着发式举止有个什么特点，就按这个特点叫你，久而久之，你的真名别人反而记不起来了。我就是因为从小爱扎两个翘翘辫，翘妹也就成了我的名字。

我和平哥好，倒不完全是村里只有我们两个同学，像花儿说的那样别无选择，而是平哥确实是喜欢我，我也很喜欢他。我们俩每天上学放学，一路上总有说不完的话。我们带的干粮也互相交换着吃。遇上下雨落雪的天气，平哥总是帮我拿书包。我知道书包很沉，除了课本，还有各种学习资料，等于是负重行军。可是平哥从来没有怨言，还乐呵呵地有说有笑。有一次发山洪，大水从后山冲下来，把平时翻肚皮的小河灌得满满的，打着漩涡从我们面前流过。我吓得目瞪口呆，可平哥一点儿也不怕。他把两个书包交叉着绑在我的后背上，然后让我趴在他的背上，背起我就冲进了齐腰深的洪水。洪水紧咬着我的双腿，把我的裤子都打湿了。我紧张得要命，双手紧紧搂着平哥的脖子，勒得他都快喘不过气来。好不容易过了小河，我们找了一个背人的地方把衣服上的水拧干了才去上学。经过这一次，我觉得平哥这人不光是细心，在关键时刻还很勇敢，跟上这样的人，可靠。我的心跟平哥贴得更近了。

四

平哥平时爱笑，笑起来慈眉善目的，像个弥勒佛。我不知道飞哥店里的这个模特儿怎么也这么爱笑，笑起来也是慈眉善目的，好像他就是平哥似的。我每天干完了活就喜欢端个小凳子坐到门口看着这个像平哥的模特儿。平时进了新式样的男装，我也喜欢往这个平哥身上试。每天早晨，我洗完了脸，也给模特儿擦脸。轮到平哥，我一手按住他的平头，一手在他脸上旋着毛巾，我故意用劲地拧他，看他疼不疼。他不但不知道喊疼，还冲着我嘻嘻地笑。我真拿他一点儿办法也没有。晚上在睡觉前，我要把摆在门口的模特儿都搬进店里来，这时候，我就让平哥站在我面前，像平时那样面对面地说话。我把平日里想说的话都对他说了，晚上的觉才睡得平稳。

在飞哥的店里，我跟平哥永远在一起。

飞哥好像也看出了我的异样。他说，光靠一个模特儿身上的服装式样吸引顾客赚不了大钱，要让所有的服装穿在模特儿身上来吸引人才行。这条街上的服装生意最近不景气，飞哥想了很多办法也无济于事。有一天晚上，关了店门后飞哥还没有回家，他留下来好像有话要跟我说。在这样的一间小屋里，一男一女关在一起，我不怕飞哥对我非礼，我相信他不会那样做。他要是那样的人他早就做了，不会等这么长的时间。我只怕我做错了什么事，飞哥单独跟我谈话，要炒我的鱿鱼。我的前任老板就是这么做的，有一天发廊关了门，他说翘妹你留一下。我就留一下了。我说老板你有什么话就说吧。老板看看其他的洗头女走远了，就说，黑三已经知道公安局的人传唤过你，他会让人把你丢进养鱼塘里喂鱼的。要么你走人，要么在这儿等死。我想积点阴德，放你一条生路，你赶快走吧。

飞哥的话没有这么吓人。他说，最近生意不好，我们要想办法改进一下服务态度。我说，飞哥，我来以后对顾客的态度一向不错吧。飞哥说不错不错。不过，他吸了一口烟说，不错也得改进，竞争是很残酷的，不出绝招，就不能生存。你该不会想飞哥关门吧，飞哥关门了你怎么办呢，再找一份工作未必能遇上飞哥这样的老板。说良心话，飞哥对你怎样，没缺你吃没缺你穿，也没短你工钱吧。飞哥没有对你动邪念吧，实话跟你说吧，要是别的老板，像你这样的年轻姑娘，绝不会轻易放过的。飞哥说话的声音照样有点炸耳，但却句句是实，我说，飞哥，你说吧，我听你的。

飞哥的绝招就是让我在铺面的后半间拉上一块布帘子做试衣间。他说，来了顾客你就陪他进去试衣服，我在外面照看着，顾客要你做什么你就做什么，千万不要拒绝，把顾客侍候好，有我的好处，也有你的好处。

我没有作声，我知道飞哥要我做什么。

五

飞哥的这招果然灵。

自从隔出一间试衣间以后，来买衣服的顾客突然一下子多起来了，好像预先有人约好似的。奇怪的是，平时的顾客是女的多，男的少，现在的顾客却是男的多，女的少。我纳闷儿，怎么天下的男人突然变得爱买衣服了。这些男人进店以后，只朝墙上挂的服装粗粗地溜几眼，就随手拿上一件嚷着要到帘子后面试衣服。我只好陪他们进去。他们进去了以后，没有一个是规矩的，不是在我身上乱摸，就是把我顶在墙上，拼命地挤我。有的干脆三两下把我的裤子脱了，把我按到试衣间摆放的一张小床上，就隔着一张布帘子在大白天里跟我做那事。他们不怕别人突然闯进来，他们都知道有飞哥在外面照看着。我也知道飞哥在外面照看着，所以随便他们怎么摆弄我，我一点都不表示反抗。我记住了飞哥的话，顾客要你做什么你就做什么，千万不要拒绝。我知道，我要拒绝也不行。你只要看一眼试衣间里摆的那张小床，就知道即使想拒绝也是徒劳无益的。

试衣间里要床干什么呢，开始我不明白，现在我完全明白飞哥的用心了。

眼见得店里的生意渐渐好起来了，可是我却无意中成了飞哥店里的一名暗娼。我知道这些顾客大多是飞哥拉来的，飞哥实际上就是一个皮条客。这些人在试衣间里把我折腾得够了，就买一件或几件衣服走了，也有成批地批发的。他们付给飞哥买衣服的钱，也多少不等地给我钱。顾客给我的钱飞哥一点不要。他说，你的钱你留着用，我不要你的。

我很感谢飞哥的大方，不像我以前的老板那样小气。

我依旧每天早起把十几个模特儿一个一个搬到门口摆放好，晚上又一个一个地搬回店里。我洗脸，也给他们洗脸，只是给平哥洗脸时，我再也不敢把手按在他的平头上，他却依旧嘻嘻哈哈地望着我笑。我知道，我自已做了见不得人的事，对不起平哥。平哥骂我、打我，都是应该的，平哥不知道，自从我们分手后，翘妹早已经不是以前的那个翘妹了。平哥早就不应该理我，我也无脸再见平哥了。

不知为什么，我越是这样想，就越想跟平哥单独在一起。我想把我这两年来的遭遇和委屈，一点一点地告诉平哥。然后平哥想怎么处治我都行。我面对面地对平哥说了一夜话，可他却一声不吭，还是平日的那副弥勒佛的表情。我知道，弥勒佛的大肚能容。可是，再怎么容，你也不能容你的翘妹做这样的事呀，除非你已经不爱你的翘妹了。

我拉起他的手往我的脸上揍，可他的手却怎么也够不着我的脸，我一使劲，他就扑通的一声倒在地上了，我只好望着他无可奈何地笑。

六

我就是在那次平哥背我过河之后，把我的身子给了平哥的。

我们找了一个背人的堤弯，拧干衣服上的水。我们各自脱着自己的衣服，各自低着头使劲地拧水，拧干了衣服的水，我们抬起头来把衣服抻开。这时候，我们才发现我们都是赤身裸体。我们对看着，一时间都呆住了，周围的空气也凝固不动。然后，我们又仿佛同时听到了耳边叭的一声信号枪响，于是就丢掉手中的衣服，猛地扑向对方。

我们完成了我们的结合，平躺在青草地上，有白色的云在天上涌动，白云上面，是一片深不可测的湛蓝的天幕，空气中，到处弥漫着野草的清香。平哥的身体紧贴着我，像一团烤红薯一样滚烫。

我们都没有考上高中。回到家里，两家的大人都在为我们张罗亲事。我死活不见媒人，平哥也不与别人介绍的姑娘见面。后来，两家的大人似乎发现了我们之间的什么秘密，就开始用武力逼供，逼急了，我们就把我们的事全说了，还要求自家的大人能够成全我们。这要在城里本来不是一件什么大不了的事，可在我们那乡下，就完全不一样。两家的大人逼出了真相，就背着我们，给我们一人订下了一个对象，还下了聘礼，就等着来年迎亲拜堂。

我们只好往人多的城里逃了。

刚进城的时候，我们靠打零工度日，干到哪儿，吃到哪儿，住到哪儿，就像流浪汉一样。后来，平哥固定在一家餐馆打工，我在一家发廊帮人洗头，生活才稍微安定一些。一天，平哥对我说，翘妹，我们老这样下去不行，得想办法多赚点钱。我说，我也想，可到哪儿去赚呢。他说，我在餐馆经常服侍的一个老板，他说他要带我到南方去赚大钱。我说，有这么好的事吗。他说，有。还说，那位老板明天就带他出发。我说，你到南方去，把我一个人撂在这里，我怕。他说，不怕，我赚了钱很快就回来接你，我们今后就在南方好好地成家过日子。

　　我只好同意平哥到南方去。

　　带平哥去的老板就是黑三。黑三把平哥带到南方去，很快就返回来了。返回来的当天晚上，他就占有了我。我开始不从。他说，你还想见你的平哥啵。我说，当然想。他说，那不就结了，想见，就依了我，你要是今天不依我，以后就永远也别想见到你的平哥了。发廊的老板也在旁边帮腔说，三哥是什么人，不比你那穷小子强万倍，把三哥侍候好了，有你的好处。你要是不识相的话，哼，就等着看你平哥的尸体吧。我别的什么都不要，我只要见到活着的平哥。我还要和平哥过日子哩，我不想这么早就见到平哥的尸体。黑三以后就经常到洗头的发廊里来。

七

　　入夏以来，公安局正在为一桩大宗的贩毒案伤透脑筋。毒品的入境处照例是云南某地，运送的目的地依旧是南方某市，贩毒团伙的名单也全在掌握之中，跟踪毒贩的人员早已布置就绪。本想在这次行动中把这个贩毒团伙最后一网打尽，以了结半年来悬在缉毒人员心中一桩令他们寝食难安的沉重心事。对这样的结果，公安局上下是充满了信心的，因为早在半年以前的某一次行动中，他们本来就可以做到这一点，只是为了把网撒得更大一点，以便网住的大鱼小鱼更多一点，才放他们多自在了半年。这半年，可把他们自己折腾苦了。不是别的什么苦，是他们心里老悬着一份担心，生怕因为他们的这一项放长线钓大鱼的决策，这半年来会让万恶的毒贩子趁机害了更多人的性命。

我们这次一定要把网收紧，把这伙作恶多端的毒贩子一个不漏地收拾干净。快退休的老公安局长在战前动员会上用拳头擂着桌面狠狠地说。参加这次行动的所有缉毒民警在心里也这样狠狠地说。

　　这次行动的第一阶段进展得十分顺利，从云南边境某地到这个中部城市的数千里交通线上，毒贩子的所有行动尽在缉毒人员的掌握之中，甚至连他们与拉客的鸡婆的一次调笑，叼着香烟与人对一次火的细节也不放过。可是，奇怪的是，到了这个公安局所在的这座中部城市，正当这次行动的第二个阶段正待开始的时候，毒贩子的行动却像遭受了一场寒潮的袭击一样，突然凝固不动了。从云南那边一直跟踪着的毒品，始终在原来的毒贩子手里，没有转交出去，本市的毒贩子没有一个出面接头，南方某市也没有派出一个毒贩子前来接应。所有的毒贩子在缉毒人员的眼皮子底下，整日地出入饭店舞厅，吃喝玩乐，过起了神仙一样逍遥自在的日子。仿佛他们一夜之间突然良心发现，幡然悔悟，从此放下屠刀，立地成佛了。

　　一定是有一条不在我们掌握之中的暗线和一些新出道的小角色介入了这次贩毒行动。他们把我们跟踪的明线在我们眼前切断，把我们的目光粘在断了的线头上，好转移我们的注意力，然后趁机让这些新出道的小角色通过一条暗线把毒品送出去。经验丰富的老局长在一次案情碰头会上做了这样的分析。

　　一定要把这条暗线和这些新出道的小角色从人缝里挖出来，别让他们高兴得太早了，以为搞这点小花招就能蒙住我们的眼睛。

　　公安局于是决定传唤几天来与市内外的毒贩子有过接触的所有人员。

　　所谓传唤，不过就是由公安局的人出面，把与毒贩子有过接触的人员叫到当地派出所，询问三五分钟，或十来分钟，就放他们回去。公安局的人知道，这些人平时都与毒品没有什么关系，把他们叫来问话，是想从中发现一些蛛丝马迹，说不定哪条暗线和哪些新出道的角色就藏在他们当中，所以他们不敢有丝毫的麻痹大意。

　　可是，就在这次行动之后的几天，所有被公安局传唤过的人员除了一个名叫翘妹的洗发女以外，都莫名其妙地从人们的眼皮子底下消失了。这些人的家属和熟人都不知道他们是什么时候离开这座城市的，也不知道他们到什么地方去了，市内和郊区也没有发现任何无名尸体。

这些可恶的毒贩子是在与缉毒人员玩一场捉迷藏的游戏。这使老局长感到十分恼火。

八

翘妹一进入这条服装街，就处在公安人员的严密监视之下。虽然发廊的老板说，是他给翘妹透了一点信息，放她一条生路，但公安人员还是不相信在无孔不入的黑社会团伙的控制之下，会让发廊老板给翘妹这个例外。说不定这个名叫翘妹的洗发女，就是那些新出道的小角色之一，或者也可能与那些新出道的小角色有某种暗藏的联系。总之，即使是黑社会漏掉了这个洗发女，他们也不能掉以轻心。

为了不至于打草惊蛇，他们从来不去惊动翘妹和她的老板，甚至在他们掌握了飞哥让翘妹开辟试衣间，变相卖淫的犯罪事实之后，他们也暂时不去惊动他俩。飞哥的生意照样做得很红火。

一天早晨，我正在给平哥擦脸，我见他的脸上沾了坨油灰，怎么也擦不掉，就把他的头揽在自己的怀里，一点一点地蹭，像一个母亲给自己顽皮的儿子洗脸一样。突然，我觉得有一团热气堵在身后，回头一看，原来是飞哥正意味深长地看着我。我以为飞哥看出了什么秘密，会拿我与模特儿的关系来开玩笑，就有些不好意思地低下了头。哪知飞哥却什么玩笑话也没说，只是问我明天愿不愿意跟他出一趟远差，到外地去进一批服装。我当然愿意，自从来到这座城市，我还真的没有到外地去过呢。

这一趟差出得可真不近，不知道坐了多久的车，走了多少路，才来到一个被重重叠叠的大山埋住的小村。说是小村，其实只有三五户人家，藏在两山之间的褶皱里。似乎也没有进出的山道，只有砍柴人攀缘上下的小径。但是，奇怪的是，就是这个藏在深山里人迹罕至的小村，居然还能生产出这么漂亮的服装。服装的质料是当地出产的条纹土布，但裁制的却是现在城里时髦 T 恤的式样。我第一眼看到这种服装的时候，就吃惊得说不出话来。这不就是穿在平哥身上的那种条纹土布 T 恤么，原来是在这样的深山老林里生产的呀。

我们一次提了两个大编织袋的货。下山的时候，飞哥从村里雇了一个脚力。那是一个四十岁左右的壮汉，挑上一对大编织袋的服装健步如飞，一路上却不说一句话。飞哥说那人是个哑巴。他说，这村里的人都是哑巴，大概是喝了什么有毒的山涧水，或吃了什么有毒的野果吧，真是作孽呀。我这才想起，我们从进村到出村，真的没跟任何人说过一句话。

九

服装进回来后，飞哥并未急于出卖。他说，还等几天，天气再热一些，这种服装更好卖。他把服装塞在我睡的阁楼的一个角落里，让我小心别让耗子咬了。我睡的阁楼本来就小，塞上两捆服装，就差不多顶着我的头了。每天晚上，我头顶着这两捆服装睡觉，虽然嫌挤了一些，但从这些服装里散发出来的异样气息，却让我兴奋不已。我想，这一定是山里的土布所特有的气息，也就是书上常说的乡土气息吧。这样芳香的山野气息，在城里是永远也闻不到的。

我已经很久没有闻到这样的气息了。

不出飞哥所料，服装果然被阁楼上的耗子咬了。那天半夜，我突然从睡梦中惊醒过来，觉得有什么东西落在我的脸上。我伸手一摸，肉乎乎的，怪瘆人的。拉开电灯一看，原来是只老鼠。我不怕老鼠。在家乡的时候，冬天的早晨，一觉醒来，经常可以看到一只浅灰色的老鼠，在我的枕头边，睁着一对绿豆样的小眼看着我。我从被子里伸出手来，用手指头去拨弄它的胡须，它只是皱皱鼻子，身子却一动也不动。在寒冷的冬日的早晨，我躺在温暖的被窝里，有这样的一个小精灵与我做伴，我感到惬意极了。

好久没有见到我的童年伙伴了。我小心地把它捉到手上，它竟然像睡着了一样，一动也不动，懒洋洋地躺在我的手心上。我怀疑它是吃了谁下的老鼠药，正准备下楼去找点水来给它灌肠，却看见它突然从我的手掌心上挣扎着站起来，鼓着一对绿豆小眼，张开细的胡须，摇摇晃晃地在我的手上转圈圈，转着转着，又蹦蹦跳跳地像在弹簧床上蹦高一样，伸直脑袋拼命地往上冲，尖尖的嘴巴还一张一张的，像要发表演说一样。我害怕极了。我不是怕它吃了谁下的老鼠药，而是怕它被什么鬼魂附体，半夜里到我这里显灵来了。小时候，我听母亲说过，常常有鬼魂附在一些小动物身上，去吓唬那些做过亏心事的人，给他们一点警告和惩罚。

可是，我没有做亏心事呀，我对着在我手心上歪来倒去的鼠仙说，求求你，行行好，放了我吧。

早晨，我把这件事对飞哥说了。飞哥一声不吭地爬到阁楼上去翻弄了一会儿，下来说，老鼠把我们购回来的 T 恤咬了，去买包老鼠药吧，要厉害的，一步倒。

我把老鼠药买回来了，是在街西头买的。卖老鼠药的是一对瞎眼夫妻，我说，要厉害的，一步倒。那女的说，要不了一步，半步就会倒。男的接嘴说，别说老鼠，就是人也走不出半步。说完，就打着板子唱起了一段顺口溜，老鼠药，老鼠药，老鼠吃了跑不脱。

我把老鼠药撒在编织袋与墙壁之间的夹缝里，那些红红绿绿的小颗粒散发出爆米花一样诱人的香气，我闻着都有点嘴馋。我说，老鼠呵，老鼠呵，你就是因为嘴馋，才会送命。

人也不能嘴馋，人嘴馋了也要送命的。小时候大人常常因为嘴馋打我们，骂我们，是怕我们长大了因为嘴馋送命呵。

放好了老鼠药，我顺手翻动了一下编织袋里被咬坏的服装。我突然发现，在老鼠咬破的地方，有一些白色的粉末漏了出来。这些粉末是被缝制在衣领的夹层里的，薄薄的一层，用塑料膜夹衬着缝制起来，不用心捏弄，是绝对看不出来的。

我突然想起了我在洗头的发廊里见过的毒品，心里顿时咚咚咚地像擂鼓一样跳。原来……我不敢再往下想了，就轻轻地从阁楼上下来，像往常一样去招呼顾客。

✝

自从发现了飞哥的秘密，我的心里就结着一个天大的疙瘩。我总想找飞哥谈一次，劝他不要干这种犯法的事。否则，他要完蛋，我也要跟着他完蛋。想起我从此永远见不到我心爱的平哥了，我心里就有说不出的害怕。

这天夜里，我把飞哥留在店里。我说，飞哥，我跟了你这么长时间，我看你这人心好，我是把你当我的亲哥哥看待的，不知道你愿不愿意认我这个干妹妹。飞哥睁大眼睛看着我，说，你说这个干吗。我说，飞哥，我有一句话，不知该说不该说。他说，有什么话你就说吧。到这种时候，我也顾不得许多了，我拼着飞哥把我揍一顿，这句话今天我也要说出来，就算是飞哥把我杀了，也比被警察抓住了一起枪毙要好。我说，飞哥，你把阁楼上的T恤里的那些东西处理了吧，这可是犯法的事情呀。我求求你了，飞哥。说着，我朝飞哥扑通一声跪下去。飞哥听了我的话，一点儿也不生气，也没有吃惊的意思。他还像平时一样，很和气地把我从地上拉起来，说，翘妹，你这样干吗，你既然把我当你的亲哥哥，我也就认了你这个干妹妹。阁楼上的事你既然知道了，我也就没有必要再瞒你。你以为我想干这样伤天害理坐牢杀头的事，我也是没有办法呀。把它处理了，说得容易。你要知道，这是黑三他们搞了几年，才搞出了这么个绝招。他们就是要用那条明线把警察引开，再用我们这条暗线把货送出去。

要知道，为了打通这条暗线，他们不知道花了多少钱，死了多少人。还记得山里的那些哑巴吗，他们先前可都是会说话的呀。想这么洗手不干，你活腻了呀。

我说，要干你干，我可不愿意陪你去死。飞哥笑了笑，沙哑着嗓子说，我的好妹子，你说什么傻话呀。你不是早都干上了吗，你不光贩毒，你还卖淫，我可是没有收你的半分钱呀，你卖淫的事扯不到我头上。贩毒，卖淫，两罪并罚，我的傻妹子呀，你还能有好日子过吗。

再说啦，你知道你是怎么从黑三的手里漏掉的吗，是他特意让你逃到我这儿来的，他在暗中可没少照顾你。你早就是他线上的人了，我的傻妹子，亏你还蒙在鼓里。

我睁大了眼睛望着飞哥。

何况，你心爱的平哥还掌握在黑三手里呢。你知道黑三带你的平哥到南方去做什么吗，就是要把他训练成我们这一行里的高手，好让他开辟新的线路。明天，就是你的平哥前来提货的日子。他也穿这样的T恤，还是剪当初的平头。到时候，你得把这一真一假的两个平哥给我认准了，我就把货交他带走。

记住，你们见面后，不准说一句话。否则，小心你的舌头。我跟了飞哥这么久，只有这最后的一句话他是压低了声音吼着对我说的。

说完，飞哥就撇下我一个人回去了。

十一

飞哥的这一番话，简直把我吓蒙了。我只觉得五雷轰顶，就像刚刚被宣判了死刑一样。

飞哥走后，我面对平哥坐着，怎么也睡不着。我总觉得我每天晚上头顶的不是一堆衣服，而是一颗定时炸弹。它随时都可能在我的头顶上爆炸，把我炸成一团肉酱。有几次，我想把 T 恤里的那些东西全部掏出来，都吞到我的肚子里去，像那只小老鼠一样，晕晕乎乎的什么都不想。可我又想，要是死了怎么办呢，听说这种东西过量了要死人的。我还不想死，我年纪轻轻的，我还要等平哥回来，与他拜堂成亲，给他生儿育女，和他一起过太平日子。

可是现在的平哥……想到了平哥，我是又恨又怕。我说，平哥呀，平哥，你好糊涂哇，你干什么也不能干这种事呀，这是伤天害理，要坐牢杀头的呀。我知道你是为了咱俩，想挣点钱好早点娶我。可你娶我是为了生儿育女，过太平日子呀。走上了这条黑道，成天提心吊胆的，还有什么太平日子可过呢。我知道我对不起你，可我那是被逼的呀。我不依黑三，黑三要杀你。我不听飞哥的，飞哥要砸我的饭碗。我一个小女子，无亲无故，无依无靠，你叫我怎么办呢。可无论他们逼我怎么样，我心里都只有你呀。我一心只想等着你回来，你回来了，我们就好了。我们年轻，我们的日子还长得很呢。可没想到你……

我越想越害怕，越想越恨平哥，也恨我自己。我想，我跟平哥大概就只能见上明天这一面了。可见了面不能说话，还不等于是没见面。要知道，我有多少话要对平哥说呀。我相信平哥也是被逼的，平哥不干，他们就要杀平哥。可他们逼你干，你也不要真干呀。你要不是真心跟他们干，明天你就对我使个眼色。不准说话使个眼色他们总管不着吧。我知道平哥是最会使眼色，最会用眼睛说话的。平哥每次约我到河边去会面，当着我家大人的面，总是用眼睛通知我。我一看他的眼色，就明白是什么意思。我想，平哥该不会忘记吧。

我趴在平哥身上，又哭又说。说到我想平哥的时候，我拼命地亲他。说到我恨平哥的时候，我拼命地打他。可不管你怎么亲他、打他，他总是笑嘻嘻地对着我，一句话也不说。我知道，这个平哥不是那个平哥。虽然那个平哥平时我亲他、打他，他也笑嘻嘻地不说话，可我知道，那是他心里疼我。但这个平哥呢，他是个塑料做的，没有心肝的人啊。就是这个没有心肝的平哥，只要明天与那个有心肝的平哥对上号了，那个有心肝的平哥就真的全完了。

我怎么也没有想到，害了我的平哥的，原来是你这个没有心肝的东西！

我说着，哭着，直到天快亮了，才搂着平哥倒在地上睡着了。

十二

第二天早上，飞哥就把阁楼上的T恤搬了一捆到店堂里来卖。这种T恤果然很好销，一上午工夫，就销得差不多了。这些来买T恤的人，我大都眼熟，都是光顾过我的试衣间的旧客。我知道，这一定又是飞哥有意安排的。看着他们把T恤一件一件、一批一批地买走了，我心里不知道有多高兴。

他们把这些T恤全买走了，就用不着平哥来提货了。

这一捆是没有货的，有货的那一捆还没拿出来。我正得意的时候，飞哥在我耳边压低了声音说。

这叫作棒打马蜂窝，先让马蜂炸了窝，等他们去追打那群马蜂的时候，我再让最厉害的蜂王出来咬他们一口。我从来没有看见飞哥脸上挂着那样狡黠的笑。

临近中午时分，那只最厉害的蜂王果然出现了。先是一个妖艳的年轻女人来到店堂门口，这儿看看，那儿看看，然后走到穿T恤装的平哥面前，拿腔捏调地说，哟，这个模特儿怎么这么像我们家的阿平啊，简直是一个模子里倒出来的。又回过头去朝着人群里的一个剪平头戴墨镜的男人招手说，阿平，阿平，你快来看呀，这个模特儿可真像你呀，简直是从你的模子里倒出来的，连身上穿的 T 恤也跟你的一模一样。看样子，我该有两个一模一样的老公了。

说着，就走过去挽起那个剪平头的男人的手，把他拉到模特儿旁边，让他俩并排站着，然后又拿出照相机来准备照相。

一直在一旁静观的飞哥朝我努努嘴。我全身的血往脑门上一涌，两只眼珠顿时像要凸出来一样。我知道，那个可怕的时刻来到了。不管我愿不愿意，我都得走上前去，面对这一真一假的两个平哥。

那个剪平头的男人站到模特儿旁也取下脸上的墨镜，笑嘻嘻地望着我，跟模特儿脸上的表情一模一样。我一下子就看到平哥那张让我日思夜想的脸。只是这张脸上除了像模特儿一样用塑料做的笑容以外，什么也没有。我想从他的眼神里看出点什么，也一样什么也没有。

他的眼神也是塑料做的。

我朝飞哥轻轻地一点头。

立刻，就有两条壮汉从那一男一女身后走出来，径直到我睡觉的阁楼上去把另一捆 T 恤搬下来。有一辆银灰色的轿车不知什么时候已经停在店门口。几分钟之后，那辆轿车连同那群男女、那捆 T 恤就在我的眼前消失得无影无踪。

这天晚上，我把平哥搬到我阁楼上，我脱了他身上的 T 恤，给他换上了一身黑色西装，让他并排躺在我身旁。我从来没有见过平哥穿过西装，这身西装穿在平哥身上漂亮极了，比那个条纹土布的 T 恤强。我想，平哥应该穿这身西装与我举行婚礼。

可我穿什么呢，我还没有想好新娘穿的衣裳。

搬走了那两捆 T 恤，阁楼上又显得宽敞了些。我与平哥并排躺着，什么话也不说。黑暗中，我隐隐约约闻到了那股炸爆米花的诱人香气。我摸索着把这些散发着爆米花的诱人香气的小颗粒一粒一粒地捡到口里，然后转过身来搂住平哥的脖子，让我俩的脸紧紧地挨在一起。

十三

数月以后，一个月白风清的夜晚，我在这座城市的大街小巷游荡。我看见大街小巷都贴满了惩治贩毒团伙的布告。那些布告上打满了许多红勾，在白底黑字的映衬下鲜艳极了。我看见那些红勾底下有许多我熟悉的和不熟悉的名字，有黑三，有飞哥，也有我苦苦等待的平哥。我看见有很多人围观这些布告，他们用手向布告上的名字指指戳戳。我不想听他们说平哥的坏话，就随着一股清风飘出了这座城市，飘回到我的家乡，飘到我和平哥约会的那道河堤上。城里的人看不见我，家乡的人也不会看见我的。我就在这儿等我的平哥。我想，我的平哥也应该回来了。我们这次回来后，就都不走了。

我终于看见我的平哥也随风飘回来了，飘回到我的身边来了。我们像往常一样，赤裸着身体躺在这片河堤上。可惜是午夜，看不到天上涌动的白云，和白云上面那片深不可测的湛蓝的天幕。

可我分明闻到了从家乡的泥土底下蒸腾出来的弥漫在空气中的那股熟悉的野草的清香。

说聲声话的北方佬

中国话杂，杂就杂在方言五花八门，南腔北调，省与省有别，县与县不同，就像我们那个县，上乡话和下乡话就不是一个说法。比如，上乡叫小孩叫"细伢"，下乡有个地方称呼小孩的发音就类似于普通话中"免得"二字的快读。一个人到了一个生地方就像到了外国一样，所以普及普通话难。

1958年，普及普通话的新风吹到了我们那个乡镇小学。一天早上，做完广播操，校长把全校师生召集拢来讲话，我们校长会讲话远近有名，十分流利，从不带"这个，那个"的，听起来让人觉得舒服。这天早上，我们校长似乎有点结巴，一出口说声"同学们"，大家便觉得话音不对。往下去则讲一句想一句，有时讲到半句，就要停下来想下面的话。大家看他那个样子，又着急又好笑，不知道学校里究竟发生了什么事。听到后来，大致知道了意思，原来是要全校师生从今天起学说普通话，否则无论何时何地何事一律免开尊口。他今天早上的报告就是给大家做示范。

这天以后，我们那所乡镇小学发生了一些奇妙的变化。往日里叽叽喳喳的校园似乎变得安静些了。但你仔细听听，又觉得并没少太多的声音。爱打球的照样打得震天响，好闹的同学照样你追我赶，嘻嘻哈哈。只是只有物理的音响和没有内容的感叹词。要交谈就要求助于手势语，看上去就像两个哑巴在对话。老师们大都变得十分严肃，见面时只是匆匆地点点头便擦身而过。像我们班主任那样平时爱跟同学说说笑笑的老师也变得不苟言笑。

我们班主任姓胡，是从抗美援朝战场上下来的荣誉军人，上课的时候，我们都能看到他的左手齐齐地断了四指。胡老师国字脸，脸皮白净，说话的时候不停地眨着眼，好像一个个字不是从口里说出来的，而是从眼皮里蹦出来的。普及普通话的那个学期，正轮上他给我们教地理，讲到东北地区的资源和物产。这一节课，胡老师的眼睛眨巴得非常慢，像一架没有上油的老机器，格里格涩的，极不顺溜。到后来，干脆停在一个地方不停地抖动，"diāo—diáo—diǎo—diào"的，上不去也下不来，卡了壳了。原来他正讲到那句有名的俗谚，"东北有三宝：人参、貂皮、乌拉草"的"貂"字上，被"貂"字的四声卡住了，说什么也过不去。大家也跟着他着急，又觉得好笑，因为"貂"在我们那个县的方言俗语中有一个不太雅的字眼与它相对应。看着平时极文雅的老师在一个粗俗的字眼上结结巴巴，课堂上爆发出一阵人笑。

我们班上的那帮顽童给胡老师取了一个外号叫"刁"老师。"刁"老师不久以后就到我家去家访，我叔原来是极喜欢与胡老师说话的，总说他"坦白"（意谓随和、能推诚相见），我妈也喜欢与他拉家常，说他轻言细语的，说话在情在理。可这次家访过后，他们都一致说胡老师"聱声"。"聱声"是我们那地方的土话，不光是指说话佶屈聱牙，也含有拿架子、假模假样的意思。我叔和我妈都说好端端的一个老师，忽然结巴了，像个北方佬。

这场普及普通话的运动没有深入发展下去，方言俗语的习惯太深，势力太大，不久便宣告复辟，全校师生又说起了流利的地方话。只有胡老师还坚持说聱声聱气的普通话，但已经像说方言一样流利，以至于后几茬学生的家长干脆就把他叫作"说聱声话的北方佬"。

"说聱声话的北方佬"最后因病退职休养。回到山里老家，他仍然坚持说他的"普通话"。这几年，临到老了，他却意外地被人看重了。因为实行责任制以后，进山出山跑生意的人多了，说的话就难免杂。人们这才发现，他的这口"聱声话"正好派上用场。常常是进山来收货的外地贩子由他带着挨门挨户地收购山货，从山外跑生意回来的村里人也爱聚到他的屋里谈说外面的新鲜事。大家说话都有点聋声聋气的，但谁也不感到别扭，反而觉得只有这种话才能尽情地表达自己的意思，才说明自己到底是到外面去见过世面的，有那么股味儿，有那么个派头。久而久之，村里也就自然而然地形成了一个以他为核心的能说"聋声话"的特殊家族。大家都羡慕他们。不管听得懂听不懂，大家都愿意听他们说"聋声话"，愿意听他们用"聋声话"说些山外的新鲜事，或者用"聋声话"同山外来的贩子讨价还价。所以我的这位说"聋声话"的老师的晚年并不寂寞。我去看他的时候，他还向我打听世界上是不是真的通行英语，还说我的普通话有很大进步。其实我是在上大学之后，因为一次演讲比赛说方言扣了分才发愤学习普通话的，并不是从 1958 年那次普及普通话开始的。想起这一点，我就觉得对不起我的这位坚持说普通话的启蒙老师。

吴先生列传

我的第一个启蒙老师，是我的母亲。母亲在外面不让我叫她姆妈，要像别的学生一样，叫她吴先生。

吴先生解放初期就参加新中国的教育工作，在一所乡村小学当老师，教语文，也教算术音乐图画。那时候，教书的先生少，大多是一摸带十杂，烧火带引伢，一身多任，一专多能。吴先生的书教得好，很受学生欢迎，也受领导赞赏。有一年，县里评教育模范，吴先生得了一张奖状，胸前还戴了一朵大红花，和其他的模范一起，坐在县大队的战马上，由县长陪着，在县城的街上走了一圈，颇有点金榜题名状元游街的味道，可见那时候对教育的重视。吴先生颇以此为荣，虽不常提起，却到老了还记得当年游街的细节。

吴先生的父亲是个木匠，当地把木匠叫博士。博士又分细博士和大博士，细博士是指干细活的雕花木匠，大博士是指打造犁耙水车、箱笼桌柜、架屋上梁的大木匠。吴先生的父亲和一个大木匠是朋友，两人很早就结下了儿女亲家。吴先生的父亲后来想传宗接代，在外面又有了一房，吴先生的母亲就带上吴先生，住到了女儿还未过门的婆家，在婆家陪着女儿读书。大博士虽然是个木匠，思想却很开通，他过世后，儿子去了武昌，一直在外面读书，搞革命，吴先生也就成了婆家的闺女。婆家是个大家族，养得起她们母女。

吴先生的塾师是本县有名的耆宿，也是本县有名的民主人士，在抗战期间，很做了几件有气节的事，在县志上都有记载。老先生很欣赏他的这个女弟子，常夸她天资聪慧，善于用事。证据之一，是传说有一次老先生家来了一位不速之客，一时间来不及筹措饮食，他的这位女弟子却变戏法似的从书柜里取出一壶酒来，先生大感惊讶，询之，则对曰：我有斗酒藏之久矣，以待先生不时之需。先生后来常拿这件事夸耀他的这位女弟子，还引用《颜氏家训》的话说：沈侯文章用事，不使人觉，若胸臆语也。

吴先生初为人妻人母之后，即遭家庭变故，教书的生涯中断了几年，重理旧业，再作冯妇，已是1954年冬天。这年冬天，大水过后，村里的孩子没法上学，就来请吴先生办个私塾。说是私塾，实则是公办。只是这办学的公家不是政府，而是同村的族人。不用修教室校舍，各家的空房子多的是，不必招杂役校工，族中的闲人都可以帮忙，先生也无须出钱聘任，只在年节收些束脩便行。这束脩也不光是孔夫子收的干腊肉，还有粮米和节令食品，所以那几年我家的食物特别丰富。到了冬天，吴先生真的把收到的鸡鸭鱼肉制成束脩，风干了回馈族人。我记忆中有一种腌制的鱼子饼，是我少年时代最喜欢的食品。

因为经过长期战乱，又逢天下甫定，百废待兴，所以失学的乡民，已不止一代之人。这样，到吴先生的私塾来读书的学生，年龄便参差不齐。有小到六七岁的，也有大到十六七岁的，有几个竟是结过婚的成年人。年龄一乱，辈分自然就跟着乱了，有十六七岁的对六七岁的叫姑叫伯的，有结过婚的对没结婚的叫叔叫爷的，吴先生也摊着辈分，夹在中间十分为难。有一天上课，讲着讲着，一个学生突然站起来冲着她说，姐，我要回家。吴先生一看，是本房大伯的小儿子，今年已经八岁了，蓄着个瓦片头，倒是孩童打扮。就问，上课上得好好的，回家干什么呀。他说，吃奶，我要回家吃奶。顿时引起哄堂大笑。其实，这也没什么可笑的，乡下孩子缺少营养，娘亲惜子，断奶断得晚，像这样吃奶吃到十多岁，也不为怪。只是上课上到一半，要回家吃奶，也太没规矩，当着同学的面，叫先生叫姐，也太不成体统。吴先生在放走了这个学生之后，当即立了一条规矩，今后所有同学，相互之间一律直呼其名，不准再称爷叔姑伯哥姐兄弟。不论辈分高低，叫老师只能叫先生，不能有其他称呼，就是我，也不例外。放学后，又到那个学生弟的家里做伯妈的工作，从这个学生弟开始，改变了上课要回家吃奶的陋习。

这件事传到区上后，区上认为这是一个移风易俗的典型，就把宣传婚姻法的任务，也交给了吴先生。吴先生于是就按照她对婚姻法的理解，编了一段顺口溜，让学生到处传唱。我至今还记得其中的几句：包办婚姻坏处多，最是男女见不着，不知是聋还是哑，不知是瞎还是跛，害了姐来又害哥。吴先生用的是当地流行的山歌赶五句的曲调，因为通俗易懂，很快便传唱开来。

完成了宣传婚姻法的任务，区上又让吴先生协助扫盲。乡下人不懂得汉字的构成，跟他们讲偏旁部首形声会意没有用，最好的办法是拿实物对照，所以，到了冬天，学堂里就摆满了犁耙水车扁担箩筐锄头铁锹镰刀粪耙一应农具。吴先生把字片贴在这些农具上，让他们一一对应地认熟了，然后拿下字片，要他们照着字片上的字去认领。这样，冬季的学堂就成了供销社的农资公司。认领自家的农具虽然不花一分钱，但认下一个字却并不比从兜里掏钱容易多少。为了方便妇女识字，吴先生还让她的字片登堂入室，贴到了各家各户的家具器物上面，不管你愿不愿意认，喜不喜欢认，它都跟你抬头不见低头见，日久天长也就混熟了，吴先生的字片教学法因而大见成效。区上后来派了一个文书来总结经验，那文书在文章中说，他到了一个农户，问这家的主人，今年的收成怎么样，这家主人二话不说，把一条翘嘴白一条鳜鱼和一条鲇鱼丢在他脚下。他问主人，这是何意，主人说，这也不懂，今年受灾，颗粒无收，我这是白（翘嘴白）干（鳜）一年（鲇）。文书念过私塾，知道汉字构造法的六书中有一个假借，就在文章中说，这家主人是在用谐音假借法说话，可见经过吴先生扫盲的农民，识字的能力已达到何种程度。吴先生后来说，这不过是当地的农民常说的一句俏皮话，跟我的扫盲识字毫无干系。

到了合作化运动开始以后，上面要求社员学会记工记账，吴先生白天教完学牛之后，晚上还要在学堂里教农民打算盘。吴先生年轻时协助当家的二爹管过账，算盘打得滴溜儿转。经她调教的学生，有许多人都当了农业社的会计和记工员，有一个后来还当上了县财政局的副局长。吴先生在算术课上，加减乘除也让学生用算盘演算，所以，她教的学生珠算口诀都背得滚瓜烂熟。后来不用算盘，吴先生要学生在心里想一个算盘，照样用珠算口诀运算，结果比用算盘算得还快。村里有个会下象棋的说，这和下盲棋的意思差不多。区上的那个文书却说，这叫珠心算，想不到吴先生还会珠心算。

吴先生的珠心算受到了赞扬，也招来了不满，有些出门贩猪见过世面的族人嫌吴先生不会竖式演算，就把自己的子弟转到了邻村的民办，这令吴先生十分沮丧。那时节，竖式演算刚刚传到乡下，吴先生还不知道是怎么回事，等到她从转走的学生那儿了解了竖式演算的方法，才觉得自己不知不觉间已经落后于时代。

经过这些事，区上觉得吴先生果然能干，县里也觉得吴先生是个人才。正当吴先生努力赶上时代的时候，正好上面对民办中小学进行调整，就把她吸收为正式的民办教师，吴先生的私塾随之也转成正式的民办小学，不过，只有一、二、三年级，四年级就要到一个指定的民办小学去上，为的是在进入高小之前，接受一个学年的规范教育。

成了正式的民办之后，吴先生就开始按上面的要求，编制班级，规范课程，更换教材。从前没有这些讲究，除了偶尔带学生做些打梭子跳房子丢手巾抓小鸡之类的游戏，教唱几句山歌，画几个戏曲人物就算是上了体育音乐图画课之外，就是抱着《三字经》《百家姓》《千字文》《龙文鞭影》《幼学琼林》这些流行了几百年的童蒙读物，跟着先生有口无心地大声诵读。旧式的私塾不大讲书，尤其是破蒙阶段，讲了也是白讲，所谓读书百遍，其义自现，读着读着，意思你就明白了。后来想想，也真是这样，就像《幼学》开头的几句：混沌初开，乾坤始奠。气之轻清上浮者为天，气之重浊下凝者为地。日月五星，谓之七政；天地与人，谓之三才。这些涉及天地初开人文始创的知识，先生能讲得清楚吗，就算是先生讲清楚了，学生又能听得懂吗，不如让学生在反复诵读中去用心体会，时间长了自然就明白了。

新式教材往往结合实际，通俗易懂，不用讲，你也能明白：小学生，小学生，新中国的小主人，好好学知识，好好学本领，有了知识和本领，好给人民做事情。吴先生最喜欢讲新教材上的这些课文，她把自己对新社会新事物的了解，尽可能地融入课文的讲解，常常还穿插一些故事和新闻，弄得村上的大人也围在教室边上旁听。吴先生穿着一身蓝色的列宁装，站在讲台上面，束腰带，斜插袋，双排扣，大披领，转身板书的时候，齐耳的短发在背后摆动，英姿飒爽，像电影里街头演讲的青年学生。

新式的教育不准体罚，所以，吴先生的戒尺也就失去作用。以往，调皮的学生，手心经常被打得通红，打轻了，家长还有意见，说先生对自己的孩子管教不严。现在不能打了，吴先生就得苦口婆心地说服教育。乡下的孩子生性顽劣，吴先生常常气得暗自流泪。但对我这个特殊的学生，倘有重大过失，吴先生还免不了要施以重刑。有一次，我在外面爆了一句粗口，吴先生当场一言不发，回家后，和颜悦色地把我叫到房间，转身轻轻地插上门闩，然后拿起一根准备好了的毛竹条，扒开我的裤子一顿猛抽，完了后，才问我一句，知道我为什么打你吗。我现在不记得我当时是怎么回答的，但却从此领教了吴先生的厉害。多少年后，只要我一爆粗口，身上就禁不住要一阵发紧，仿佛吴先生的竹条子又抽到了我的身上。

吴先生当了民办教师以后，就不再接受束脩，而改由合作社记工分。工分是按劳动力计算的，一个全劳力一天的工分是十分，吴先生靠的是一个全劳力的工分，在生产队里收入算高的。大家都觉得理所应当，吴先生却觉得人家面朝黄土背朝天，黑汗水流的干一天是十分工，自己在学校里风不吹日不晒，也得十分工，于心有愧，就主动承担起记工分的任务。于是每天晚饭后，我家门前的空场上，就挤满了来记工分的社员。遇到刮风下雨或天冷下雪的日子，就在我家堂屋的方桌边围成一圈，说笑的打闹的都有，像赶会一样。社员的劳动有勤有懒，出工有迟到早退，干的活儿也有轻有重，有繁有简，工分虽有统一的标准，却也要奖勤罚懒按劳取酬。遇到这种时候，在干部和社员之间，往往会起争执和冲突，有时甚至挥拳相向，闹成一团。但吵闹到最后，双方只要看一眼吴先生笔下的数字，就都不作声，像法庭上念过判决书一样，所以吴先生在社员中威信很高。

后来，吴先生又兼起了写写画画的任务。那时候，标语口号多，壁画墙报多。写得最多的口号是，鼓足干劲，力争上游，多快好省地建设社会主义，画得最多的壁画是力争上游图或红旗竞赛图，这图一般分为五级，第一级是火箭，第二级是飞机，第三级是火车，第四级是汽车，最后一级便是老牛拉破车。也可以根据画者对不同交通工具速度快慢的了解，中间或前后添上一级或几级，甚至也有在最后加上乌龟爬行的。吴先生用的是年画的画法，简洁朴素，寓意明了，虽然未必真的能起到加油鼓劲的作用，却常常引来不少人在画下驻足观看。我学着吴先生的画法，也在家里的门窗墙壁上画满了图画。这一年，是我的文艺细胞孕育生长的一年。上面让村村社社开展诗歌比赛，吴先生自然又成了指导。在吴先生的指导下，我这一年也写了不少诗歌作品，我现在能记得的，有一首是这样写的：春暖花开百鸟啼，我爱我的好集体。集体好来集体强，集体赛过亲爹娘。这是我的文学处女作，一想起它来，就像想起我的初恋一样。

1959 年春荒，队上的食堂早已不冒烟了，各家只有一点可怜的存粮，为了怕被搜走充公，还得想办法东掖西藏。吴先生守着仅有的半箩筐谷子，也不免肉跳心惊。好在她的学生已有人当了民兵队长，每逢行动之前，必想法给她通风报信。吴先生于是就跟我抬上这半箩筐谷子，送到东边菜园的杂草丛中藏起来，直到警报解除再抬回来，如此再三。到了夜深人静之时，才敢把这谷子磨了，舂了，和上野菜，煮成菜饭。吴先生让我添上几碗，跟她一起，送给族中的老人。老人一边接过饭碗，一边说，还是你有良心，不像那些畜生。吴先生笑笑说，莫骂莫骂，都是我的学生。

我从小在吴先生身边长大，十三岁才离开她到县城读中学，后来又到更远的地方读书，除了一两个寒暑假，就一直没有回家。吴先生从来不跟我讲她的遭遇，她后来吃了多少苦，我也不知道。我成家后，也常常接她出来小住，除了帮忙做点家务，就是静静地坐在那里看书。每逢这时候，我就想起一个遥远的冬夜，我和吴先生守着一个火盆，听她念欧阳修的《秋声赋》：欧阳子方夜读书，闻有声自西南来者，悚然而听之，曰：异哉！初淅沥以萧飒，忽奔腾而澎湃，如波涛夜惊，风雨骤至。其触于物也，鏦鏦铮铮，金铁皆鸣；又如赴敌之兵，衔枚疾走，不闻号令，但闻人马之行声。予谓童子：此何声也？汝出视之。童子曰：星月皎洁，明河在天，四无人声，声在树间。炭火的微光照着吴先生清秀的眉眼和俊美的脸庞，是我心中永恒的印象。

吴先生读书很多，熟知各种典故，我当了文学教授以后，有一次谈起瞎子阿炳，她突然说，人的眼睛要是都有两个瞳仁就好，瞎了一个，另一个还能管用。我说，这怎么会呢。她说，会，书上说舜目重瞳，舜的眼睛就有两个瞳孔，害得我查了半天，才知道语出《史记》，是太史公听人说的。吴先生常常感叹自己只能读万卷书，不能行万里路，所以但凡我有机会远行，她总是大力支持。初中毕业那年，我的一个同学邀我到他家小住，吴先生正发高烧，我不忍心离开，她却给了我两块钱说，去，去见见世面。同学的家住在长江边上，那是我第一次见识这条母亲的河流，我们白天在江上划船，在水中游泳，晚上坐在江堤上看对岸城市灯光的倒影，听来往船只轰鸣的汽笛声，直到天快亮了，才回去睡觉。我第一次感到，外面的世界原来这么热闹好玩。后来我离开吴先生，沿着这条水道溯流而上，愈走愈远，见的世面也越来越大，才知道吴先生当初的用意所在。我想，我的父亲当年出去读书，搞革命，后来竟至于永不还家，吴先生大约也是抱着这样的想法。

吴先生没有成形的教育思想，但她在重视书本知识之外，特别注重人格的培养和能力的养成，让我终身受益。我虽不是真正的农家子弟，但因为在农村长大，所以吴先生从来不让我与农民的孩子有什么不同，从吃喝穿着到上学读书，都是如此。从小学到中学，只要我寒暑假回家，必让我到生产队参加劳动，从放牛捡粪到薅草耙田割谷插秧，能干的农活我都干过，从不落人后。有一年暑假，整个生产队数十亩稻田，都是我和一个小伙伴耙完的。吴先生怕我们打瞌睡从耙上栽下来，就炒了一些枯蚕豆让我们嚼着提神。我们一边嚼着枯蚕豆，一边拽着牛尾巴，稳稳地站在耙上飞奔，虽然双脚被稻茬子扎得稀烂，但却有一种说不出的快意。除了干农活，我还是弄鱼的好手，在当地的小伙伴中小有名气。考上高中的那年暑假，我围套所得，光晒干的鱼烤（鱼干）就有三百多斤。村里人对吴先生说，你想吃鱼，就跟我们说一声，何必让孩子受这份罪。吴先生说，别的孩子受得他也受得。她是村里的教书先生，也是村里的家务好手。到了腊月里熬糖蒸酒，她更成了村里的技术指导，我跟着她这家进那家出，看她跑上跑下，指指点点，觉得她就是一个作坊师傅，哪里像一个教书先生。

腊月是吴先生一年中最忙碌的日子，所有的家信仿佛都放在这一个月来写，所有的女红仿佛都要在这一个月完成，所有的婆媳吵架妇姑勃谿，似乎都在这一个月发生，连猪娘下崽，这一个月似乎也格外多，村里人认为吴先生见多识广、知书达理、心灵手巧，都要吴先生代劳或帮忙调解处理，更不用说像写春联之类的分内活了。整整一个月，吴先生白天黑夜忙得不亦乐乎，直到年三十晚上，坐到年饭桌上，才长出一口气。我望着吴先生那副心满意足的样子，心想，她这样乐此不疲，一定十分惬意。

吴先生教给我的是一种底线的人生哲学。这底线便是，人所要做的事都应当会，人所要吃的苦，都应当吃，不要老想着出人头地，功名富贵。英雄行险道，富贵是花枝，是吴先生常说的一句话。这句话放在现在也许太过陈旧，太缺少进取精神。但更多怀抱平常心，想做平常人的芸芸众生，从这句看似陈旧的格言中，也许能悟出一些新的人生道理。

吴先生临终的时候，我守在她身边，握着她的手，给她看我给她写的挽联，她表示满意，只改动了一个字，说平仄不押。然后说，她想吃橘子。我让人去买橘子，等那人买到橘子回来，她已经松开了我的手。她去世后，我写了一篇祭文，未征得她的同意，仍复母称，兹录于次：

母讳素容，父姓曰吴。一生坎坷，迭经变故。幼习旧学，长染新知。执教有年，桃李遍布。生性温和，仁宅宽厚。克己恕人，恭谨贤淑。平生所重，教子耕读。历尽艰辛，斯愿已足。享年八十，爰得高寿。吾母西归，吾心伤悲。呜呼哀哉，伏维乞拜。尚飨。

临街楼主曰：写《吴先生列传》本属无意，不想完成之时，恰逢吴先生逝世二十周年忌日，此天意乎！吴先生生当新旧时代转变之际，乡村教育几成空白。而彼时之所谓乡村教育者，不独教孺子识文断字，且兼有移风易俗、教化乡民、服务乡村政治经济之务，所以彼时之乡村教师，身份虽微，其作用却大。吴先生以其微末之躯，补此乡村教育之空白，泽被乡里，非一代也。故余清明返乡，遇故旧必曰：吴先生，吾师也。

张先生列传

  张先生是坝上民办小学的老师，也是坝上民办小学的校长。无论是老师还是校长，张先生都与别的正规民办小学的老师和校长不同。这不同不是别的，而是坝上小学只有张先生一个老师，他这个老师同时也就是坝上小学的校长。顺便说一下，坝上小学只有一个年级，就是四年级。这下你该明白了吧！

  二十世纪五六十年代的农村小学分初小、高小两部分，也是小学教育的两个阶段。初小是一到四年级，高小是五、六年级。如果初小、高小都有，那就叫完小，也就是完全小学。完小镇上才有，村里一般只有条件办初小。村里的所谓初小，也只是个说法，实际上很多是私塾、半私塾，或像吴先生的学堂那样改良了的私塾。这样，读完这种初小之后，要上比较正式的高小，中间必须有一个过渡。于是当地管教育的部门就发明了一种过渡形式，就是单办四年级的民办小学。看官会道，各村的小学都上到四年级不就得了，何必多此一举。但上面却说，村里的民办小学不正规，只有经过一个比较正规的四年级，才能接上正规的五、六年级的学习。虽然那时候不注重升学，但有些家长还是希望孩子小学毕业后，能考个正规的中学。中学既然是很正规的学校，进中学之前的高小就不能不正规。要考上这个正规的高小，就不能不读一个正规的四年级，于是就有了只有一个年级的坝上民办小学。

  坝上民办小学虽然不是由村人集资，而是由社里出钱，但为了保证质量，老师却是由区上派的，张先生就是区上派下来的老师。张先生是何方人氏，至今不得而知，但他当过兵，却是一望便知的。他的军人作风，开学不久，我们也领略到了。张先生平时走路步子很快，两眼平视前方，两臂前后摆动，一副雄赳赳气昂昂的样子，与我们以前看到的先生大不一样。每天早晨，张先生要我们跑步赶到学校出操，迟到了就要在那个长长的河坝上跑三个来回，所以，在坝上小学的那一年，我从来没睡过懒觉。上下午的课间操，也不是像镇上的小学那样做广播体操，而是像村上的民兵那样列队出操，一二一，一二一，一二三四的口令喊得震天响，不知道的，还以为是哪个部队的军营。

张先生也把部队的一套号令方法带到了坝上小学。坝上小学上课不敲钟，而是由张先生吹紧急集合号，索多多多多多，米米米米米，索米多，索米多。索多多多多多，米米米米米，索米多，索米多。索多多多多多，米米米米米，索米多，索米多。连吹三遍。号声一响，我们就好像听见张先生在喊我们，快点哟，快点哟，无论玩得多起劲，都转身奔向教室。下课不吹军号，而是吹口哨。张先生讲完课后，从口袋里掏出一把铁哨，长吹一声，我们就像燕子一样飞到教室外面，还真有点军营的味道。

还有，就是镇上的学校上课喊起立、坐下，我们上课喊立正、稍息，而且要求我们的动作要干净利索，不能拖泥带水。有一次，我的裤带子松了，动作慢了一点，张先生突然冲我大喝一声，说，出列。我没听清楚是什么意思，还以为是叫我稍息，就顺势坐下了。张先生只好放弃了他的军营用语，改用平常话说，叫你出来，听见没有。

放在别的学校，这个动作是很好完成的，从课桌和课椅中侧身挤出去就是，但是，在坝上小学，要完成这个动作，却十分困难。原因是，我们没有正经的课桌课椅，课桌课椅都是歪脖子柳树锯成的。河滩上，一棵合抱粗的柳树，从正中纵向剖开，平面朝上，弧面朝下，用几根粗点的树枝支撑，就成了一排课桌。树干有几道弯，课桌就有几道弯。坐的板凳也是柳树桩子锯成的，顺着树干做成的课桌，参差不齐地摆成一排，我们就坐成了一个S形。从教室门口望过去，就像正月十五摆的龙灯。要想从这种弯弯曲曲、歪歪扭扭的树桌树凳的迷阵中挤出去，谈何容易。张先生看我为难，也就作罢，只淡淡地说了声，下次动作快点。

这样的条件，自然不好划分学习小组。我后来到镇小上学，知道年级下面有班，班下面有组，组是最小的学习单位。一个学习小组一般是坐成一列的同学。但坝上小学却没法这样分组，因为用歪脖子柳树锯成的课桌，不能纵放，只能横排。坝上小学共有两个班，一个班五六十号人，在教室里坐成三排，一排分成一组显然太大，张先生就想了一个办法，按弯分组，课桌拐了几个弯，就分成几个组，一组六七号人，正合适。所以张先生要布置什么学习任务或课堂作业，叫的不是一组二组，而是一弯二弯。遇到上体育课分组活动的时候，张先生会说，一弯划澡（游泳），二弯踢球，三弯练格斗。听起来就是一班向左，二班向右，三班跟我走。

张先生喜欢把部队的军事训练项目，都搬到我们的体育课堂上。坝上小学除了一条河坝和身后的大沙河，就没有别的活动场地，更不要说专门配备的体育运动器材了，所以，部队的一些军事训练项目，诸如跑步、游泳、擒拿、格斗、匍匐前进、负重行军等，就成了我们的体育科目。这当然也不失为一种因地制宜、因陋就简的办法，我们的军事素质这一年因而都有很大提高。后来不论是当知青还是进工厂，只要搞民兵训练，我的成绩都名列前茅。

我们都喜欢张先生的体育课，宽阔的河滩上，到处都是我们的运动场。张先生在河滩上划出各个运动项目的活动范围，有丢篮球的，托排球的，踢足球的，练短跑的，翻跟斗的，摔跤的，也有打梭子跳房子丢手巾踢毽子做各种游戏的，看上去就像把戏班子的练功场。

除了体育课，还有一门音画课，也是我们喜欢的。张先生把音乐图画合并成一门音画课，上课的地点也在河滩上。音乐课主要是由张先生教唱歌。唱歌的时候，张先生让我们站成队列，然后一句一句地教我们唱，唱得高兴了，还手舞足蹈地打拍子。张先生教我们唱的，多半是军歌，唱得最多的是《中国人民解放军进行曲》，向前，向前，向前，我们的队伍向太阳，脚踏着祖国的大地，背负着民族的希望，我们是一支不可战胜的力量。我们对着空旷的河滩，使出吃奶的力气跟着张先生拼命地吼，惊得柳树林子里的鸟儿扑扑乱飞。

唱完了歌，张先生就在河滩上支起一块小黑板，教我们画画。张先生教画画，不像后来的先生那样，从教画鸡蛋开始，而是见什么画什么。河滩上最多的是柳树，我们画得最多的也是柳树。张先生选定一棵树，先让我们画树干树枝，然后照着树上的叶子，一片一片地画上去，画过了静止的柳树，还要画风吹的柳树，画完了夏天枝叶繁茂的柳树，还要画冬天枝枯叶落的柳树。柳树的枝叶随季节变化，我们画的柳树也就千姿百态。到河滩上来拾柴的村人见我们画了这么多柳树，就说，这下好了，张先生不缺柴烧了。

坝上小学的学生，平时最盼望的，是上体育课和音画课，上课的军号一响，就像战士冲出战壕一样冲向河滩，河滩上顿时一片欢腾。碰到雨雪天气，不能出去活动，又不能在别班上课的时候唱歌，张先生就让我们默画河滩上的柳树，他自己却跨过教室之间的墙洞，到那边班上去上语文课或算术课。坝上小学的两间教室原来是连在一起的两个独立的房间，为了上课方便，张先生在两间教室的隔墙上凿了一个洞，这洞凿在两个教室的黑板之间，张先生上完了这边的课，就跨过墙洞到那边上课。这边教室的同学朗读课文或听讲生字，那边的同学就做算术习题或预习新课。张先生弯着腰从墙洞里钻来钻去，像电影里的民兵钻地道一样。

张先生这样交替着上课，好是好，但也不免互相影响。常常是，在这边预习新课的同学，听见张先生在那边演算一道算术题，头脑里也跟着演算起来，有那心算快的，不等张先生那边演算完毕，这边的答案就脱口而出，弄得张先生十分尴尬。或者，那边问一个语文课上的问题，这边做算术练习的同学，也跟着思考，结果，写在算术练习本上的，不是自己的演算，而是那边的问题。有一次，张先生在那边讲《列宁和卫兵》，讲到卫兵洛班诺夫在斯莫尔尼宫门前拦住了列宁，就向同学们提了一个问题，说，同学们，你们说卫兵该不该拦呀，结果两边教室的同学一起大声回答说，该。张先生只好把头伸到洞这边来说，没问你们，不准多嘴。

坝上坝下的人都喜欢张先生，觉得他的书教得新鲜有趣。没事的时候，常到学校来玩。遇到上体育课音乐课，有那技痒难耐的，也禁不住要参与进去，跟学生一起踢踢球，唱唱歌什么的，张先生一律欢迎，而且还招呼围观的村人都来参加，好像他不是在上体育课，而是像县文化馆下来的干部一样，在辅导群众唱歌跳舞。

日子要是就这么下去，也就没什么好说的了。可是后来生了一件事，却让一切都变了样。那天，我们正在河滩上上体育课，大家都玩得十分高兴。天很热，有几个同学一直泡在冰凉的河水里不肯上来。那几天，上游正在防洪，张先生怕洪水冲下来发生危险，就大声喊他们上来。不知道是没听见还是不肯上来，总之是，就在这时候，我们突然发现有一股几尺高的水头正沿着河道冲刷下来。我们还不知道是怎么回事，就听张先生大喝一声，散开，一边飞一样朝下游的闸口奔去。等到我们醒过神来，那几个泡在河水里的同学已不见了踪影，远处闸口上，却聚集了一群人，正在从水里向上拽人。我们跑到闸口一看，那几个同学已被救起来了，但挡住这些同学的张先生，却还卡在闸口的木桩里面。众人好不容易把张先生从木桩缝中拉出来，却发现张先生右腿的腿骨已被折断。那时候的医疗条件差，虽然村人用竹床把张先生抬到区卫生院做了接骨手术，但张先生却从此成了一个拄着拐棍的瘸子。

成了瘸子的张先生虽然还在坝上小学教书，但已不像以前那样灵活，也不能雄赳赳气昂昂地走路，更不用说在体育课上奔跑跳跃，在音乐课上手舞足蹈地打拍子了。连在教室的墙洞里钻来钻去，都感到困难。这时候的张先生，已完全失去了先前的军人气派。我们见张先生这样，都很难过。那些上课时喜欢两边插嘴的同学，也不再随便插嘴了。就是有人插嘴了，张先生也不大理会。时间长了，实在嘴痒的同学，想插嘴的时候，看看周围的同学都在埋头学习，也就把口边的话咽回去了。

村人见张先生这样，洗衣做饭都不方便，就给他张罗了一门婚事。新娘子的家就在坝下，我们都认识她，平时都叫她芹姐。芹姐跟张先生结婚后，成了先生娘子，我们还是叫她芹姐。芹姐牙齿有些暴，长得不漂亮，但很勤快，每天看她洗衣弄饭，收拾教室，忙得不亦乐乎。忙完了家务和学校里的杂事，芹姐还抽空在坝下开了一块荒地，整好菜畦，撒上菜籽，等长出苗了，就把教室后面茅厕里的屎尿挑到地里做肥。学校里人多，每天拉的屎尿也多，所以芹姐的菜地不缺肥料，季季蔬菜都长得好。我们下课了，也去帮忙，浇浇水，捉捉虫，扯扯草，干些杂活。张先生虽然腿脚不方便，也常常要搭上一把手，捎带着还给我们讲了许多蔬菜种植方面的知识。

坝下的荒地多，芹姐舍得花力气，她的菜地越种越大。除了种菜，在菜地旁边，还种了一块地的西瓜。夏天，西瓜熟了，芹姐在瓜地里搭了一个棚子，晚上，不愿回家的学生，就跟张先生挤在一起，陪他看瓜，听他讲故事。张先生的故事，不是我在村里听过的封神、西游，说唐、说岳，征东、征西，而是解放军剿匪。这是我第一次听到少剑波和杨子荣的名字。后来我当了文学教授，从一个现代文学版本学家那儿才得知，《林海雪原》当时还没有正式出版，张先生讲的，是他从杂志上看来的片段，其中就有后来流传很广的奇袭奶头山的故事。再次听到这个故事的全本，则是在我第二年上了高小之后，五年级的语文老师跟我讲的。我的文学爱好，也便由张先生的故事，从旧文学带到新文学中来了。

张先生很会讲故事，像他教唱军歌一样，他讲的故事，也多半是战斗故事，而且，这故事有的就发生在本县，跟本县的解放战争和剿匪斗争有关。刚解放那几年，后山的土匪很多，有一段时间，我住在县城的姑妈家，经常看见隔壁县大队的战士出去剿匪，去的时候队伍排得整整齐齐，还唱着歌，回来的时候，抬着担架，押着俘虏，背着缴获来的枪支弹药，就没有那么整齐了，有的头上手上都扎了绷带，还有的走路一瘸一瘸的，腿上也受了伤。我站在街边上围观，很佩服这些解放军战士。有了这样的印象，张先生讲的剿匪故事，我也就格外爱听。

有一次，张先生跟我们讲了一个智救小学生的故事。说是有一年县大队在后山剿匪，土匪逃进了一所小学负隅顽抗，解放军不敢强攻，就让一个战士化装成从汉口探亲归来的教书先生，戴着礼帽，穿着长袍，提着手提箱，喊着要进校门。土匪担心有诈，就让一个小喽啰出来搜身。等这个小土匪走近，教书先生就把另一只手提着的一盒糕点举得高高的，一边大声说，一点孝敬，不成敬意，请小爷笑纳。一边对走近身边的小土匪小声威胁道，老实点，喊就炸死你。那小土匪已看出那盒糕点里露出的手榴弹的圆头，引线就钩在教书先生的手指头上，只好乖乖地把教书先生领进校门。进了校门，教书先生突然一转身，把那盒糕点朝趴在门楼上准备射击的土匪扔过去，轰的一声，县大队的战士跟着就冲进来了。这个战士在这次战斗中，立了个三等功。

在庆功会上，县大队政委对这个化装成教书先生的战士说，看不出来，你小子一打扮，还真像个教书先生。这个战士当即向政委立正敬礼，大声说道，报告政委，打完仗，我就想去当教书先生。政委说，哦，想当教书先生，好哇。又把他上下一打量，说，总不能就这样当教书先生，总得学习学习、培训培训吧。站在政委身边的县长接上去说，想当教书先生是好事呀，新中国的教育正缺老师。这样吧，你先上个师范，等师范毕业了，再去当教书先生。就这样，这个战士后来真的实现了自己的心愿，当上了教书先生。

听完这个故事，我们都知道，张先生说的就是他自己，但张先生却嘿嘿嘿地笑，不承认。后来我到县里上中学，我的班主任是从师范调过来的，有一次，我跟他说起教过我的这位张先生，班主任说，是的，是他，他就是师范毕业的，我教过他，是个不错的学生，听说在部队还立过功。这是我唯一知道的与张先生的过去经历有关的事。

后来，县里不让张先生教书了，张先生又不能下田干农活，看在张先生立过军功的份上，仍留他在坝上小学干些杂活。这杂活除了协助芹姐收拾教室，就是上课吹号，下课吹哨。坝上小学的号声虽然仍在空旷的原野回荡，但听起来却没有以前那么敞亮。有一次，我从县中回家，路过坝上小学，看见张先生拄着拐棍正在吹号，索多多多多多，米米米米米，索米多，索米多。索多多多多多，米米米米米，索米多，索米多。索多多多多多，米米米米米，索米多，索米多。张先生吹得很用劲，正在课间活动的学生，听见号声，像风吹落叶一样，瞬间就不见了踪影，只留下张先生一个人，站在教室门外，一手拄着拐棍，一手提着铜号，像河滩上一棵孤零零的柳树，兀立在寒风之中。

代替张先生的是个年轻的女孩，听说是公社某个领导的儿媳。女先生也姓章，但姓的不是弓长张，而是立早章。当地的方言分不清张和章，就把张先生叫大张先生，把章先生叫小张先生，听起来都是个张。听村人说，这小张先生倒是挺和气，也没怎么为难大张先生，相反，却给了大张先生许多照顾，只是书教得不怎么样。证据之一，就是常念错别字，大张先生在教室外实在听不下去，就帮她纠正了几回。次数多了，连大张先生自己也觉得不好意思，就私下对学生说，你们晚上到我家来，我教你们再念一遍。有一次，刚好被小张先生碰上了，大张先生觉得十分尴尬。哪知小张先生却大大方方地端个板凳在旁边坐下来，跟着大张先生一个一个地念课文上的生字。事后，还跟大张先生说，我本来就没好好上过学，是他们赶鸭子上架，硬要我来教书。从此，大张先生就收了这个特殊的学生，晚上手把手地教她备课，白天一字一句地听她讲课。只是上课的时候，一个在教室里，一个在教室外，一个是正牌的先生，一个是吹号扫地的杂工。村人都夸大张先生好气量，大张先生说，把小张先生教好了，她才能把你们的孩子教好，这有什么不好的呢。这都是我后来听说的，没有亲眼得见，但是，有一个顺口溜，我放假回家，却听得真真切切，心里很不是滋味：坝上小学真奇怪，夜里打货日里卖。卖课的学生在屋里，教课的先生在屋外。

再后来，经过几年的折腾，坝上小学的那两间教室，已破旧不堪，上面没有拨款，队上也无力翻修，终于有一天，连日暴雨，暴涨的河水漫上河坝，冲垮了教室的泥墙，把住在披厦里的张先生一家，都压在屋架下面。芹姐和孩子虽然被救出来了，但张先生却不知为什么跑到教室里，被两棵弯弯曲曲、歪歪扭扭的柳树课桌夹在中间，怎么也拉不出来。芹姐哭着说，他这几天老念叨教室里那两块黑板，怕被水冲走了。众人忽然想起，教室墙上挂着的那两块黑板，原是区上发给坝上小学的奖品，难道在这风狂雨暴之夜，张先生是想去把它们取下来，为坝上小学保存这份荣誉。

30多年后，在坝上小学的旧址上，一个曾经在坝上小学读过四年级的企业家捐资，建了一所希望小学。希望小学是一幢三层楼的建筑，面对那片长满柳树的河滩，巍峨耸立，很是气派。里面的课桌课椅和一应教学设施，都按标准配置，楼前树了一根高高的旗杆，每周都要举行升国旗唱国歌的仪式。这位企业家要求，出旗前要吹紧急集合号，出旗曲要奏《中国人民解放军进行曲》。有一年回乡，早晨起来，我突然听到这熟悉的声音在旷野上空响起，索多多多多多，米米米米米，索米多，索米多。索多多多多多，米米米米米，索米多，索米多。索多多多多多，米米米米米，索米多，索米多。向前，向前，向前……我默念着这熟悉的曲调和歌词，禁不住泪如雨下。

临街楼主曰：余少时受教，得之于民办教育者孔多，唯于张先生处，所得特异。张先生虽无今之德智体美劳全面发展之观念，然其言传身教，身体力行，皆合此五育之精神。此无意插柳乎？故教育者，不徒在其理念，而在教育者之德能。惜乎张先生中年困厄，壮岁殒命，此吾乡为民办教育献身之第一人也。

熊先生列传

　　熊先生是我小学五、六年级的班主任，五年级、六年级都是他，没有换。按道理，换一个年级，就应该换一个班主任，可是，熊先生却没有换。这原因不是别的，而是换不换都一样。

　　我到镇上读高小，正碰上各行各业"大跃进"，教育也不例外。我们年纪小，不懂得"大跃进"是怎么回事，只知道有一天早操过后，熊先生叫我们带上书包，跟着他跑步穿过操场，到对面六年级的教室坐定，说是从今天起，我们已"跃进"到六年级了。过了些日子，我们又跟着熊先生跑回五年级教室，说是"跃进"得太快了，需要调整。因为熊先生已当过一段时间六年级的班主任，到我们真的升到了六年级，学校也就让熊先生接着当下去，教导主任说，权当是又跃进了一回，免得换来换去的，麻烦。

　　熊先生带的是"跃进"班，"跃进"班事事都要走在别人前面，有时还要坐个"火箭"，放个"卫星"什么的。一会儿要提前学完五、六年级的课程，一会儿劳卫制一学期要全部达标，一会儿班级试验田要深耕密植，一会儿又要完成日产三百篇的赛诗任务，还不算除"四害"，灭钉螺，参加新农村建设等额外的事情。总之是不停地接受学校布置下来的任务，下达的指标。偏偏熊先生又是个极认真的人，做什么事都一板一眼，不打折扣，所以，熊先生就比别的班主任要忙得多也累得多。我们都喜欢熊先生接受学校布置下来的这些任务，跟着熊先生完成学校下达的这些指标，因为完成了任务达到了指标就能上学校的光荣榜。熊先生每次代表我们班接受红旗和奖状，我们都在台下拼命鼓掌，要是教室门上挂一个"火箭卫星"的牌子，我们的那份高兴就更不用说了，恨不得真的跟着"火箭卫星"飞上天去。

熊先生有个外号叫书腐。书腐在当地的意思，不完全是指死啃书本的书呆子，还有为人处世刻板硬套，不知道变通的意思。我很早就听大人讲过熊先生的书腐故事。说是有一年稻子熟了吃新，有个学生的家长请熊先生吃饭。熊先生怕别人太过破费，事先就对学生说，我平生最喜欢吃的是腌菜，腌菜就是我的命，你跟家里人讲，只要给我炒碗腌菜就行了。人家当然不能只用一碗腌菜招待先生，就让学生到街上割了一斤肉，捡了一块豆腐，做了一碗豆腐炖肉端上桌。谁知熊先生上桌之后，果然只吃腌菜，对那碗豆腐炖肉连看都不看一眼。家长很是不解，还以为是放多了咸盐。事后，特意打发学生去问，熊先生却很平淡地说，我说了，腌菜是我的命，我要是放下腌菜去吃豆腐炖肉，岂不是连命都不要了。长大后，我才知道，这原是一个在当地民间流传很广的故事。故事的原版是说先生放下腌菜，专吃豆腐炖肉，诘之，则曰，腌菜，固吾命也，见肉则不要命矣。乡人改造这个故事，放在熊先生身上，反其意而用之，虽不无讥讽，却怀有很深的善意。

熊先生现实版的书腐故事，是我自己亲身经历的一件事。有一次，熊先生出了一个《春来了》的作文题，让我们写作文。我的作文中有一句话是这样写的："春天来了，下湖的人唱着江汉渔歌，在湖面上拉开了大网"。熊先生在作文讲评时，叫我站起来，问我家住何处，湖在何方。我一一回答了。熊先生说，你知道江是指什么吗？长江。汉是指什么吗？汉水。江汉渔歌就是长江汉水边上的渔民打鱼时唱的歌，你们那儿的渔民怎么唱起了江汉渔歌呢？又问我是怎么知道江汉渔歌的，我说，是从折纸扇的画上题字看到的。熊先生说，以后写作文，没见过的没听过的，不要乱写。虽然熊先生讲得不无道理，但我却感到十分委屈，就回家跟吴先生讲了。吴先生说，作文中写的，不一定都要亲眼见到，亲耳听到，苏东坡说，赤壁大战的赤壁在黄州，他也没有见过，写作文是可以发挥想象的。吴先生教我背过前后《赤壁赋》，我相信吴先生的话，这才觉得好受一点。这是我第一次接触文学想象的话题，当时懵懵懂懂，现在觉得意义重大。后来，公社要放诗歌"卫星"，主事的觉得熊先生的语文好，就请他去帮忙润色一下，听说熊先生把那些从各队赛诗台上收来的诗歌，改得面目全非，还写了不少批语，不是说这个不合实际，就是说那个太过夸大。有一首夸豇豆长得好的诗说，豇豆肥，豇豆长，做根项链挂身上，颈上缠八尺，腰上缠十丈，剩下的送给孙大圣，做根降妖的金箍棒。熊先生说，真是奇谈怪论，有这么长的豇豆吗，又是八尺，又是十丈，还要做根金箍棒，这叫人怎么吃呀，弄得主事的哭笑不得。公社书记只好摇摇头说，真是个书腐。

　　像熊先生这样的书腐，放在平时，虽然有时也不招人待见，但做事认真毕竟不失为一种好的品质，所以大家都很敬重熊先生。学校让他带"跃进"班，大约也是看中了他这一点。但问题是，"大跃进"年代，人的心气高，胆子大，既敢说，又敢干，天天生出新点子，变着新花样，件件事都认真去做，而且要做出"坐火箭""放卫星"的水平，谈何容易，所以往往费力不讨好，甚至适得其反。加上熊先生这个死心眼子的脾气又改不了，结果自己受累不说，还要闹出许多笑话。有人背后叫他吉诃德先生，有人说他是《皇帝的新衣》中的那个小男孩。熊先生虽然跟我们讲过《唐·吉诃德》和《皇帝的新衣》中的故事，但我们却不知道这样叫是什么意思。后来懂事了，回头一想，熊先生还真有这两个人物的那股子傻气稚气和勇气。

　　就拿这劳卫制达标来说吧。起先，上面只要求小学生达到少年级标准就行。少年级标准不高，跑一跑，跳一跳就达到了。后来又要求我们达到一级标准。一级标准是中学生的标准，对我们来说，就有点难了。熊先生于是就领着我们没日没夜地练，一有空就把我们赶到操场上，跑步跳远，爬杆跳绳，仰卧起坐，引体向上，单杠双杠，铁饼标枪，但凡与劳卫制测试有关的项目，都逼着我们去练。学校的体育运动器材有限，熊先生有时候还得自己充当运动器材。没有鞍马，熊先生就自己当鞍马，让我们撑着他的背一个一个地跳，全班跳下来，他连腰都直不起来了。有那抬不起腿，张不开胯的，不是踢着了熊先生的肚子，就是夹着了熊先生的脑袋，跳不过去的同学，就干脆趴在熊先生的背上不下来。外班的同学都羡慕我们班有个熊鞍马，我们从熊先生的身上跳来跳去，却于心不忍。有时候，熊先生还得当陪练。练爬杆的时候，他当托儿，从底下托着我们的屁股，让我们往上蹭。人是蹭上去了，熊先生却被我们踢得鼻青脸肿。练引体向上的时候，他当踏板，踩着他的背去抓单杠的横杆。横杆抓住了，熊先生的背却被我们踩得通红。就这样练，长跑短跑还是不能过关。乡下的孩子没正经学过跑步，跑起来不得要领，跑不起速度，熊先生就一点一点地纠正我们的动作，让我们跟着他一遍一遍地跑。学校的体育老师实在看不过去，到测试的时候，就让熊先生站到终点打旗子吹哨子，却让班上的体育委员在我们跑了一会儿跑起了速度时才按表，结果全班顺利通过。体育放了"卫星"，熊先生自然高兴，也跟着学校敲锣打鼓到公社报喜。但事后却越想越不对劲，就找体育委员来问。体育委员见问，只好实话实说。熊先生于是收回了我们的证章证书，退回了学校，还要学校把放出去的"卫星"也收回来。学校领导却笑着说，收回来怕不可能，我们还没有回收"卫星"的技术，"卫星"既然放了，就收不回来了。熊先生为此十分生气，说以后再不能这样搞了。可是，过了不久以后，又发生了一件事，让他更加生气。

我到镇小报到的时候，学校就在用小高炉炼铁。我看到操场正中有一座小高炉，样子跟村里的砖窑差不多，但个子却比做酒的甑子大不了多少。小高炉每天吞进去很多铁，都是我们从家里带去的。学校规定，每个同学每天上学必须带三到五斤铁，带得越多越好。乡下除了煮饭的汤罐，炒菜的铁锅和菜刀火钳汤瓢锅铲，就没有别的铁器。村村社社都在炼铁，就是有铁器，也轮不到我们。不带够数，值日生就不让进校门。没办法，只好偷。结果，等我们上学之后，家家户户的大人，不是切菜找不到菜刀，就是炒菜找不到锅铲，有的甚至把自家煮饭的汤罐也提到了学校。等到家长找到学校，这些所谓废铁，不是投进了高炉，就是已砸得稀烂。熊先生就把这事反映到学校，学校领导说，大办钢铁是群众运动，学生不带铁来，我们拿什么炼。熊先生一气之下，就回去把自家的铁锅砸了，分给我们拿到学校完成任务。一口铁锅不够分，熊先生又回到后山老家去想办法，正好他老家的村子在挖一个小铁矿，就分给他一些矿砂让人送到学校，才算过了这一关。

到了出铁这一天，正碰上熊先生值班。烧了几天几夜的小高炉，终于要出铁了，大家都很高兴。宣传队已在校门口打起了红旗，准备好了锣鼓鞭炮，就等着去向公社报喜。出铁口捅开的时候，全校师生围成一个半圆，就像迎亲的队伍等着新娘子走出花轿。一会儿，铁水出来了，红彤彤的，光灿灿的，刺得人睁不开眼。出铁口下面是一个沙坑，铁水流到沙坑后，忽的一下像一条花蛇一样盘成一个小饼，就窝在那里不动了。大家的眼睛紧紧地盯着那块小饼，等着它冷却了，好抬去报喜。小饼的颜色由红变暗，又由暗红渐渐变黑，当最后一抹暗红从大家眼前消失的时候，小饼便变成了一团黑色的牛粪。小饼虽然失去了表面的光焰，但温度还是很高。校长用报纸试了几次，每次都腾起一团火光。有人主张用水冷却，校长又怕爆炸伤人。报喜的队伍等不及了，已在校门口敲响了锣鼓，放起了鞭炮，引来了许多路人围观，这让大家更加着急。有人灵机一动，从操场边上的菜地里找来一块晒干了准备沤肥的牛粪饼，说用它代替铁饼先去报喜，免得让别人抢先。牛粪饼的颜色与铁饼差不多，大小也正合适，大家都说，这主意好。熊先生却说，不行，这是弄虚作假，冒功领赏。众人便拿眼睛去看校长，见校长不置可否，便一哄而起，给这块牛粪饼裹上已准备好了的红绣球，抬着它报喜去了。事后，据说熊先生把这件事写了一个意见反映到公社。公社领导怎么答复，不得而知。但从此以后，学校再不让熊先生到高炉上值班，说是炼铁要炭，让他带着我们班的同学上山砍树烧炭。

离学校四五里地，有一个小山包，上面长满了高高矮矮的树。熊先生让我们带上锯子砍刀，天不亮就出发，像进山打猎的猎人一样。

我们上去以后，不论大树小树，一阵乱砍乱锯，不一会就倒伏一片。粗长一点的树干树枝，熊先生让个子大点的同学用板车拉起，剩下的小树枝，熊先生让我们这些个子小的同学用裤带捆起来。我们解下自己的裤带，把树枝扎成小捆，一手提着裤子，一手拽着树捆，跟在板车后面，浩浩荡荡，飞灰扬尘，向学校奔去。正在这时，突然从山下的村子里涌出一群人来，手里拿着扁担锄头铁锹等农具，把我们团团围定。为首的指着熊先生说，谁叫你们砍的，知道你们砍的是什么树吗。熊先生答不上来，只是结结巴巴地说，我、我、我们炼铁，烧、烧、烧炭……那人说，知道你们炼铁，烧炭，你们把这一山树都砍了，叫我们烧什么呀。熊先生只好连声道歉，让我们放下树枝，跟着他撤腿跑回学校。事后，我们听说，那个小山包上种了许多梨树，我们毁了那片林子，也毁了村民的油盐罐子。

六年级的时候，学校拆了炼铁的小高炉，也不像五年级那样，天天放卫星了。听说熊先生那次提的意见，得到了上级的肯定，有一次公社开会，还请熊先生参加，在会上还得了表扬。可是，不久以后，又说熊先生的思想有问题。但事情过后，熊先生却和历史老师一起调到学校办的一个磷肥厂劳动。那时候，个个学校办工厂，说是工厂，实际上都是些因陋就简的手工作坊。所谓磷肥厂，也就是把从各处收来的猪牛骨头烧焦捶碎，筛成粉子，装成袋子，贴上标签，就是磷肥。乡下人吃肉不多，猪牛骨头有限，有学生说乡下深翻农田，有很多死人骨头从深埋的地下翻出来了，就要动手去捡。熊先生接受上次砍树的教训，不让我们去农田现场。历史老师也说，要敬畏先人，人骨要还土归葬。这事传到领导那里，又说熊先生和历史老师消极怠工，破坏生产，搞封建迷信，又把他们调去班级试验田劳动。

熊先生和历史老师调到班级试验田的时候，正赶上深耕密植。管试验田的老师要我们把秧田里的土一层一层地挖出来，挑到平地上堆起来，直到挖出了最下面的黄泥，再从最上面的一层到最下面的一层，反过来依次把堆在平地上的土一层一层地挑回田里，就像翻烧饼一样，把整个田土翻了一个个儿。说是这样可以保证最上面一层被庄稼吸过肥的土，翻到最下面去休养生息，最下面一层已蓄足养分的土，翻到最上面来滋养禾苗。熊先生说，土壤的养分也要空气和阳光的作用，最下面的黄泥是一层死土，不可能为禾苗提供营养，只会让禾苗板死。到插秧的时候，管田的老师要我们站在田埂上，用绳子纵横拉成一个个的小方格，然后在方格的四角各栽一蔸秧。说是这样可以让一亩田多栽一万多蔸秧，秋后要多收很多谷子。熊先生又说，秧栽得这样密，长成了株透不进阳光空气，怎么生长，我家祖祖辈辈种田，没见过这样种法的。不久，熊先生就被召回了学校，说是要开他的斗争会。斗争会没让学生参加，我们悄悄地趴在教室的窗户上偷看，熊先生低着头站在教室中间，一声不吭，他那弯腰驼背的样子，像又在做鞍马让我们练习跨越一样。

熊先生后来虽然还是带着"跃进"班的班主任，但"坐火箭""放卫星"的事，就再也没有交到我们班上。我们只好跟着熊先生去看守稻田。稻子生长成熟的季节，当地人喜欢在稻田里插上一些草人，防止鸟儿糟蹋粮食。我们也照样做了，但是却不管用。那时节，正碰上开展除"四害"打麻雀，镇上所有的麻雀窝都被人掏了，窝里的麻雀蛋也被人砸了，或煮着吃了，树林子里布下了天罗地网，屋檐下张着明枪暗箭，锣鼓声鞭炮声和各种响器的敲打声此起彼伏，震耳欲聋，受惊的麻雀无处遁逃，只要有个能落脚的地方，哪管它有真人还是草人守着。成群结队的麻雀慌不择路，纷纷跑到试验田来避难觅食。于是我们就整天敲着脸盆打着哦嗬围着试验田轰麻雀。轰了几天，我们渐渐发现，麻雀对稻穗上的谷粒并不太感兴趣，相反，却在我们轰赶的空隙，落到稻秆上，啄食稻叶上面的虫子。我们把这个发现告诉了熊先生，熊先生就让我们暂时停止轰赶麻雀，却躲在一边细细地观察麻雀的动静，观察了半日，发现果然有许多麻雀都在啄食稻叶上的虫子，并不太在意稻穗上的谷粒。熊先生感到十分奇怪，就下到田里去看，结果发现密密麻麻像毛刷子一样挤在一起的稻穗上，并没有多少饱满的谷粒，大都是一些空洞的瘪壳。再看稻叶上，爬满了一种暗绿色的小虫，有的还结成了片，像牛皮癣一样。放眼望去，满田的稻禾，已经枯萎焦黄，像垂死的病人，丝毫也看不出丰收的景象。熊先生刮了一些小虫用报纸包了，拿回学校让教自然的老师辨认。自然老师说，这是一种蚜虫，在晚稻生长成熟季节，危害最大。熊先生说，麻雀就吃这种害虫，自然老师却不答话。熊先生知道这话不能乱说，就带着我们回到了试验田。回去以后，熊先生让我们停止驱赶麻雀，自己却一头扎进稻田继续观察麻雀吃虫的情况。结果，试验田的麻雀越聚越多，最后差不多成了一座雀林。学校领导知道后，十分生气，又把熊先生从试验田调出来，让他到学校食堂跟着工友喂猪。直到后来上面发下文件，改变了麻雀的成分，由害鸟变成了益鸟，"四害"也由老鼠、麻雀、苍蝇、蚊子，变为老鼠、臭虫、苍蝇、蚊子，麻雀被臭虫取代了之后，熊先生的观点才被证实。这时候，我已经离开镇小，考上了县城的中学。

我到县城读书以后，就再也没有见到熊先生。听说他后来当了校长，成了特级教师。有一年，我从外地回乡探亲，跟少时的一个同学谈到镇小的老师，特意问起了班主任熊先生。同学告诉我说，熊先生早已退休。又说，他现在可是本县的一个名人。我立刻想起了他当年的事，就开玩笑说，现在又不搞深耕密植，难不成他又反对联产承包。同学说，那倒不，倒是他自己承包了一处荒山种树。我觉得好奇，就问，他承包荒山干吗，难道他没有退休工资，日子过不下去。同学就向我道了事情的原委。说是熊先生有个儿子在后山老家承包了一片荒山，栽种果树，熊先生见收益不错，就跟他儿子说，他退休后也想把学校后面的那片荒山承包下来，不种别的，专种梨树。儿子问他为什么要种梨树，说梨树结果慢，不如种枣，俗话说，桃三杏四梨五年，枣子当年能卖钱。熊先生说，我欠人一山梨，我得还给人家。就跟儿子讲了当年的故事，儿子果然帮他了却了这个心愿。熊先生把每年的收入所得，悉数交给山下的村子支配，只留肥料农药和人工费用，其余分文不取。山下的村民有许多人都在他那里打过工，一些健在的老人说起当年的旧事，常对来参观的人说，我们跟熊先生是不打不相识，熊先生这人厚道，不像有些人，做错了事死不认账。我那位少时的同学常去看望熊先生，对熊先生的事一本全知。

临街楼主曰：今人好言教育"大跃进"，其源盖出于二十世纪五十年代之教育"大跃进"。彼时之教育"大跃进"，不独于本文开首所言之跳级式发展，尚有以教育者和受教育者为社会之劳动生产力，以教育为社会运动之一部门。时有康生氏，任最高文教小组之副组长，曾言：学校是社会劳动大军的一个组成部分，要求学校最少要挂五块牌子：一曰学校，二曰工厂，三曰农场，四曰研究所，五曰农林局。如能挂十几块牌子则更好。故余高小期间，多数时间在参加劳动和各种运动。饱学如熊先生者，则移作他用，徒怀求真求实之心，而无施教之地；用之纠偏指缪，又屡受其挫，屡遭其辱。悲夫，余不知教之为教者何！

胡先生列传

　　三十年前，我写过一篇小说，叫《说聱声话的北方佬》，主人公的原型，是我上镇小时的一位地理老师。我在小说中说他是我的班主任，其实不是，班主任是熊先生。因为是小说，所以，虚构的成分居多，但其中也有些事，确实是真的。比如，下面这段描写，就是真的：

　　普及普通话的那个学期，正轮上他给我们教地理，讲到东北地区的资源和物产。这一节课，胡老师的眼睛眨巴得非常慢，像一架没有上油的老机器，格里格涩的，极不顺溜。到后来，干脆停在一个地方不停地抖动，"diāo——diáo——diǎo——diào"的，上不去也下不来，卡了壳了。原来他正讲到那句有名的俗谚，"东北有三宝：人参、貂皮、乌拉草"的"貂"字上，被"貂"字的四声卡住了，说什么也过不去。大家也跟着他着急，又觉得好笑，因为"貂"在我们那个县的方言俗语中有一个不太雅的字眼与它相对应。看着平时极文雅的老师在一个粗俗的字眼上结结巴巴，课堂上爆发出一阵大笑。

　　现在读这段文字，我还想发笑。但丝毫也没有对老师不敬的意思，只是觉得那时候的人十分可爱。放到现在，碰上不会念的字，依然有勇气按自己的读法念下去。没见前些年那些名牌大学校长当众读错字，眼睛都不带眨一下，要是他们都像胡先生这样认真就好。想到这一层，就觉得当年推广普通话的那些事儿，还值得说道，所以才决定换一个写法，把那些陈谷子烂芝麻再翻出来抖露抖露。

在推广普通话之前，我们那儿的人只会说土话，也就是方言。别种语言只听过邻县来打短工的人，或外地嫁到本县来的媳妇说的话，那也是土话。我们那地方一个县是一个县的口音，差别很大。有些县甚至不同的乡镇，口音也不相同。本县上乡话和下乡话，就不一样。上乡山里有一个界岭镇，界岭镇上有一条界岭街，街中心是本县和邻县的分界线，左边属本县，右边属邻县，两边的人世代友好相处，也互相通婚，却各说各的话。虽然相互都听得懂，但说了几百年也不相混。据说从前有个州官到镇上微服私访，问街左的一个老人，今年粮食收成如何，老人很客气地回答说，冇见得。州官不懂冇见得，随从赶紧上去解释说，他是说还过得去。又问街右的一个后生，今年粮食收成如何，后生没好气地说，冇见得。州官不等随从解释，就点点头说，好，好，过得去就好，过得去就好，就怕收成不好，收成不好要挨饿，就过不去了。过不了几时，街右的这个后生被人押送到了州衙，说他带人抢了县里的粮仓。州官问他为何抢粮，后生回答说，不抢就要饿死。州官说，我当时问你，你不是说今年的粮食收成冇见得吗。后生瞪大眼睛大声咆哮着说，我是说冇见得，你们这些狗官哪管百姓的死活。州官很是不解。跟他一起去私访的随从这时候在他耳边悄悄地说，老爷，他说冇见得，就是颗粒无收，冇见到粮食，跟街那边说的意思不同。州官只好摇摇头叹口气，让人把那个后生放了。县志上有童谣专记此事：界岭街，长又长，两边说话不一样，老爷不懂冇见得，错把无粮当有粮。

胡先生就是这界岭镇上的人。

胡先生当过兵，先是解放军，后是志愿军。还在朝鲜战场上受过伤，左手的手指断了四根。他在部队上待的时间长，接触的人多。部队上的人来自五湖四海，说的话很杂，听多了相互影响，久而久之，自己受了感染，说话也带点口音。偏偏我们那地方的人，对说话带口音的，非常反感，总觉得这种人不坦白。坦白在我们那儿的意思，不是坦白从宽的坦白，而是不分彼此，没有隔阂，能坦诚相见的意思。后来来了一些南下干部，说话都带口音。本乡人排外，把这些人都叫北方佬，说他们说的是聱声话。胡先生转业回到界岭镇上，也成了说聱声话的北方佬。

成了说聋声话的北方佬，胡先生就显得很不合群。本来是乡里乡亲的，在街上见了他都绕着走，不想跟他搭腔，连小时候一起屙尿调泥巴的童年伙伴，也有意躲着他。想办个什么事，就更不方便。当兵之前，家里就跟他张罗了一门亲，回来后女家就催着完婚。结婚打家具要木材，镇子后面有一片香樟林，砍樟树要经镇政府批准，胡先生的父亲就带他去找镇上的人。镇上管事的嫌胡先生说聋声话，故意装着听不懂。胡先生说樟树，他故意听成脏树，胡先生说木材，他故意听成么事。胡先生说，想砍几棵樟树，弄点木材打家具。他说，树就是树，什么脏树干净树，你都不晓得用么事打家具，我么样晓得。还是胡先生的父亲出面解围，用土话重说了一遍来意，才把事情办下来。结婚的那天晚上，进了洞房，掀了新娘的盖头后，新郎却傻傻地站在原地不动。新娘说，你也坐呀。新郎说，你戳（坐），你戳（坐），我沾（站）一哈（下）子。胡先生本不想在新娘子面前说聋声话，没想到说惯了，一下子改不过来，结果把好端端的一句客气话，说成了个四不像，新娘子当场笑得都要岔过气去。胡先生的爱人后来在镇小当校工，这些，都是她在课间当笑话讲给我们听的。讲完了还要撇撇嘴说，哼，叫他教普通话，普通话教他还差不多。

吃够了苦头的胡先生，还是坚持说他的聋声话。家人劝他改一改，他说，改不回去了，部队上的人都这样说。他爹说，部队是部队，地方是地方。他说，都是人说话，有什么两样。家人也拿他没办法。胡先生说，他当兵的时候，正碰上解放战争，部队频繁移动，首长见战士们说话南腔北调，五花八门，妨碍战斗命令的执行，也影响联系群众，很是头疼，就要大家在战斗间隙互相学习各地的方言土话，也向驻地的老乡学习语言，结果就练成了这种大家都能听得懂的聋声话。他说，现在的普通话，就是由部队的聋声话变来的。

这以后，说聋声话的胡先生名气越来越大，外面来找他的人，不用说出姓名，只要说找那个说聋声话的，或说找那个北方佬，就会有人指着他家的方向说，诺，诺就是。后来，上面把他安排到教育部门工作。调到镇小的时候，领导看他到过很多地方，见过很多世面，就安排他教地理课。又见他听得懂很多地方的话，还会说带口音的聋声话，前年推广普通话的时候，又让他当了学校领导小组的副组长，组长是校长，布告牌还挂在开水房的土墙上。胡先生没想到自己歪打正着，为乡亲们厌弃的聋声话，如今倒派上了用场。

胡先生当了副组长没两年，各行各业都开始了"大跃进"，样样事情都要放卫星，推广普通话也不例外。校长从教育局开完会回来，就召集全校师生讲话。

这天早操过后，工友通知全校师生，说校长有重要事情要讲。等大家集合拢来，校长站在开水房前的土台上，却半天一言不发。大家正感到奇怪，校长突然开口说，我才从县里开会回来，教育局领导说，我县推广普通话成效不大，这都两年啦，还有很多人不说普通话，尽说土话。我校也是这样。现在要乘"大跃进"的东风，向新洲和广州进军，争取放一个普通话的卫星。从今天起，人人都说普通话，不说普通话的，一律免开尊口。解散。

我在小说中写到这天解散后的情形，也是真的：

这天以后，我们那所乡镇小学发生了一些奇妙的变化。往日里叽叽喳喳的校园似乎变得安静些了。但你仔细听听，又觉得并没少太多的声音。爱打球的照样打得震天响，好闹的同学照样你追我赶，嘻嘻哈哈。只是只有物理的音响和没有内容的感叹词。要交谈就要求助于手势语，看上去就像两个哑巴在对话。老师们大都变得十分严肃，见面时只是匆匆地点点头便擦身而过。像我们班主任那样平时爱跟同学说说笑笑的老师也变得不苟言笑。

与往日不同，校长这天讲的是普通话，只是这普通话听起来怪怪的，比他平时讲的土话还不好懂。难怪他站在台上半天不出声，大约也是在想着下面的话用普通话该怎么讲。解散以后，大家虽然不敢公开用土话议论，心里却很纳闷。校长的话，大意我们都听懂了，只是这新洲广州是什么意思，为什么要向新洲和广州进军，却搞不明白。就趁胡先生来上地理课，偷偷地问胡先生。胡先生笑笑说，我猜领导的意思，是向深度和广度进军，新洲和广州是两个地名，这两个地方离我们都很远，那儿的人又没招惹我们，没事向那儿进军干什么。胡先生这样一说，我们才闹明白校长为什么要我们向新洲和广州进军。

说是从那天起，人人都要说普通话，但真要开口说，谈何容易。我们从来没听过普通话，更不知道普通话怎么说。那时候不像现在这样，到处都有说普通话的人，到处都听得到普通话，学习普通话也很方便。我们祖祖辈辈说惯了土话，张口就来，既熟悉，又轻松。有许多意思，还只有用土话说才说得出味，用别的话说，就说不出那个味道。比如说，大家都知道，很多地方的土话把红薯叫苕，苕就是傻瓜，我们那地方也是。但是，我们那地方说一个人是苕，并不一定是骂这个人像苕一样，是傻瓜蛋一个，多数时候是带点夸奖带点亲热的意思。所以，我们那地方的嫂子媳妇提起自己的丈夫，不是说我男人，而是说，我屋的那个苕。要是像现在这样用普通话说，我丈夫或我先生，谁受得了。

连说话都要句句话想着说，对我们这些从小就说惯了土话的人来说，不知有多别扭。最好的办法，就是校长说的，免开尊口，所以才出现了我在小说中写的，一时间校园里万马齐喑，顿失嚣嚣的景象。但是，不开口也不行哪，操要出吧，课要上吧，值日生要检查作业吧，班级活动要开展吧，放卫星的任务要完成吧，什么事都离不了开口说话。校长把免开尊口的话说出了口，临了也觉得麻头。既然不让说土话，大家一时间又说不了普通话，校长就想到了胡先生的那一口既不是土话又不是普通话的謦声话，不如让它来个过渡，先让大家说胡先生的謦声话，再慢慢过渡到普通话，这样，推广普通话的速度可能要快一些。既然部队上来自五湖四海的人都说这样的话，大概跟普通话也差不了多少。校长把这个想法跟老师们说了，老师们都表示赞成，胡先生还希望我们班带个头，他要在我们班种个试验田。

从这天起，胡先生从早上带操，到晚上自习，除了到别班上课，都跟我们滚在一起。班主任熊先生也很配合，也跟我们一起学说謦声话。我们班本来在上课时就听惯了胡先生的謦声话，也爱学胡先生说话，这下学习的机会就更多了，所以，我们班学说胡先生的謦声话，就别班进步得快。渐渐地，我们发现胡先生的謦声话有两个特点，一个是卷舌头的时候多，另一个是说话很用劲。胡先生说，卷舌头是因为部队上北方的兵多，北方人说话喜欢卷舌头。用劲是因为部队上说话要干净利落，不能拖泥带水，用劲说，就能把那些稀稀拉拉的土腔土调都去掉。所以，我们班同学最后都能像胡先生那样，说一口部队上的聱声话。连熊先生也说，我都快成一个当兵的了。

胡先生的聱声话其实用不着刻意去学，也用不着胡先生刻意去教。我们班同学这样说，别班同学也跟着这样说就是。胡先生教两个年级的地理，大家已听惯了他的聱声话，所以学起来很快，不久就在师生中间普及了。沉默了很久的校园，又开始热闹起来。校长见普通话没普及之前先普及了胡先生的聱声话，觉得这是向普通话跃进了一大步，就向公社教育组做了汇报。原本想这不算放卫星，总能坐一次火箭，没曾想公社教育组报到县里以后，县教育局的领导很快就发下话来，说，这是胡搞，弄夹生了，学普通话更难，还放狗屁的卫星。校长只好把普及聱声话的活动叫停。

叫停了以后，胡先生就被派到县上受训。那时节，汉语拼音方案刚刚公布下来，要求以后学习普通话都要用汉语拼音。县里办了一个速成的培训班，要选拔一些有基础的人去培训，一周之内，就要学会汉语拼音。校长觉得胡先生合乎条件，就派他去受训，回来后好教大家学拼音。校长在早操时说，这回一定要学正宗的普通话，不能再搞过渡阶段。

一周后，胡先生从县上回来了。几天不见，胡先生变得又黑又瘦，眼睛布满血丝，满嘴都是燎疱，我们问他是不是病了，他说，不是，是急的。校长说，就这几天工夫要学会拼音，那还不着急上火，满嘴燎疱。校长让胡先生休息几天，就开始教我们学拼音。

我们以前读的民办小学没学过老式的注音符号，对一个字分两口气读，很不习惯。好不容易把声母韵母扯到了一起，还要读出阴（平）阳（平）上去的声调，就更难了。就像把两个爱分男女界线的男生女生硬扯到一起，还要他们同声合唱一样。把平声读出阴阳，已够我们的舌头爬坡的了，还要由高到低又由低到高地读出上声，就是拿舌头逼着声带荡秋千，所以，我们最怕读的是第三声。胡先生教我们的办法是，发声时把脑袋从左到右划一个三角尖，还当场给我们做了一个示范。这办法有效是有效，但划的次数多了，脑袋发晕，不扶住课桌，连站都站不稳。我们最喜欢读的是第四声，大吼一声就出来了。我上高中的时候，同学笑我把所有的字都读成去声，就是这时候留下的毛病。

好不容易学会了单字的拼音，但轮到要用拼音拼说一句话，读一段课文，又出现了问题。那时候还没有拼音字母注音课本，也没有用拼音字母注音的字典词典，一句话用普通话怎么说，一段课文用普通话怎么读，全赖老师的普通话水平。胡先生本不会说普通话，学会了拼音，也不知道普通话怎么说。所以，他上课的时候，就成了拼一套说一套的两面派。有些难读的字，他有时也用他在培训班上学到的读音，给我们拼读，但连成一句话说出来，却不像普通话。那天在课堂上让我们忍不住发笑的，diāo—diáo—diǎo—diào，拼完了以后，说出来的"东北有三宝，人参貂皮乌拉草"，还是他的謷声话。我们虽然都跟着胡先生学成了两面派，但心里面却感到十分奇怪，就把这事跟班主任熊先生说了。熊先生也觉得不可思议，说，不是会拼音吗，怎么说出来的就不是普通话了呢，就带我们一起去跟胡先生当场验证。胡先生在黑板上写了一行字：把挂图拿下来，又把挂图两个字的声母韵母注在下面，然后点名让我拼出来，我赶忙 guā，guá，guǎ，guà，tū，tú，tǔ，tù 地拼了一通。拼完了以后，就望着胡先生不作声。胡先生笑笑说，你望我干什么，说呀，我只好结结巴巴地说，把一瓜头（挂图）一拿哈（下）来，同学们顿时哄堂大笑。

就这样，我们一边学着拼音，一边说着謷声话，倒也自在。只是好景不长，不久上面来检查普通话推广情况，校长又挨了批评，只是再想纠正，已没有气力。小学毕业那个学期，正闹饥荒，大家每天都在想着怎么解决嘴巴吃进去的问题，至于嘴巴上说出来的是什么话，就管不了那么多了。不久，就连说謷声话都觉得费劲，还是说祖祖辈辈说惯了的土话省力气，于是，各自的土话又宣告复辟。虽然胡先生还坚持说他的謷声话，但到这时候，已没有信徒和追随者了。校长见他常常一个人自言自语，就说，算了，老胡，你也说土话吧。胡先生笑笑说，不，我还是说我的謷声话，我就拿它当普通话说，这就是我的普通话。校长也对他无可奈何。

我初中读的是本县县城的中学，虽然同学来自不同的村社和乡镇，但因为都是同一个县的人，说的话大致都听得懂，不存在交流的障碍，所以，也就乐得各说各的，痛痛快快地过了三年家乡土话的瘾。升上高中以后，换了一个离家很远的中学，同学来自地区的各个县，就像在部队当兵一样，说话的口音很杂。学校也没有要求我们说普通话，同学之间的口音互相感染，结果也像胡先生从部队上回来一样，说上了聱声话。只是，这个聱声话，已不是胡先生的聱声话，而是重新杂糅了种种，合成一个的聱声话。我后来在高中所在的城市又待了很多年，在我离开那儿的时候，我已经不知道自己说的是家乡的土话，还是那个城市的聱声话。到这时候，我才明白，胡先生从部队上回来说聱声话，实在不是他有意变得不坦白，而是自然而然地就会这样。

可惜，胡先生后来退休了，再也没机会学说他的聱声话了。后来，有同学告诉我胡先生退休后的情况，我也把它写进了小说，现照抄如下：

"说聱声话的北方佬"最后因病退职休养。回到山里老家，他仍然坚持说他的聱声"普通话"。这几年，临到老了，他却意外地被人看重了。因为实行责任制以后，进山出山跑生意的人多了，说的话就难免杂。人们这才发现，他的这口"聱声话"正好派上用场。常常是进山来收货的外地贩子由他带着挨门挨户地收购山货，从山外跑生意回来的村里人也爱聚到他的屋里谈说外面的新鲜事。大家说话都有点聱声聱气的，但谁也不感到别扭，反而觉得只有这种话才能尽情地表达自己的意思，才说明自己到底是到外面去见过世面的，有那么股味儿，有那么个派头。久而久之，村里也就自然而然地形成了一个以他为核心的能说"聱声话"的特殊家族。大家都羡慕他们。不管听得懂听不懂，大家都愿意听他们说"聱声话"，愿意听他们用"聱声话"说些山外的新鲜事，或者用"聱声话"同山外来的贩子讨价还价。所以我的这位说"聱声话"的老师的晚年并不寂寞。我去看他的时候，他还向我打听世界上是不是真的通行英语，还说我的普通话有很大进步。其实我是在上大学之后，因为一次演讲比赛说方言扣了分才发愤学习普通话的，并不是从1958年那次普及普通话运动开始。想起这一点，我就觉得对不起我的这位坚持说他的聱声"普通话"的启蒙老师。

临街楼主曰：普通话一词始见于清末。有学者说，普通话古称雅言或通语，多行于官场，或用于讲学，亦称官话。清末民初，创为国语之说，又审定国音，几经废立，复衍为今之普通话，取其普遍共通义也。其名既立，然推广甚难，盖因母舌变之不易故也。胡先生生当斯世，竭尽所能，终不脱母舌之困，难免聱声之讥，可为一证。然则蓝青近色，泾浜同流，岂有不杂糅相浸乎，故有蓝青官话、洋泾浜英语之说，乡民之谓聱声话者，其是之谓也。此皆为普遍流通之语，即俗所谓普"懂"话是也。明清以降，及于现代，皆通行于官商士子之间，华洋杂处之地，可见胡先生道之不孤。

白先生列传

白先生到镇小来当老师，第一个不习惯的事，就是我们叫她先生。白先生教音乐，头一次给我们上课，值日生喊了一声，起立，我们齐刷刷地站起来，然后一勾脑袋，一含胸，又齐刷刷地喊一声，先生好。往常，先生会漫不经心地回答一声，同学们好，就开始上课。谁知白先生不说同学们好，却莫名其妙地哈哈大笑起来。等自己笑够了，才带着余喘说，先生好，先生好，都什么年月了，还叫先生。又突然收住笑容，说，以后不准叫先生，要叫老师，再叫先生我不答应，今天不算。然后才正经八百地说了一句，同学们好，就开始上课。

白先生的声音真好听，我们从来没听过这么好听的声音，她就是没教我们唱歌，刚才说话，笑，也像在唱歌。我们从没见过长得这么白的女的，白得就像刚从湖荡里抽出来的藕带。我们也从没见过女的长这么长的辫子，长得就像两根柳条在背后摇摆。辫子头上还有两个红绳结，刚好落在脚跟上，走起路来，一跳一跳的，就像踢毽子。下课以后，我们都喜欢跟在白先生后面，看她走路。她走到哪里，我们跟到哪里，直到把她送回体音教研组的办公室。

白先生喜欢穿裙子，乡下孩子没见过裙子，还以为是把前后两片围裙缝在一起，很是稀奇。后来发现，白先生穿的裙子，不光是前后两片连在一起，连上身的衣服也连在一起，就像我们那时候穿的长褂，只不过腋胁窝下没有密密麻麻的扣子，只在领上开了个三角口子，腰上系了根宽布带子。后来我才知道，那是一种连衣裙，在老大哥苏联国，叫布拉吉。我们那时跟老大哥好，城里的女的都穿布拉吉。

穿布拉吉的白先生在我们那儿很扎眼，因为我们那儿是乡下，不是城里。乡下人看不惯异样的穿着，女的穿得异样就更遭人鄙弃。我们村有个姑娘嫁了一个外县人，她男人跟她买了一件红毛衣，穿在身上毛茸茸的，像只红毛猴。走到哪里，都有人在背后指指戳戳地直撇嘴。有人还编了口诀让半大孩子追着唱：不是嫁个外县佬，哪里来的绳头袄。我们那地方把毛线衣叫绳头袄。那时候，绳头袄在我们那儿是个稀罕物，不是谁都买得起。

白先生穿布拉吉扎眼是扎眼，却没人戳指头撇嘴，也没人教唆顽童在背后起哄。原因没有别的，就因为她是教书先生。我们那地方的人很敬重教书先生，说那是供在神牌上的，神牌也就是祖宗牌位。虽然那时节供在神牌上的诸神，已由天地君亲师，改为天地国亲师，但先生的座次却岿然不动。传说本县解放那年，进城的解放军首长骑在一匹高头大马上，正昂头在街上走着，接受群众的欢呼，突然瞥见人群中有个拄着拐杖的白发老者，是当年教过自己的先生。首长当即翻身下马，走到老者跟前，纳头便拜，又毕恭毕敬地把老者扶到马上，自己牵着缰绳，陪老者走到县府。在当天的庆祝大会上，首长把老者安排到主席台头排正中坐下，然后对着老者深深地鞠了一躬，便转过身来对全县民众说，这位正中坐着的老人，是我的先生，先生是供在神牌上的人，共产党不信天神，但先生不能不信，先生是地上的神人，全县父老乡亲都要好好敬重先生。说完，又对老者深深地鞠了一躬，这才开始正式的庆祝讲话。扩音器把首长的话送到会场的各个角落，开会的人都听明白了，原来共产党来了，别的人都称同志，先生还叫先生。这位解放军首长后来成了本县第一任县委书记，不久又当了地区的领导，每次回来检查工作，必抽空看望先生，必问先生如何，十余年不改称呼。既然上面的领导都这样叫，县人也不想改口，就顺着先人后辈的习惯这么叫下去。我离开家乡到外地求学，很久还不习惯把先生叫老师。

有一次，我们把这个听来的故事跟白先生讲了，白先生用上牙咬住下嘴唇，沉思了片刻，说，好吧，那就叫先生吧。

叫了先生的白先生跟镇小别的先生还是不一样。除了穿着打扮，就是言谈举止。别的先生都不爱说笑，白先生却说笑不断。白先生走到哪里，她的好听的说笑声就响到哪里，有时为了一点小事，也咯咯咯咯咯地笑个不停，其他先生都说她喝了醉（笑）米汤。别的先生不爱唱歌，白先生是走到哪里，就唱到哪里。有个先生给她起了个外号叫百灵鸟。我们从没见过百灵鸟，但书上说百灵鸟唱歌最好听。给白先生起外号的先生是我们少先队的辅导员，别的先生在背后都说他喜欢白先生。白先生不光爱唱歌，还爱跳舞。人家跳舞蹦蹦跳跳，她跳舞在原地转圈，有时转得我们看的人头都发晕，她还像陀螺一样转个不停。有时候把裙子的下摆转成了一个大斗笠，一双好看的小腿露出来，像白玉的伞把支着一把花雨伞。有一个夜晚，也就是熊先生在高炉值夜班的那一次，这边的高炉正在出铁，通红的炉火映照着蓝色的夜空，像拉上了一层幕布。大家正在尽情地欢呼，一阵乌拉过后，突然听见有人唱歌。回头一看，只见一层红色的幕布后面，有一个白色的影子，在边唱边舞。不用说，一定是白先生。白先生那天晚上的歌唱得特别好听，那天晚上的舞也跳得格外迷人，我们就像看县里的文工团到镇上来演出，只敢远看，不敢靠近，直到有人喊，快快快，快去报喜，大家才回过神来，抬起铁饼去公社报喜。临出门时还有人回头张望，见白先生依旧唱得起劲，跳得起劲。事后，有人说，白先生那天晚上一直唱到天亮，跳到天亮。从公社回来后，我们都睡了觉，也不知是假是真。

镇小还有个爱唱歌的先生，就是把白先生叫百灵鸟的少先队辅导员。辅导员姓刘，像白先生一样，也是从外面调来的先生。镇小其他的先生都是本地人，有的住在镇上，有的住在附近的村子，放学以后，都各回各家，只有白先生和刘先生住在学校里面。镇小没有专门的教工宿舍，两位先生的住处都很随便。白先生住在体音教研组旁边，守着一架风琴。刘先生住在开水房附近，跟开水房的大铁锅做伴。学校没有什么财产，两位先生同时也做了这两件贵重物品的保管。每天早晨，白先生那边的风琴响，不等工友上班，刘先生这边就捅开了炉子，往里面填进几个枯树蔸子，撒几锹谷壳，好让师生一到学校就有水喝。镇小附近的居民摸到了这个规律，有那要用开水热水的，听到白先生的风琴一响，就打发家里的孩子提一个水壶，说，去，去到刘先生那儿打壶水来。所以，刘先生和白先生在镇上的人缘关系都好。有时候，镇小附近的居民也看见刘先生和白先生一起在港边散步。镇小边上有一条长港，港里面的水清澈见底，长流不断，是镇上的居民淘米净菜浆衣洗裳的去处。夏天的傍晚，白先生和刘先生在港边的小路上走着，一个在前，一个在后，头上是垂柳的细丝，身边是茂密的荷叶，有时候停下来摘一朵荷花，有时候低下头去瞅一阵水草丛中的小鱼，也有时候折根芦苇秆子互相追打，刘先生不爱说话，白先生的笑声却洒满一路。我有个姑姑住在镇上，她逢人便说，真是天生的一对，地配的一双。

白先生和刘先生谈恋爱，很快就传遍了全镇，学校的师生也都知晓。那时节，自由恋爱已深入人心，镇上的男女青年都想试试，却不知道谈恋爱怎么个谈法，既然白先生和刘先生做了榜样，到港边散步的人也就多了起来。春暖花开的季节，有时候竟络绎不绝，像赶庙会一样。虽然大家见面还有点不好意思，但走着走着也就习惯了这种谈恋爱的方法。镇上的老人觉得，像这样光明正大地在外面走着谈，总比躲在墙角草堆偷鸡摸狗强，也打心眼里感谢白先生和刘先生做的榜样。这样的日子没过多久，渐渐地，人们发现，在散步的人群中，竟少了白先生和刘先生的身影。就向在镇小上学的孩子打听，回答说，都在呀。又问，是不是病了，回答说，没有哇，今天还听见白先生唱歌，看见刘先生给新入队的同学系红领巾呢。那是怎么回事呢，未必两个人吵架了，闹翻了。想想，也是情理之中的事情，谈恋爱嘛，总有反复，要是一次成功，就用不着谈了。有那爱耍小聪明的，就把一个谈字折成两半，说，谈恋爱，谈恋爱，就是要说得嘴巴上火发炎，生疮起疱，那才叫谈。人是一个健忘的生物，就这么在说说笑笑中，镇上的人不久便把白先生和刘先生这两个开创小镇恋爱历史的年轻人，忘得干干净净。

让镇上的人再次关注白先生和刘先生的爱情，是每天深夜从镇小传出的歌声。那时节，正在放映一部名叫《五朵金花》的电影，镇小也组织师生看过了。那部电影的意思，我们没有看懂，但电影中男的女的一人一句地唱歌，我们看着十分新奇，也觉得好玩，就在音乐课上要白先生讲讲。到这时候，我们才知道，白先生就是电影里说的那个叫作白族的少数民族的人。她说，白族的男女青年谈恋爱要对歌，你们说的，男的女的一人一句地唱歌就是对歌，对上了，就成了相好，就可以结婚。还在课堂上，把这部电影的插曲《蝴蝶泉边》一个人又扮女又扮男地唱了一遍。歌词很长，我现在记不住，只记得开头的几句：大理三月好风光哎，蝴蝶泉边好梳妆，蝴蝶飞来采花蜜哟，阿妹梳头为哪桩？这是女的唱的。蝴蝶泉水清又清，丢个石头试水深，有心摘花怕有刺，徘徊心不定啊伊哟。这是男的唱的，后面就不记得了。那时候，白先生在课堂上教我们唱的，大多是些"大跃进"歌曲，里面也有男女对唱的，但没有《蝴蝶泉边》这么好听。有一首歌的歌名我现在记不得了，对唱的歌词还记得几句，一句是女的唱的，鼓起革命劲头，接着一句是男的唱的，开动我们脑筋，又一句是女的唱的，排山倒海干一场啊，接着又是男的唱的，乘风破浪"大跃进"，最后还要男女合唱一句，乘风破浪"大跃进"哪，"大跃进"。

听说白先生是白族人，下课后，我们就缠着白先生问。我们不知道什么是少数民族，也不知道白族是怎么回事。同学们你一句我一句，问的都是一些鸡毛蒜皮的问题，白先生却不嫌我们幼稚，一个一个地耐心回答，有时候还开个玩笑，逗得我们嘻嘻哈哈地笑个不停。我说，你们白族都姓白吗，都穿白衣服吗。白先生伸出满是粉笔灰的手来，在我的鼻子上刮了一下，反问我说，白族都姓白，都穿白衣服，那汉族该姓什么，该穿什么颜色的衣服呢。同学们哄的一声笑起来了，我顿时感到鼻子尖上火辣辣的，不知道是羞的，还是白先生刮的。白先生说，我其实不姓白，姓李，李在我们白族是个大姓，很多人都姓李。我爸爸参加革命后，大家都以为他是汉族人，前年定了族名，知道他是白族，就不叫他老李，都喜欢叫他老白，他索性就改成了姓白，我这个白就是这样来的。我们白族倒是有很多人喜欢穿白颜色的衣服，但不像我这样，是净白的，还有很多装饰，头上身上都有，花花绿绿的，很好看。听白先生这样一说，我们就更加喜欢白先生，更觉得白先生了不起，上课再见到白先生，就觉得白先生不是凡人。

不是凡人的白先生，也有凡人的烦恼。我有个同学住在镇小附近，说那些时常常听到白先生和刘先生半夜唱歌。起先，还以为是闲来无事唱歌解闷，后来发现他们唱的就是《五朵金花》中的对歌《蝴蝶泉边》。你一句我一句的，隔着学校的操场，在夜空中回荡。我这同学的妈妈演过采茶戏，听得出其中的悲情，就对我这同学的爸爸说，好生得一个男女调情的歌，怎么就让他俩唱得这样伤心呢，白先生跟刘先生一定遇到了什么事。第二天上学，我这同学就把捡到的这一耳朵拿到学校来倒了，班主任熊先生立马把我这同学叫到语文教研组，说，小孩子家，懂个么事，以后不准乱说，我这同学就再也不敢说了。

过了一些日子，我们发现白先生果然有事。白先生的身材好，在镇上是出了名的。我姑姑总嫌我表妹长得胖，她一吃零食，姑姑就说，还吃，还吃，就是这张嘴把你吃成这样。你看人家白先生，要条子有条子，要腰子（肢）有腰子（肢），走起路来像风吹杨柳一样，要多好看有多好看。我们那时候小，不懂得身材苗条好看，只知道白先生长得太瘦，还以为是灾荒年她没有吃饱。后来有一天，我们突然发现，白先生像我表妹一样，也变胖了。只是她不像我表妹那样，胖得上下一笼统。白先生的胖，只胖在腰上。腰胖起来了，上下两头尖，上课时看上去，就像一个纺锤立在讲台上。我们都以为白先生病了，又不敢问是什么病，大家都感到很伤心。

白先生的腰一天天粗了，肚子也跟着一天天大了，后来连挥手打拍子都很吃力。我们也渐渐知道，白先生不是病了，是怀孕了。白先生怀孕的消息，像风一样传遍了全镇，又像风一样吹乱了港边的柳树。成双结对到港边来散步的男女青年，渐渐少了，最后只剩下觅食的鸡鸭鹅。镇上的老人说，想不到光明正大地在外面走着谈，也会谈出事情，也会谈大肚子，真是人心难测，人事难料哇。

又过了一些日子，有一天上午，上完第二节课，值日生正领着我们做课间操，忽然从外面进来两个公安。公安看都不看我们一眼，就在校长带领下进了少先队队部。一会儿，就见刘先生跟着两个公安从队部走出来，走到校门口就被公安带走了。我正想踮脚张望，站在队伍外边看我们做操的熊先生向我横了一眼，说，做你的操，看什么看。

我从来没见过这样的场面，心里很害怕。星期日姑姑叫我到她家吃饭，就把这事跟姑家的人说了。我以为姑姑会很吃惊，谁知姑姑已经知道这事，还说，刘先生犯的是流氓罪，听说他父亲是国民党军官，一解放就遭镇压了。白先生的父亲是个大干部，不准白先生和反革命子弟谈恋爱。我想问会把白先生怎么样，又怕姑姑说出难听的话来，就没有再问。

出了这事以后，我就再也没有当面看白先生一眼，直到白先生离开我们。白先生离开我们，是带走刘先生的一个月后。那时候，白先生已把孩子生下来了。生了孩子的白先生，身材又变得像以前一样好看了。只是脸上一点血色也没有，像抹了一层白粉一样，再配上一身白裙子，乍一看上去，就像庙会上的白无常。镇小的老师都有意躲着她，我们也不敢跟她多说话，想说也不知道说什么好。看见白先生这样，我们班的同学都很心痛，有几个女同学还在教室里哭过几回。

白先生离开我们，是那年的中秋。那天晚上，月亮很圆，住在镇小旁边的我的那个同学，一家人正围着桌子坐着，一边看月亮，一边吃月饼。突然，从镇小那边的围墙内，传来白先生的歌声。自从刘先生被带走以后，好久没听见白先生半夜唱歌，突然听到，我那同学一家都感到吃惊。白先生唱的，还是她和刘先生对歌的《蝴蝶泉边》，只是没有了刘先生，不能你一句我一句地对唱，只有白先生一个人从头唱到尾了。我那同学跟我一样，不会唱歌，音乐课总不及格。但那天晚上，白先生唱的《蝴蝶泉边》，最后两段男女对唱的歌词，到老了，他还记得清清楚楚。男的唱，祖传三代是铁匠，炼得好钢锈不生，哥心似钢最坚贞，妹莫错看人。送把钢刀佩妹身，钢刀便是好见证，苍山雪化洱海干，难折好钢刃。女的唱，橄榄好吃回味甜，打开青苔喝山泉，山盟海誓先莫讲，相会待明年。明年花开蝴蝶飞，阿哥有心再来会，苍山脚下找金花，金花是阿妹，苍山脚下找金花，金花是阿妹。我那同学说，那夜月朗风清，不知道为什么，听到后来，一家人都感到瘆得慌。夜半时分，歌停了，镇小围墙那边，没有一点动静。我那同学的妈妈就对他爸爸说，不好了，要出事了，你过去看看。我那同学的爸爸说，别疑神疑鬼的，能有什么事呢，过中秋了，白先生和刘先生不能团圆，想起来伤心，就唱几句呗，明早我再过去，保险白先生还好好的。

　　第二天早上，白先生果然还是好好的。只是我那同学的爸爸看见白先生，不是在镇小里面，而是在港边的小路上。白先生平静地躺在路边的草地上，像睡着了一样。有人清早起来挑水，发现她半浮半沉地趴在水草中间，就把她拖上来了。白先生那天穿着一身白色的布拉吉，胸前沾着几根绿色的水草，还有几片荷叶和莲花，像绣在上面的一样。我那同学去看的时候，白先生旁边已围满了人。我那同学的妈妈哭得像泪人儿一样，一边哭一边埋怨他爸爸。几个年纪大的妇女也围着哭，旁边的人都在不停地吸鼻子叹气。镇上有个老人挤进去看了一眼，就摇摇头往外走，一边走一边对众人说，唉，一清早就碰上这样的事，不吉利，不吉利呀。我说迟早要出事的，这港边上古时候就有这样的事，这都是前朝的冤鬼找替身，来讨债的呀。我那同学事后到班上把这事都倒给我们听了，听说冤鬼找白先生做替身，我们都很害怕，都拿眼睛望着熊先生。熊先生说，别怕，别怕，那老人家把故事讲岔了，那是一个佛祖出世的传说，都千八百年了，哪有什么冤鬼来找替身。熊先生看我们仍然将信将疑地看着他，就说，好吧，我就跟你们讲讲这个佛祖出世的传说，省得你们老是心里害怕。

　　说是唐朝年间，就在这港边住着一户人家。这户人家有个姑娘，长得很漂亮，也很能干，只是到了出嫁的年龄，还没有找到合适的人家。有一天，这姑娘清早起来，抱着一堆衣服在港边搓洗，洗累了，迎着初升的太阳，伸了一个懒腰，吸了一口新鲜空气。就在这时候，有一道金光伴着一阵清凉气息，钻进了姑娘的口里，又从姑娘的口里滑进了姑娘的肚子里。这姑娘当时没有在意，还以为是吸了早晨带露的雾气。不久以后，姑娘的家人发现姑娘的肚子渐渐大了起来，叫来接生婆一摸，才知道姑娘已经怀孕。无论家人怎么逼问，姑娘都说不出缘由，只好留她在家中生产。十个月后，姑娘产下一个肉球，家人以为是不祥之物，就背着她抛到港中喂鱼。姑娘见自己身上掉下来的肉，被家人抛弃，就去寻找，不幸失足落水，淹死在水草丛里。等到家人来打捞姑娘的尸体，却发现姑娘的尸体已随水漂流，不知去向。那个肉球却逆水而上，被一个得道高僧拾得，带回山里，从中剖出一个男孩，后来便成了大家都知道的佛祖。

临街楼主曰：自由恋爱之理念输入吾国，由来已久，五四以后，竟成一时狂潮，流于民间，遂有谈恋爱之说。然则爱意易生，"谈"何容易。至上世纪五十年代，敝乡尚不知何为恋爱，谈之何从措手。及至白刘二先生倡为散步，亦步履维艰，尚不免风化之轭，出身门第之限。白先生陨灭，其死于出身门第乎，刘先生负罪，其罪在伤及风化乎，皆一时偏执之念也。此吾少时所历极惨怖之事。忽忆屈子《离骚》之诗，制芰荷以为衣兮，集芙蓉以为裳。不吾知其亦已兮，苟余情其信芳。高余冠之岌岌兮，长余佩之陆离。芳与泽其杂糅兮，唯昭质其犹未亏。以此告慰白先生在天之灵。

梅先生列传

梅先生那几年在镇小的坏名声，是吃了嘴巴的亏。

这世上吃嘴巴亏的人，不外乎以下两种，一种是乱说，一种是瞎吃。镇小的先生中，当右派的历史老师是前一种，梅先生是后一种。但梅先生的瞎吃，又不是像现如今有些人那样胡吃海喝，而是饿得实在没有办法，老想着吃，被人家瞧不起，再加上有时候也吃了不该吃的，喝了不该喝的，所以落下了坏名声。

我刚上镇小的时候，还有得吃的。那年粮食大丰收，满田满畈的稻子都懒得收割，只拣近处的，胡乱收回一些了事，其他的都让它烂在田里。旱地里种的红苕，也不想细挖，套个犁跑一遍，把大个的捡回来，剩下的就丢在地里，任土獾田鼠喜鹊老鸹糟蹋。

粮食多了，吃起来也就邪乎。我去外婆家走了八里地，中间被敲锣打鼓地硬拽到沿路的食堂里吃了五顿。到了外婆家，外婆问我想吃点什么。我说，不吃，不吃，再吃肚子就要爆了。谁知转眼就不行了，别说白花花的大米饭，就是黑乎乎的红苕藤子也没得吃的。有那饿急了的，就吃观音土，油树皮，吃进去容易，拉出来可就难了，也有就这样憋死了的。

镇小的学生大多是农村户口，没有商品粮供应。学校为了让我们省点上学放学来回跑的力气，就要我们搬到学校来住。学校腾出一间大房来做了我们的宿舍。我和同村的几个孩子把我家的一架大竹床搬到学校，就这样滚在一起做了住读生。

住是住下来了，吃的东西还得自己带。那时节，各家各户都着急吃的，哪有余粮带到学校。家长怕孩子饿着了，就想方设法弄点能吃的东西，好歹填填肚子。我们那里有一种老芥菜，剁碎了和在糠里可以做粑。米粉做的菜粑是吃新鲜，糠粉做的菜粑是度命。田畈的野菜都挖尽了以后，各家各户就把这一点救命的芥菜拿出来，和上细糠，做成糠粑，让孩子带到学校，吃一个，当一顿中饭。早饭就免了，晚饭要省下菜粑，就只能用一勺糠粉，调一搪瓷缸水，放到开水房的大锅底下，煮得咕咚咕咚的，然后用根木拐钩住缸把取出来，摊凉了，再仰起脖子，咕咚咕咚地喝下去。

镇小烧开水不用劈柴，劈柴贵，买不起，后山的树兜子便宜，又熬火，再从镇上的供销社批一些谷壳，搭配着烧。树兜子在炉膛正中，腾起蓬蓬的火焰，谷壳在火焰周围，铺开一片红毯。一个一个碗口粗的搪瓷缸子，密密麻麻地沿着炉膛的内壁摆成一圈，就像一群人蹲在火堆边上烤火一样。

烧开水的工友常常看我们喝糠糊。我们在炉门面前站成一排，一人手里捧着一个搪瓷缸，仰起脖子喝得咕咚咕咚滋溜滋溜响，喝完了，还要把缸子内外细心地舔一遍，才心满意足地走出开水房。有时候也引来打开水的先生驻足观看，看完后笑一笑，叮嘱我们别烫着了，就提着开水瓶走了。

梅先生也看过我们喝糠糊。有一次，还带了一个画夹来，说要把我们一个一个地画下来。梅先生是教图画的，像教地理的胡先生，教音乐的白先生一样，镇小也只有一个教图画的先生，所以，同学们都跟他很熟。看见梅先生在画我们，大家都很高兴。有的同学故意做出各种怪相，有的同学把缸子顶到头上，有的同学干脆用缸子捂住脸，不让梅先生画，弄得梅先生不停地敲着画板，一边笑着说，请你们严肃点好不好，一边挪动身子，一瘸一拐地寻找合适的角度。

画完了画，梅先生满头大汗，眼睛直勾勾地盯着我们手里的杯子，问我们，看你们喝得有滋有味的，好喝吗。有那还没喝完的同学，就把缸子递给梅先生说，梅先生，你尝尝。梅先生真的接过搪瓷缸，一仰头就把缸子里剩下的糠糊喝进去了，还咂巴着嘴说，真香。以后，梅先生来画我们的时候，我们都让他尝我们的糠糊。他在一个缸子里喝一小口，不多喝，也不落下。我们都很愿意梅先生尝我们的糠糊，觉得他画我们画得很辛苦。但后来烧开水的工友把这事告诉了校长，就再也没有看见梅先生来开水房了。梅先生不来开水房，他起先答应给我们每人画一张喝糠糊的画，也就泡汤了。

梅先生的脚有点跛，班主任熊先生说，是他小时候得病留下的残疾。有残疾的梅先生很自卑，见人说话总是点头哈腰的，一边眨着眼睛，一边不停地倒着双腿。就是对我们这些上他的图画课的学生，遇到我们不听话的时候，他也只是说，请你们严肃点好不好，此外，没有别的重话。有些调皮的学生就学着他教训别的学生，请你们严肃点好不好。有一次被梅先生听到了，他也只是笑一笑了事。

梅先生也不是什么事都自卑。有一次，镇上的食品站到镇小来找一个会写美术字的，说是要在食品站的门楼子两边写两条标语。校长想让少先队辅导员刘先生去，梅先生知道后，自告奋勇地说，我去。校长说，你行吗，食品站的门楼子很高喂，怕是要搭梯子才上得去。梅先生说，不怕，我爬得上去。班主任熊先生好像看出了梅先生的心思，就帮着梅先生对校长说，梅先生想去就让他去吧，写美术字和画画一回事，他干得了，我派个学生去帮他扶梯子就是。校长就对梅先生说，那好吧，那你就去吧，要注意安全，别从梯子上掉下来了啊。熊先生派我跟梅先生去，又叮嘱了几句，就让我们跟着食品站的人走了。

食品站的门楼子果然很高。据说，从前是一个财主家的大门楼子，后来拆掉了上面的垛子，就成了一个光秃秃的门字。食品站的人找来了一架长竹梯子，我扶着梯子让梅先生往上爬，梯子晃晃悠悠的，发出叽嘎叽嘎的响声，我的牙齿也咬得叽嘎叽嘎响，生怕梅先生从上面掉下来。梅先生仄着身子，左胳膊上挂着一个颜料桶，背上插着一支大排笔，腾出右手来攀着梯子，一步一步往上爬。爬到顶了，再抽出背上的排笔，用那只跛脚钩住竹梯的边子，另一只脚金鸡独立，站在竹梯的横档上，从梯子的空档里探进半个身子，在粉墙上一笔一笔地写着，像画儿上的狗熊趴在树上啃树皮。食品站的标语很长，左边是鼓足干劲力争上游多快好省地建设社会主义，右边是乘风破浪奋勇前进十五年超英赶美。整整一个上午，梅先生才写完左边的鼓足干劲力争上游多快十个字，剩下的九个字留到下午再写。

梅先生从梯子上下来的时候，双腿打战，满身的衣服都被汗水湿透了，脸像白纸一样，还挂着豆大的汗珠。我很害怕，就扶梅先生坐下，梅先生望我笑笑说，没事，过一会儿就好了。这正是吃中饭的时候，食品站的人说，梅先生辛苦了，中饭就不要回去吃了，领导批了一点猪下水，食堂的师傅下了两碗蕨根面，你和这个学生伢就在这里吃了，下午好早点写，省得跑来跑去的费时间。听说有吃的，我的喉咙里顿时伸出爪子来了。梅先生客气了几句，也在食品站的案板边坐下了。

蕨根面真好吃，虽然是山里的野菜根磨粉做的，看上去黑乎乎的，吃起来却滑溜溜的，十分爽口，不比乡下的油面差。何况上面还铺着一层油汪汪的猪下水，要多好吃有多好吃。我一边呼呼地吹着热气，一边嗞嗞地往口里嗦，满满的一碗蕨根面，不到片刻工夫，就被我吃得精光。再看看梅先生，也把碗里的汤喝得一滴不剩，正笑眯眯地望着我，等着跟我说话。梅先生说，照这个进度，上午写十个字，下午写九个字，得写两天。食品站的人说了，晚上还管我们一顿饭，你今天就不用喝糠糊了。只是明天那半边的标语，只有十五个字，加标点也凑不足十九个字，还差四个字，得补起来，才够写两天，才对得起这每天两顿饭。

吃晚饭的时候，梅先生果然跟食品站的人说了，梅先生建议在奋勇前进后面加苦干巧干四个字，乘风破浪奋勇前进苦干巧干十五年超英赶美，正好十九个字。食品站的人做不了主，就请示领导，领导说，那还不容易，上面说，无论如何十五年要超英赶美，就加无论如何，刚好四个字，不多不少，上面都帮你想好了。这样就成了乘风破浪奋勇前进无论如何十五年超英赶美。食品站的人把领导的话跟梅先生说了，梅先生说，那好吧，就照领导的意思办。

第二天，在回学校的路上，我问梅先生，你是不是知道有饭吃呀。梅先生说，我原先也不知道，上次你们熊先生到食品站帮忙写春联，就管了一餐饭，熊先生回来说，跟食品站做事真好呀，还有饭吃。难怪熊先生在校长面前帮梅先生说话，原来他是想照顾梅先生。

跟梅先生出去了一次，梅先生以后有什么事，总喜欢叫上我。学校有一块试验田，不能试验高产水稻了，就搞瓜菜代，种了一季包菜。那年月，只要是能吃的东西，就有人偷。学校怕人偷割包菜，就派人日夜值班看守。这天夜晚，轮到梅先生值班，梅先生在操场上碰到我，就说，走，晚上跟我看包菜去。看包菜的地方，是一个草棚子，草棚子里，只有一条板凳，外加一只泥壶。泥壶是用来烧水的，用几块草皮支起来，捡一点枯树枝，就可以解决喝水的问题，煮点什么，还能挡饿。夜半时分，梅先生靠着草棚子睡着了，我饿得实在睡不着，就跑到菜地里找吃的东西。荒年不收粮食，菜也长不好，本来可以长得篮球大的包菜，只长成巴掌大小。满地的包菜攥不拢拳头，在星光下，像得了鸡爪疯似的张开利爪，时刻等着要抓你一把。找了半天，找不到吃的，只好回到棚子里像梅先生一样，闭着眼睛睡觉，心想，睡了就不会饿了。谁知还没等我闭上眼睛，突然听见梅先生说，你去扯几片包菜叶子来，我在水壶里煮给你吃。我说，梅先生，原来你没睡着哇。梅先生依旧闭着眼睛说，这样扛饿。借着棚顶上透进来的光亮，我看见梅先生脸色苍白，又是满头大汗，像那次从梯子上下来一样，就转身跑回地里去扯包菜叶子。

　　包菜叶子扯来了，找不到水洗，梅先生把叶片放到衣服上蹭几下，就掰碎了放进壶里。棚子里有烧剩的树枝，我们点燃了树枝，就咕咚咕咚地煮起来了。人饿了，闻什么都是香的，没油没盐的老包菜叶子，闻起来比炖肉还香。还没等包菜叶子煮烂，我就迫不及待地捞一片起来，放进口里嚼着。梅先生一边叮嘱我，小心，别烫着了，一边也像我一样捞起一片菜叶丢进口里。我们两人正在津津有味地嚼着菜叶，突然一道白光射到我的脸上，接着就响起校长的声音，好哇，叫你们守夜，你们倒好，偷菜的贼没抓着，自己倒做上贼了。梅先生见校长来了，赶紧吞下口里的包菜叶子，像个犯了错的孩子似的，一边眨巴着眼望着校长，一边站起来不停地倒着双腿，指着我，结结巴巴地说，跟他没有关系，是我叫他干的。校长关了电筒，像训孩子一样批评梅先生，我说老梅呀，老梅，你看看你，都成什么样子啦，上次喝学生的糠糊糊，我没说你，这次又干这事，你好歹是个先生，该给学生做个榜样，再饿也不能偷吃地里的包菜呀，那是公家的东西。说完，又打开电筒转身走了。

梅先生偷吃包菜的事，很快就在镇小传开了。熊先生问我是怎么回事，我就把事情的经过跟熊先生说了，熊先生听了，倒没说别的，只是一个劲儿地说，这个老梅，这个老梅，我也不知道是什么意思。

这事过后，梅先生好久没叫我跟他一起做事。我觉得对不起梅先生，也不敢去找他。后来，地里的包菜收了，学校想慰劳大家一下，就让工友烧一锅开水，把包菜泡了，捞起来，晾干晒蔫了以后，切成细末，做成腌菜，又到食品站去弄了一点熬肉皮剩下的油渣，炒在一起，做成油渣腌菜。镇小不开伙，就把这些油渣腌菜分给大家，每人一小碗，见人有份，我们这些住在学校的学生也有。说是油渣腌菜，其实只有腌菜，见不到油渣。我们跟熊先生和梅先生一起去领油渣腌菜的时候，我在碗里拨了半天，才拨出几粒肉蛆大小的油渣，赶紧塞进口里，闭上眼睛细细地咀嚼。再看看我身边的梅先生，却用一个装颜料的小玻璃瓶子，把挑出来的几粒油渣装进去，细心地盖好，像宝贝一样握在手心里。我正要问梅先生，却见熊先生也把挑出来的几粒油渣，用一张纸片托在手心，像宝贝一样交给梅先生，让梅先生也装到颜料瓶里。梅先生也不推辞，又打开瓶盖将这几粒油渣装进去。我感到奇怪，当着那么多人的面，又不敢多问，等回到班上，我才问熊先生为什么自己不吃，要给梅先生。熊先生却轻描淡写地说，梅先生有个奶奶，八十多岁了，年把没见过油荤。又让我陪梅先生回他后山老家一趟，把这点油渣送回去。熊先生说，梅先生腿不好，我怕他走夜路不方便。

从后山回来，我才知道，原来熊先生和梅先生是一个村子的人。梅先生从小就得了小儿麻痹症，落下残疾，父母死得早，由爷爷奶奶抚养成人。后来爷爷也去世了，就由在镇上做木匠的叔叔过继去做儿子。叔叔生了七个女儿，就缺一个儿子，梅先生到了叔叔家，一家人拿他当宝贝一样看待。梅先生的叔叔是个雕花木匠，梅先生跟着他叔叔学会了画画。本来就这样好好的，可是不久，叔叔就发现这孩子得了一种怪病，这病当地人叫饿痨病，就是怎么吃也吃不饱，有时候好像吃饱了，过一会儿又饿了。一饿起来，就浑身打战，头上冒虚汗，脸色发白，人就像要死了一样。请了个老中医看，医生说，这病是大虚之症，治不好，也不用治，饿了给他吃就是。这话说起来容易，做起来难。他叔一家十来口人，本来就填不饱肚子，实指望他爷儿俩在外面做手艺，混个一日两餐，能省出一点口粮，可是到后来也没人敢请他爷儿俩上门干活。有一次，他叔碰见在镇小教书的熊先生，就把这事跟熊先生说了，熊先生到他叔家看了看梅先生画的画，就把他介绍到镇小来教图画。熊先生说，镇小的先生都有国家供应的口粮，不能顿顿吃饱，总不至于饿死。梅先生说，是熊先生让他活下来了，他一辈子都感谢熊先生的大恩大德。这都是在陪梅先生回后山的路上，梅先生当故事讲给我听的。我说，梅先生真可怜。熊先生说，这事你就不要对外说，说出去不好。我说，你跟校长说一下梅先生得了饿痨病，校长就不会怪梅先生了。熊先生笑了笑说，你真是个孩子，现在谁不饿。要说饿痨病，个个都得了饿痨病。不过，梅先生要不是把自己的供应粮都贴补了他叔家，也不至于饿成这样。

听了梅先生的故事，我更加同情梅先生，也跟梅先生走得更近了。以后从家里带什么吃的来，我总要分一点给梅先生，次数多了，梅先生也不跟我客气，只问我自己够不够。六年级上学期，学校的试验田种了一季萝卜，校长从镇上的粮店弄了一点碎米，让工友磨成米粉，和着萝卜丝，做了一些萝卜丸子，蒸熟了准备发给大家。镇小只有一个开水锅，为了不影响白天喝水，萝卜丸子只能晚上开蒸。校长怕蒸好了的萝卜丸子有人偷吃，就让熊先生在班上找一个可靠的学生看守，说好了天亮给八个萝卜丸子作为奖励。熊先生把这个差事交给了我，说，你去吧，也赚几个萝卜丸子吃。蒸好的萝卜丸子摊在一个大晒筐里，大晒筐搁在开水房边的水井上面，起先还冒着热气，一会儿就成了冰坨子。我围着晒筐一圈一圈地打转，浑身冻得直打哆嗦。半夜时分，突然看见一个人朝这边走来，我禁不住心里发慌，等走近一看，原来是梅先生。我说，梅先生，这么晚了，你来干什么呀，梅先生说，给你做个伴。说着，就把随身带的一件夹袄披到我身上，又指着旁边的土台子说，你坐下眯一会儿，我帮你守着。我一向瞌睡大，一会儿就睡着了。天还未大亮，我就被工友推醒了。工友一边推我一边说，叫你守夜，你怎么睡着了呢，丢了萝卜丸子谁负责。我说，梅先生在帮我看着，有两个人守着，丢不了。工友没好气地说，上次看包菜不也是两个人吗。我怕梅先生生气，赶紧说，这不怪梅先生，怪我。梅先生说，没关系，萝卜丸子没丢就好。你醒了，我也该走了。稀薄的晨光下，我看见梅先生的眉毛头发上都挂着白霜，仄着身子一瘸一拐地离开开水房，心里很不是滋味。

我把工友给我的八个萝卜丸子，分了四个给梅先生。梅先生说什么也不要，我让他送回家给老奶奶吃，他说，不用，我这个月的副食品票还没用完，你陪我上街去买点蕨根饼干，星期天我给奶奶送回去。蕨根饼干也是蕨菜根磨粉做成的，看起来很黑，吃起来很香。我们买好了饼干，正走出店门，突然有人从梅先生手里抢过饼干包，撒腿就跑。梅先生反应很快，一反手就抓住了那人的领口，想要夺回饼干。那人已撕开了饼干包，见梅先生来夺，就朝饼干上吐了几口唾沫，转身把饼干包塞到梅先生手里，却站在原地不动，等着梅先生抓他。我以为梅先生会把他揪到派出所，梅先生看了一眼手里的饼干包，却把它塞回到那人手里，说，你拿去吃吧，我不要了。我说，梅先生，你把饼干给了他，你怎么办呢。梅先生说，副食品票我还有，再买点。看样子他也是饿急了，要不然不会做这种事。那个星期天，熊先生没让我陪梅先生回后山，他有事回村，顺便陪梅先生。从后山回来后，梅先生跟我说，他奶奶去世了。奶奶去世前，他跟她说过抢饼干的事。他奶奶说，你这是做了一件好事，我不吃不要紧，救人一命，是积德行善。

我到县中读书不久，梅先生也调到了县文化馆。熊先生说，梅先生帮镇食品站画的一幅大力发展生猪生产的画，被县文化局的领导看中了，就把他调到文化馆专门画画。我在县中是住读，学校管得严，平时不让出去，怕出去找吃的出事，所以跟梅先生没有多少来往，也不知道他的情况。后来听说他叔跟人打赌吃发饼撑死了，就想着该去看看梅先生。那是一件轰动全县的事，我们那边的人都知道。据说他叔一次吃了十六个发饼，又喝了一碗水，回去就起不来了。梅先生说，他要是不喝那碗水就好了。

我到地区上高中的时候，常常在地区的报纸上看到梅先生画的画。后来，梅先生的画又上了省里的报纸，成了我们那儿有名的画家。再后来，我在省文联的一次会上，就碰到了梅先生。那已是我离开家乡二十多年以后的事。这时候的梅先生，已当上了县文联的主席。我问梅先生现在身体怎么样，梅先生知道我问什么，就说，还不是那样，只不过现在条件好了，就像当年那个老中医说的，饿了就吃，倒也没什么大碍。就是在那次会上，梅先生说，最近，他要在省里办一个个人画展，希望我有时间去看看。我当然乐意，说好了开展那天就去。

画展的名称叫食为天，虽不时尚，倒也切合人生本义和社会实际。展室不大，四壁挂满了梅先生各个年代各种风格的画，以民以食为天为主题，清晰地勾勒出了一部数十年来人民追求温饱的生活历史。我不懂画，只能听梅先生的讲解。梅先生领着我边走边讲，一会儿是色彩，一会儿是明暗，一会儿是线条，我好像又回到了镇小的图画课上。正说到兴头上，梅先生突然停下了讲解，指着我们正走到当面的一幅画说，这幅画就不用我介绍了吧，你就是这画上的主人公。我停下脚步一看，一幅大约一人多高一米多宽的巨幅油画耸立在我面前。画面上是一群少年，有男有女，人人怀里都抱着一个碗口大的搪瓷缸，通红的炉火投射到这群少年身上，把他们周身上下也染成一片通红，紧贴在胸前的搪瓷缸，闪着金光，像他们把自己的心掏出来捧在手里一样。梅先生看我站在这幅画前，半天不作声，就说，我当年欠你们一人一幅画，现在一并还给你吧。画上的题款看不清楚，我低头一看，画幅下面的文字却写得分明，那上面写着，喝糠糊的少年。我禁不住热泪盈眶，仿佛一瞬间又回到了那个遥远的年代，听见了窸窸窣窣的喝糠糊的声音。

临街楼主曰：二十世纪三年困难时期，人称共和国之艰难时世。余正值年少，不谙世事，唯知饥饿难当。梅先生生当斯世，染饿疷之疾，言之不得，治之难愈，诚可恤也。然先生安然独处，不改自性，不畏人讥，欲其欲，私其私，皆不悖于情理，是真人也。睽之今日，人欲横流，私念丛生，然皆饰以众意，假以公名，故多伪士，难见真人。是以先生虽不为人知，含诟蒙尘，然一点真性，足堪师表。

小吴先生列传

　　小吴先生是我舅，不是亲舅，是堂舅，他的父亲是我的大外公。虽然是堂舅，但像亲舅一样亲，原因是我外公兄弟三人，论男丁，就他这一根独苗苗，所以我从小只知道他是我舅，却分不出这里面的亲疏。我跟小吴先生读过书，小吴先生跟吴先生，也就是我妈读过书，我也是吴先生的学生，所以小吴先生既是我的老师，也是我的大师兄。

　　小吴先生整整比我大了十岁，是1937年生人。生他的时候，我大外公不在家，在很远的一个镇上的杂货铺。他是那家杂货铺的账房，忙得归不了家。从请接生婆到照顾坐月子，都是我的外婆和二外婆在忙活，从三朝满月到百日抓周，都是我的外公和二外公在张罗。大外公只在周岁的时候回来看过一眼，说，这伢长得像我，就又走了。都说他在镇上有个相好，这相好就是杂货铺老板没嫁出去的老闺女。

　　摊上这么个父亲，小吴先生就什么也指望不上了。好在他的两个叔叔家道还算殷实富足，一个无儿无女，一个只有我妈一个闺女，就都把他当自己的亲儿子一样养着。谁叫都姓一个吴字，供着一个祖宗，是一母所生一父所养呢，吴家也要有人传宗接代，老大不管，两个弟弟自然责无旁贷。

　　小吴先生于是就成了三家共养的宠物。娘的奶水不足，有二娘的洋糖米糊，三娘的冰糖白粥喂着，小吴先生照样养得白白胖胖。穿的用的，就更不用说了。人家孩子的尿片是拆了旧衣服做的，小吴先生的尿片，是从街上新扯回的驼绒布做的。人家的孩子穿脏了的衣服是脱了洗，等着干，小吴先生是四季衣裳三家轮着换。还没到上学的年龄，比他大十几岁的吴先生就开始教他读书认字，后来，在私塾念书的吴先生看他喜欢读书认字，干脆就把他带在自己身边。

小吴先生天资聪颖，私塾里的书，他一听就会。私塾先生看他别人念书时，他口中也念念有词，有时也点他起来背书。他背倒是背出来了，但意思却背走了样。有一次，先生叫他起来背百家姓，他站起来后，把两手往背后一剪，学着先生的样子，摇头晃脑地背开了，先生听了一会儿，就觉得不是味儿，原来他把赵钱孙李，周吴郑王，冯陈褚卫，蒋沈韩杨，朱秦尤许，背成了赵家买米，周家卖粮，风生臭味，僵尸还阳，猪亲油树。这是放牛伢糟践百家姓的词儿，都被他拿到学堂里来背了。没等他再背下去，先生就拿戒尺敲着桌子说，停停停停，这都什么乱七八糟的，书上是这样说的吗，我是这样教的吗。从此以后，先生再也不让他背书，也不让他再在私塾里待下去了，说是再待下去，就带坏了良家子弟。

不让在私塾里待下去的小吴先生，自有他的去处。抗战胜利后，吴先生也当上了教书先生，就把小吴先生带到了她的小学。小吴先生虽然没有正经上过私塾，但偷来的学问，却不比正经上过私塾的学生差。新式小学用的是现代白话文的教材，教出的学生会写白话文的文章，却不会押韵用典对对子，这些小吴先生都会，不用细想，张口就来，所以，他在这方面就要比同班同学胜出一筹。遇到私塾出身的语文老师要学生对个对子写首诗什么的，这点偷来的功夫，更成了小吴先生的独门绝活，在同学面前大出风头，小吴先生因而很受这些只会说白话写白话的同学崇拜。

小吴先生的志向很大，他听吴先生讲过汉朝的班超投笔从戎的故事，就说，我也要像班超那样，参军打仗，建功立业。有一次，老师布置了一篇作业，让同学们在教室里当堂完成。同学们都在静静地做着作业的时候，小吴先生突然把笔一丢，一拍桌子站起来说，大丈夫就要像志愿军那样，到朝鲜战场上去英勇杀敌，保家卫国，哪能像现在这样天天趴在教室里做作业呢，把同学们吓了一大跳。事后，同学们都说他得了神经病。老师说，不是神经病，汉朝的班超就是这样说的，班超当时靠帮人家抄书为生，有一次，突然把笔一丢说，大丈夫，当学傅介子张骞立功异域，以取封侯，哪能把生命浪费在笔砚间呢。同学们不知道傅介子是谁，但听老师讲过张骞通西域的故事，觉得小吴先生真是了不起，从此对他更加佩服。

这个故事很快便传到了县长的耳朵里。县长当年一直在本县打游击，打过国民党反动派，也打过日本人，依靠的就是各乡的农家子弟，最喜欢这种有志气的青年。县长说，好小子，这么小就想建功立业，好哇，我这就给你一个机会，跟我一起到朝鲜战场上去保家卫国。原来上面要县长归队去朝鲜，带一个团的人马上前线。县长说他什么都不缺，身边就缺个机灵点的通讯员。县长原来的通讯员牺牲了，小吴先生就被县长选去当了通讯员。

听说要跟着县长上前线，小吴先生的两个叔叔死活都不肯。他们知道，想让小吴先生不去，那是休想，到县里去求县长别要他，又没那个胆量，最后只好叫吴先生出面去找县长说情。吴先生当过县里的教育模范，认识县长。吴先生跟县长说，我弟弟是金线吊葫芦，一肩挑三房，老人们怕有个闪失，吴家就断了后。县长一拍脑袋说，嗨，我怎么把这茬儿忘了呢，独子不当兵，这是历朝历代的规矩，好、好、好，不去、不去。

去不了朝鲜的小吴先生，还是留在县长身边当了通讯员。原因是上面改主意了，又不要县长去前线了，小吴先生正好就汤下面，留在了县长身边。县长见小吴先生垂头丧气，就说，在地方上也可以建功立业，你要想打仗，有的是仗打。革命工作不分前线后方，每天每日都在打仗。

过不了多久，小吴先生果然就跟着县长打了一仗。这一仗虽然不是真刀实枪，但比真刀实枪也差不了多少。

抗美援朝期间，敌特活动十分猖獗，县里有一家军用被服厂，是敌特的重点破坏对象。县大队的侦察员说，敌特分子正计划炸掉这家被服厂，他怀疑炸药就藏在被服厂隔壁的那家地下赌场里面。当时，大规模的禁烟禁赌取缔娼妓的运动刚过，原来躲在烟馆妓院的赌徒无藏身之处，纷纷转向地下赌场。要想深入赌场，摸清情况，又不打草惊蛇，一时想不出两全之法。正在犯难之际，小吴先生突然想起吴先生讲过班超说的一句话，不入虎穴，焉得虎子，就自告奋勇地扮成一个小跟班，跟着人民政府已经教育过来的一个老赌徒，进入地下赌场，里应外合，一举端掉了这个窝点，也起获了敌特的炸药，立了一次大功。带小吴先生进赌场的那个老赌徒，是县城绸缎铺老板的大公子，事后逢人便说，这小吴同志的手气真好，别看他从未进过赌场，押大押小，一押就灵，我这些年输掉的本钱，让他一次都给扳回来了。这事我是后来听人说的，我问吴先生是真是假，吴先生说，假倒假不了，就是不该让他到那种地方去。

跟着县长干了几年，转眼间就到了谈婚论嫁的年龄。小吴先生的两个叔叔又火烧眉毛水上墙，催着小吴先生回去完婚。那时节，乡下人结婚早，还没到婚姻法规定的男二十岁，女十八岁，始得结婚的年龄，男女双方的家长都在急着张罗婚事。小吴先生的两个叔叔知道，吴先生肯定不同意小吴先生这么早就结婚，所以，也就不指望她再去找县长说情。两人私下一嘀咕，就鼓足勇气背着吴先生亲自去找了县长。县长见两位老人言辞恳切，又考虑到小吴先生家的实际情况，就同意了小吴先生两个叔叔的请求，放小吴先生回家完婚。等小吴先生结完婚后，再回到县政府，人家告诉他县长已调到离这里几百里路外的地区去工作，临走也没留下什么话。因为他是前县长贴身的通讯员，没有前县长的意思，后任也不好擅作主张，随便安排他的工作。就这样，小吴先生在县政府的院子里晃荡了些日子，也觉得没意思，就自己跑回家里，再也不去上班了。

家里给小吴先生找的对象，是他的一个远房表妹，人很秀气，长得很漂亮，就是大字不识一个，是个文盲。虽然是包办婚姻，但小两口婚后倒是你恩我爱，如胶似漆，成天腻在一起。小吴先生的两个叔叔看了都很高兴，心想，早点让老吴家抱上孙子，我们心血就算没有白费，你小子也算为老吴家积下大德了。谁知日子一天天过去了，侄儿媳妇的肚子依然如故，与肚子无关的学问，却好像在不断见长。已经能认得下祠堂里族规上的字了，还能讲得出那些条条款款的意思，这不能不让两位长辈心生疑窦。为了弄清真相，有一天就豁出老脸，躲到小吴先生的卧室外听了半天的墙脚。结果却发现，里面传出来的动静，并不是他们期待的那桩传宗接代的好事，而是夫妻俩在交头接耳地读书认字。

得知事情的真相，小吴先生的两位叔叔不好当面发作，只能闷在怀里生气。倒是吴先生觉得这是一件好事，既然她这个弟弟教得了自家的媳妇，也必定教得了别家的子弟，于是就动员他去参加小学老师招聘考试，结果一考便中，就这样，我的这个舅舅便成了后来的小吴先生。

这都是小吴先生当教书先生以前的故事，是小吴先生的前传、前史。就凭这些故事，这个大我十岁的舅舅，就成了我心中的偶像。当然，这个从故事中听来的偶像，还是抽象的，真正跟偶像亲密接触，在我心目中树立起有血有肉的形象，还是在小吴先生成为教书先生之后。

小吴先生成了教书先生之后，一出场，就让全区的小学老师黯然无光。那时节的小学老师，多半是从私塾先生转过来的，年岁大不说，往往冬烘气重，动不动就之乎者也，摇头晃脑。少数从新式速成师范毕业出来的老师，又太年轻，阅历不富，经验不足。这两类老师在一些爱捉咕人的乡人口里，都有说道，前者叫芋头，后者叫洋苕。芋是迂的谐音，芋头又与红苕形象近似，叫芋头，不啻叫红苕。洋苕就不用说了。一个呆头呆脑，一个洋里二气，反正都不灵醒。

小吴先生不同，既在吴先生身边沾了一点私塾的古气，又跟着吴先生受过新式教育的熏陶，当过县长的跟班，参加过对敌斗争，经过风雨，见过世面，所以形象气质，说话做事，自然就与上面说的两类人不一样。

我在镇小读书的时候，小吴先生正教历史。在他以前，也有两位老先生教过我们班的历史。那两位老先生上课时都喜欢引经据典，一时春秋左传，一时史记汉书，尽是一些古文，本来历史书上写得明明白白的东西，让老师这样一讲，反而搞得懵懵懂懂。小吴先生不同，他一上课就跟我们讲故事，讲原始人怎么生活，讲春秋战国怎么打仗，讲秦始皇怎么统一中国，讲陈胜吴广怎么发动起义，这样一讲下来，书上的历史人物和历史事件，在我们脑海里栩栩如生，很快便记得滚瓜烂熟，遇到家人问起，还能讲上一段，家长也觉得自己的孩子学有长进，都说小吴先生的历史课教得好。

听小吴先生讲历史课，就像坐在打谷场上听打鼓说书，是一种难得的享受。小吴先生平时说话声音洪亮，讲起课来，抑扬顿挫，不疾不徐，听得我们一个个瞪大眼睛，张着嘴巴，好像随时都要发出一声惊叹。有时候，下课了，我们还不愿意离开教室，还缠着小吴先生，要他继续讲下去。多少年后，有人评论易中天在央视讲三国，说那是电视评书。我就想到小吴先生的历史课，觉得这样的故事化评书化讲法的开创者，其实是小吴先生的历史课，只是那时候没有电视，让小吴先生少了数以亿计的观众和听众。

小吴先生的这种讲法，也招来了一些非议。先前的那两位老先生就到上面告状，说小吴先生把课堂变成了书场。上面派人来听了几次课，结论是，这样讲历史课，生动有趣，通俗易懂，值得提倡，希望历史课堂都变成这样的书场。结果，不光是全县的历史老师都要向小吴先生学习，而且小吴先生的历史课，真的成了镇上的书场。一些镇上的居民闲来无事，常到镇小来蹭小吴先生的课听。镇上管事的有时也把小吴先生请到文化室，让他在那里跟镇上的居民也讲讲。小吴先生真成了一个香饽饽，走到哪里都有人追捧。

小吴先生不光历史课讲得好，篮球也打得好。他个子高，奔跑速度快，投篮准，又会抢篮板球，是天生的中锋材料。放学后或周末的时间，老师们在一起打打篮球，只要有小吴先生出场，必定有镇上的人围观。有些大姑娘小媳妇，还要夹在人群中间指指点点，在小吴先生带球的时候，随着小吴先生的节奏，不停地点头哈腰，在小吴先生上篮的时候，就跳起脚来拼命地鼓掌喝彩。她们看不懂篮球，但看得懂小吴先生漂亮的模样和动作。

不久，镇上就传出有个女子害了相思病，这相思的对象不是别人，就是镇小的小吴先生。说是这女子茶不思饭不进，成天抱着个篮球在房间里拍，闹得家人六神无主，街坊四邻日夜不安。这事虽然怪不了小吴先生，但我不杀伯仁，伯仁却因我而死，小吴先生自觉自己还是担有责任，于是就跟学校商量，腾出一间房子，把老婆孩子从乡下接到镇上。小吴先生经常带着老婆孩子在镇上晃晃，让这女子也让镇上人都知道，小吴先生是有家有室拖家带口之人，这样，也好绝了人家的念想。这方法果然奏效，不久，就听说那女子的相病思好了，前几日已欢欢喜喜地嫁到乡下去了。

害相思病的女子是嫁了，可小吴先生的老婆孩子却回不去了。原因是那时节，乡下正闹饥荒。像小吴先生家这样的半边户，平日里靠他爱人挣的那点工分，本来就换不回一家人的口粮，所以在队上年年超支。遇上这样的灾年，田地里颗粒无收，就算是你补足了超支款，队上也无粮可支。这样，小吴先生一家，就在镇上耽搁了下来。这一耽搁不打紧，一家五张嘴可要了小吴先生的命。

这时候，小吴先生已是三个孩子的爸爸，两儿一女。完成他两个叔叔交给他的传宗接代的任务，应该是有富余的了，但怎么说也要把他们养到能够传宗接代的时候。看着三个孩子黄皮寡瘦的面孔，每日里对着他喊饿，小吴先生心如刀绞。他爱人本来就体弱多病，更架不住饥饿的煎熬。没奈何，小吴先生只得厚着脸皮四处告借。但荒年借粮无异于在人家口中夺食，客气点的，说声对不起也就罢了，有那不客气的，没借的不说，还要搭上几句难听的话。最后，还是同一个教研组的一位老先生救了他一家的命。这老先生的家在后山，家里人在地窖里还储备了一些红苕，有一个周末带着小吴先生去挑了一担过来。就这一担红苕，让小吴先生一家度过了最艰难的一段春荒，救了小吴先生一家的性命。事后，小吴先生登门道谢，老先生却说，不客气，不客气，你我都是同事，我有一口吃的，总不能看着你们一家饿死。小吴先生正感激涕零，出门时，老先生却说了一句无头无脑的话，讲历史还是要以史书为根据，让小吴先生回家后琢磨了半夜。此后，老先生的这句话，就常常在小吴先生的脑海里盘旋，再上历史课，胆子就小了许多。人的胆子一小，说话就没有底气，底气不足，就不能自由发挥，课的效果随之也逊色不少。只是这时候已没有多少人对小吴先生的历史课还有兴趣，更没有多少人注意到小吴先生身上发生的这些微小的变化，有那注意到的，也只是说，都是饿的，吃不饱肚子，哪里还有劲讲课。

好不容易熬过了灾年，小吴先生赶紧把老婆孩子送回乡下就食。只可惜好景不长，没几年，又搞起了运动。运动一开始，小吴先生的父亲，就被清理回家了。原因一半是政治的，一半是个人的。政治的一半，是因为小吴先生的父亲当初在公私合营时，为了东家的利益，说了反对的意见。个人的一半，是小吴先生的父亲与杂货铺老板的闺女不明不白的关系，被认为是蓄养外室。这公私两桩罪名加在一起，自然得接受惩罚，于是便发配回乡，接受劳动改造。小吴先生见事情已经这样，也只得说服母亲和家人，把父亲接受下来。回乡劳动倒不丢人，问题是父亲这时已年过六旬，加之从未干过农活，连放牛都被牛拖翻在地，也就不指望他能帮上什么忙了。偏偏这时候小吴先生的爱人又怀上了老四，破屋遇雨，雪上加霜，弄得小吴先生一筹莫展，比前些年闹灾荒还要发愁。好在这时候，镇小已有许多老师出去了，家长也不想把孩子送到学校来瞎闹，小吴先生也落得轻松自在，就一门心思捉摸着怎么对付这里里外外的七八张嘴。

　　不久，就到了小吴先生的爱人临产的时候。孕妇临产，总得有所准备。再怎么说，鸡呀蛋呀是少不了的。但自家养的鸡，都被这些年割尾巴搞得鸡飞蛋打，要买就只能到黑市上去试试。小吴先生本家有个侄儿，专干这黑市勾当，有一天，就带着小吴先生去探探路子。这里的黑市又叫鬼市，五更时分，在田埂子上交易，手拿把捏，袖里乾坤，不言不语，天亮即散。小吴先生初进鬼市，还有点紧张，但见黑影幢幢，手电明灭，却听不出一点声音，阴森森的格外瘆人。侄儿带他买好了一只鸡，付了钱，正往回走，却见路边有几个人蹲在一起，不知在干什么。小吴先生好奇，就凑拢去看了一眼。这一看不打紧，小吴先生的双腿顿时就像踩了老鼠胶一样，动弹不得。原来这几个人蹲在路边，正在用骰子押大押小。一支手电忽明忽灭，两粒骰子在茶盅里哗哗作响，下注揭宝都在瞬间完成。小吴先生站在旁边默押了几次，次次都押准了。就想起几年前他跟绸缎铺老板的大公子化装进赌场的情形，禁不住也想碰碰运气，就掏出口袋里买鸡剩下的几毛钱，投进去押了几次，也是一押就灵。自从那次跟绸缎铺老板的大公子化装进过赌场之后，小吴先生就再也没有碰过赌具，像那次那样好的运气，后来也没有碰到过，想不到今夜居然在这里又碰上了，敢情这运气是在这里等着我。想想，这也是天可怜见，给我一家人指了一条活路。从此，用不着侄儿带路，小吴先生每天半夜即起，天明便归。每次从鬼市回家，总要带点粮油副食回来，家里的日子也渐渐好了起来。这天活该有事，小吴先生去鬼市晚了一点，刚蹲下身子下注，就听见有人声嘶力竭地大喊，快跑，快跑，有人来了。小吴先生还来不及从地上站起来，就又被人按到地上。无数电筒的白光从四面八方的田埂子上射过来，像从机关枪里射出的子弹的火光。

在镇上的保卫组蹲了几天，放出来后，小吴先生好赌的名声就传出去了。那时候，学校已处于无人管的状态，倒没特别计较，只是镇上的家长从此就拿这件事来教育孩子，要自家的孩子以小吴先生为戒。吴先生得知这件事后，也很痛心，说，我当初就说，不该让他到那种地方去。现在好啦，真成赌棍了。

说话间，世事又颠了个个儿，小吴先生虽然依旧在镇小教他的历史课，但他发现，他熟悉的历史，似乎正在发生变化。原先的好人变成了坏人，或不好不坏的人，原先的好事，变成了坏事，或不好不坏的事。课本上虽然改的不是那么快，但报纸杂志和学者的著作上都这么写，再照原来的讲，小吴先生就觉得没有多少底气。既然自己已跟不上形势，又不想勉为其难，渐渐地，小吴先生对历史课教学，也就提不起劲头。虽然镇上的老人还记得小吴先生当年讲课的风采，但学生喜欢的还是那些年轻靓帅的历史老师。

这时候，小吴先生的父母都已先后过世，四个孩子中，老大已让小吴先生抱上了孙子，两个叔叔在去世前，都已亲眼得见老吴家后继有人，香火不断，自谓死可瞑目。小吴先生也觉得自己承前启后，继往开来的历史任务，已然完成。虽然还有两个小的在身边读书，但已没有多少生活负担。闲来无事，小吴先生喜欢跟同事们在麻将桌上消磨时光，起先，纯粹怡情，后来便带点彩头，再后来，赌注逐渐增大，便忘了怡情的初衷，成了一辈子没有外财的小吴先生的生财之道。只要有空，日夜在麻将桌上不肯下来，常常是连日奋战，通宵达旦。老伴劝小吴先生爱惜身体，小吴先生笑笑说，我一辈子的好运就在这麻将桌上，离开了麻将桌，我就要走背字儿。终于有一天，一只幺鸡落到牌桌底下，小吴先生低下头伸手去捡，就再也没有起来。

临街楼主曰：小吴先生在时，吴先生曾叹其怀才不遇，倘不为家事所累，则堪为大用。然则何人无家，何家无事，昔班定远为人佣书，亦为供养家室，何能立鸿鹄之志，建功西域。故孟子云，志，气之帅也。阳明先生言，志不立，则如无舵之舟，无衔之马，漂荡奔逸，终亦何所底乎。小吴先生虽少有大志，然则不能持之以久，行之以强，终不免其堕。倘能于饥馑之年不折其节，于动荡之秋不改其志，则不至壮岁颓唐，晚景蹉跎。小吴先生荣休之年，吴先生曾讥其少有班超之志未能定远，长怀继嗣之托终老牌桌。虽是戏言，亦盖棺之论。

小徐先生列传

　　小徐先生是徐先生的长子，我的高中同学。那次听徐先生说要写一部诗体的中国文学史，就是在他家里。小徐先生 1966 年高中毕业后，我们一起在学校里当了两年的职业革命家，1968 年就一起下乡了。我是插队，他是回乡，各奔东西，此后二十多年没有见面。

　　后来听说小徐先生到邻省的一个县份投奔他的大伯。原因是他的大伯身体不好，身边无人照顾。也有的说，是他的大伯在那里当中学老师，他想去找点事做。二十年后见面，他告诉我说，是倒是这样，只是他大伯帮不了他的忙。他去了以后，还是在他大伯下放的那个农村当农民。

　　他大伯下放的那地方，是邻省的一个边远山区，土地贫瘠，交通闭塞，老少边穷四个字，除了一个少数民族的少字，剩下的三个字都占全了。这地方虽然很早就有人闹革命，但因为太穷，在当地找不到革命对象，只好到外县去参加打土豪分田地。土改时划成分，村里别说地主富农，连户富裕中农都划不出来，有家上门女婿嫁过来时，带来了一条小牛犊，就说他有私有财产，让他给顶上了。

　　但凡穷的地方，教育必然落后。小徐先生去的时候，方圆十几个村子，连所小学都没有，村人世世代代都是文盲。村里人从没想过孩子长大了要读书，就是有人想把孩子送出去上学，也不知道学校在哪个方向。小徐先生刚到村里的时候，一群孩子围着看稀奇，小徐先生就问他们，你们想上学吗，孩子们吓得像燕子一样四处飞散，好像小徐先生要他们上天入地一样。小徐先生的大伯说，你以后别问了，他们从来没见过学校，不知道学校是个什么样子，你这样问吓着他们。

小徐先生和我们这一代人，都有很深的人民情结。凡是我们认为人民群众缺少或需要的事，不管有没有要求，自己的能力够不够，都主动去做，吃再大苦受再大累，也感到快乐。看着这些失学的儿童，小徐先生还是执拗地认为，他们应该读书识字，不能当睁眼瞎，就跟他大伯说，我想教教他们。他大伯说，你初来乍到的，不了解情况，怎么教。小徐先生说，这还不简单，不了解情况，就去了解呀，你带我到村里去看看就是。小徐先生的大伯禁不住侄儿的纠缠，就带他到村子里去转了一圈。

村子很小，总共十几户人家，小徐先生的大伯下放这儿多年，人头都熟，没半天工夫，就逛完了。这儿的农户，家家户户都很简单，千篇一律，除了睡觉的竹板床，煮饭的泥巴灶，就是堂屋里堆得像座小山一样剁碎了的红苕藤，猪当食，人当菜，猪吃人也吃。堂屋没有大门，可以随便出进。见有人来，主人习惯性地把客人引进自己的卧室，揭开床前的木板，指着木板下地窖里满窖的红苕让客人观看，意思是我们有得吃的。小徐先生想问点别的，得到的回应，大多是摇头不语。小徐先生的大伯说，他们都不爱说话，一年也说不了几句，你看看就行了，别问，问也答不上来。

回家的路上，小徐先生的大伯带他去看了一家独屋。独屋就是单门独户的意思，一间破旧的茅草房，孤零零地站立在小路边上。看来，小徐的大伯跟这家独屋的主人很熟，还没进门，就大声喊道，陈细伢在吗。话音刚落，一个半大男孩就从红苕藤后面露出了半个脑袋。小徐的大伯说，来，带这个叔叔到你们家看看。陈细伢便点点头，也只是笑，不说话。在屋里转了一圈，跟别家没有二样，小徐先生就往外走，准备跟等在门外的大伯一起回家。正要出门，忽然发现门边的一块石板上，画满了各种图案，就弯下腰去仔细观看。这些图案有的是用黑木炭画的，有的是用红砂石画的，有动物，有植物，有山川河流，花草树木，日月星辰，虽然是简单的线条，但却能想见它的形象。小徐先生的大伯说，这种石板叫辟邪石，村子里家家户户都有，放在门口是为了辟邪的。别家的石板只用红泥画了个圆圈，只有他家画了这些图案。小徐先生就问跟在身边的陈细伢，说，是你画的。陈细伢认真地点了点头，还是不说话。小徐先生又仔细看了一会儿，就和他大伯一起回家了。

回到家里，小徐先生就跟他大伯说，我怎么觉得陈细伢画的这些图案，像历史课本上的甲骨文，又像插图里原始人画的岩画。他大伯说，一个小孩子家随手乱画的，好玩，他知道什么岩画，甲骨文，你也别说得太神。小徐先生说，不，画得好玩是真，说明这孩子有很强的抽象思维能力。我在学校里听老师讲过凯洛夫的教育理论，他说抽象思维的能力，是接受教育的基础和条件。从生动的直观到抽象的思维，这是列宁的话，符合教育规律。小徐先生的大伯知道他这方面懂得多，就不跟他讨论，只淡淡地说，有再强的抽象思维能力也没有用，还不是在这大山里给闭死了。小徐先生说，不，不会闭死的，我能教活他。

从那以后，小徐先生就把陈细伢带在身边，开始教他读书识字。他让父亲来看他大伯的时候，从老家带来了全套的小学课本，就按课本上的内容和要求进度，一册一册地教下去。小徐先生从小就全面发展，门门功课成绩都好。一个高中毕业生，教这些课程，对他来说，都不在话下。那时节的农村，没有别的富余，富余的时间，却多得用不完。小徐先生落户以后，队上见是外省过来的知青，就派他协助他大伯侍候队上的几条黄牛。当年，那个当了富裕中农的上门女婿带来的小牛犊，已繁衍了好几代，如今已成了队上的主要畜力。

每天早晨，只要队上不用牛，这老少三人就把牛赶到山上放牧。常常是陈细伢和小徐先生赶着牛走在前面，小徐先生的大伯肩上像挂褡裢一样，前面一个书包，后面一个小凳，跟在后面。到了山上，小徐先生的大伯取下肩上的小凳，找个地方坐下来，一边看书，一边看牛。小徐先生就找一个背风的崖壁，教陈细伢读书。崖壁上有一块光滑的石板，就做了小徐先生的黑板，陈细伢画画用的红砂石，就做了小徐先生的粉笔。荒郊野外，没有人打扰，也不怕吵了人，可以安静地演算，也可以大声地朗读。学习间歇，小徐先生就教陈细伢唱外面流行的革命歌曲，做小学学过的几套广播体操，或让陈细伢自己打个八叉，翻翻筋斗什么的。小徐先生原来的志向就是上师范学院，毕业后像父亲和大伯一样，当人民教师。现在虽然不能上大学了，但他立下的志向，却不想改变。正好教陈细伢读书，给了他一个机会，让他能提前实现自己的人生理想。

就这样教了一些日子，小徐先生发现，这个叫陈细伢的农村少年，有着超常的记忆力，不但认过的字，读过的课文，过目不忘，而且所有的四则运算规则，包括一些复杂的四则运算题，他都能背得下来。陈细伢因此也有很强的心算能力，常常是小徐先生的题目在黑板上刚刚写完，他的答案就出来了，小徐先生问他，还能当场说出演算过程，这让小徐先生十分惊奇。

为了测试陈细伢的综合应用能力，有一次，小徐先生让他试试鸡兔同笼这道中国古代经典的算题。小徐先生说，一个笼子里关着鸡和兔，从上面数，共有三十五个头，从下面数，共有九十四条腿，问笼子里有几只鸡，几只兔。小徐先生的题目刚刚说完，陈细伢就笑嘻嘻地望着小徐先生说，要是笼子里都是鸡就好了，小徐先生说，那就不用算了。陈细伢说，可以把兔子换出来呀，几只兔子换成几只鸡，这样，笼子里不就都是鸡了吗。小徐先生说，为什么要这样换呢，还跟他开了个玩笑说，你这不是脱裤子放屁，多余一礼吗。陈细伢依旧笑嘻嘻地说，不，这样就好算了，要是三十五个头都是鸡头，三十五只鸡，一只鸡两条腿，一共七十条腿。小徐先生说，是呀，这谁不会算，还差二十四条腿呢。陈细伢说，这二十四条腿就该是兔子没算进去的另外两条腿呀，再把先前换进笼子里的鸡捉出来，把换出来的兔子放进去，不就补齐了这二十四条腿吗。没等陈细伢说出最后两道算式，小徐先生顿时恍然大悟，禁不住连连称赞说，对、对、对，就是这样算、就是这样算。又问，你是怎么想到鸡换兔兔换鸡的。陈细伢说，鸡和兔是不能关在一个笼子里的，我家的大公鸡经常啄兔子的眼睛，把兔子的眼睛啄得血直流。小徐先生望着陈细伢一本正经的样子，禁不住哈哈大笑说，是的、是的，是不能关在一个笼子里、不能关在一个笼子里。

因为不是正规的小学教育，所以，小徐先生也就不必一个年级一个年级按部就班地安排教学进度，这样，不到三年，陈细伢就学完了初小四年的课程，接着又上高小的课程。再过一年，高小的课程也学完了。这年冬天，由小徐先生的大伯主持，按照小升初的标准，对陈细伢的各科成绩进行了一次全面测试，结果门门优秀。这年陈细伢刚满十岁。陈细伢的家人只知道这些年细伢一直跟着徐先生和他的侄儿一起放牛，却做梦也没有想到，自家的孩子已成了一个合格的小学毕业生。

有了陈细伢这个成功的范例，小徐先生对自己的教学能力，就有了信心。他大伯也说他像个老师的样子，能教书。小徐先生就想到在村里办一所民办小学，把教陈细伢的经验扩大，让村里该上学的孩子都能读书。小徐先生的大伯起先不大同意，怕人家说闲话。那知小徐先生跟队上一说，队长高兴得不得了，连连说，好事、好事，我们想都想不来呢。你想教孩子读书，好事、好事，天大的好事。又对小徐先生教陈细伢读书千恩万谢，说他们老陈家祖坟冒青烟了，这回也出了个秀才啦。

乡下办学简单，队上腾出一间空房，墙上挂一块黑板，用土砖砌一个讲台，讲台前摆几张饭桌，各家的孩子自带板凳，就可以上学了。这事传到公社教育组，公社教育组也很支持，还帮忙解决了学生的课本作业本和教学用具问题。终于可以正正规规地站在教室的讲台上了，小徐先生感到从未有过的满足。他决心在这个边远的山区有一番作为，把自己的青春献给这里的人民群众需要的教育事业，像知青的好榜样邢燕子和董加耕那样，做一个一辈子为人民服务，一辈子有益于人民的人。

因为知青办学这件事，陈细伢的故事，很快就传得尽人皆知。县里几个部门都在宣传小徐先生的事迹。县教育局说这是教育革命的伟大胜利，县知青办说这是知识青年上山下乡的丰硕成果。两边都派人下来调查研究，整理材料，准备上报。两边都认为小徐先生让陈细伢四年学完小学课程，是送知识下乡，走与工农群众相结合的道路，接受贫下中农再教育的榜样。一时间，这个偏僻的小山村，人欢车闹。小徐先生不停地接受上面来人的采访，一遍一遍地讲述那些周而复始的教学过程，让来人从中发掘思想的闪光。陈细伢也在来人的启发下一遍一遍地现身说法，讲述自己如何在小徐先生的教育下，学完了全部小学课程。只有小徐先生的大伯被人冷落在一旁，还是队长说了一句公道话，队长说，他也是做了贡献的，方才作罢。

正当小徐先生想趁这个机会，多争取一些上面的支持，把办学的规模扩大到覆盖周边的十几个村庄，有一天，上面突然来了一个联合调查组。调查组除了几个新面孔，还是上次下来采访的那几个人，不过态度却没有上次那么和善热情。调查的内容也跟上次一样，只是说法完全不同。小徐先生的办学一下子又冷却了下来。

说话间，就到了又重视教育的 1977 年。这年，恢复中断了十余年的高考。小徐先生觉得陈细伢的水平足够，也具备报考条件，就鼓励陈细伢去参加考试。从那年叫停以后，村里的小学就再也没有恢复。小徐先生正好趁这几年的工夫，偷偷地教陈细伢学完了中学的全部课程，经过测试，也都达到了优秀的标准。小徐先生的大伯认为，在有些方面，陈细伢甚至超过了小徐先生，这让小徐先生和陈细伢对高考都充满了信心。

正当小徐先生全心全意地帮助陈细伢备考，有一天，他的一个高中同学来看他，问他自己为什么不参加高考。小徐先生从背后指了指他大伯，又指了指自己说，等等吧，来年再说。就这样，小徐先生错过了一次难得的人生机会。

看到自己一个人手把手教出来的学生能走进高考考场，小徐先生感到比自己参加高考更觉欣慰，也更感高兴。他期望陈细伢能考出一个好成绩，能上一所好大学，让这个没有文化的穷山沟翻个身，为这个穷山沟的孩子争口气，也帮助自己实现未竟的人生理想。

考试的前两天，小徐先生就带着陈细伢翻山越岭去县城赶考。走了一天一夜，才到县城。住进窗明几净床上铺着白床单的旅店，第一次走出大山的陈细伢，感到从未有过的新奇和激动。考试那天，气温很高，陈细伢说，答题的时候，手上都是汗，连考卷都打湿了。考完以后，小徐先生给陈细伢买了一根冰棍，看着陈细伢一路走着，一路美滋滋地嗦着冰棍，小徐先生也像吞了一块冰一样感到清凉惬意。

回到村里，小徐先生和陈细伢都在满怀信心地等待录取通知，但等来的结果，却是陈细伢名落孙山。别说名牌大学，连一所本地的师专也没考上。这让小徐先生和他的大伯，都感到十分纳闷。根据考试后陈细伢重做试题的估分，他这次高考的总分，不说全县数一数二，也应该是名列前茅，怎么可能连一个师专也考不上呢。那年全县的总分第一名，小徐先生把陈细伢的估分跟他一比，不相上下。就到县教育局去询问，回答说，阅卷是在地区，录取是在省城，都与我们没有关系，要问到上面去问。小徐先生只好按下了这个疑问。

小徐先生的疑问是按下了，村里人的疑问却按不住，一时间闲言碎语不断。有的说，小徐先生是野路子，教不出正规的学生。有的说小徐先生本来就是个中学生，中学生教中学生，那还不是狗咬尾巴，原地打转转，能考上大学那才叫转出了鬼呢。有的说，读书还是要到正规的学校去读，在小徐先生这儿读得再好，也是白搭。连陈细伢的家长对陈细伢原来的成绩，也将信将疑。小徐先生想恢复村里的民办小学，队长也没有以往的热情。正好这时候山外有一所中学要请代课老师，小徐先生的大伯从前教过的一个学生，就介绍小徐先生去那儿当了代课老师。

在代课的这所中学，小徐先生教的是高三语文。有一次公开课，讲朱自清的散文《荷塘月色》，小徐先生不同意把作者的心情，和当时的政治硬扯到一起，认为作者在文章的开头说的，这几天心里颇不宁静，不一定是某些社会问题引起的，而是一种日常心理。人在日常生活中，总会碰到这样那样的烦恼事，惹得心情不宁静，这很常见，从这个角度来理解《荷塘月色》，它才是一篇美文。关于那句微风过处，送来缕缕清香，仿佛远处高楼上渺茫的歌声似的，也不一定非要理解成通感手法。也许作者在闻到花香的同时，又听到远处高楼上传来的歌声，所以就拿来做了花香的比喻。他认为这是一种共时性的感觉现象，并不一定就是感觉联通。校内外来听课的语文老师，虽然并不都同意小徐先生这样的讲法，但又都觉得小徐先生的讲法，确有新意，也很有启发性。那时节，正时兴思想解放，小徐先生的这堂公开课因而给来听课的老师留下了很深的印象。

因为小徐先生的语文课讲得活，所以，他教的高三年级的同学，思想都很活跃，写作能力很强。刚好那几年高考作文改革，由千篇一律的命题作文，到写自由抒发的读后感式的作文和需要想象力的漫画作文等，这便给小徐先生教的学生，开了方便法门。小徐先生教的毕业班，高考语文成绩因而连年拔得头筹。小徐先生的创造性教学法，也被写成材料，在全县教师中传播，小徐先生又找到了当年到处传经送宝的感觉。

有一次，县教育局有个领导下来检查工作，听了校领导的汇报，觉得现在师资短缺，中学教师队伍正处在青黄不接之际，可以考虑把像小徐先生这样优秀的代课教师，转为正式教师。不久，县教育局就下了指标，小徐先生也得知这个消息。可是，最后得到转正的，不是小徐先生，而是另一个教数学的代课老师。介绍小徐先生来代课的那个老师去质问校长，校长说，人家年纪大，又比小徐先生来得早，总该有个先来后到吧。小徐先生见事已至此，只好耐心等待。

正在这时候，小徐先生的大伯所在的那个县，出了一件大事。那年跟陈细伢一起参加高考，考出了全县第一的考生，被录取他的北京大学除名。原因是弄虚作假，冒名顶替。这个被顶替的人，就是当年落榜的陈细伢。陈细伢的录取通知书发到县里以后，有人利用手中的权力，冒用了包括户口在内的所有录迁信息，换下了陈细伢的照片，让他的儿子冒名顶替上了北京大学。后来这件事被揭发出来，才真相大白。消息传出后，所有人都为之震惊。震惊之余，陈细伢和小徐先生再度进入人们的视野，引起众多部门的关注。只是第二年陈细伢已在小徐先生的精心辅导下，考进了中国科技大学少年班，成了科大少年班一个身份特异经历传奇的少年大学生。

没有等到转正的小徐先生不久也回到了自己的老家。原因是他的大伯已经去世，这儿已没有什么牵挂。他自己的父母年纪也大了，身体不好，弟弟妹妹还未成年。照顾老人，抚育弟妹，他这个家庭的长子，还得担起这份责任。好在他自觉自己的人生理想已经实现，这辈子就是终老乡里，也没有遗憾。

二十多年后，我受朋友之托，去找徐先生问他那部诗体中国文学史书稿的情况，才得知小徐先生回到家乡后，不久就接了他父亲的班，当了民办教师，就问他为什么后来不去考大学。小徐先生说，陈细伢那件事以后，第二年他本来还有考大学的机会，想到这个机会对陈细伢来说，更为重要，正好那年中国科技大学首届少年班第二期招生，就想帮他去试一试，心思都用到他身上去了，结果陈细伢以比上年高考更优异的成绩被破格录取。小徐先生说，塞翁失马，焉知非福，我料定陈细伢一定会上一所好大学。我说，是倒是的，只是你一天到晚总是陈细伢，陈细伢的，我看这个陈细伢就是你的索命鬼，克星。每到关键时刻，你的一点难得的机会，都被他拿走了，你的一点好运气，也被他占去了。小徐先生笑笑说，不是索命鬼，是我的转生人，我还活着，我的灵魂就投胎转世了，他就是我的转世灵童。看着小徐先生满脸一如既往的憨厚笑容，我仿佛又看见了年轻时的他介绍学习经验时一脸子认真的模样。

陈细伢后来改了一个名字，毕业后到美国留学，现在在美国的一所大学教书，是国际知名的通讯工程技术专家。他后来的这个名字国内外学术界很多人都知道，知道他的人，都以他的科大少年班出身为传奇，只有小徐先生才保有陈细伢从一个山区少年成为一个科学家的全部秘密。

临街楼主曰：余少时就读之高中，历史悠久，素负盛名。今之谓神中或魔中，以其训练苛严效果神异故。其各科习题，传布海内，为高考学子宝典秘籍。昔者虽无此传奇之说，然历届学生中，均不乏资秉特异，各科成绩卓拔超群者，小徐先生为其一也。惜乎遭逢乱世，废学罢考，绝才弃智，一代学子，遂风流云散，小徐先生又其一也。所幸如小徐先生者，虽零落成泥而不失其秀，辗转尘埃而不堕其志，故能假他人而成其夙愿。倘遇清平之世，则如小徐先生者，皆可成名成家，为国家栋梁之材。余每念及此，常感叹唏嘘。谨以此文，聊记同学少年之倜。

小张先生列传

前回说到二十世纪六十年代坝上小学被洪水冲垮，张先生不幸罹难，三十年后，有企业家捐资，在坝上小学旧址兴建希望小学事。其后不久，希望小学也渐次零落，盖因乡村外出务工者，日见其多，适龄儿童多被父母带往外地，在身边就近入学，留守者寥寥无几，希望小学的招生也因此难以为继。其后便实行撤点并校政策，坝上小学就是在这时候被并入镇上的中心小学，结束了近半个世纪的办学历史。

坝上小学撤销的时候，小张先生在坝上小学已经当了十几年的民办教师。小张先生是恢复高考以后，考上本地区的一所师范学校的。毕业后本来可以分到家乡的一个镇上的中心小学去工作，由此也可以改变身份，吃上商品粮，当上国家干部。但小张先生却不服从分配，执意要回到他父亲曾经战斗过并为之献出宝贵生命的坝上小学去教书。

小张先生的这个举动，在当时引起了轩然大波，成了毕业季一个重大新闻。学校虽然也不能不应景式地表扬几句，但眼下公立小学师资奇缺，急待这些毕业生去补充，对这种不服从分配的行为，却不敢刻意鼓励。同学们中则说咸的说淡的都有，好听点的说小张先生这是心系家乡不忘本，难听的则说，这是灾荒年吃糠糊糊糊了心。

最不理解的，是小张先生的女朋友冯贞贞。为这事，两人在那段时间，一约会就吵架，不吵到冯贞贞哭哭啼啼地跑回宿舍，绝不罢休。冯贞贞是小张先生家乡的一个小镇上的姑娘，两人同过学，又一起考上了这所师范学校。冯贞贞跟小张先生谈恋爱，本来就不是出于什么郎才女貌，门当户对之类的般配不般配的考虑，而是觉得小张先生的温和性情，最适合做她心目中理想生活蓝图的男主角。这幅理想的生活蓝图其实很简单，就是毕业后两人一起回镇上的中心小学教书，一辈子厮守在一起，过平平静静的日子。现在，小张先生却要把这幅理想的生活蓝图，改画到一个不可能实现的地方，这叫她如何不怒火中烧。不久，冯贞贞就宣告与小张先生决裂。就在小张先生毅然返乡的时候，冯贞贞也很快就另择新枝，跟一个县委领导的儿子双双分回了本县的教育局。

小张先生回家乡教书，除了一点子承父业的意思，还有一个更现实的原因，是拯救坝上小学。张先生去世之后，坝上小学由那位先前顶替他的女先生管了几年，后来那位女先生的公公下台了，没了靠山，她也就老老实实地回去当她的儿媳妇去了。再后来虽然上面也派过几任管事的老师，但没干多久都走了。最后这几年，坝上小学只好由大队书记直接管着，今天请一个代课老师，明天请一个代课老师，硬着头皮强撑着。到小张先生回去的时候，正碰上联产承包，分田到户，在村里的民办读完三年级的半大孩子，大多留在家里干农活，不想再到坝上小学去读那个为升高小做准备的四年级。连学生也没剩下几个，还办个什么学。好端端的一所小学，眼看就要土崩瓦解了。坝上小学垮了，这一带的孩子从初小到高小的教育链条，也就从中折断了。

所以，小张先生回到坝上小学的第一要务，就是留住生员。为了动员那些滞留在家的孩子上学，小张先生没日没夜地在周边的村子里挨家挨户地走访，做说服动员工作。有那通情达理的会说，多谢先生的好意，乡下伢，读几天书，认得到钱，算得清账就够了，读多了也没有用，不如在家里干点农活实际，现在分田单干，干好了都是自己的。也有那不知好歹的会说，少了我家孩子，坝上小学也不会关门，你也不会少一分钱的补贴。我家孩子天生是挖猪屁股将牛尾巴的料，上不了学。有更恶劣的，干脆把小张先生堵在门外，连堂屋都不让进，好像小张先生是麻胡子，要把他家的孩子抢走蒸着吃似的。

在这些辍学的孩子中，有一对双胞胎。大一点的是个女孩，叫平平，小一点的是个男孩，叫安安。叫这个名字，是因为他们的父亲叫平安。平安是张先生教过的一个学生，就是那年山洪暴发张先生从河水里救出来的几个孩子之一，为此，张先生还瘸了一条腿。平安几年前得急病死了，留下媳妇凤英，拉扯着这一对小儿女，艰难度日。

小张先生小时候很喜欢平安，平安在坝上小学读书的那一年，他成天跟在他的屁股后头，形影不离，连上课也守在旁边，被张先生从课堂上赶出去过好几次。平安是个孤儿，读完了四年级就回到队上放牛，小张先生以后就很少见到他。后来听说他结婚成家，又听说他得病死了，留下了一对双胞胎，辍学在家，就想趁这个机会顺便到他家去看看。

正是双抢季节，小张先生到他家的时候，凤英还在田里干活，两个孩子，一个在灶上，一个在灶下，正在烟熏火燎地做午饭。还没进家门，小张先生老远就闻到一股焦煳味，等到走进灶屋一看，灶门口浓烟滚滚，烧火的快要把脑袋伸进灶膛里面，灶台上瓶翻碗倒，炒菜的把铁锅铲得吱吱吱吱地乱叫。就推开两个孩子，捅开了灶膛，理顺了锅台，很快就把一顿简易的午饭做好了，然后就带着两个孩子送到凤英干活的田边。小张先生认识凤英，以前也是凤英姐凤英姐地叫着，见这般情景，小张先生不知如何开口，就默默地下田帮忙干活。凤英和孩子坐在田埂上，一边往口里扒饭，一边笑着说，不怕你笑话，就这两个宝贝，你要就都带走。小张先生说，那你？还没等他把话说出口，凤英就说，你别管我，没他们帮我，我也有办法，学生到齐了，你才好开学。

有了凤英这个榜样，接下来的工作就好做多了。不久，坝上小学就如期开学，很快又恢复了以前的模样。像张先生一样，小张先生也是个全科教师，语算体音画，样样都能教，学生和家长都说教得好。一年后，小张先生教的第一批学生，报考镇上的高小时，都考出了好成绩，这让那些起先不愿送孩子上学的家长，不得不对小张先生刮目相看。第二年，坝上小学的入学率就陡然上升。

与张先生不同，小张先生的教学，有许多新玩意儿，乡下人从来没见过。那时节，广东那边时兴录音机和计算器，小张先生都想法子买来用在课堂上。一块砖头样的小机器，小张先生先把要朗读的课文，自己朗读一遍，录在里面，然后拿到课堂上让同学们照着念，一遍又一遍，很快就记熟了。用计算器算算术，就更神奇了，扑克大小的一个小机器，放在手掌心里，点着上面的数字和符号，就能做四则运算，多大的数字也能算得出来。学起来也很快，只要一次就会了。

小张先生也用录音机上音乐课，想学什么歌，把一个香烟盒大小的盒子往机子里一夹，轻轻一按，就唱起来了。学不会不要紧，听一听也是一种享受。那时候，一些港台流行歌曲已传入大陆，小张先生的小盒子里都有，多年来听惯了硬邦邦的革命歌曲，乍一听这种软绵绵的港台歌曲，觉得格外受用。所以，放学的孩子回家，家里的大嫂细婶姑姑姐姐问得最多的事，是小张先生什么时候放歌，放歌了她们就去听。所以，每到上音乐课的时候，教室外的窗户边上，就围满了这些女人。就是一些男人从教室外经过，也禁不住要停下来听一阵子，然后才恋恋不舍地学着机器里的腔调摇头晃脑地哼哼着朝田间走去。

在今人眼里，小张先生的这些新玩意儿，也许根本不值得一提，但那时节，却是一件惊动了全县教育界的大事。多数人都说这是不务正业，不走正路，偷奸耍滑，雕虫小技，是用这些资本主义的新玩意儿来引诱腐蚀少年儿童，应该严加禁止。只有少数人认为是教育方法和教学手段的革新，是新生事物，应该给予支持和鼓励。说这话的少数人中，就有小张先生的前女友冯贞贞。

冯贞贞分回县教育局后，在局长办公室工作，常给领导提一些意见和建议，很得领导信任。因为小张先生的这件事已引起了上面的注意，领导就叫她下去做些调查，形成一个材料备用。为此，冯贞贞特意来到了小张先生的坝上小学。

自从学校分手以后，这一对昔日的恋人就再也没有见面。乍一见面，都觉得对方变了。在冯贞贞眼里，小张先生无论是穿着打扮，还是举止做派，都是一个地道的农村民办教师，连说话也不像在学校那样，直通通地看着对方，多少有点低眉顺眼的感觉。在小张先生眼里，冯贞贞也不像在学校那样毛焦火辣，高声大气，举止言行都像一个成熟的国家干部。他原以为冯贞贞此行要发一通怨气，要有一番指责，没想到冯贞贞自始至终都心平气和，不愠不怒，一副公事公办的样子。在了解相关情况之后，还说了许多支持鼓励的话，也提了一些有益的意见和建议。临走时还从挎包里拿出几盒英语磁带，建议他在坝上小学开设英语课，让学生从四年级就开始学英语。还开了一个玩笑说，你那宝贝录音机，可别让它闲着，闲着是要生锈的。那时节，内地的小学很多都不学英语，开英语课，这可是一件破天荒的大事。小张先生顿觉五内俱感，热血沸腾，觉得当年他爱着的那个冯贞贞又回来了。

冯贞贞此行除了公事，还夹带了一点私货。这点私货就是希望创造一个机会，让她和小张先生重归于好。冯贞贞后来交的那个男友，其实她并不满意，当时不过是为了跟小张先生赌气。分回县里以后，她的那个男友很快又结交了新的女友，而且仗着他爸爸的权势，欺上压下，坑蒙拐骗，做了许多坏事。在冯贞贞看来，小张先生像这样干下去，干出成绩来了，引起了领导的重视，还有转正的希望。如果小张先生能转为公办教师，不管安排到哪个学校，他们仍然可以旧梦重温，重新为实现那幅理想的生活蓝图共同奋斗。

正在冯贞贞打着这个如意算盘的时候，小张先生这边却发生了一件事，打乱了她的计划。起因是凤英的丈夫平安去世之后，平安的一个堂弟就惦记着这个寡居的堂嫂。兄终弟及式的叔嫂婚，在乡下原本有这样的成例，何况不是嫡亲。他的这个堂弟觉得，这应该不是问题，村人也觉得是天经地义，没有话说。不想他们却忽略了一个事实，这个事实就是，这些年，凤英在与小张先生的交往中，已经产生了感情。凤英起先只是作为一个家长，感谢小张先生教育她的一双儿女。后来小张先生见凤英一个人忙不过来，就把两个孩子接到家里跟母亲住在一起，早晚好有人照顾，放学后也有口饭吃，这让凤英顿时有了一个可以依赖的靠山的感觉。为了回报，凤英在小张先生忙不过来的时候，也常到小张先生的责任田里帮忙干点农活。这样一来二去的，两家人就成了一家人。凤英在生活中遇到难处，常找小张先生商量，小张先生在学校有什么苦恼，也常在凤英面前吐露。两人都觉得无论是在生活上还是在精神上，都不可或缺，感情自然也与日俱增。虽然隔着年龄和孩子的障碍，但既然你有情我有意，迟早要捅破这层窗户纸。终于有一天,在一个狂风骤雨的夜晚,凤英和小张先生被平安的那个堂弟带了一帮人,双双堵在床上,抓了一个现行。

这件事放在别人身上,不算个事,但放在小张先生身上,却是一件大事。上面说他乱搞男女关系,道德败坏,要把他从民办教师队伍中,清除出去。学生的家长也觉得再让孩子在坝上小学读下去,怕小张先生带坏了自家的孩子,就纷纷退学,坝上小学最后走得只剩下凤英的一双儿女和其他几个学生。这让小张先生一筹莫展,凤英更想不出解救的办法,只能跟着小张先生叹气,两个人也不敢再有往来。

正在这时,有一天,冯贞贞突然来到坝上小学。名义上说是看看小张先生和坝上小学现在怎么样了,毕竟这是她一手促成的一个改革的典型,实际上则是给小张先生解困来了。冯贞贞的解困之法,是让小张先生赶快与凤英正式结婚,领了结婚证,有了合法的名义,自然就没人说闲话了,也免了上面的处分。冯贞贞临走时还塞了几百块钱给小张先生,叫他抓紧时间办事,还说她要是有空,一定来喝他俩的喜酒。

冯贞贞的解困之法果然有效,上下的舆论顿时烟消云散。有了凤英这个能干的内助在家里种着责任田,小张先生就能全心全意地扑在学校的工作上,学校工作也日见起色。只是这些流失的学生已难悉数收回,原因是这些年在外面打工的乡人,收入渐丰,有的也有相对固定的住所,就把孩子接出去,放在身边看管,丢在家里不放心。坝上小学于是就成了一个少数留守儿童的学校,最少的时候竟只有五六个学生。

学生少也就罢了,这些少数的留守学生,往往又是困难最多的学生。有老人在身边的,早早晚晚还吃得上一顿饱饭,没有老人在身边的,就只有靠自己有一餐没一餐地瞎对付。时间长了,这些孩子就免不了营养不良,不是身子瘦得像皮猴,就是面色黄得像腌菜。小张先生的娘心有不忍,但凡家里弄点好吃的,总要小张先生把这几个孩子也叫上,一来二去的,小张先生的家,也就成了这几个孩子的食堂。后来,小张先生的娘干脆让这几个孩子到他家搭伙,说是每个月也交一点口粮,实际上这点口粮还不够这些孩子塞一个肚了角。俗话说,半大小子,吃死老子,都是些半大孩子,吃起来不知个饱足,小张先生的娘又不忍心让孩子饿着,这就让这个本来还过得去的五口之家，不知不觉间竟成了村里的一个贫困户。

小张先生就想到他娘当年在河坝下面开荒种菜的事。现在虽然无荒可开，但村里外出务工的人家留下的责任田，大半都撂荒多年，长满了蓬蒿杂草。于是就去找村长商量，想把这些撂荒的责任田转包下来，解决这些孩子的吃喝问题。村长说，什么转包不转包的，反正都没人种，你想种没人拦着你。小张先生于是就在教书之余，帮着凤英种起了这些责任田。这样下来，一年的收成供这些孩子的吃喝，还有富余。好在撂荒的田地多，凤英可以在这些田地上轮耕轮作，今年种这一块，明年种那一块。不用施肥，也不伤地力。村长说，坝上小学就承包给你家得啦，反正民办小学越来越少，说不定哪天就取消了，你也快成留守先生了。小张先生说，我倒是愿意呀，只怕政策不允许，不过，你放心，但凡还有一个留守学生，我这个留守先生就得当下去。

不久，县教育局果然要求并校。说是现有的民办小学办学规模过小，又过于分散，不利于组织教学，像坝上小学这样只有一个年级的学校，自然首当其冲。小张先生去找冯贞贞讨主意，冯贞贞说，这是县里的意思，不是中央文件，我去帮你说说。正好这时候，上面在实施希望工程，有一个在坝上小学读过四年级的企业家，愿意在坝上小学的旧址上，捐建一所希望小学。县里也就顺水推舟地遂了这个企业家的心愿，把周边几个村的民办小学都合并到坝上小学，让新的坝上小学成为一所完全的初级小学。坝上小学这才得以保存下来，小张先生悬着的心也就放下来了。

坝上小学的学生多了，老师也多了，上面就给坝上小学派来了一个校长。这个校长不是别人，正是拯救过小张先生，也拯救过坝上小学的冯贞贞。虽然是兼职，却是冯贞贞主动要求的。这些年，在实际工作中，她深感教育的差异和不公平，不仅在资源的配置方面，更重要的是教育方式。城里的孩子正在通过现代传媒接受最新的知识，乡下的孩子还不知计算机为何物，你叫他们今后如何公平竞争。为此，她上任的第一件事，就是要给坝上小学配置电脑。她要在坝上小学建一个电脑学习室，让坝上小学的学生从小就接受最新的科学知识。

这自然是一件振奋人心的大好事。可是，钱呢，上面没有拨款，又不能给学生摊派，摊派了也出不起，到哪儿去找买电脑的这笔巨款呢。小张先生就笑冯贞贞是个理想主义者，说她的理想主义比自己还不可救药。自己的理想不过是想守住坝上小学这点根基，她的理想却不着边际。但当冯贞贞说出她的主意，小张先生又不得不佩服她这个不着边际的理想主义者，着实不同寻常。冯贞贞说，她有一个朋友，开了一家公司，不久前淘汰了一批电脑，还没来得及处理，正好让他们捐出来。废物利用，还要花钱吗。

冯贞贞的这个朋友，其实就是那个县领导的儿子，她后来的男友，也是小张先生的同学。这位同学姓王，现在都叫他王总。第一次见面，王总十分客气，摆了一桌丰盛的宴席，宴请他的这两位老同学，还请了几个老板来作陪。在酒桌上，王总慷慨举杯，说，二位老同学看得起我，我很高兴，这些电脑闲着也是闲着，别说是旧的，买新的也是应该的。能为老同学尽一份力，为乡村教育事业做一点贡献，是我的荣幸，我先干为敬，说完，就一饮而尽，又让身边的几位老板轮番敬酒。小张先生从来没见过这样的场面，架不住这些老板甜言蜜语觥筹交错的劝敬，酒过三巡，已有八分醉意。冯贞贞正要上前制止，王总却拉住她的手说，贞贞，我是你的前男友，他是你的前前男友，大家都是好朋友，又都是老同学，你可不能护着他，要一碗水端平啊，冯贞贞只好由着他们劝敬。不一会儿工夫，冯贞贞就见小张先生摇摇欲坠，站立不稳，说话也语无伦次，口齿不清。最后，王总又让他的一个漂亮的女秘书跟小张先生喝交杯酒，还没等两人的手臂交叉绕过，小张先生就在众人的哄笑声中，訇然倒地，一头栽到桌子底下去了。

小张先生这次醉酒在医院躺了一天一夜，医生说要不是送得及时，就有可能丢了性命。小张先生原来就有肝病，这一折腾，病情加重，住了一个多星期的医院，才回到学校。回到学校一看，冯贞贞果然建起了一个现代化的电脑室。看到孩子们在电脑前正襟危坐地点击着键盘，小张先生的眼泪都出来了。冯贞贞说，这是你拿性命换来的，你应该感到高兴才是。小张先生说，是呀，我高兴，我高兴，就是真的豁出命去，我也高兴。

正当坝上希望小学满怀希望地向前发展的时候，冯贞贞又带回了一个消息，说是上面有新的精神，要撤点并校。坝上小学虽然扩大了规模，但还只能算是一个教学点。但凡这样的教学点，都要撤销，合并到镇上的中心小学去。冯贞贞说，这次撤点并校，是为了合理调整规划农村学校布局，优化教育资源配置，上面发了文件，不比上次，不能讨价还价，也没法打折扣。坝上小学就这样陡然结束了近半个世纪的办学历史。

坝上小学没啦，人去楼空，树倒猢狲散，小张先生难过得好几天吃不下饭，晚上睡到床上还在唉声叹气。凤英怕他憋出病来，就让他早点到镇小去上班，说，这次撤点并校，你能有机会转正，当上公办教师，也是因祸得福，有什么想不开的。小张先生说，好端端的学校没啦，我没法想得开。坝上小学撤销后，还剩下几个学生，由于各种原因，没法到镇小上学。小张先生就守着这几个学生，照常上课下课，上学放学，说什么也不离开。冯贞贞劝了几次，不起作用，也就由他去了。

忽然有一天，他的老同学王总找到他家，还带来了大包小包的礼物，说是早就该来看望他。小张先生虽然不善交际，也知道他的这位老同学人品不好，但看在那批电脑的份上，只好客气地接待。说话间，小张先生听出了王总的意思，说是要在这儿开发乡村旅游，想征用坝上小学的地皮。王总说，坝上小学居高望远，视野开阔，又有小河环绕，风景秀丽，是乡村旅游的理想之地。他要在坝上小学的地址上，建一家有乡村风味的酒店，把这里的乡村旅游轰轰烈烈地搞起来。还说，搞成了，少不了你这位老同学的好处。最后，王总说，上面的领导和村长都已经同意，只求老同学成全。小张先生说，别的事都可以商量，这事我不能同意。坝上小学虽然是公家的，领导说了算，但只要那几个学生还在，你就不能拆了它，除非你连我也一起拆了。

话说到这份上，已经没有商量的余地，王总只好怏怏退去。但过不了几天，冯贞贞就跑来告诉小张先生，要他小心，说他们已经找了城关的黑社会团伙，准备强行拆迁。小张先生的娘和凤英听到这个消息，都很担心，嘱咐小张先生最近不要出门，也不要到学校去。小张先生却像没事人似的，该干啥干啥，每天照样上课下课，上学放学。只是放学以后，他常常要坐到天黑才离开学校，有时半夜还要爬起来到学校转转，好像他爹当年在军管会参加护校斗争一样。

这一天终于来了。那天早晨上学，小张先生正往学校走着，老远就望见坝上小学门前围满了人，在闹闹嚷嚷的吼叫声中，隐隐还传出孩子的哭声。等他跑到近处一看，原来拆迁的队伍已把推土机开进了校门，几个孩子被拢在墙角，吓得瑟瑟发抖，围观的人群说的笑的都有。领头的一个壮汉见小张先生来了，就冲着他大声大气地说，快把这几个小崽子弄走，这房子我们就要推。小张先生也不答话，却加快脚步走进教室的走廊，又从走廊咚咚咚咚地朝楼上爬去，眨眼工夫，就见小张先生出现在三楼的走廊边上，双手扶着栏杆，冲着下面的人群说，推吧，现在可以推了。领头的壮汉见状，就想带几个人冲上去把小张先生拽下来，还没等他们靠近一楼的走廊，小张先生就在上面大声喊道，你们要上来，我就从这儿跳下去，拆迁的和围观的顿时大乱。早就有人跑去告诉凤英和小张先生他娘，这时，只见他娘在凤英的搀扶下，急匆匆地朝这边赶来。一进校门，只喊了一声，儿哇，就噗的一声倒在地上，昏死过去。小张先生见状，也大叫了一声，娘，就从三楼纵身跳了下来。

这件事后来虽然做了严肃处理，惩办了相关的责任人，但坝上小学的土地仍免不了被征用。那些年乡镇企业发达，镇里在坝上小学的旧址上办起了一家饲料公司，小张先生当了这家饲料公司的看门人。他那次从楼上跳下来，正好掉进一个上体育课用的沙坑里，断了两根肋骨，折了一条腿。村长看他成了残疾，就求镇领导把他安排到饲料公司看门。小张先生的娘当时却没有抢救过来，死后就埋在她当年在坝下开垦的荒地里。娘儿俩就这样，一个在地上，一个在地下，一个在坝上，一个在坝下，永远地守护着张先生留下的这个只有一个年级的坝上民办小学。

临街楼主曰：《小张先生列传》，是"乡村教师列传"收官之作。余撰此列传，非为乡村教师歌功颂德树碑立传，实乃有感于世事多变，人生多艰。所谓乡村教师者，不过古之谓一介寒儒耳，用之则可开教化启童蒙，弃之则如烂衫如敝屦。然则，弃用之间，其可选乎，皆决乎世事之变，非人力之所能为，如小张先生然。然则坝上小学经此并之又并，并而又撤之变，所余者，唯小张先生的一点精诚而已。故余所传者，非乡村教育不朽之功业，乃乡村教师不灭之精魂也。

看相细爹传

在我的乡土记忆中，看相细爹是我印象最深，也是对我影响最大的一个乡村人物。细爹给我印象最深的事，就是我小时候，他总要我妈送我去学扒手，还讲了许多扒手的故事。细爹讲的扒手的故事，我很爱听，但要我去学扒手，却有点害怕。就问我妈，细爹为么事总要我去学扒手。我妈说，我也不晓得为么事，逗你玩的吧。

我妈是村里唯一的知识分子，细爹是走过江湖见过世面的人，虽然隔着一个辈分，但他跟我妈很谈得来。没事的时候常来家里坐坐，谈天说地，说古论今，一坐就是大半天。细爹晚年很寂寞，到我家聊天，是他唯一的去处。

细爹是我们这辈人对他的称呼。照我们那地方的口音，爹应当读嗲，平声。为了照顾更多的读者，我不能用嗲，只能用这个爹字。但有一层要说明的是，虽然我们那地方叫父亲也叫爹，但这个读嗲的爹，不是北方人的爸爸，而是指爷爷辈的，所以，细爹在我们那儿就是细爷爷。

在我这组文章中，后面凡是称爷爷辈为爹的，读音都是如此，请读者留意。中国的方言多，南方的方言更为复杂，许多口音都没有对应的汉字，都写成普通话，或按北方人的习惯写，又流失了感觉，对我们南方人也不公平，所以不得不由作者出来解释。就这样解释了，你还是找不到那点感觉，而方言又恰恰讲究的是那点乡土的感觉，这也是没办法的事，你就凑合着读吧。

我把看相作为细爹的身份标志，自然也是指他从事这种职业，或者说，曾经从事过这种职业。但需要说明的是，看相，也就是相命，不是细爹所从事过的职业的全部，甚至也不是他正式从事过的职业，而是村人这样认为。村人这样界定他的职业身份，也不是毫无根据，而是他最后一次回村的时候，定格在村人头脑中的印象，确实是肩着麻衣相命的布幌子，拄着一根拐棍，拖着一条跛腿。自从那次回村之后，细爹就再也没有离开村子去浪迹江湖。

　　细爹是个孤儿，父母死得早，是在村里吃百家饭长大的。有一年，村里人到江西樟树去卖猪，把他带到九江，忘在一个饭铺里。细爹后来说，村人是拿他抵饭钱，村人却说是想让他练练胆子，看他一个人在外面能活不。偏偏这个饭铺的老板是个大善人，见有人拉下一个半大孩子，就把他留下来，平日里给口吃的，帮忙扫扫地擦擦桌子，晚上让他跟伙计们睡在一起，细爹就这样在九江码头待了下来。

　　在我们那地方，九江是个大码头。我们那地方见过最大世面的人，是到过九江，次则是到过县城，再次就是到过九江对岸的一个小镇。其实从上乡的县城到九江，也不过百来里地，那个号称小九江的小镇，与九江也就一江之隔。但谁叫人家是大码头呢，不到这大码头，有些世面你就见不着。所以，细爹第一次回乡的时候，就成了一个见过大世面的人。那时候，细爹已经十五六岁了，在九江已经混了十来年，说来也算是个老江湖。

　　细爹回村的时候，村里人都围到他那个破茅屋里，听他讲外面的故事。乡下人见识短，但凡有人从外面回来，不论远近，村里人总要围到他家听听外面的新鲜事。有个当年带他出去的叔伯房的哥哥问他，我们把你撂在饭铺里走了，你怎么不找我们呢。细爹说，你还好意思说，我到哪儿去找你们呢，再说，都走了，饭钱谁出呢。他那堂哥就笑，说，回头我们还要在那家饭铺吃饭，去的时候只有路费，回来时卖了猪才有钱，来去的饭钱一块儿结，这是规矩。细爹说，你又没跟我说有这规矩。堂哥说，那怎么我们回来的时候没看见你呢，饭铺的老板说你跟一个钳工师傅走了，原来你小子混上当工友了，瞧不起我们这些卖猪的，不理我们了。细爹就笑，笑得嘴巴咧开了一个大窟窿。一边笑一边说，什么钳工师傅，还工友呢，钳工就是扒手，晓得啵，真是没见过世面。众人一听，顿时来了兴致，都催着细爹说，原来你是去学扒手了，快说说看，说说看，是怎么回事。细爹就跟他们讲起了事情的缘由。

说是有一天，细爹正在饭铺的店堂里埋头扫地，突然发现有张桌子底下有个黑布坨子，就用扫帚轻轻地钩了出来。一看，原来是个黑绸布的钱袋，两面都绣着花，沉甸甸的，里面好像有不少银圆，摇一摇叮当作响。细爹看看左右没人，就想这是谁掉的呢，突然想起适才有个穿长袍的先生坐在这儿吃饭，一定是他掉的，就放下扫帚，出门去追那位先生。好不容易追上了那位先生，人家说他不曾掉过钱袋。又把自己的钱袋从怀里掏出来说，你看看，你看看，这不是我的钱袋吗。细爹一看，这个钱袋跟自己捡到的钱袋，竟然一模一样。又一想，一样是一样，但到底是两个钱袋呀。就自言自语地说，那这是谁的呢，我明明看见你坐在那儿吃饭呀。那人说，你给我看看，兴许是空的，是人家丢了不要的吧。细爹就把钱袋顺手递给了他。那人拉开一看，果然是空的，里面什么也没有，那些银圆都不知道跑到哪里去了。细爹感到好生奇怪，心想，兴许是自己刚才看错了，就丢下空钱袋，转身跑回饭铺。

这天晚上，饭铺老板把他带到后堂，要他去见一位先生，这先生不是别人，正是他白天追到的那个人。老板把他带到那人面前，说，快拜，快拜，快来拜见师傅。见老板叫他拜师，细爹也不问三七二十一，跪下就拜。等拜完了，老板才说，师傅姓金，江湖上人称金钳子的便是。今后你就跟着金先生学艺，保管你有口快活饭吃。说完，老板就朝那人拱拱手说，金先生积德，拜托了，拜托了。细爹就跟着金先生走了。

后来，细爹才知道，这金先生原来是九江地面上的一个大扒手，是九江扒手行里有名的浔阳帮帮主。关于金先生的传说很多，小时候，我在家乡听细爹讲过上海的扒手和汉口的扒手比赛斗法的故事，金先生就是这故事中的一个主角。

说是上海的扒手和汉口的扒手，互不买账，总要争个输赢高下，有一次，相约在九江切磋技艺。上海的扒手派出的是一位女士，汉口的扒手派出的是一位先生。女的唇红齿白，男的眉清目秀，按今天的标准，都称得上是帅哥靓女。双方预先定下的都是色诱计，也就是想法子把对方引诱到床上，脱得一丝不挂，看谁能把对方身上的钱偷走。双方的选手到了九江，正如此这般地依计行事，已在一家旅馆的房间行了好事，正要穿衣起床的时候，却发现两人挂在衣柜里的衣服，竟不翼而飞。事情传出去以后，上海的扒手和汉口的扒手，都觉得很没面子，双方就都派人到九江查访，一定要查出这个幕后的高手来。七查八查，最后锁定到金先生身上。说是九江这地界，除了金钳子，没人有这等本领，也没人有这个胆量。两边查访的人于是都想见识见识这位高人，也想向他讨教一二，就相约请金先生吃饭。席间，当两个查访的人问金先生是如何得手的。金先生端起酒杯，轻轻地啜了一口，又缓缓地放下，望着两人笑眯眯地说，这个不难，你们派来的那一对男女，只顾脱了衣服快活，那里还会想到脱了的衣服还要穿上。都说干我们这行的，是梁上君子，却不曾想，君子有时候也可以屈居床下。两人顿时恍然大悟，又觉得败在这种不该有的疏忽上，犯这种小儿科的错误，实在是无地自容，也说明自家的兄弟还是修炼不够。从此，上海的扒手和汉口的扒手都不敢轻易踏入九江的地界，九江也就成了金钳子的天下。

跟了金先生之后，细爹很快就成了九江的扒界新秀。金先生看中细爹的，除了饭铺老板介绍的那一点机灵劲儿，就是他亲眼得见的心眼儿好。那次送还钱袋的事，不过是金先生使的一个调包计，目的就是想试试这孩子贪不贪。金先生原本也是一个流浪儿，吃的喝的穿的用的，都是人家剩余的，自己没钱，也就不用花钱买。后来干上了这一行，也是靠从人家的钱袋里掏点余钱为生。所以，金先生常说，他这个人就是个吃剩饭的命，他这个职业也就是个吃剩饭的职业。金先生的师傅则说，天之道损有余而补不足，干这一行，合乎天道。只是不要过分，失度。过分，失度就是损不足，就是反天道而行之了。他师傅是前清的一个落第秀才，沦落到扒行，也是无奈。金先生牢牢记住了师傅的话，所以，他带徒弟，也奉行这个原则，但凡贪得无厌，扒窃无度的，他决计不带。所以，他在江湖上又得了个义扒的称号。

金先生这个义扒，和别的所谓侠盗义偷不同，他不给自己定条条，也不给徒弟们划框框，什么几扒几不扒，几偷几不偷的，一概不立这些好听不管用的规矩。你能在下手之前，就搞清楚这人该不该扒，就算好该扒多少，搞不清楚，算计不好，立这些规矩，那不是糊弄人吗。干这一行，本来就是偷偷摸摸暗中行事，你还想修规立法昭告天下，搞得光明正大，那不是瞎掰活吗。所以，扒与不扒，扒多扒少，全凭自己的眼力劲儿，全由自己决断，只要分得出贫富，不黑了良心便好。

学扒手很苦，钳挑钩粘钓，插划扒拽挑，推拉提挤，跟贴扶靠，十八般武艺，得样样精通，有哪样不精，一朝失手，轻则被人打残，重则丢掉性命。细爹在出道之前，就跟着金先生苦练这十八般武艺。这些功夫，哪样都不好练。小时候，我曾听细爹讲过金先生教他练习钳功的故事，那真不是一日之功。

钳夹是扒功之首，人家口袋里的东西，你要是下手不快，瞅得不准，钳夹不稳，就别想瞬间取来，所以，练钳功就如同火中取栗，要出手快，瞅得准，夹得稳。起先，金先生拿一个寸长的空心竹筒，放在一盆水里，让细爹用食指和中指钳夹，夹了些日子，又改用一个填了沙的实心竹筒，再过些日子，竹筒就变成了瓦片，瓦片又变成了石头，石头变成了鸡蛋，鸡蛋变成了青砖，青砖变成了铁弹子，经这七七四十九变，最后，金先生拿了一条拇指粗的活泥鳅，放在一个碗口粗的玻璃瓶里，让细爹用两根手指夹起来，只准一次，不能再来。金先生隔着玻璃看着细爹像变戏法似的，没见出手，就见那条泥鳅稳稳地夹在两根手指头上，这才长出了一口气。

就算是如此这般，把扒行的十八般武艺练到炉火纯青，也有失手的时候，细爹就为这次失手，瘸了一条腿，几十年后，说起这事，还有些后怕。

那年秋天，九江来了很多要人，也来了很多保护要人的军警，说是要到庐山开一个会，在九江做短暂停留。金先生就对细爹说，好了，机会来了，明年一年的饭钱，就靠这一水买卖了。细爹一看这架势，就有点紧张。金先生说，别怕，这些大人物住的都是豪华酒店，我们靠近不了，靠近了也无法下手，我们还是到老地方去候着，等着他们把钱送到手边边上。

金先生说的老地方，就是烟馆妓院舞厅赌场和书院戏园这些消遣场所。这些人上庐山开会之前，之所以要在九江做短暂停留，就是为的到这些地方去找个乐子。庐山上也有，但没有九江这么丰富。金先生说，他们在这里花的，都是过日子花不完的钱，取之有道。这些下九流的地方，军警管不着，正好下手。

这天晚上，金先生带着细爹来到一家舞厅，这舞厅的名字叫甘棠汇，取自九江的一处名胜甘棠湖。九江是一个开放口岸，跳交际舞的风气很盛，一些官场得意的主儿，喜欢搂着年轻漂亮的舞女转圈，为的就是那点手触臂抱的肉感，至于交际不交际的，那都是事后的余兴。所以，在跳舞的时候，注意力就集中在舞女的粉颈酥胸上，其他的都不会让他们分心，这就给细爹这样的扒客以可乘之机。

细爹当晚化装成一个西崽，混在侍应生中，端着送酒的托盘在人群中逡巡，遇上舞池里的高潮，也随手拿出喷枪，朝舞池里喷出五颜六色的彩条。就在这一瞬间，从细爹的手里，也会有一支带钩的银线夹在彩条里面，飞抛出去，不偏不倚地落在舞客敞开的西服口袋里面，还没等彩条落定，就有一只鼓鼓囊囊的皮夹子稳稳当当地攥在细爹手里。这天晚上，凭着这手银线钓金龟的绝活，细爹不知道收获了多少只这样的皮夹子，等舞会快要结束的时候，细爹正想干完最后一单大活，就抽身离开，不想却意外失手，让他欲走不能。

舞会开始的时候，细爹就瞄准了一个身着白色西服的官员，这人不光穿得光鲜挺括，浑身都是名牌，而且手上还戴着一个闪着蓝光的硕大戒指，处处显出一副官场新贵的派头。细爹料定此人的钱包必定丰满，是条大鱼，只是一直没机会下手。原因是这人跳舞极不老实，花样动作很多，搞得人眼花缭乱。好不容易老实了几分钟，细爹趁音乐起了高潮，便拿出喷枪喷了一束彩条，顺便也把银钩放了出去。谁知就在这一瞬间，那人突然神经质似的来了一个甩胯转身，这一转身，已经钩住了皮夹的银钩就无法沿着原路飞回细爹手里，而是划了一条弧线飞了出去，飞出去的皮夹又带动了细爹手里的线头，扯翻了托盘，拖倒了酒杯，发出一阵叮叮咣咣的乱响，舞池内外，顿时大乱。经理跑来一看，说，银钩钓，这是银钩钓干的，快封锁舞厅，不要让他跑了。

原来细爹因为使得这一手银线钓金龟的绝活，在江湖上得了一个绰号，叫银钩钓。但凡在道上能使这活儿的，非细爹莫属。当下便吆喝上门外候着的跟班，调动了舞厅内部的打手，把整个舞厅围得水泄不通。细爹使出了浑身解数，跳梁翻窗，爬壁上墙，终究未能脱身。等金先生拿钱去赎人的时候，细爹已被打折了一条腿。

　　瘸了腿，干这一行，有诸多不便。细爹本来还想另外找个营生，金先生说，别找了，你也老大不小了，该娶门亲，好好过日子，日后倘若还想重操旧业，再来找我。细爹干这一行，已有些年头，也积下了一笔钱财，就听了金先生的话，回去娶了一门亲，过上了恩恩爱爱的小日子。

　　新娘子姓夏，嫁给细爹，就是我们的细奶。细奶是一个穷秀才的女儿，人长得标致，心眼儿也好，就有一样，不善理家。因为家里穷，靠父亲游馆的那点微薄的收入为生，从小就不知道什么叫当家理财，更没受过当家理财的熏陶。游馆先生的收入，大半都是实物，遇到米就是米，遇到面就是面，也有高粱玉米、红苕土豆之类的杂粮和腊货时鲜之类的杂物。这些东西原本不多，刚够一家人糊口，常常是左手进门，右手下灶，中间没有停顿。齿牙口腹不过是这些食物的一个通道，身体内通过了，身体外也就寸物不留。

　　细奶从小跟着父母过这种行云流水的日子，渐渐地也培养了一种吃干用尽不留结余的生活习惯。但细奶的吃干用尽不留结余，不是只顾自己受用，而是拿来周济旁人。她自己和细爹的生活，倒是十分节俭，只是见不得别人受苦受难。但凡村人有那缺衣少食的，过日子遇到七灾八难的，只要求上门来，她都慷慨解囊。时间长了，就有人利用细奶的这点好心，编出故事来套取钱物，细奶也不问真假，照给不误，不知不觉间也就成了远近有名的冤大头。

　　对细奶这个傻菩萨的善行，细爹倒不计较，也觉得自己有吃有穿，却看着别人食不果腹，衣不蔽体，着实于心不忍。再说，自己也无子嗣，留着这些身外之物，没有用处，不如散给急用的人，也图有个善报。只是细爹有个亲侄子，却看不过眼，觉得自家叔叔辛辛苦苦在外面赚回来的钱财，不贴补自家人，却散给外人，让外人糟蹋，颇为愤愤不平。碍于叔叔的面子，又不敢多语，却在暗中想了一个法子，把叔叔婶婶接过来同住，名义上是方便照顾，日后给他们养老送终，实则是趁机把自己的双手，伸进叔叔的钱袋，好堵住那点肥水，不让它继续外流。

细爹的这个侄子家大口阔，夫妻俩养着五男二女，加上细爹细奶，一共十一张嘴吃饭。家里就那几亩薄田，一年的收成刚够一家人糊口，日子过得十分艰难。合灶以后，细爹细奶虽然生活质量锐减，但心下并无怨言，毕竟是自己的亲侄子，他的生活困难不能看着不管，再说，没准儿到那一天，还真指着他养老送终呢。

就这样过了一些年头，细爹帮着侄儿把七个孩子养大成人，为这个人口众多的大家庭，贴进了所有的积蓄。侄儿的难关是度过了，细爹的钱袋也已告罄。侄儿虽然不说什么，却架不住侄儿媳妇的冷言冷语。农忙的时候说，只看见吃饭的，没看见干活的，农闲的时候又说，一天到晚没事干，白吃了一日三餐。平日里那些打鸡骂狗酸汤烂醋的杂碎就更多了。细爹从小就未干过农活，细奶又不会操持家务，里里外外的活计，都插不上手，只好听着这些闲话干生气。

忽一日，细爹对细奶说，不行，我得出去走走，就背起包袱走了。这一走，又是十几个年头。在这些年里，细奶不断收到细爹托人带回来的钱物，却不知细爹身在何处，所为何事。向来人打听，都说细爹行踪不定，也不知道他干些什么。既然如此，细奶也就不再打听了。好在有细爹带回来的这些钱物堵住了侄儿媳妇的嘴，自己也落得耳根清净，凑合着过几天安生日子。

细爹这次出门，起先还是到九江去找金先生，无奈金先生换了码头，不在九江。细爹想想自己年岁大了，腿脚不灵，再干这一行也不合适，就打消了找金先生的念头，就近在码头上找了些守仓库，发签筹，缝包口，烧茶水之类能干得下来的活计。

就这样干了几年，有一天，码头上来了个牙医，专给人拔牙挑牙虫。仓库里有个工友，牙齿坏了，早想拔掉，就请这位牙医手术。牙医没有专门的手术椅，也没有医院里的那些拔牙器械，只有一把半尺长的月牙小铲，一把普通的钢丝钳子和一把无口的月牙弯刀。牙医让工友跪在一个草扎的蒲团上面，用月牙铲往病牙的根部塞进一些白色的药粉，过了一会儿，看看药性已经发作，就让站在旁边看热闹的细爹按住工友的肩膀，自己却用那把钢丝钳子夹住病牙。还没见他发力，就听工友大叫一声，顿时吓晕过去。牙医却在一旁笑笑说，好了，好了，随手把拔下来的病牙当的一声丢进一只破瓷碗里，又拿出一团棉絮，在一个墨水瓶里蘸了些黑乎乎的墨汁，填进牙床的空洞里，就算大功告成。过了一会儿，再看工友，既未见流血，也不喊疼，付过诊费，千恩万谢地走了。

细爹觉得神奇，便要拜牙医为师。牙医正好也缺个帮手，就问了一下细爹的情况，细爹也如实相告。听说是金钳子的徒弟银钩钓，牙医便知细爹手上的功夫一定了得。干他这一行，要的便是这手上的功夫，在病人吓得大叫的那一瞬间，手腕一抖，指间发力，就要让病牙下来，倘若扯扯拽拽的还下不来，那还不把人疼死。

我小时候也让细爹拔过鬼牙，一切如法炮制，只是用的不是铁钳，而是弯刀。鬼牙长在表面，不是拔，而是扳。当细爹的弯刀架在我的鬼牙上面，我已经吓得魂飞魄散。还没等我哭出声来，鬼牙已经扳下来了。细爹顺手在我家床褥子上扯了一团棉絮，蘸上墨汁，堵塞进去，没多久，就长好了。我至今想不明白，何以无须消毒，何以也不感染，既然如此简单，牙科专业何以要学七年。

细爹后来便跟着这位牙医行走江湖，除了拔牙，牙医又教他挑牙虫的手艺。跟拔牙不同，挑牙虫是个细活，也是个技术活。牙医先让细爹到山里去采些薄荷叶子，揉碎了，捣成液汁，然后将细碎的米粒浸泡其中。等米粒吸足了液汁，再冲洗晒干，存入一个布袋之内。等到要跟人挑牙虫的时候，牙医就拿出一根细细的铜管，让患者张嘴，朝牙龈处轻轻一吹，患者顿感牙根清凉。稍后，牙医便用铜管的尖头在牙根处细细挑拨，再用一块白布轻擦患处，白布上就会有许多暗绿的小虫，这就是牙虫。

从一开始，细爹就对这门手艺将信将疑，觉得那挑出来的牙虫，似乎就是吹进去的米粒。只是挑牙虫的活计，牙医很长时间都不让细爹上手，直到有一天他病倒在床，自知不能再起，才不得不说出其中的奥秘。细爹问他，这如何治得牙病。牙医笑笑说，什么牙病不牙病的，这是前人传下来的一门混饭吃的手艺，不知养活了多少人。又说，我知道你良心好，不忍心骗人。其实也没骗人，米粒浸了薄荷，装在铜管内，吹进去了有一股清凉之气，患者顿觉轻松，不知不觉牙痛也就好了。很多人的牙病后来就不犯了，你说这是不是怪事。说完，望着细爹凄苦地一笑。

知道了其中的奥秘，牙医死后，细爹就只给人拔牙，再不跟人挑牙虫了。这样又过了些年，世道变了，到处打击危害人民健康的非法游医，拔牙的生计也断了。细爹就想，自己也老了，既不能凭手艺，又不能卖苦力，在江湖上也混不下去了，再说，老伴儿一个人在家，也不能丢下不管，就有了归乡的念头。

这一日，正要离开九江，忽见码头边上有一个看相的摊子，就凑上前去，想让看相的先生瞅瞅，给他指一条日后的生路。这看相先生是一个须发皆白的清瘦老者，只看了一眼，便说，倦鸟归巢，巢中无食，老之将至，如之奈何。细爹听不懂看相先生的话，就要他明白开示。看相先生笑笑说，不用看，我就知道你是谁。我在这码头上摆了几十年的摊子，阅人无数。你被村人丢在饭铺的时候，饭铺老板就来找过我，说要送你跟我当学徒。我说，我这行不是能学的，等他要吃这碗饭的时候，自然会来找我。你这几十年的行踪，我了如指掌，今天果然来了。细爹一听，大吃一惊。细细一想，依稀记得那年初到九江的时候，在码头上似乎就看到过这个看相摊子。只是当时只顾赶路，未及多看一眼。

听看相先生这样一说，细爹当下拱手便拜，说，先生在上，在下愚钝，至今仍无缘分，只求先生给我指条出路便走。看相先生说，那好，你稍等片刻，我去去就来。细爹就在摊子上坐等看相先生回来。谁知这一等，直到天黑，仍不见看相先生的踪影。细爹只好就近找个歇处，第二天再等。这样一连数日，细爹就明白这是看相先生有意如此，只好帮看相先生守着这摊子，一面装模作样地当着看相先生，一面等着真的看相先生归来。只是细爹对看相这行，纯属外道，既未得师传，也从未看过《麻衣神相》之类的相书。有人来看相，就只好跟人家聊些社会见闻，江湖逸事。虽然也有人对这些趣闻逸事颇感兴趣，但愿意花这种冤枉钱的客人毕竟不多，细爹自己也不愿意这样没来由地骗钱。就这样过了些日子，细爹见看相先生归来无望，再强撑下去，也不是个事。于是就拆了摊子，肩起麻衣相命的布幌子，寻了一条木划子过江。而后，便挂着一根拐棍，拖着一条跛腿，迤逦朝自家的村子走去。

我最后一次见到细爹，是在他回村三十多年以后的一个冬天。那时，他的老伴已经去世，他自己也有九十多岁了，还是靠侄儿养着，一个人睡在一个猪屋里。猪屋又矮又小，刚够摆一张木床，细爹就躺在那张宽大的木床上。床边挂着一个老式夜壶，床头放着一副吃剩的碗筷。床前的猪窝里，一窝刚下的猪仔，层层叠叠地趴在倒卧着的母猪宽松的肚皮上，拼命地拱着奶头，唧唧咕咕地闹成一片。细爹静静地躺在木床上，戴着一个破旧的灯笼帽，从帽子的窟窿里露出两只凹陷下去的老眼，定定地望着茅草的屋顶，稀疏的山羊胡倔强地翘起在下巴上，像埃及法老的雕像。

我走近他的床边，他似乎没有察觉。我知道，此刻，我无须问候，跟他说什么话，都是多余。我也不可能再听他讲那些好听的故事。我只能在他身边静静地站着，默默地听着他的呼吸，默想着他回乡后的艰难岁月。听母亲说，细爹回村后，他那副麻衣相命的幌子，很快就当封建迷信缴了，还挨过几次斗争。拔牙的事，也不能做了。他侄儿还算有点良心，给他一口吃的，跟猪一起喂着，要不，早就饿死了。

站了一会儿，我正要转身出门，却听见身后发出一个熟悉的声音，还想学扒手吗。那声音很尖很细，还伴随着一点微弱的笑声，就像从遥远的地心深处传来的一样。我转身扑到细爹身边，紧紧地抓住了他的一只手。我感到细爹的手指在我的掌心紧紧地一握，又松开了。就在这一瞬间，我看见一根银线从我眼前倏忽飞过，在这个幽暗的猪屋里划出一道晶亮的白光。

阴婆二奶传

　　二奶的年纪不大，叫奶主要是冲她的辈分去的，不是冲她的年龄去的。我们那地方叫奶，不像北方人那么实诚，连着叫两声，字正腔圆，一点都不含糊。比如，京剧里的李铁梅，奶奶，你听我说。我们那地方叫奶，只叫一个字，听起来更像乃衣两个音的连读快放，给人一种偷工减料、敷衍了事的感觉。

　　二奶不在乎这个。因为真叫她二奶的人，只有本房的小辈子。外面的人都不这样叫，外面的人都叫她姨婆。又是姨又是婆的，她自己也搞不清楚到底是姨还是婆。只有前回说的看相的细爹知道这样叫的原因所在。细爹说，么事姨婆不姨婆的，还姨爹哟，你把阴婆说快点看，不就是姨婆吗。听的人就阴婆阴婆地快着说，说着说着，果然就说成姨婆了。

　　细爹这样说，并不是要拆穿二奶玩的什么鬼把戏，有意让她难堪，损害她的尊严，而是同情二奶的遭遇。说，好端端的一个女娃娃，怎么就成了姨婆呢。可见，把阴婆叫姨婆，不是从二奶开始，而是很早就有的一个叫法。细爹说的话都是古话，他这样说，一定历史悠久。

　　二奶当年确实是好端端的一个女娃娃。只是在出生的时候，冲着稳婆笑了一下，把稳婆吓得脸色发白，稳婆就顺手就把她丢到床头的马桶里去了。二奶的姑姑见孩子还是活的，又顺手从马桶里捞了起来。还埋怨了稳婆一句，说，活的也丢。稳婆一边拍着自己的胸口，一边说，哎呀妈呀，吓死我了，一定是个妖怪，不丢还当神仙供着呀。

那时节，丢弃女婴很常见，都是稳婆顺手的事，二奶家里人倒没怎么计较。只是二奶的这一笑传出去，就成了这样的故事：说这稳婆前世是个贼，二奶的前世是衙门的捕快。有一次，这贼偷了县城的一家当铺，二奶的前世捕了好久没有捕到，这回是这贼自己把捕快从他娘肚子里接出来了。窃贼迎来了捕快，小偷撞见了警察，你说二奶该不该笑。

这故事原本是乡下人编着糟鄙稳婆的。稳婆是民间的送子娘娘，不比观音大士，不食人间烟火。有时候免不了多要了供奉，遭乡人怨烦，就编了这故事出气。编的人有心，听的人无意，放在往常，听听也就罢了。但这回到了二奶头上，却又生出了新的故事。

二奶长到十几岁的时候，出落得如花似玉，远近的人都说像画上画的仙女一样。又聪明能干，家务女红，都拿得上手，很快就有人上门说媒。二奶的父母也想早点把她嫁出去。漂亮的女孩子，在家里放久了，难免招惹是非。只是有一样，二奶的父母放心不下，就是二奶长大了以后，老爱做梦。做梦就做梦吧，也不是什么奇事，谁能一夜无梦地睡到大天光。但问题是，二奶做的梦她都记得。记得也没有什么稀奇，但她要是说出来，会把你吓个半死。

有一天，吃早饭的时候，二奶在饭桌上说，后头房的三爷爷不是病死的，是闷死的。二奶的娘说，你是怎么知道的。二奶说，三爷爷昨晚亲口对我说的，我昨晚梦到他了。二奶的爹说，别胡说，三爷爷死的时候，你多大个屁伢，你怎么会知道。二奶还要争辩，二奶的爹就掉过筷子头，隔着桌子在她额头上重重地敲了一下。又恶狠狠地说，你这个惹事的货，再说我撕了你的嘴，二奶就不作声了。

三爷爷有两个儿子，大儿子在外面当团长，二儿子在身边尽孝。三爷爷九十四岁的时候病倒在床，不久就死了。老大从外面回来问爹是怎么死的，弟弟说是病死的。村里人都知道，是没照顾好，裹着被子从床上滚下来，让被子闷死的。这事要是让他大儿子知道了，还不要了老二的命，所以全村人守口如瓶。二奶就这么轻飘飘地说出来，你说还不把她爹吓个半死。

二奶就这么有一搭没一搭地从梦里向梦外爆料，爆出来的不是哪家的秘闻，就是哪个人的隐私。他爹骂了几回，见不管用，也就当故事听了。这事在自己家里说说听听，倒不打紧。要是嫁出去了，天天往外撂人家的家底子，哪还有个安生日子好过，所以二奶的爹娘也就不敢嫁他。二奶的爹就想起二奶出生时朝稳婆的那一笑，又听村人说二奶知道稳婆前世的秘密。心想，这女子莫非真的就是个妖怪，要是那样，就更不能嫁了。放在家里养着，总不至于害自家人，要是嫁出去，害了别人，那这个德就缺大了。从此，就再也不提女儿婚嫁的事。

其实用不着爹娘着急，媒人说合，二奶的心里早就有人了。这人不是本乡子弟，而是从外地来的一个铁匠的儿子，名字就叫铁汉。我们那地方把外乡人都叫外水佬，大约是说他们都是经过外地的水码头过来的。一个姑娘跟了外水佬，在村人眼里，就是个本地没人要，嫁不出去的货。在父母眼里，就是铁了心要抛弃父母家人远走高飞，永远跟娘家人断了往来。村里的女人议论起来，还有点骚浪不淑，跟野男人跑的意思，总之不是什么好事。

二奶才不管什么好事不好事，她就喜欢铁汉，愿意嫁给他，跟他走村串户，浪迹天涯，再苦再累也不怕。铁汉人长得好，心肠也好。二奶第一眼看到他，就喜欢上了。那天二奶到东头水塘挑水，正经过铁汉家支在柳树下的打铁炉，水桶的铁箍松了，水流了一地。那时，铁汉正押着父亲的小锤点子，在挥动一把大铁锤。见二奶的水桶箍松了，赶紧跑了过来，三敲两打就把铁箍紧好了，还帮二奶再去水塘里挑了一担水上来。从这天以后，铁汉就一脑袋扎进二奶的心窝子里了。睁开眼是铁汉，闭上眼还是铁汉，连三餐饭也要端着碗跑到东头的柳树下去吃。一有空就拉着铁汉到田畈里疯跑，有时还要摇上自家的小船，双双下湖采菱角摘莲蓬。有人还说看见他俩在荷叶深处抱着亲嘴，亲完嘴后就做了那事也说不定。

事情到了这一步，二奶的爹娘也没有别的办法，只有黑下一条心，赶快把她嫁了，就托媒人在山里给她找了一个人家。媒人到家的那天晚上，二奶做了一个梦，在梦里，生前最疼爱她的奶奶对她说，你爹娘要把你嫁到山里去，你要想跟铁汉走，就赶紧跑吧。第二天一早，二奶的爹娘发现二奶不见了，就到村东头来找铁汉的爹。铁汉的爹也说，一早就不见铁汉的人影，他也不知道去哪里了。二奶的爹就叫了几个后生，带上绳子，分头去追。晌午时分，有一路追兵押着五花大绑的二奶回来了。经过村东头的时候，铁汉的爹问，铁汉呢，有个后生说，跳江里了，就没有后话。

二奶被押回家后，她爹把她关在一个柴房里，不让她出门，就等着山里的轿子前来接人。二奶静静地坐在柴房里，不哭也不闹。村里的姊妹和嫂子媳妇来劝她，她只望着人笑。这一笑不打紧，来劝她的人就想到了接她出生的那个稳婆，生怕二奶把她们不知是好是坏的前世说了出来。照老人的说法，今生投胎做人的，前世大半都是畜生。六道轮回，不能总是做人。倘若说自己的前世是头狼猪，或者是条母狗，岂不丢死人了，所以都只看了一眼也就走了。这事传到了山里，山里的轿子也不来了。二奶就这样在家里养成了一个没嫁出去的老姑娘。

说二奶没嫁出去，是说她没有吹吹打打地被人接走，热热闹闹地跟人拜堂成亲。其实她自己一个人在暗地里把这婚嫁之事都完成了。就在铁汉跳江后不久，有天深夜，从二奶的房里传出一些平时不常有的动静，还听到一些奇怪的声音。二奶的爹娘就隔着门缝偷看，竖起耳朵偷听。原来二奶正在与铁汉拜堂成亲。隔着门缝看过去，屋里虽然只有二奶一个人，但却有一个男子与二奶有说有笑，还夹杂着许多私房话和打情骂俏。这男子的声音分明就是铁汉，一点都不走样。二奶的爹娘不禁暗自吃惊。夜半时分，只听铁汉说，我白日里不能跟你相守，夜间必来相会，你等着我就是，而后就没有动静。

这边厢，二奶在跟铁汉拜堂成亲，那边厢，铁汉的爹不知儿子的下落，活不见人，死不见尸，正心急如焚。自己找了一阵子，没有找着，没奈何，只得上二奶家要人。二奶的爹还算通情达理，答应让看见铁汉跳江的那几个后生帮他一起去找。铁汉的爹正要出门，二奶的房里却传出铁汉的声音，说，爹，不用找了，我在我舅家。铁汉的爹大吃一惊，转身要推房门。铁汉在门里说，别推了，你推我就走了。铁汉的爹只好站在门外破口大骂，说，你这个畜生，跟你老子装神弄鬼，你要把你老子急死。又怀疑有诈，说，你在你舅家，为何又躲到人家房里。铁汉说，我这不是怕你老人家着急，赶来报个信吗。铁汉的爹又说，你说你在你舅家，那我问你，你舅家有几口人，你舅妈姓什名谁，你有几个表弟表妹，你舅家的大门朝南朝北，门前有几棵柳树，树上有几个老鸹窝。铁汉都对答如流，分毫不差。铁汉的爹只好跺跺脚走了。第二天，就有人来报，说铁汉的爹一大早就挑着铁匠担子到他大舅哥家去找铁汉去了。

自从与铁汉成亲之后，每到夜半时分，二奶的房里就会传出她和铁汉的私房话。二奶的爹娘听了几次，无非是一些生活琐事，人情物理，就像平常人家小夫妻过日子唠的家常话一样。过了一些日子，二奶的爹娘从小两口的私房话中听出，他们好像有了孩子。听口气，还像是个大胖小子。此后，关于儿子的哺育和抚养，就成了小两口的主要话题。做了外公外婆，二奶的爹娘自然高兴，只可惜这不是真的，而是女儿的梦魇所生。二奶的娘禁不住抹着眼泪说，我可怜的儿哇。二奶的爹却摇摇头叹口气说，孽障。

经过这么一闹，四乡八里的人都知道，二奶能通阴阳，能知前世今生。这话传到一个阴婆耳朵里，这阴婆就找上门来，要收二奶为徒。起先，二奶的爹娘都不答应，说，好端端的一个女娃娃，做什么也不能去做阴婆呀，人不人鬼不鬼的，辱没先人。二奶说，我愿意。推个线车走亲戚，走百八十里地，累个半死，也只能见到那些活着的人，阴婆往地上一躺，就能让你见到死去的亲人，有什么不好，就跟来找她的阴婆走了。

这阴婆姓刘，原本是后山人氏，嫁到下乡来以后，因为干不了水田里的活计，又不愿做家务女红，仗着有几分姿色，整日里涂脂抹粉，东家出，西家进，捡耳朵，包打听，渐渐地就成了村里的信息中心。村里谁家有什么事，她都能说出来龙去脉，谁人遇到什么坎儿，她都能道出远缘近因，村里人也就把她当了半个神仙。

有一年，这刘氏得了一场大病，烧得满口胡话，三天三夜不醒。看了几次医生，也不见好转。她男人听她满口胡话，起先越听越急，不知如何是好。后来不急了，非但不急，相反，还越听越有味道，越听越想听。原来她把村里张家长李家短的故事，都讲了一遍。遇到有情节的地方，还手舞足蹈地表演一番。轮到要说话的时候，又模仿双方的语气，学说一通。惟妙惟肖，像本人一样。她男人听医生说，这病无性命之虞，烧退了也就好了。于是就放下了一颗心，见天守在她床前，听她演单口相声。病好了以后，这刘氏也就顺理成章地当起了阴婆，无师自通地干起了过阴这行当。家里人见她干不了别的，也就由她去了。

阴婆在乡下不是一个正当的职业，所以也就没有一个严格的职业规范。其主要业务范围，无非是过阴，治病，驱鬼，接生这几样。过阴是主要的，也就是帮你约会死去的亲人。这约会自然不是真实的，而是虚拟的。用今天的观点看，多少带有一点心理抚慰的意思。至于后面的那几项，都是派生出来的。在阴婆看来，但凡人体有病，都是恶鬼缠身，甚至女人难产，也与鬼魂附体有关。阴婆自谓能通阴阳，能知前世今生，作法驱鬼，念咒降妖，便能使病体痊愈，让鬼魂离身。这在今人看来，就是装神弄鬼，骗人钱财。所以，阴婆在我们乡下，又分文武两道。文道只帮人接通阴阳，武道就干些作法念咒降妖驱鬼的勾当。

刘氏未收二奶之前，只擅武道，于文道并不在行。有时跟人过阴，难免要闹出一些笑话。有一次，陈家湾的一个女人死了丈夫，思念心切，请她前去过阴，原意是想听听亡夫的声音，说几句体己的话。谁知这刘氏往晒筐里一躺，还没说上三句，就让夫妻俩为一件小事吵上了。女的说男的好吃懒做，男的说女的不会做家。女的说，人家说，男人是扒子，你这个没用的男人，就是个没齿的扒子。男的说，人家说，女人是筐，你这败家的婆娘，就是个没底的筐。阴婆过阴，接通了死者之后，本该由阴婆扮演死者与生者对话。这刘氏吵上了瘾之后，竟由她一人既扮演死者，又扮演生者，自己跟自己吵得个不亦乐乎。死者的弟弟实在看不过眼，没等吵完，就一把把刘氏从晒筐里抓起来，连同一袋糍粑豆丝的报酬，一起丢出门去。

二奶跟刘氏不同，二奶的强项是文道。二奶跟了刘氏之后，对刘氏的那一套作法念咒降妖驱鬼的法术，没有多大兴趣，却对沟通阴阳接引人鬼过程中的人情世故，体察入微。乡下人过阴，要见的多半是至亲之人，尤其是过世的高堂父母和死别的患难夫妻。儿女要见父母，自然是表达未尽的孝心。夫妻阴阳两隔，自然要诉说刻骨的思念之情。二奶都根据主家日常的生活状况和当下的心理状态，用主家熟稔的一个个具体的生活细节，或让生者发问，或代死者作答，或一并演绎生者死者的对话。让听的人如临其境，如膺其情，由不得你不潸然泪下。所以，二奶过阴，就免不了有许多人围观，常常把她睡在地上的晒筐围得水泄不通，像看杂耍艺人的街头表演一样。看到动情处，圈子外会响起一片感叹唏嘘之声。有那实在忍不住要哭出声的，会挤出人群，掩面而逃，跑到村头的一棵大柳树下，痛痛快快地放声大哭一场，哭完了再回来看二奶的过阴表演。有一次，有个寡妇请二奶去为亡夫过阴，寡妇对她的丈夫说，你冬天睡觉，双脚冰凉，我如今不能抱着你的脚睡，你自己脚下盖厚点。二奶代她的丈夫说，你不抱着我的脚，我就睡不着觉，天天晚上睁着眼睛想你想到大天光。听到这里，同村的一个嫂子竟哭得昏死过去。

说话间，就到了解放以后，人民政府要移风易俗，取缔封建迷信活动，阴婆过阴自然首当其冲。为了揭穿真相，教育群众，区上组织了一次斗争大会，专门揭露批判这些巫婆神汉。因为刘氏在当地名气很大，流毒很广，区上就把她拉到现场，要她在会前实地表演一番，让群众看看她的丑陋原形。

刘氏一上来，还是她那一套作法念咒的把戏。区上的人找来一个小伙子，这小伙子的母亲去世不久，想要刘氏问问他母亲在那边过得怎样。刘氏当即从怀里掏出一沓画了符的黄表纸，又从纸里抽出三根线香，放在鼻子前闻了闻，就在地上摆着的晒筐前点着了。顿时香烟缭绕，异香扑鼻。然后，刘氏又双手合十，口中念念有词。不一会儿，就见她两眼翻白，哈欠连天，扑通一声倒在晒筐之内。临倒下去的时候，还不忘把自己的一双布鞋在晒筐外一正一反地摆平。然后才侧身睡下，像钟摆一样前后交叉地摆动双腿，表示她正在阴间行走。就这样走了一会儿，刘氏突然说，你是某某的娘吧，终于找见你啦，这一路山高水远，坑坑洼洼，高低不平，你叫我找得好苦哇，你可得叫你儿子多给我几个脚力钱。接着，就听那小伙子的娘开口说话。他娘说，儿哇，你辛辛苦苦派人到阴间来，找我何事。小伙子一听是娘的声音，赶紧回答说，娘，我想你，你在那边过得怎样。小伙子的娘就哭着说，这哪叫人过的日子呀，吃没吃的，喝没喝的，小鬼夜叉还一个个凶神恶煞的，不是用鞭子抽，就是用棍子捅。儿哇，我这是在阳间作了什么孽呀，阎王爷要罚我吃这样的苦，受这样的罪。小伙子一听，当即哭跪在地，说，娘呀，你别哭了，儿来救你，我回去就把家里的腊肉煮了，让姨婆给你送去。小伙子的娘说，儿哇，有你这份孝心就够了，腊肉还是留着你自己吃吧。小伙子就说，那儿子问娘，家里的腊肉放在哪里呢，我只看见娘腌，没看见娘放。小伙子的娘说，就在里屋的床底下，靠墙放着的罐子里装着的就是。小伙子就站起来说，哦，娘，晓得了，我回去就找。

就在刘氏和小伙子为着一罐子腊肉一问一答的时候，区上的一个年轻干部却在摆弄刘氏放在晒筐外的那双布鞋。那双布鞋的摆放原本是很有讲究的，刘氏让它一正一反地放着，就表示自己正在阴间行走。若是都摆正了，就表示自己就要醒来。若是都翻过去放，自己就永远醒不过来，也永远回不来了。只是眼前的这双布鞋，无论区上那个年轻的干部如何摆弄，晒筐里的刘氏都无动于衷，丝毫也不受影响。等到过阴完毕，这刘氏从阴身醒转过来，幡然坐起的时候，却发现她那双布鞋的两只鞋底都是朝上放着的。

要揭穿阴婆的这些把戏，其实并不困难。恰好这天又闹了一个乌龙，结果便传成了一个笑话。原来区上找的这个小伙子，是刘氏的一个远房表侄。虽然不常走动，但刘氏对他家的情况，却了如指掌，也熟悉他娘说话的声音语气。区上的人只想找一个不久前亲人去世的，对刘氏认不认识这人，与这人有没有什么关系，却没有仔细查问。不过，小伙子说他家有一罐腊肉，却是区上的人和小伙子合伙设下的一个圈套，目的是想试试这阴阳两界的事，刘氏是否真的巨细皆知。没想到刘氏以假当真，果然中了圈套。事完之后，这小伙子就当众否认了他家有腊肉的事。说他家穷，连饭都没得吃的，哪还有腊肉吃，他也从未见他娘生前腌过腊肉，引得台下的群众一阵大笑。

刘氏因为为人驱鬼治病，把孕妇难产当恶鬼附体，为鬼接生，背上了两条人命，经查，判了三年徒刑。二奶虽然也是阴婆，因为在群众中的口碑较好，又没干什么伤天害理的事，所以，也就没有特别追究，只叫她以后别搞这种封建迷信活动，好好在家劳动生产便是。这期间，二奶还参加了县里组织的一个学习班，有专门的老师向他们普及科学知识，让他们破除迷信，提高觉悟，加强改造，重新做人。在学习班上，二奶认识了一个年轻的女老师。这女老师听说了二奶的经历，对二奶很表同情。有一次饭后闲聊，这女老师便问二奶，铁汉到底是死是活，你后来有他的消息吗。二奶说，他水性好，死不了。老师说，这都过去好几年了，他后来为什么不来找你呢。二奶说，怕我爹吧。我爹见了他，还不把他活吃了。老师说，现在解放了，婚姻自由，不怕。二奶说，你们不怕，我们乡下人还是怕。

学习班结束之后，二奶便背上行李回村。一路上禁不住又想起了她和铁汉逃跑的事。那天逃到江边，就发现后边有人来追。铁汉说，你跟他们回去，我到我舅家暂避一时，我舅家离这不远，对，就是我跟你说过的那个舅舅。我顺水漂流，只需半日便到。等过了这阵子，你爹的气消了，我再来寻你。铁汉说完，就在来人面前扑通一声跳到江水里去了。二奶被那几个后生抓住，也不挣扎，由着他们五花大绑地押回村里来了。

二奶正这么一路走一路想着，不知不觉就到了村口。还没进村，就听见远处传来熟悉的打铁声。心想，莫非真的是铁汉寻来了，就加快了脚步。等她走到村东头一看，在那棵大柳树下，果然支着一个铁匠炉。那弯着腰敲打小铁锤的，不是别人，正是铁汉。只是这回铁汉的爹没有跟他在一起，而是二奶的爹娘站在铁汉身后，一边指着进村的大路，一边对铁汉说，看看，看看，快看看，是谁回来了。

二奶不久就跟铁汉在村里把婚事办了，一年后，果然生了一个大胖小子。二奶的爹娘这回真的做了外公外婆，自是说不出的高兴。想想当年空欢喜一场，又禁不住感慨万分。孩子满月的时候，县里的女老师也被邀请来吃满月酒。看到这个白里透红的大胖小子，二奶的老师就打趣说，这小子不是早就出生了吗，怎么现在才做满月呢。二奶也笑着说，我不是把他放在梦里养着吗，现在落地了，还得重新过满月。二奶的老师就故意摇头晃脑地打着啧啧说，哎呀呀呀，奇哉，奇哉，人家的儿子只生一次，你的儿子要生两回，这小子硬是比人家多一条命嘿，日后必定大富大贵，说得来客都禁不住哈哈大笑。

这老师后来把这个生了两回的孩子，连同二奶的所有故事，都讲给一个搞文学的人听。几十年后，这人在家躲避一场传染病，镇日与老伴对坐枯守。忽一日，心血来潮，就坐到电脑面前，把这个故事信手写了下来。老伴读毕，竟拊掌大笑，也学着那位女老师的口气说，妙哉，妙哉，杜康解忧，此物解闷，吾得救矣。

歌子三嫂传

三嫂成了歌子，是 1959 年冬天的事。

我们那地方把疯子叫歌子。为什么这样叫，连方言学家也说，无从查考。其实，用不着查考，人成了疯子，整天呀呀唱唱的，可不就是歌子。子在古代汉语中，既指男子，也指女子，之子于归的子，就是指女子。照这样说，那歌子就该是唱歌的女子了。唱歌自然是一件很文明的事，所以，我们那地方的人背后都说三嫂是文歌子。文歌子不打人，光唱歌。唱高兴了就笑，唱悲伤了就哭。有时候一边笑一边哭，不知道到底是笑还是哭。

三嫂在没歌之前，是我们那儿的大美女。乡下女人的皮肤黑，三嫂的皮肤白。白得经过一个双抢季节的日晒夜露，依然如故。颇有点千晒万晒只等闲，要留清白在人间的味道。白皮肤的三嫂，还有一样与乡下女人不同，就是她的脸儿红。红脸蛋的女人多的是，尤其是年轻姑娘。要不歌里也不会唱你的脸儿红又圆哪，好像那苹果到秋天。三嫂的不同之处，就在这皮肤白。我们那儿的人蒸发糕，嫌筷子头点的吉祥痣像脸上的痦子，不好看，喜欢用刷子在发糕面上刷上一圈桃花汁儿。这圈桃花汁儿倘若刷在荞麦发糕上，就像黄脸婆抹胭脂，显不出色儿来，只有在那雪白的米糕上刷上这么一圈，蒸出来蓬松松的、红扑扑的，才有那么一点白里透红的味道。三嫂就有这么一张白里透红的脸。这张脸配上一个削肩细腰宽臀的身段，三嫂在出嫁前不知道迷倒了多少后生。

说到三嫂的迷人，还有一段故事。说是有一年，她跟她爹去了一趟县城。她爹说要跟她买一段布料，给她做件新衣裳。正在挑选衣料的时候，却发现旁边有个后生，正在目不转睛地盯着她看。乡下的女孩子很少被人盯着看。这后生这样看她，三嫂觉得很不自在。白里透红的脸上，不知不觉间又飞起了一团红晕。就下意识地换了一个地方，到她爹的那边站着。谁知这后生又跟了过来，还是盯着她看。直看得三嫂心里发毛，放下布，拉起她爹转身便走。出了西门，上了回家的公路，回头一看，那后生还在后面跟着。三嫂的爹觉得这后生好生无礼，就停下脚步，等他走到近前，冲着他大喝一声说，看么事看，有么事好看的，再看，我把你的眼珠子挖出来。那个后生这才如梦方醒，连忙躬身道歉，撒腿跑开了。

　　这后生是县中的一个学生，名叫何树林，他爹是县中的美术教师。他当年正读高三，不久便考上了中央美术学院。上了大学之后，不知道从哪儿打听到了三嫂的姓名，弄到了三嫂家的地址，从一进校就开始给三嫂写信。乡下人很少收到外面的来信，中央的大学有人跟三嫂写信，就更是一件稀罕事儿。三嫂只读过小学三年级，信上有许多字认不下来，就请念过初中的三哥帮她念。

　　三哥三嫂一个住村东头，一个住村西头，小时候不在一起玩，长大了交往也少。加上三嫂家是外来户，杂姓，多少还是有些生分。头一回，三哥从队委会把信带回来送给三嫂，三嫂觉得稀罕，就要三哥拆了念给她听。念了几句，三哥的脸就红了，三嫂也跟着脸红了，一把把信从三哥手里抢过来，不要他念了。后来，三哥再带信来，三嫂接过信就跑，再也不要他念了。过了些时，这些信积攒得多了，三嫂的心里又像有蚂蚁在爬。就又跑到队委会，请三哥一封一封拆开来念给她听。三哥是大队会计，常在队委会办公。

　　何树林的信来得勤，三天两头的都有。好像他不上课，也不画画，专门给三嫂写信。这些信都写得很长，里面的话都很肉麻，三哥三嫂都没有听过。所以不论是念信的三哥，还是听念的三嫂，都弄得脸上红一阵白一阵的，像得了疟疾病。有一封信中，还夹了一张画，画上画的就是三嫂。只是让三嫂穿的衣裳太单薄了，里面什么都看得出来。弄得三哥就像被马蜂蜇了，忽地一下从凳子上跳起来，一把把画塞到三嫂手里说，不念了，不念了，下流，下流，太下流了。三嫂接过画，只看了一眼，转身就跑，一边跑一边把手里的画撕个粉碎。回到家里，还禁不住心里怦怦乱跳。也像三哥一样骂着，下流，下流，真是下流。

画是撕了，人也骂了，何树林的信还是三天两头地寄过来。有一天，三嫂又禁不住找到三哥，说，你再帮我看看，又说了哪些下流话。三哥好像也有这个意思，接过信，二话不说，又帮着念了起来。这回念的信里，有一封信中还夹了一首古诗，三哥的古文水平不高，许多字都不认得，有些句子也读不下来，只有开头的几句，勉强懂得个大概：有美人兮，见之不忘。一日不见兮，思之如狂。三嫂就问三哥这话是什么意思，三哥说，意思就是说，你是个美人儿，见了你就忘不了。一天见不到你，就想你想得发狂。三哥说得很认真，就像说自己的心里话一样，弄得三嫂浑身发躁，白里透红的脸上，只见得到红的，见不到白的。

三哥和三嫂就这么一来二去念着何树林的这些信，日子久了，就把他俩自己也念进去了。三嫂还是那个三嫂，三哥却变成了何树林，觉得他念的信里的那些话，好像也是他自己心里想要说的一样。渐渐地，三嫂也觉得三哥念的那些话，不是何树林说的，而是三哥对自己说的。经过这么一变，这以后，三哥和三嫂都不觉得信中的那些话肉麻下流，而是觉得情真意切，掏心挖肺，句句中听。结果是，念的越念越想念，听的越听越想听。到了最后，在一起念信，就成了三哥三嫂的日常功课。有几天没在一起念信，两人都觉得心里空落落的，像丢了魂儿似的。

就在三哥三嫂念信念出了一点意思的时候，忽然有一天，送信的邮递员说，以后这信就没得送了，这是最后一封。三哥问是何故，邮递员说，你们还不知道哇，县中何老师的这个儿子休学回家了，说是得了神经病。三哥就问，好端端的怎么就得了神经病。邮递员说，还不是为了你们村的这个女的。何老师的儿子害了相思病，整天茶不思，饭不进的，哪有心思读书，搞久了，就得了神经。乡下人搞不懂神经病和精神病的区别，把所有的心理疾患都叫神经病。

这事儿要是放在今天，男女双方都要暴得大名。何树林和三嫂虽然都不是明星，比不得明星的绯闻，但就冲何树林的这点痴情，也会让无数少女莫名感动，让一样痴情的男生魂牵梦萦。那年月风气保守，乡下尤甚。何树林为三嫂得神经的事一传出去，三嫂不但没有粉丝拥趸，成为青春偶像，相反，却招来了狐狸精的骂名，说她皮红肉白，妖里妖气，专会勾引男人。

三哥的爹是大队书记，虽然他也知道这事与三嫂无关，但却要三哥与三嫂断了往来。三哥的爹跟三哥定过一门娃娃亲，说好了今年冬天上完水利之后，就把三哥的婚事给办了。三哥的爹不想在三哥成婚之前沾上坏名声。

这年上水利是到后山修水库，三哥和三嫂都上了水库工地。正好，三哥未过门的媳妇也在工地上。三哥这个未过门的媳妇姓黄，名叫黄菊香，是后山当地人，栗林大队的妇联主任。黄菊香是那种体格壮实的农村姑娘，从小跟她爹上山砍柴，钻林子打猎，到深涧里捉鱼，上树梢上抓鸟，养成了一副天不怕地不怕的野辣性子。听说三嫂也在工地上，有一天，就找到三嫂的工棚，当着众人的面说，你们的事，我都听说了，这世上没有不透风的墙。我知道，你们中间就碍着我，那好，趁我们都在工地上，三人对六面，自己做个了断。这不关大人的事，新社会了，婚姻大事，自己做主。我们是娃娃亲，你们是自由恋爱，谁跟谁都有理。

黄菊香的了断方法，是当时作兴的打擂台。不过，不是真的上擂台比武，而是比赛挑土。说好了，她和三嫂一人挑三十担土上水库大坝，中间不能歇气，谁输了，谁退出。

那时节，水库坝顶已有三四层楼高，一担土少说也有七八十斤重，黄菊香像一架滚动电梯，肩膀上架着竹扁担，两只手提着畚箕系，健步上下，如履平地，不到顿饭工夫，就挑完了三十担。再看三嫂，开头还行，到十担头上，就吃不住劲，后面就有点磨磨蹭蹭，到最后，只好生拉硬拽地往上爬。勉强挑完了三十担，还来不及倒土，就一屁股跌坐在坝顶上，再也起不来了。

围观的民工人山人海。乡下人只看过戏台上的比武招亲，抛绣球择婿，没见过比挑土定男人的，觉得这是古今少有的稀罕事，机会不能错过。看到兴奋处，不论是强者，还是弱者，是胜出还是落败，都为她们鼓掌喝彩。一时间，水库工地上掌声不断，呼号震天，直到三嫂跛着双腿从水库坝顶上走下来，掌声和欢呼声才停了下来。

正当人们屏息静气，等待观看这场好戏的落幕，却不曾想在他们眼前，又上演了更带戏剧性的一幕。就在三嫂从坝顶上下来，刚走到坝脚的时候，黄菊香就快步走上前去，拉起三嫂的手，对众人说，都看到了吧，我比她力气大，挑土她挑不过我。可惜挑对象不是挑土，不能靠力气，要靠缘分。又转过脸对三嫂说，我跟他没缘分，是父母包办，你们接着好吧，我退出。说完，又颇带煽动性地问众人，大家说对不对呀，好不好呀。众人就架秧子起哄，异口同声地说，对呀，好呀。弄得三嫂哭也不是笑也不是，一把推开黄菊香，跛着腿跑回工棚去了。

事情到了这一步，三哥和黄菊香的父母都没什么好说的了。从水利上回来，过完年，三哥和三嫂就把婚事办了。新婚之夜，三哥给三嫂念了四句古诗，就是何树林的信里写给三嫂的那几句。不过，三哥念的时候，摇头晃脑，说念又不像念，说唱又不像唱。三嫂觉得怪里怪气的，就问三哥从哪里学来的。三哥说，为这首诗，他去请教了教过私塾的大伯，大伯教给他念的。还说这是吟，不是念，古诗只有这样吟，才能出味儿。三嫂也学着吟了一遍，觉得那味儿还真是不同。新房里有一对红烛，没有交杯酒喝，两人就在这烛光下，你吟过来，我吟过去，像一对初恋情人在倾情表白一样。

三哥和三嫂的婚事办得很简单，原因是这年正闹春荒。连肚子都填不饱，哪有闲钱大操大办。去年吃食堂，把所有的存粮都吃光了。好不容易熬到秋收，又因为先涝后旱，加上病虫害，到手的粮食交了公余粮，还是不够糊口。为了来年春耕垫足底肥，多收几担粮食，秋收过后，队上就派三哥带上青壮后生，下湖去打湖草。湖草是我们那儿的农田底肥，头年打上来，晒干了，捆成捆，堆成垛，留着来年春耕备用。打湖草的队伍要人搞后勤，三嫂就跟几个年轻媳妇随着队伍出发了。

打湖草的处所，是湖那边的一片浅水滩。近处的湖滩都被政府安排上乡来的灾民，圈起来种菜种庄稼，要打到湖草只能舍近求远。去湖那边的浅水滩要经过湖中间的一个深水区。这片深水区平时静如处子，但在幽深的湖水下面，好像有一个巨大的漩涡，船一靠近，就可能被吸附进去，所以过往船只，都要小心翼翼地绕着走。湖上行船不像江上海上，有航标灯塔，放眼望去，横无际涯，近处没有参照系，远处的参照物又看不见。幸好湖中间有一座小山，山脚下的沙滩上有一块巨石，兀立如巨人，勉强可以当作航标用。只是到了晚间，晦暗不明，看不清巨石的方位，所以夜晚也就无人敢驾船从这片水域附近经过，生怕偏离了航道被吸附进去。

打湖草是一件很累人的活。人站在齐腰深的水里，胁下夹着一把腰镰，就像草原上的哈萨克人用长把钐镰割草一样，从右向左，在水底下用力划一道半圆的弧线，便有绿草如青萍浮起，瞬间铺满湖面。而后用绳索圈拢，用铁叉叉到船上，运往岸上晾晒。等晾晒干了，再成捆堆垛，等待装运。

三嫂和几个年轻媳妇说是来帮打湖草的队伍搞后勤，其实没有什么后勤可搞。吃的是自带的干粮，无非是些焦米粉芥菜粑之类的便于携带的食品，只需烧点开水就可进食。衣服也无须浆洗，反正每天都泡在水里，上来换一套干的，只需三嫂她们帮忙晾晒一下就行。都是些水里的活，船上的活，既要力气，又要技术，三嫂她们什么忙也帮不上，只能眼看着干着急。

开头一段时间还好，过了些日子，什么问题都来了。带来的干粮吃得差不多了，换洗的衣服水泡了又晒，晒了又泡，抖一抖，都成了烂菜叶子。队里虽然派人送过一次粮食来，但带的油盐却不多，没几天就吃完了。多日不吃油盐，不见荤腥，男人们都觉得浑身乏力，有的还起了浮肿。到了晚上，一个个垂头丧气，不是低头抽闷烟，就是趴在窝棚里睡觉，连有媳妇在身边的，也无心亲热。

三嫂就跟同来的几个媳妇商量，要大家都想想法子，给男人分分忧，解解难。那年月的媳妇都是能干婆，说想办法，办法就有了。过了两天，男人们就吃上了整条的水煮鱼和鱼油炒的水芹菜，没有盐，就从鸡头包梗儿里绞出咸汁儿来当盐。鱼油炒的菜腥气逼人，鸡头包梗儿里的那点咸汁既压不住腥气，也吊不出鲜味儿，男人们还是吃得津津有味，到底是见到了一点油花子，尝了一点咸味儿，沾了一点儿荤腥。就问这些东西是从哪儿来的,三嫂和媳妇们说,就兴你们靠湖吃湖,就不兴我们也吃点儿,哪儿来的,湖里弄的呗。男人们就夸这些媳妇能干。到了夜晚,三嫂又让这些媳妇学着水库工地上过夜的样子,在湖滩上点起几堆火。然后把男人们从窝棚里叫出来,围着火堆坐着。三嫂就和这些媳妇轮番唱些山歌小调给男人们听。不管会唱的,不会唱的,都要唱。唱高兴了,这些男人就拼命鼓掌,有的还要再来一个。有那在三哥三嫂新婚之夜听过墙根的,就说,三哥三嫂会吟诗,大家又起哄着要三哥三嫂吟诗。三哥三嫂只好轮番把那几句诗吟了一遍。三哥见这办法能缓解大家的情绪,给大家提神鼓劲,就要三嫂和这群媳妇天天晚上给大伙儿唱歌。她们当中,大家公认三嫂的歌唱得最好,有事无事地就怂恿她唱。唱习惯了,三嫂自己也时不时地要来上几句。本来不会唱歌的三嫂,渐渐地也爱上了这些山歌小调。

转眼到了冬天,吃的喝的没有了,又没带足过冬的衣物,男人的情绪又开始低落,天天晚上唱歌也不管用。三哥就决定回队上一趟,去取些食品衣物过来。原打算三哥一个人回去,三嫂说要给三哥做伴,就一起驾上小船出发了。

三哥三嫂出发的时候,天气还是好好的,走了半日,湖上突然刮起了这个季节常见的西北风。三嫂一边指着岸上的参照物,一边叮嘱三哥尽量沿着湖岸向前划。划着划着,三哥渐渐地就觉得手上的船桨吃不住劲,你拼命往左,船头却不断向右,不一会儿工夫,就被风刮离了湖岸。失去了参照物,三哥和三嫂都很紧张。三哥说,万一不行,你就跳船,我给支船桨给你,你抱着它逃生。三嫂喝断三哥说,别说丧气话,你把好方向,朝正前方划,不要左右摇摆,现在离湖岸还不算太远。正说不要左右摇摆,三哥就感到船在他脚下已经剧烈地摇摆起来。三哥知道,他们已被那片深水区的漩涡吸住了,再不逃命就晚了。就对三嫂大叫一声,快跳船。三嫂还没回过神来,就见一支大桨朝她横扫过来,她眼睛一黑,就同那支船桨一起飞到水里了。紧接着,三哥脚下的那条船也像陀螺一般在水中直立起来,打了一个旋儿,就不见了影子。在最后的那一瞬间,三嫂亲眼得见三哥像一颗子弹一样被弹出船外,又呼地一下跌落到湖水里,连一点声响也没听到。

三嫂抱着那支船桨，侥幸逃得性命，回家烧了三天三夜，人事不省。醒来后就成了歌子，整天披头散发，蓬首垢面，呀呀唱唱，谁见了都觉得心疼。

三嫂唱的，还是打湖草时跟那些年轻媳妇唱的山歌小调，有时候也吟诗，吟的也还是新婚之夜跟三哥吟的那四句。每天都有一大群孩子跟在她后面，听她唱。她不打人，也不吓唬这些孩子，孩子们都很喜欢她，跟着她这条弄里出那条弄里进，像大年初一挨门串户赶着拜年一样。三嫂有时候也哭，哭得惊天动地，痛彻心扉。哭过了也会清醒一阵子，口里叫着三哥的名字，把对三哥说的私房话，也说出来了，比电影里的洋学生说得还肉麻。村里的嫂子媳妇就忍不住嗤嗤暗笑，笑过之后，又鼻子一酸，禁不住一把鼻涕一把泪地哭起来了。

歌了的三嫂只在村里乱跑，从不到外村去，所以家里人也很放心，不怕她丢了，也不怕外人欺负她。三嫂的娘婆二家都带她去看过中西郎中，但总不见好。渐渐地，大家也断了念头，心想，就当一个不醒事的孩子养着，不少她吃穿，也不指望她做个什么。

就这样过了一些日子，忽然有一天，家人发现三嫂不见了，就派人四处寻找。找遍了周围的几个村子，都说没有见她来过。三哥的爹正要到公社去报案，却听村里下湖的人来说，他们驾船从湖上经过时，远远地望见湖中那座小山脚下的巨石上，好像站着一个人，手里好像还举着一个什么东西，疑心那就是三嫂，就要三嫂家派人去看看。

派去的人回来说，果然是三嫂。只不过，她不愿跟他们回来。去的人想把她硬拉回来，她反而拉着他们去看她的住处。原来，这山上有一座废弃的尼姑庵，里面床灶桌凳俱全，三嫂失踪的这些时就住在这座尼姑庵里。见拉不回去，派去的人就回来向三哥的爹如实禀报。三哥的爹说，我知道那座尼姑庵，是去年搞破除迷信时废的。她既然不愿回来，还知道带你们去看她的住处，就说明她已经醒过来了，家里给她多送些衣物吃食就是。又打发三哥的娘上山，帮着三嫂收拾一下，好让她住得舒服一点。这以后，三嫂就一直住在这座废弃的尼姑庵里，歌病果然日见好转。

自从三嫂住进这座尼姑庵之后，湖中小山下的那块巨石，就真的成了一座航标灯塔。白天，只要从山上望见远处有船过来，三嫂就站上巨石，手举一支长杆，杆上挂一块白布，像画上画的自由女神一样。过往船只要看见这块白布，就知道该怎么绕着走。有人说，这三嫂也是，举个什么布不好，举块白布，像挂孝的，多不吉利。也有的说，她这是给她男人招魂，她男人的魂回来了，一定保佑我们平安，有么事不好。到了夜晚，来往的船只稀少，三嫂有时提一盏马灯，有时点一支火把，高举着站在巨石之上，真的像灯塔一样为过往船只指引航向。

人们都习惯了这个歌了的女人建造的这座航标灯塔，过往的船只只要哪天没见到那块白布，哪夜没见到那片光亮，就都放心不下。都要说，是不是病了，是不是出了什么事，是不是又歌了。回去之后，还要派人带点东西上山去看看，直到报说平安无事，才放下心来。

说话间就到了这年秋天，沿湖一线的生产队都派出船队到湖对面的浅滩去打湖草，载人的，送物的，装运湖草的船只往来如梭，日夜川流不息。偏偏这时候湖上的西北风越刮越猛，三嫂的马灯和火把常常被风吹熄。这天半夜，有只装运湖草的大船从湖上经过，远远地就看见一只火红的灯笼挂在半空，只是这只灯笼好像在随风飘动，不一会儿就消失得无影无踪。驾船的说声不好，掉头就朝巨石方向看去，巨石隐约可见，石上却空无一物。船上的人就想法把船靠到巨石边上，发现不远处的湖滩上似乎躺着一个人。走近一看，正是三嫂。就把三嫂弄到船上，一面派人去三嫂家报信。

据后来公社民政来调查的人说，三嫂用一只水桶粗的鱼笼糊了一个大红灯笼，里面用饭碗装了半碗松油，她想用这只大灯笼代替马灯和火把，一来不容易被风吹熄，二来也可以照得更远，看得更清。可是她没有想到，这么大的灯笼，她在大风里怎么能拽得住。民政的人说，大约是风把灯笼吹走了，她想拽，没拽住，反倒被灯笼带下了巨石，摔倒在湖滩上。临走的时候，民政的人又说，她既然能做这么大的灯笼，说明她的歌病已经好了，否则，没有这样的想法和心窍。

三嫂的歌病可能真是好了一阵子，可是经过这次惊吓，又犯了。从床上起来以后，又像以前那样披头散发，蓬首垢面，呀呀唱唱。村里人都摇头叹气说，造孽呀，造孽呀。这是中了哪门子邪，犯了又好，好了又犯。

没有了三嫂这个这个航标灯塔，有几次又差点翻船死人。行船的人都说，看来，没有这个歌子灯，还真的不行。歌子灯就这样叫开了。也有的把歌子灯叫歌子墩，说夜晚是灯，白天是墩，都敦敦实实地立在那里，有了她，我们心里才觉得踏实。

忽然有一天，有人发现，那块巨石墩上的灯又亮了，就觉得奇怪。近了一看，才知道巨石上新安了一尊塑像，是个女的，长相像极了三嫂，手上举着一个白色的火把，白天像一束白绸布在随风飞舞，夜晚像一弯明月通明透亮。

看见的人就去告诉三哥的爹。三哥的爹说，我知道了，那是何树林搞的。你三嫂的像是何树林雕的，也是他去安上的，里面装了电池，一天到晚火把都会亮，电池用完了就会有人来换。三哥的爹说，何树林的神经病好了，早已复学了，现在是个雕塑家。他来过村里，也到过我家。他说，三嫂的歌唱得真好，可惜他都听不懂。他只听得懂三嫂吟的诗，他说，那是他在信中写给三嫂的，听说三哥生前也会吟。何树林说，他年轻时不懂事，请转告三嫂，多多原谅。他说，她会醒的，迟早。

教师夏叔传

    夏叔被判了徒刑，村里人都不知道。夏家在村里是外来户，杂姓。虽然村人并不排外，但对杂姓人家的事，总没有对族人的事这么关心。夏叔到底是为什么判了刑，判了什么刑。是无期徒刑，还是有期徒刑，有期徒刑又是几年。该不是死刑吧，有的说，那也没准。总之是，都说不清。

    就有人到夏叔家打听。夏婶轻描淡写地说，俺也不知，听说是死刑。打听的人回来说，说这话的时候，夏婶正在熬猪食，有一绺头发掉到她的嘴角边，她吹了一口气，把头发吹开了，又继续用长把锅铲搅着锅里的猪食。真沉得住气，打听的人说。

    夏叔平时行踪不定，村里人也不在意。一来这是人家的事，他爱去哪，不爱去哪，你管不着。二来夏叔混饭吃的营生，就是个行走江湖的勾当，待在家里还真不行。一年三百六十五天，若有三百天不归家，这一家人才得温饱，若是反过来，有三百天在家里待着，就得挨饿。

    夏叔这个混饭吃的营生，在我们那儿叫教师。教师不是我们今天说的学校里的老师，而是自己练武又教人习武之人。有点近似旧小说里写的教师爷，但又不全像。教师爷在今天多少带点贬义，教师不带贬义，是个中性的名词。说是《水浒传》里的教头，又没有那么正规，没有那么高级，不过是乡下一个不会种田也不愿种田，就喜欢踢腾拳脚、舞枪弄棒的闲汉而已。在我们那儿，说这人是教师，要说含混点，两个字不能平均用力，要把重音放在教字上，师字不要说得太清楚，所以有时候听起来也像是在说教士。

夏叔这个教师名气不大，在外面没有多少人知道。所以，他教人练武，既不能像今天的影视剧中那些武林高手一样，开一家固定的武馆，也不能像那年月的乡下一样，在农闲时节，拉一个流动的武场。要想靠这点本事吃饭，养家糊口，就只有一个办法，四处寻租，送教上门。为了招徕顾客，多揽生员，有时候，还免不了要在街头耍些把式，吸人眼球。这时候的夏叔，也就与街头卖艺的没有什么区别。夏叔从十多岁起，就跟他爹行走江湖。他爹死后，身无长技，又不愿种田，也无田可种，就只能靠这点花拳绣腿在江湖上混饭吃。

　　说来也是有缘，一日，夏叔正在街头耍拳，围观的人群中有一个老者，也在驻足观看。看到精彩处，圈子外的看客少不得要赏个三两文铜钱。这位老者的打赏，却是一个大铜角子。夏叔走到老者面前，正要拱手致谢，老者却笑吟吟地说，敢问壮士，你这手拖刀拳是跟谁学的。夏叔被问得懵头懵脑，就说，什么拖刀拳，您老说的我听不懂。老者就要他把刚才的招式再做一遍，夏叔就如实做了。老者说，这不就是拖刀拳吗，还说不懂，装，怕我偷了你的武功不是。夏叔就不好意思地笑了，说，这就是拖刀拳呀，我自己琢磨出来的，没师父教。老者就要他说说来由。夏叔说，小时候，他经常挨打。他爹打他的时候，他就跑。他跑，他爹就追。他知道，他怎么跑，也跑不过他爹，干脆就不跑了。等他爹快追到近前，突然一个转身，就朝他爹胁下钻将过去。他爹用手来抓，他就用手去挡。无奈猝不及防，他爹有再大功夫，也使不出来，只好眼睁睁地看着他从自己的胁下溜走了。后来他跟着他爹习武，就把这种急步回头的推挡之法，琢磨成了一套拳术，自己练着玩儿。夏叔说，我这不是还没取名字吗，您老就叫它拖刀拳。

　　听夏叔这样一讲，老者禁不住哈哈大笑，说，原来真是野路子呀，我还以为是得了高手真传。夏叔就向老者请教，敢问先生，您为何叫它拖刀拳。老者便一手捋须，一手把着夏叔的袖口说，你且随我来，听我慢慢跟你道来。

　　老者把夏叔引到路边的一家茶铺坐定，要了两碗山茶，啜了一口，就摸着稀疏的山羊胡讲开了。原来这老者也是一个行走江湖的教师，姓关，自称是关公的后人，世代习武。在老关家自创的武功系统中，确有一套拖刀拳，说是由《三国》里写的关羽使的拖刀计演变而来。夏叔没看过《三国》，也不知道关公怎么使的拖刀计，就要老者点拨一二。夏叔说罢，便跳到一边，摆开架式，等待老者指点。哪知老者却不起身，依旧慢悠悠地说，但凡场上交手，多为正面搏击。正面搏击，靠的是力量和招式，以力还力，以招拆招。不如佯败于先，而后反手一击，猝不及防，任凭对手有多大的力气，多厉害的招式，也使不出来，就像你小时候用那一招对付你爹一样。老者的这番话，夏叔似懂非懂，但最后这一句，他是听懂了的。心想，原来我小时候顽皮淘气，使的坏招，还有这么多道理。当下就要拜老者为师。老者说，拜师我经受不起，不过老朽倒想招你为婿，不知壮士可否婚娶。夏叔一听，把头摇得像拨浪鼓一般，说，未曾，未曾，在下还是孤身一人，寡汉条一个，愿入赘关家为婿。说罢，纳头便拜。老者便伸手将他扶起，说，你也不问问小女是俊是丑，是贤不肖，就这样答应下来。夏叔说，我只想跟老先生学艺，别的都无所谓。又说，老先生如此，小姐自然不差。俗话说，龙生龙，凤生凤，您是龙凤，小姐自然也是龙凤。小的高攀都来不及，还有什么问不问的。夏叔本不善言辞，情急之中的这一番话，倒说得十分得体。老者当即就把夏叔领到了住处，不久，便借一家饭铺办了夏叔和女儿的婚事，夏叔就这样做起了老关家这个浪迹江湖无门可上的上门女婿。

关老先生招夏叔为婿，一来是看中了那套拳脚，觉得这年轻人既有如此悟性，能创武功新招，居然暗合老关家拖刀拳的路数，可见他与老关家的缘分不浅。倘稍加点拨，日后必是拖刀拳的传人无疑。这样，也算对得起先圣，不辱没后人，老关家几代人的心血终于没有白费。二来是祖上传下来的，也是自己数十年来潜心钻研的矫形接骨之术，也要有个传人，好扬名后世，惠及后代子孙。

说起关老先生这个矫形接骨之术，也有些来历。这来历也与他们老关家的圣人有关。说是华佗当年为关公刮骨疗毒，事后关公赞为神医，又要华佗传授矫形接骨之术，以备不时之需。华佗遂留下他祖传的矫形接骨七十二方。这七十二方，又叫七十二式。就像武功的招式一样，不施器械，不用汤药，不假外物，全凭医者的身手，拍打撕扭，推拉摔掼，就能将错位的关节矫正，让断裂的筋骨接榫。这个方子后来传了下来，关家代代都有人照着研习，祖上也出过几个有名的专治跌打损伤的神医。那疗伤的方法，不像是给患者治病，倒像是与患者徒手搏击，见者无不称奇。虽然老关家的这独门绝技，传到后来，一代不如一代，但到底是一点真传，比那些旁门左道的所谓妙手，不知道要强胜几百倍。到了关老先生这一代，眼看着自己老之将至，膝下又无子嗣，只好把这七十二式，一招一式都悉心传授给他这个新招的上门女婿。好在他这个女婿也确有悟性，不几年，便能独立为人疗伤治病。关老先生去世之后，夏叔改回本姓，带着老婆孩子回到村里，从此便以教师为业，教人习武，也为人治病。

说话间就到了解放以后。刚解放那阵子，村里要清查人口，登记户籍，村里的干部就去问夏婶，夏叔哪里去了。夏婶说，俺也不知。村里的干部就不想再问，他们知道，再问，还是这四个字。自从夏叔把这个说外水话的婶子带回村里来以后，她就把自己封闭在自己母语的牢笼里。她听不懂别人说的话，别人说的话她也听不懂。

后来土改了，还是不见夏叔回村，工作队根据夏叔的职业状况，就给他划了个无业游民。无业游民不是正式的农村阶级成分，但好歹也算个无产阶级。夏叔家因此分得了几亩水田。夏叔不在，就由村里人帮衬夏婶种着，夏叔家的日子才算有了着落。

正在这时候，邻村有人说，夏教师判了死刑。村人都不相信，就去问夏婶，夏婶也说是死刑。后来，村里有人从县上回来说，他从西门经过时，看到一大群人在围着看县法院贴的布告，念布告的人念到夏叔的名字，人多，挤不进去，不知道布告上写些什么，看来是真的判了徒刑。再后来，有个在县供销社当采购的人回来说，判的是死缓，也就是死刑缓期执行。村人不知道死缓是什么意思，也不知道死刑与判了死刑缓期执行有什么区别。心想，还不是个死，不过让你多活几日罢了。这话传到村里一个私塾先生的耳朵里，先生说，不然，不然。死刑大多是立即执行，这在古代叫斩立决。死缓虽属死刑，但不马上执行，而是关起来留待秋审或朝审复核。缓期执行也可能不执行，改判轻一点的刑期，就不会死的，这在古代就叫斩监候，哪能一样呢。接下来的事无人打听，也就只有夏叔自己知道了。

这年夏天，判了斩监候的夏叔，由县大队的两名解放军战士押往县大牢收监。途中路过一处驿站，名叫五里凉亭。这五里凉亭是通往县城的必经之地，前不着村，后不着店，荒郊野外，是旧小说里强人劫财剪径的绝好处所。好在此地民风淳朴，非但无盗贼出没，反倒有人在这里搭了一个供行人歇脚的凉亭。凉亭不大，不过是几根木桩支着一个茅草的伞状顶盖。也无桌凳之类的摆设，只有行人歇脚留下的几块巨石，零乱地摆放在凉亭中间。

两个解放军战士押解着夏叔到达五里凉亭的时候，正是正午时分。凉亭里已歇着一抬担架，上面躺着一个身着军装的中年军人。旁边有两名身着便装的农夫，两名背着步枪的解放军战士。看得出来，那两名农夫是雇来抬担架的，这两名解放军战士则是护送这担架的。见有人已占了凉亭，押解夏叔的两个解放军战士就拉着夏叔在凉亭边的树荫下坐了，一边喝着军用水壶里的水，一边紧一搭慢一搭地与凉亭里的军人搭话。夏叔是犯人，不敢插嘴，只听四个解放军战士在说。

听了半天，夏叔渐渐地听出了一点眉目。原来这个躺在担架上的军人，是个部队首长。听两个护送的解放军战士一口一个司令员的，看来官儿还不小，就不知道是哪一个级别的司令员。凉亭的光线好，夏叔从树荫下看过去，只见躺在担架上的司令员，身体蜷成一团，脸色蜡黄，骨瘦如柴，既不说话，也不哼哼，像个死人一样。夏叔心想，这人看来病得不轻。心里这样想着，就禁不住随口问了一句，首长得的是什么病。押解他的解放军战士有一个就呵斥他说，得什么病与你有什么关系，想刺探军事机密不是。另一个解放军战士就说，算了，算了，他也就是随口问问。哪知凉亭上的那两个解放军战士却很爽快，其中的一个便接着夏叔的话说，我们也搞不明白。司令员进山的时候还是好好的，从马上掉下来以后，就成了这个样子。三省交界几个县的郎中都请过了，硬是治不好。这不就抬下山来，看军分区首长怎么安排。另一个解放军战士也忍不住插嘴说，我们司令员就这个性子，叫他不要上去，不要上去，他偏要上去。说打仗的时候要靠前指挥，如今剿匪，总不能隔着山头让战士们去冲锋吧。这下好了，让土匪打了黑枪，惊了马，摔下来就成了这个样子。夏叔这才明白，司令员得的不是别的什么病，而是跌打损伤。就大着胆子问了一句说，能让我看看吗。刚才呵斥他的那个解放军战士就一拉枪栓说，老实点，不准动。那个说算了的解放军战士大约知道夏叔的一点情况，就说，让他看看也无妨，我们这么多人，还怕他使坏不成。夏叔于是就到凉亭上趋前看了一眼。只这一眼，夏叔就说，这人的病我能治。

听夏叔说他能治司令员的病，两个护送的解放军战士并不十分惊奇。原因是前面请的那些郎中，去请他们的时候，听说是从马上掉下来摔的，都说好治好治。等到见了司令员，别说治病，连碰都不敢碰一下，生怕担下谋害首长的罪名。押解夏叔的两个解放军战士也说，你别逞能，这可是开不得玩笑的，弄不好罪上加罪。夏叔虽然也知道其中的利害关系，但这一刻，仍禁不住技痒难耐，就又大着胆子说，我说能治就能治，治不好，你们直接把我拉出去毙了。护送的解放军战士见夏叔这样说，就问押解的解放军战士，他是什么人。押解的解放军战士中，那个说算了的就走进凉亭，在两个护送的解放军战士耳边嘀咕了一阵。其中的一个就说，既然如此，那就让他试试。又说，不过，我们不能做主，得到了军分区，听军分区首长的。说罢，大家就一起起程，沿着公路奔县城而去。

军分区所在地就在这座县城。到了县城，押解夏叔的解放军战士办完交割就回去了。夏叔关在牢里，吃的有人送到手上，又不事劳作，倒也逍遥自在，就整天琢磨那个解放军司令员的病。这样的伤病，他最早见到的一例，是在他的岳丈关老先生的故乡。当地的一个农人上山砍柴，从悬崖上掉下来，跌伤了胸骨。错位的胸骨挤压心肺，病人蜷缩成一团，不能动弹，饮食不进，连呼吸都有困难。那时，关老先生正教他七十二式中的提抖一式，正好碰上这个病案，就要他仔细看他如何动作。夏叔就站在一旁睁大眼睛细看。只见关老先生走上前去，双手从背后抄在那人胁下，把那人从地上提起来，只轻轻一抖，那人便站立如初，行动自如，心口也不觉得疼。事后，关老先生说，这一式看似简单，其实不然。拿捏不准，用力不当，反使错位的胸骨扎进心肺，非死即残。从此，夏叔便苦练这一招式，日后也治好了几个同样的病人，所以他在凉亭才有底气说出那番话来。夏叔心想，就不知道他们会不会让他这个死刑犯冒死一试。

正思忖间，忽然牢门大开，跟着就有两个军人走了进来。其中的一个对他说，跟我们走吧。看这架势，夏叔觉得不像提审，更不像是拉出去枪毙，就跟来人走了。到了目的地，才知是让他来跟那位司令员治病，夏叔这才松了一口气。既然要他治病，夏叔就端起了架子，提出了一个条件，说在他给司令员治病的时候，要把他和司令员单独关在一个房间里，不准有人在旁监视，也不准偷看偷听。带他来的人说，那不行，谁知道你会不会使坏，司令员出了问题，我们可担待不起。这人话音未落，就听身后有人说，那就依他，既然决定让他给司令员治病，就要相信他。那人回头一看，见是政委来了，就不再作声。

夏叔和司令员被送进一间办公室，司令员的担架放定之后，所有人都退出去守在门外。政委说要相信夏叔，司令员身边的人，还是十分紧张。司令员的贴身警卫员打开枪机，用手枪指着办公室门口，一有动静，就准备冲进去救人。办公室里半天没有动静，地上掉下一根针都听得见。正当众人屏息静气地等待结果，突然听见门里传来司令员的一声大喊，警卫员。等在门外的警卫员一听，咚的一脚踢开房门，冲进去就用枪口顶着夏叔的脑门。哪知夏叔一点也不惊慌，只用嘴巴示意警卫员朝司令员那边看看。警卫员回头一看，只见司令员端坐在一把椅子上，正瞪着两眼看着他，说，看什么看，还不快去跟老子拿个馒头来，你想把老子饿死呀。

夏叔究竟是怎么把司令员的伤治好的，至今不得而知。有人问司令员，司令员却笑而不答。问多了，就说，那是老子命大，众人就不再问。问是没人问了，但夏叔却从此声名远播。有那会编的，还把夏叔疗伤编成了许多传奇故事，夏叔的医术也就越传越神。不久，就有人来监狱找夏叔看病。监狱管理人员起先不肯同意，禁不住来的人多了，就请示上级主管部门，同意给夏叔在监狱门卫边上开辟一个门诊室，专门接待社会上来看病的人。谁知这事一传十十传百，社会上来求医的人竟越来越多。门诊室容不下，就干脆搬到监房门前的院子里。这样，夏叔看病就成了武术表演，常常引来不少人围观，有时候连守门的战士也禁不住要踮起脚来观看。

这天，一个中年妇女带了一个小女孩来，说是姑娘顽皮，在两排课桌间撑手荡秋千，不小心摔伤了骨头，想请夏教师看看。那时候，夏叔的名气已经很大，监狱内部不叫他几号几号，都叫他老夏。社会上干脆连老夏也不叫了，都叫他夏教师。夏叔见这姑娘长得眉清目秀，清纯可爱，就从荷包里取出一粒糖籽，让她近前去拿。待到小姑娘走近前来，夏叔却轻轻地提起小姑娘的两个胳膊，从自己的头上猛地朝后凌空一甩，小姑娘的后背便贴着了夏叔的后背。人群顿时发出一阵惊呼。惊呼未定，夏叔一个反手，又将小姑娘从头上甩了过来，小姑娘便稳稳地立在夏叔面前。夏叔这才把手中的糖籽放到小姑娘手里，看着她欢天喜地地跑开了。

　　这件事传得很广，县城的人亲眼得见，都说夏叔果然名不虚传。这以后，夏叔收治的病人就更多了。有时候，远远近近的，一天要来几十号人。监狱重地，每天有这么多人出出进进，毕竟不是个事。再怎么相信群众，也是一大安全隐患。监狱领导便请示上级，是否可以让夏叔到监外出诊。这时，夏叔已经减刑，由死缓改判无期徒刑。上级主管部门同意监狱方面的请示，但要严格限定出诊的时间地点，还要有专人监护。夏叔从此便由一个在监狱坐诊的郎中，变成了一个可以在县城内自由行走的上门郎中了。

　　这一说，就有好几年过去了。夏叔每日里按时出诊，按时归监。从监狱到患者家里，两点一线，从不借故绕路，也不贪恋市廛。给人看病，不收分文，也不多说一句话。有时，患者家属硬塞给他一些钱物，他也悉数上缴。渐渐地，监狱也放松了对他的监管，后来竟至于撤销了他身边的监护，任由他自己出出进进。夏叔就这样成了县城的一个特殊的市民。除了他走进监狱大门的那一瞬间，谁也不知道他是犯人，也没有人把他当犯人看待。改判无期以后，政府又给他减了几次刑，再过几年，服刑期满，他也就释放回家了。

　　有一天，有人来找夏叔外调，要了解夏叔当年被判刑的情况。说是要夏叔揭发那个司令员当年包庇自己的罪行。夏叔这才记起了当年的许多旧事，就把这事的来龙去脉跟外调人员讲了一遍。夏叔从来没对人讲过这件事，就连判刑的时候也没人细问。

夏叔说，他当年被判了死缓的重刑，不是因为他罪大恶极，不杀不足以平民愤，而是因为误打误撞，误入匪巢，做了山寨的头领。

　　那日，夏叔正在后山的一个村里教几个后生习武，旁边的枪棒架上，挂着一条狗皮膏药的招贴和一个装药丸的葫芦，一看便知是一个行走江湖的教师。正演练间，忽然闯进一群人来，为首的一个指着夏叔说，喂，你，过来、过来，过来给我家二哥看看，我二哥伤得不轻。夏叔看这群人的架势，知道是后山的强人。就说，要看可以，就看你赢不赢得了我这套拳脚。那人听罢就瞪着眼睛来扑夏叔，夏叔只轻轻一架，那人便一个狗爬，趴在地上起不来了。夏叔正等那人起身，忽听有人喊道，好汉且慢，我来试试如何。说罢，就见一个壮汉跌跌撞撞地晃进人圈里来。夏叔盯着那人看了几眼，也不出招，只把一只手伸出来，反使金钩，朝那人说，来呀，来呀，引那人向前。又一进一退，一上一下，左环右绕地像耍把戏一样，逗那人出招。那人经此一逗，欲进不得，欲退不能，急得抓耳挠腮。情急之中，只管使出浑身解数，用拳脚去上下左右地应对夏叔，却又招招落空，既够不着夏叔，更接不着夏叔的招式。就这样逗弄了几十个回合，夏叔突然跳到一边，对那人拱拱手说，壮士自便，你的伤好了。那人一听，觉得好生奇怪，也收手站定。又伸了伸自己的胳膊腿，觉得果然比先前灵活轻松了许多，试着往前走了几步，也不像先前那样跌跌撞撞，竟没有丝毫疼痛的感觉。就拱手谢过夏叔，又对身后的喽啰大吼一声说，小的们，把他绑了，给我带上山去。夏叔就这样被这帮强人簇拥着进了山寨。

　　夏叔被绑上山寨之后，并未受到虐待，相反，这帮强人还给了他很高的礼遇，让他坐了山寨的第三把交椅。山寨已有两个当家的，下山的这位是二当家。这次下山原本是想偷袭四十八家的一个富户，不想失手，反被困在院子里，被这个富户家养的几个教师打得筋断骨折，遍体鳞伤。好不容易才突出重围，逃得性命，没想到在这里碰上夏叔，三招两式地就调理好了他折损的筋骨，心中不禁暗暗称奇，觉得这人好生了得。就想，倘若将此人劫回山寨，封个头领，日后兄弟们跟人拼杀，也就不怕伤筋动骨了。当下便仿效梁山好汉胁迫神医安道全入伙的故事，不施计谋，也不像安道全那样先骗上贼船，就这样硬生生地把夏叔绑上山去，真的让夏叔做了山寨头领。夏叔虽然极不情愿，但禁不住威胁利诱，又感念不杀之恩。心想，我又不杀人放火，不过是为人疗伤治病，强盗也是人，有病也得治。既来之，则安之，也就心安理得地坐上了山寨的第三把交椅。

这一坐就坐到了大军进山剿匪的时候。不久，夏叔的这个山寨就被剿匪的解放军团团围定。大当家二当家各带一支人马下山突围，留下夏叔看守山寨，等着他们卷土重来。山寨周围都布了暗哨，树木山石背后，都有人拿枪指着上山的小路，一有动静，便瞄准目标。第一日，便有喽啰来报，说他一枪撂倒了一个骑马的大官。众人便兴奋不已，觉得像这样，守住山寨有望。能守住山寨，夏叔自然高兴。无奈夏叔毕竟是一介草民，不懂得螳臂挡车，摧枯拉朽的道理。顽抗了几日，山寨便被攻破，夏叔一干人等，都做了俘虏。大当家二当家在下山突围时，都被击毙，夏叔作为唯一活着的山寨头领，就被判了个死缓的徒刑。

听夏叔讲完这段故事，外调的人说，照你这样说，这家伙是你们当初把他从马上打下来的啰。夏叔说，那也不一定，土匪当时放黑枪的多，也伤了不少解放军。外调人员见这事不能确定，确定了反倒对那个司令员有利，说他是剿匪功臣。再说，包庇一个差点送了自己性命的仇敌，于情理上也不太说得通。就告诫夏叔不准乱说，说出去让他吃不了兜着走。

外调人员走后，夏叔心想，这事还真有些蹊跷，难不成我手下小喽啰的那一枪，打中的真是司令员。要这样，也算是老天爷有眼，给了我一个赎罪的机会。从此，便把这事烂在肚子里，对谁都不说，跟夏婶也不吐半个字。多少年后，夏叔有个孙子上了武术学校，学校的老师都听说过夏教师的大名，也听说他家里藏着一本武功秘籍，都想借来学习学习。夏叔的孙子就跑回去找他奶奶要这本秘籍。他奶奶说，俺也不知，问你爷爷去。这时，夏叔已死去多年。寻不着秘籍，华佗留下的那本矫形接骨七十二方，也就这样在夏叔手上不明不白地失传了。后人说起这事，都觉得可惜，但也有人说，这是天意，是由不得人想的。

汉流大爷传

　　二十世纪五十年代，每逢重大节日，比如，五一国庆，县城的人民广场，都要召开庆祝大会。大会的主席台就设在人民广场西边的戏台上。主席台上坐的领导常换面孔，领导坐的位置也时有变动。但有一个人和这个人坐的位置，却雷打不动。这位置就设在主席台的正中，这人不管五一还是国庆，都穿一件白色对襟短褂，配上一个光脑袋和大肚子，活像一尊弥勒佛。这人的左右两边，坐的才是本县的县长和县委书记。从乡下赶来开会的人，不大认识县长和县委书记，却根据坐中间，做大官的标准，认定坐在中间的这个人，一定是个大官。但县城的人都知道，坐在中间的这个胖大老头，什么官都不是，跟自己一样，不过是个大头百姓。但他这个大头百姓，却又见官大三级。无论上边来了什么人，都得敬着他。县城里的人，见了面也都齐大爷齐大爷地叫着，不论长幼尊卑，也不分男女老少。

　　齐大爷家是我们村的一户杂姓人家，我们叫他大爷，一来是依着年龄，二来是跟着江湖上的人这样叫。齐大爷从前是汉流的舵把子，在浔阳江一带很有名。我们那时候小，不知道汉流是干什么的，只听说汉流的人都是些英雄好汉，就像水泊梁山一百单八将一样。也有人说汉流的人都是流氓地痞强盗土匪，所以解放后人民政府才要取缔他们。但家里的老人说，齐大爷这个汉流，既不是英雄好汉，也不是流氓地痞强盗土匪，他起先不过是个放牛伢，后来被人家的一句话吓着了，才跑出去当了汉流。

　　吓着了齐大爷的那句话，其实也不是什么狠话，不过是大人吓唬犯错的孩子常说的那种套话罢了。说是齐大爷七八岁的时候，给本村的一个大户人家放牛，有一次贪玩，让牛吃了别人的庄稼。刚刚灌浆的稻子被贪吃的畜生齐崭崭地卷进去了半边田，吓得齐大爷站在田埂子上哇哇大哭。正在这时候，村里有个大人从田头经过，见了这般情景，就说，这么大一片秧田，得要多少谷子赔呀。这人从齐大爷身边走过去了，又回过头来撂下一句话说，我看你拿什么赔，回去你爹还不把你打死。事后很多人都说，吓得齐大爷不敢回家的，就是这句话。

不敢回家的齐大爷，当天就顺着后山下来的线车推出的大路，一口气跑到了九江。齐大爷原本是想跑出去躲过他爹这顿打的，没曾想，到了九江，还是有一顿打在等着他。

九江这地界，虽说是沿江的一个大码头，表面上看起来，三教九流，五行八作，干什么的都有，怎么干都行。进去了以后才知道，道有道忌，行有行规，里面的名堂多得很。稍有不慎，就有可能触碰这些规矩禁忌，轻则打折胳臂腿，重则性命不保。就连讨口饭吃，也分地盘，也有帮派。

齐大爷那天跑到九江的时候，已经有一天水米没粘牙，饿得前胸贴着后背，就想到码头上去找点吃的。码头上的小饭铺很多，都是各家仓库的工友吃包饭的地方。包饭的规矩，是不论吃多吃少，都得管够。就有那好心的工友，会从每餐的饭食中抠出一部分来，散给那些在码头上要饭的孩子。因为这些孩子中也有工友的子女，饭铺老板睁一只眼闭一只眼，并不特别计较。何况这些工友在别的方面，有时候也会给老板行个方便，给点找补。码头上搬的东西很多，大到粮食布匹，小到日用杂货，再好的包装，也有破损的时候，随便散落一点给他们，不就回来了吗，所以这些饭铺的老板也都乐于做这个顺水人情。只是这口饭也不是随便吃的，得经过饭头的手，听饭头分配。饭头就是这帮要饭孩子的头领，俗称丐帮帮主的便是。只不过这帮主不是会使打狗棍的武林高手，而是这帮孩子中年龄稍大一点的伢儿头。

齐大爷初来乍到，不懂得这些规矩。那天晚饭时分，见一群孩子围在一起领饭吃，便也挤进去领了一份。正埋头吃得高兴，却从碗沿边上瞅见这群孩子放下饭碗，正朝自己聚拢过来，像看把戏一样，把自己团团围定。等到齐大爷从碗沿边上抬起头来，就见那个分饭的男孩突然逼到自己面前，伸手来夺他的饭碗。一边还大声大气地吼着，哪来的野耗子，敢到老子的桶里来叼食。齐大爷听不懂他的话，只知道死死地护住手中的饭碗。那孩子见状，就势把手一挥，说，打，围着的孩子便一哄而上，噼里啪啦，拳脚交加，像揣糍粑一样，顿时把齐大爷揣成了一个肉坨子。就这样，齐大爷还不忘用胸口护着饭碗，一边腾出一只手来，不停地往口里扒饭吃，那情形，就像偷嘴的猫儿被人追打，还不忘大口大口地吞吃偷来的食物一样。

孩子们追打齐大爷的这一幕，被不远处的一个大人看个正着。那人一边笑，一边朝齐大爷招手说，过来，过来，快过来，过这边来他们就不敢打你了。被追打的齐大爷听不清那人喊些什么，见有人向他招手，便朝那边跑过去。等他跑到那人身边，追打他的孩子果然就像被孙悟空施了定身法一样，齐刷刷地站在原地不动。那人拍拍齐大爷的脑袋说，吃吧，吃吧，想吃多少吃多少，不够我这儿还有。又朝那边站着的那群孩子大吼一声说，小狗日的，长本事了，都学会打人了，看我哪天不叫小六子好好收拾收拾你们。说完，就带着齐大爷进了一个堆满货物的仓库。然后，又对着满仓库的货物大吼一声说，小六子呢，死哪去了，逮了只耗子，交你了。又用手把齐大爷往货堆那边一推说，去吧，跟小六子玩儿去，他们不打你。

这人的话音刚落，就见一个半大孩子从货堆后面踅出来，一把拉住齐大爷的手说，走，看看去，敢打我兄弟，吃了豹子胆了，揍他狗日的。原来齐大爷刚才挨打的那一幕，这边的孩子也看个正着，只是分属两个地盘，碍着两边的界线，不敢跑过去救他。齐大爷就说，算了，算了，是我不懂规矩，不能怪他们，等我吃饱了，待会儿再去跟他们赔礼。那个叫小六子的孩子便说，什么礼不礼的，打他狗日的就是礼。齐大爷正要劝小六子别这样，刚才带他进来的那人却走了过来，两只手分别按住小六子和齐大爷的脑袋，偏过头去对着小六子说，看看，看看，看人家是怎么想事儿的，学着点儿，别一天到晚就知道打打杀杀的，江湖险恶，光靠打杀不讲规矩礼数是不行的。刚才还一脸子杀气的小六子，这时候却像个乖孩子似的点点头说，爹，我晓得了。

　　齐大爷就这样在九江码头待了下来，起先在仓库里帮着干些杂活，后来也能扛着麻包在跳板上忽悠着上下了。再过几年，小六子他爹就拉着他和小六子一起拜了汉流的山门，入了自家的堂口。小六子的爹是阚家山的人，在堂内行六，江湖上人称六爷。入了山堂的齐大爷，因为精明能干，通情达理，为人仗义，平时不惜力，上阵不惜命，很快就成了六爷的左膀右臂，六爷对他比对自己的亲儿子还倚重。齐大爷虽说还不是帮里的头领，有时候在帮里也能呼风唤雨。

　　能靠力气挣钱，混出个人样儿来了，齐大爷就想着回去看望一下父母。这些年过去了，爹的气也该消了。就是没消，回去再打他一顿，他也情愿受着。就怕家里人以为他早就死了，回去认不出他来，反倒把他们吓着了。这样想着，有一天就向六爷告了个假，揣上节省下来的工钱回家了。

　　回到家里，齐大爷这才发现，他担心的那件事，早就不是个事儿。他爹说，他走了以后，他放牛的那家大户就来逼他赔偿人家的庄稼，还顺手牵走了他家养的一只山羊，说回头再找他算账。前两年，乡下闹农会，他放牛的那家大户成了土豪劣绅，被农会抓去游街示众。后来跟着一些大户人家跑到县城里躲起来了。哪晓得农会的人更狠，干脆连县城也打下来了。听说躲到县城里的那些大户人家，又躲到汉口去了。他爹说，这下好了，不管躲到哪里，再也不会有人找你算账了。你只管放心，好生在家里待着就是。

　　放在当年，齐大爷听着这些话，也许会觉得心安。但这会儿齐大爷已经是一个闯过码头、见过世面的人了，就觉得爹还真把这件事当回事，这么多年来，一直放在心上，纯属多余。现在，他担心的不是他放牛的那家大户找他算账，而是那些打下县城的农民军跑到什么地方去了。因为那里面有他小时候一个要好的伙伴，小名三胖，听说还是农民军的一个队长。齐大爷就问他爹，他爹说，我怎么晓得呢，上面正出几百块大洋要他的人头，晓得我也不敢往外说。齐大爷想想乡下也不是个安生的地方，住了些日子，就辞别爹娘回到了九江。

　　齐大爷回到九江之后不久，三胖就找来了。见三胖还活着，齐大爷又惊又喜，说，看样子，他们要收购你这颗胖脑袋，也没那么容易，都几百块大洋了，还没有人来取。三胖说，从今而后，我这颗胖脑袋就寄放在你这儿了，卖多少怎么卖，都由你定，就把来意向齐大爷讲了。

原来农民军从县城突围出来之后，就分散到后山打游击。游击队整天在深山老林里出没，缺吃少穿还是小事，最困难的是缺少药品和武器弹药，人得了病受了伤要药治，武器不足弹药打完了要补充，都关系到游击队的生死存亡和战斗力，缺一不可。齐大爷这次回家，三胖才从村人那里得知齐大爷在九江码头上混，就找上门来，也想加入汉流，在道上想想办法。这些东西山里没有，只有到沿江的码头上搞。听说码头上的人都入了汉流，黑道上什么东西都能搞得到。

齐大爷想想也是，当下就带着三胖去拜见小六子他爹，说他这位兄弟从乡下出来，也想拜在六爷门下混口饭吃。小六子他爹听说三胖是从江那边的后山下来的，心里便明白了几分。就问三胖，贵县后山是不是有个阚家庄，阚家庄是不是有个汉流的堂口阚家山，阚家山的山主是不是叫阚耀祖，阚耀祖是不是有个外号叫敢咬狗。待三胖一一点头称是，小六子他爹就哈哈一笑说，这位兄弟算是拜对码头了，阚耀祖就是我大哥呀。都是一个山堂的人，你要拜阚家山，又何必舍近求远，我这里就跟你开个方便，回去你就是阚家山的人了。你愿意在码头上混口饭吃就留下来，愿意回到我大哥那边听用也行，悉听尊便。我看你以后就在上下两个堂口走动，有什么事也好相互照应。齐大爷和三胖当下便拜别六爷，千恩万谢地回去了。

回到住处，三胖好生不解，就问齐大爷，六爷既然把我收下来了，又让我在上下两个堂口走动，这是何意。齐大爷说，帮里的名堂多，我也搞不清楚。又说，既然把你收下了，认你是阚家山的人了，以后就可以方便行事，在哪个堂口倒无所谓。依我看，你还是先回到后山去，到阚山主跟前听用为好。一来便于照顾队伍，二来也可以利用阚家山的势力，壮大游击队的声威，再说，码头上的事，你也不熟，未必拿得下来。这儿有我，以后就像六爷说的，咱兄弟俩一上一下，占着两个堂口，也好相互照应。

齐大爷和三胖都没有想到，他们的这番合计，竟为后来新四军的一个支队开辟了一条地下的运输通道。这条地下通道，把从敌占区弄来的军用物资，尤其是稀缺的珍贵药品和武器弹药，源源不断地运往山区，对坚持敌后抗日游击战争，发挥了重要作用。后来当了军分区司令员的三胖说，这不是一条简简单单的运输线，而是抗日武装的生命线。齐大爷为开辟这条生命线，做出了巨大贡献，是有功之臣。

这事听来奇巧，说来话长。原来在九江对岸的后山，早就藏着一条秘密的运输通道。当年湖北新军密谋起事，就是通过这条秘密通道，从江浙一带转运了大量枪支弹药。阚家庄那时候就有许多族人加入了洪门，是哥老会在后山的一个重要堂口。后来洪门的帮会几经变化，到了阚耀祖这一代，就开始在沿江设立堂口，做起了水陆联运的生意。起先，还只是往山里运一些稀缺的洋珍南货，后来山里的土匪武装多了，就捎带着也走私枪支弹药和鸦片烟土，只是这些违禁之物在山里的需求量不大，所以也就没有太大的赚头。阚耀祖是个老虎口里敢拔牙的贼大胆，说他小时候出去要饭，人家放狗咬他，他竟跟狗对咬，结果倒把狗吓跑了，所以就得了个敢咬狗的外号。那年后山的农民暴动失败之后，阚耀祖听说突围出来的农民军，都在后山打游击，想必他们一定缺少枪支弹药，就冒着通匪的罪名，想方设法联系上了游击队，结果竟一拍即合，阚耀祖于是就做起了游击队的生意。到了抗日战争期间，江南江北的游击队改编成了新四军，阚耀祖的生意就越做越大。遇上国民党克扣新四军的武器弹药和军需物资，阚耀祖的这条线，便是一个重要的补充。只是这件事，是阚耀祖和支队领导之间的密约，三胖并不知情。等到他把这次九江之行的情况向上级领导做了汇报，领导就让他着手开辟这条地下运输通道。三胖于是就借助阚家山的势力，在码头和通往后山的后河沿线设置站点，安插人手。六爷要他回到阚山主跟前听用，他要为阚家山经营好这条生财之道，暗地里却要把这条黑道，变成一条秘密的红色运输线。

就在三胖紧锣密鼓地开辟这条运输线的时候，前方战事吃紧。马当要塞失守之后，日本人溯江而上，很快便攻陷了彭泽湖口，直逼九江。九江码头上的汉流堂口，跟着难民，纷纷撤离。有的迁往西南重开山堂，有的下到县镇，发展分支。六爷带着小六子，也到九江上游的田家镇去另立堂口。从前船帮码头堂口林立的景象，这时候变得格外冷清。江上跑的是日本人的机器驳船，码头上堆满了日本人的军需物资，岗哨林立，戒备森严，整个九江码头也失去了往日的喧闹景象。

阚耀祖是阚家山的山主，做黑道生意，他只管收钱，其他的事，一概都不操心。至于货是怎么来的，来路上有多少风险，那都是码头上的事，有老六管着，他放心。要说那样的乱世，在黑道上找货源，原也不难。管事的疏忽，官员的贪墨，盗贼的偷抢，就是三大漏斗，任多少奇珍异宝、天尊神器，都不免流落江湖。更何况乱兵手上的枪支弹药，医官囊中的阿司匹林。只是日本人对这些东西管得很紧，在水陆通道上，遍设关卡，连山间小路河港湖汊，也不放过。唯一的办法，只有虎口掏食，打日本人的秋风，从日本人运送的军用物资中，抠出一块运往山里。

过了不久，浔阳江面上就出现了一支打着新亚复兴社旗号的船队。知情人说，那是一支汉奸船队，专门给日本人搜罗船只，招募船员，运送军用物资。只是这支船队没过两年便在田家镇附近的江面上灰飞烟灭，船员和船上运送的军火，都不知去向，成了一桩历史的疑案。

原来在日本人打到九江之前，九江就有一家日本人开的洋行，名叫新亚洋行，日本人占领九江之后，新亚洋行摇身一变，干起了为日本军队运送军用物资的勾当，新亚复兴社就是受雇于这家洋行的运输公司。谁也不知道这家运输公司的经理是谁，只知道有汉流在背后撑腰，船上的人和码头上的人，都属于一个叫洪门齐家山的堂口。山主就是从阚家山分离出来，另开山堂的齐大爷。

齐大爷顶着汉奸的名分，冒着随时可能被游击队和锄奸团暗杀的危险，让他的船队往来于浔阳江一带的水面。又在船队经过的沿江码头上，安插齐家山的弟兄，一路顺风顺水，很得日本人的信任。靠着这点信任，就算是有时候丢失一点物资，日本人只当是运输途中必不可少的耗损，并不特别计较。洋行派出的监督也知道这里干事的规矩，睁一只眼闭一只眼也就过去了。就这样，齐大爷也没少为山里输送一些军用物品。只是日本人让齐大爷的船队运送的，并非真枪实弹，不过是诸如粮食服装之类的普通军需物资。后来，日本人开始向上游的武汉发动全面进攻，运送的军用物资多了，运力吃紧，才让齐大爷的船队参与武器装备的运输，这便给了齐大爷一个绝好的机会。

　　齐大爷的这一票干得很漂亮，让日本人丢了军火，还以为是撞上了中国军队布下的水雷。那时节，日本人正在攻打九江上游的要塞田家镇，田家镇一带的江面上，布满了我军的水雷。这些水上漂着的水下悬着的黑色炸弹，已让日本舰船吃够了苦头。齐大爷的船队误入雷阵，这原本是意料中的事，并没有引起日本人太大的怀疑。虽然事发之后，船上的军火被三胖的游击队悉数运走，但船上的弟兄却一无生还。后人据此编了一段悲壮的传奇故事，说是船上的人由六爷和小六子带人在岸上接应，事先在一个僻静处杀了押运的日本兵，卸下了军火，而后主动驾船触雷，与周围的日本舰船同归于尽。至于三胖的游击队是怎么把这批卸下来的军火弄走的，那就只有三胖自己知道了。

　　这件事情过后，齐大爷就从江湖上消失得无影无踪。谁也不知道他的下落，只有三胖知道，他是去了却一桩他此生必须了却的心愿。原来在三胖和齐大爷定下为日本人跑运输的计划之后，齐大爷就开始在浔阳江一线收罗打散了的川军弟兄。这些人当年出川抗日，都是抱定为国捐躯的死士，后来战败溃散，流落在长江一线，想寻船回家，却连回家的盘缠都没有。齐大爷就把这些川军弟兄联络起来，开了一个山堂，接下了为日本人运送军用物资的生意。这些川军弟兄壮烈以后，齐大爷变卖了堂内的财产，决意只身入川，挨家挨户地去寻找他们的亲人，送他们的灵位回家，以告慰烈士的在天之灵。辗转数年，直到西南解放以后，才重返九江。

　　齐大爷这次回到九江，正碰上镇反运动取缔帮会势力。不久，便被公安机关抓获，披枷戴锁，押回家乡受审。虽然齐大爷再三说明，他早已不是齐家山的山主，但有关部门说，这个洪门齐家山在抗战胜利后，就投靠了军统，是军统的一个特务组织，帮助军统干了很多坏事。干这些坏事的时候，都打着齐大爷的名号。既然如此，他也就难辞其咎。幸好这时候三胖已当了军分区的司令员，向有关部门说明了情况，也向上级领导报告了齐大爷对革命的贡献，才免去了齐大爷的牢狱之灾。三胖本来还建议组织部门起用齐大爷，让他出来担任一点地方行政职务。组织部门却认为齐大爷对革命的贡献诚堪嘉奖，但不宜担任领导职务，可予相应待遇，以示对复杂革命斗争历史的尊重。齐大爷于是就成了本乡节日庆祝大会上的一个摆设。

本乡因为是革命老区，历史情况复杂，像齐大爷这样特殊的历史人物很多，我在《凉亭吴奶传》中写到的犟爹也是。古有遗贤之说，这些人称之为遗烈，似更为贴切。他们在历史上曾做过常人不能做的非常之事，因而对革命也有常人不能有的非常贡献。但这些人又往往因为个人身份特殊，活动方式或行为方式特别，不符合革命斗争的规范，因而难入正宗史家的法眼，也为熟悉正史的学者所漠视，故多不见于经传。但这些人在生活中，往往很受人喜爱，能说一些当了首长或领导的革命者不能说也不敢说的真话，能让你得见在书上见不到的革命历史真正复杂的面目。

我在县城读书的时候，齐大爷就常常被请到学校去做报告，进行革命传统教育。我们都喜欢听他的报告。永远是那个弥勒佛的样子，一上台就往正中间一坐，往往是校领导的开场白还没有说完，他就自顾自地讲开了。开口总是那句老话，我来说下（hā）革命，接着就滔滔不绝地讲些江湖上的事。又往往是在我们听得高兴的时候，校领导却宣布休息一刻钟，让齐大爷方便方便。等方便完了再接着讲的时候，齐大爷便把校领导刚才叮嘱他的话也讲出来了，说你们的校领导说，这些事讲多了影响不好，要我多讲一点革命斗争故事。接下去讲的，还是些江湖故事，领导只好在哄笑声和鼓掌声中宣布散会。

齐大爷结婚晚，生了个女儿叫齐大丫。齐大丫是我的同班同学，人长得丑，脾气古怪，动不动就跟人闹别扭、生气，弄得大家都远离着她，要跟她划清界限。男同学的界限好划，女同学的界限就不那么容易划得清楚。再怎么地，课间上厕所总要凑在一起吧。她家就在县城，住着单门独院，房子很大。本来可以走读，可她偏偏就不愿住在家里，要搬到学校来，跟同学们挤在一起。班主任问她为什么要这样做，她说她家里到处都是猪屎牛粪，臭烘烘的，像个牛栏猪圈。班主任不相信，星期天就抽空到她家去家访。还未进门，远远地真的就闻到阵阵臭味。等到进了她家的院门，发现院子里果然有一堆一堆的猪屎牛粪，堆得像小山包一样。看到这个景象，班主任好生纳闷，就问齐大丫的妈，怎么会这样。齐大丫的妈说，这都是齐大爷搞的。齐大爷的老家有很多社员到县城附近的村子里捡粪，没地方存放，齐大爷就叫他们都搬到我家院子里来，我家院子就成了一个堆粪场。齐大爷说，他小时候放过猪放过牛，知道猪屎牛粪的用处。班主任见齐大丫讲的情况属实，就摇摇头叹口气回去了。

过了些时候，又有女同学到班主任那儿去告状，说齐大丫不知道从哪儿弄来一大堆臭鞋子烂袜子，堆得满床都是。还搬来口大箱子，里面塞满了乱七八糟的衣物，打开来也是一股酸臭气。来告状的女同学说，齐大丫跟她们说了，从今往后，自己就以校为家，在寝室里安营扎寨，星期天也不回去了。同学们听了都很生气，就来问班主任，这不是成心跟我们过不去吗，她这样做，还要不要我们活。班主任没办法，只好再一次到齐大丫家去家访。

这回出来接待班主任的，不光是齐大丫的妈，还有齐大爷本人。齐大爷那时已有六十多岁，他在五十多岁上娶了齐大丫的妈，虽说这种老夫少妻结秋瓜的事，放在齐大爷这样的人身上，不足为奇，但这对夫妻站在一起，齐大丫的班主任实在分不清他们到底是父女还是夫妻。好在齐大丫的班主任见过齐大丫的妈，所以只迷糊了眨眼工夫就辨明了身份。因为知道齐大爷的脾性，班主任也不正经发问，故意拿腔捏调地说，我说齐大爷，您老这是唱的哪一出哇，大丫不是在家里待得好好的吗，干吗要让她搬到学校里去住。齐大爷正要开口说话，齐大丫的妈却接过话头说，人家的地铺都打到大丫的床面前了，你叫大丫在床上怎么睡，还住得好好的，老师，你凭良心说说看，这能叫好吗。班主任再仔细一问，原来近些日子，县城里来了好些盲流，都是从四川那边过来的。这些人都是从家乡逃荒出来的，居无定所，常常露宿街头。齐大爷于心不忍，就把他们一个个都请到家里来，让他们在自家的地板上搭地铺睡。有的地铺都搭到齐大丫的床面前了，弄得齐大丫起夜都没办法。班主任心想，这事怪不得齐大丫，搁谁身上都受不了。就问齐大爷，为何要这样善待这些盲流。齐大爷说，当年我就是靠着川军弟兄，才劫得日本人的军火。他们死得壮烈，他们的后人流落到此，我不善待他们，对不起死去的先烈。说得班主任哑口无言，只得诺诺告退。

齐大爷的晚年很寂寞，虽然见了面人们还是齐大爷齐大爷地叫着，但那叫声里却明显透着敷衍，情分和尊敬越来越淡。二十世纪八十年代，有一次，齐大爷到商店买烟，在柜台前叫了半天，没人答应。一个年轻的女服务员正嗑着瓜子在跟人聊天。有认识齐大爷的顾客提醒服务员说，你们不能这样对待他，人家齐大爷是老英雄。嗑瓜子的服务员噗的一声吐出一口瓜子壳，白了说话人一眼说，老英雄，老英雄怎么啦，老英雄还自己买烟，唬人的吧，鬼信哪，像这样的死老头我见得多了。说完，仍偏过头去跟人聊天。齐大爷这天手上拄着一根拐棍，他用拐棍狠狠地戳了一下地板，轻轻地骂了一句本县最恶毒粗野的骂人话，就转过身去，一瘸一瘸地走了。

　　这以后，齐大爷就很少在县城的街面上走动，县城里也便少了一道几代人看惯了的风景。

饭铺冯奶传

最近三十年，常到外面吃饭，从小餐馆到大酒店，从国内到国外，虽说不上九州万国，算算也该有五湖四海。但吃来吃去，总不如冯奶的饭铺给人的感觉好。

冯奶的饭铺开在路边上。那时候的路，大半不是修起来的，而是走出来的。鲁迅说，走的人多了，也便成了路，说的就是这种路，跟今天为了发财致富修起来的路不同。

冯奶的饭铺开在路这边，路那边是一条蜿蜒曲折的河堤，河堤外是一条通往长江的大沙河。河堤在冯奶的饭铺前拐了一个弯，正好把冯奶的饭铺抱在怀里。从堤上走着的客人，只要不朝路这边看，就顺着堤弯走过去了。倘往堤下看一眼，看见了路这边冯奶的饭铺，就禁不住要从堤弯的两头包抄着下堤，到冯奶的饭铺打个尖，喝口水，吃口饭，垫巴垫巴肚子再接着赶路。天长日久，在原本没有路的堤坡上，也便走出了一条路。

走出这条路的，也不是所有的人，而是推线车卖柴火的山里人。那时候物流不发达，社会交往少，靠过年过节走亲访友，是走不出一条路的。推线车卖柴火的不同。柴火是一日三餐都要烧的，下乡的水田旱地产稻麦，能烧的主要是稻草和麦秸秆，不熬火。花钱买点劈柴松毛树蔸子什么的，烧起来熬火，又干净。分半两分，最多三分钱一斤，也不算贵，烧得起。下乡的城镇多，居民烧山毛柴就像后来烧煤球一样普遍，需求量大。就是乡下的农户，也要备些熬火的山柴，留着腊月里蒸粑熬糖烫豆丝用。

于是，卖山柴的线车队，就像后河里流出来的水，从上乡的山地到下乡的平原，源源不断地流淌。推线车的山里人，哈着腰，弓着背，又开黑瘦有力的双手，有节奏地扭动着结实坚硬的屁股，看上去，就像一群要产子的鲤鱼，排着长队在奔腾的激流中逆水而上，那阵势好看极了。

冯奶每天就在饭铺门前看着这些鱼群上下，迎来送往，就像守在岸边等着收网的渔夫一样。冯奶长得很好看，鹅蛋形的脸，高挑的身材，脑后梳着一个松松的发髻，走起路来一晃一晃的，就像要掉下来。我见到她的时候，不过四十上下的年纪。叫她奶，虽然早了点，但那时候的女人不怕你往老里叫。二十几岁的新媳妇，摊上辈分，叫她奶奶也高兴。不像现在，恨不得你天天美女姐姐地叫着，都四五十岁了，叫声阿姨还不乐意。

漂亮的女人招人喜欢，也招那些轻薄的男人眼馋。冯奶开着饭铺，大小也是一个老板娘，就更容易惹动那些男人的心思。虽然传统观念保守，但男人对女人的想法，有时候却很开放。比如这老板娘，就很容易与"风流"两个字挂上钩。挂上了"风流"两个字，就给了这些男人一个合法的借口，冯奶于是就免不了要遭受这种观念的侵扰。好在冯奶是个有定见的女人，那些撩骚调情的事，她都能恰到好处地应付。有那过分的客人真要动手动脚，冯奶就多少让他吃些苦头。有一次，一个山客进门时在冯奶的胸前抓了一把，冯奶笑眯眯地招呼他坐下，顺手递上一碗凉茶，让客人解渴。那人接过茶水刚喝了一口，就噗的一声从鼻子嘴巴里全喷了出来。等那人发觉他喝的不是茶水，而是一碗辣椒水，正要发作，冯奶却换上了一碗红糖水，又笑眯眯地递给客人说，这位大哥莫怪，都怪我眼神不好，伸错了爪子，客人只好忍气吞声地喝下了那碗红糖水。

我妈那时在附近的一个镇上教书，我家租着冯奶的一间偏房，常听人讲这样的故事。我妈对冯奶的为人处世，很表佩服。我当时懵懵懂懂，听不明白。现在想想，在那年月，一个女人出头露面，支撑一个饭铺，确实不易。我妈虽然比冯奶小不了多少，但却要我叫冯奶叫奶，说只有我叫声奶，才分得出辈分。让人觉着好像是一家三代，也少了房主和租客的生分。

冯奶很忙。晚上睡觉前看她忙，早晨起来看见她，还在忙，中间睡没睡觉，我不知道。只听我妈说，院子里的水井边，早晨最早看到的是冯奶，晚上最晚离开的还是冯奶。冯奶的饭铺开的是流水席，客人虽然也有赶在饭点上集中吃饭的时候，但稀稀拉拉地随来随吃的也不少。所以冯奶就必须把饭菜备足，冬天保暖，夏天防馊，让客人随时都能吃得上可口的饭菜。

冯奶的饭菜自然不是什么珍馐美味，而是寻常人家的吃食。饭是白米饭，菜是家常菜，都是冯奶自家的出产。冯奶的丈夫叫冯老实，名如其人，是个老实巴交的庄稼人，种着祖上留下来的几亩水田，自家糊口之外，再籴点粮食，贴补着做这个饭铺的生意。饭是管饱的，菜看季节随意。老实有时候也下河去捞点鱼虾，给客人添道菜，并不加收分文。饭菜也不用刻意端上桌，客人来了，跟冯奶招呼一声，就径直下灶，自己取了饭菜，坐下就吃，就像回到自己家里一样。

我喜欢跟着冯奶的客人蹭饭吃。不论人多人少，客人吃，我也吃，有时一天要吃十几顿。我妈说，像你这样吃法，迟早要把冯奶吃穷。冯奶就笑，说，吃不穷，只要不把他的小肚皮撑破就行。又说，他哪里是在吃饭，是在听人家说话，小伢都这样，喜欢凑热闹，人来疯。

我们小时候见的世面少，平时家里很少来外人，过年过节，来了个把亲戚，尤其是那些大大小小的表哥，就缠住不放，跟在屁股后面问这问那，不到大人扯着胳膊拽开绝不罢休。冯奶的饭铺每天有这么多客人来来往往，所以我也就像每天都在过节一样。

冯奶的客人中，有个叫黑皮的后生，跟我的一个大表哥长得一模一样。论年龄，我也应该叫他哥，可我妈不让，我妈说要叫叔，叫哥乱了辈分。原因是冯奶认了他做干儿子，他平时叫冯奶叫干妈，我也就只能就着他叫黑皮叔了。

黑皮叔的个子很大，饭量也很大。一般客人一餐吃个两三碗也就算了，黑皮叔不吃上五六碗绝不罢休。所以，他吃饭的时候，冯奶就特意把饭桶拉到饭桌旁边，让他添起来方便，不用起身下灶。然后就坐在他旁边看着他吃，有时候择菜，有时候缝缝补补，做些杂事。直到黑皮叔扒完最后一口饭，才停下来顺手接过黑皮叔手中的饭碗，拿到灶下去洗。这时候，黑皮叔也不闲着。往往用手掌抹抹嘴，就起身到后院的水井边去挑水，或者在院子里甩开膀子劈柴。看着这娘俩的配合默契，我妈常常感叹说，亲生的也没有这样。

听我妈说，冯奶原来有一个儿子，和黑皮叔差不多大。那年大水，堤外的鱼庐穿了个大洞，在堤这边冯奶的饭铺前翻起了一片萝卜花。萝卜花就是现在说的管涌，不堵住的话，就会越开越大，等到连成一体，堤坝就要裂口，堤内几个村子就要遭殃。冯奶的儿子那时已有二十多岁，常年在堤外的沙河里打滚，仗着水性好，对水下的鱼庐情况熟悉，就抱起一床棉絮，钻到水下去堵洞口。结果洞口是堵住了，自己却被吸了进去。等到大水过后，村人把他从鱼庐里挖出来的时候，发现他竟被棉絮包裹着站立在涌洞之中。

冯奶儿子的事迹，后来上了报纸。村人还在堤上立了一块石碑，记其功德。但从那以后，冯奶就再也不到堤上去看一眼。有人说，那是冯奶的伤心之地，冯奶不忍心再看。也有人说，冯奶的饭铺开在堤下，没事跑到堤上去看个么事。但冯老实不同，有事无事，总往堤上跑。有人看见他常常在儿子出事的地方，一动不动地看着水面，一蹲就是大半天。越是刮风下雨的日子，跑得越勤。有一天，外面雷鸣电闪，暴雨倾盆，还有人看见老实蹲在堤边上，身子蜷成一团，像一尊泥塑木雕的土地菩萨一样。知道的人都说，老实这是想儿子得了疯魔症，都觉得他可怜。

只有冯奶知道，老实没得疯魔症，他是看见自己的儿子了。儿子已变成了一条鱼，头上长着角，身子圆滚滚的，肚子上还有四条小腿，游动起来，头摆尾巴摇的，就像自己的儿子平时走路一样。老实说，他第一次看见这条鱼的时候，就见它朝他点头。老实就问，你认得我，鱼又点头。老实又问，你晓得我是你爹，鱼还是点头。老实接着问，你晓得你娘想你，鱼这次连着把头点了两下，又张大嘴，好像要说些什么。老实知道它说不出来，就说，我知道，你也想你娘，我这就回去告诉她。这鱼听罢，泼喇一声一摆尾巴，就钻到水底下去了。老实想，它一定心里难过，一个人躲到水底下哭去了。儿子小时候也是这样，他想哭的时候，总是一个人躲在房里，从来也不愿意让人看见。

这以后，每天向冯奶报告儿子的情况，就成了冯老实的日常功课。渐渐地，老实发现，自己的儿子不但能通人情，还能预报水情。老实家饭铺门前的大沙河，因为通着长江，所以每到汛期，水涨水落，就成了长江水位的一个重要信号。老实发现，水要涨的时候，自己的儿子会在水面上蹦蹦跳跳，水在落的时候，就趴在水面上一动不动。也像他小时候一样，高兴时一蹦老高，不高兴时就闷在一旁生气。河堤上没有正式的水文站，像这种水涨水落的情况，只能靠一些原始的方法预报，老实的儿子于是就成了汛期水情的一个义务的预报员。为了准确预报水涨水落的趋势，老实有时在堤岸边插上一根树棍，测量儿子跳起的高度，有时又蹲在堤岸边上，观察儿子趴在水面上不动的时间，结果竟与水涨水落的趋势和幅度，大体相同。这不能不让老实感到十分惊奇，觉得老天爷当年把自己的儿子收去了，原来是要他去学本事，学了本事好回来搭救我们。这样一想，就觉得自己的儿子已然长大成人，造福一方，渐渐地，也就放下了这些年来对儿子的那份刻骨铭心的思念。

消息传出之后，村人都觉得新鲜。有的还禁不住要跑去观看，回来后也都啧啧称奇。但也有老人说，这原也不奇，早年间就曾有过，还说自己小时候就亲眼得见。这种鱼叫报子鱼，多半是在河里淹死的孩子投胎转世。不过这种报子鱼应在谁家，却要看这家人的德行。这条鱼既是老实的儿子投胎转世，就是老天爷对他两口子平日里积德行善的一点回报，是他两口子修来的福分，我等也跟着沾光。老人这样一说，村人就更信以为真。所以，每到汛期，堤内几个村子的村长就禁不住常常要到冯奶的饭铺来坐坐，向老实打听一下他儿子最近几天的表现。老实也如实汇报，连儿子蹦多高，趴多久，也说得清清楚楚。听了老实的汇报，这些村长对河水的起落消长，才觉得心里有数，才感到踏实。出门的时候，还要感叹说，幸亏有老实的这个宝贝儿子，要不，我们还得日夜趴在堤上察看水情。

这事后来越传越广，越传越神。虽然人们将信将疑，但每年的汛期预报，基本准确，却是事实。这事传到县水利局的领导耳朵里，还特意派人下来做了调查。调查的结果说，这纯属封建迷信。汛期水流变化大，水涨的时候，水下有暗流推动，鱼儿受了压迫，就会上跳，压力越大，跳得越高。反之，水流回落，压力减小，鱼儿会随着回落水流的吸力，趴在水上静止不动，这都是自然现象，与老实的儿子无关。至于那条长相奇特的鱼，不过是一个杂交的变种，老辈既有人见过，说明不足为奇。不过，调查的人又说，我们现在的条件有限，不是长江干堤的汛情预报，还得依靠群众，只要不搞成封建迷信就好。

说话间就到了发大水那年。起先，大沙河的水随着长江的水涨涨落落，冯奶的儿子都能准确预报。后来，长江的水涨高了，向河里倒灌，防汛部门就封闭了大沙河通往长江的水闸。回流的水和上面下来的水搅在一起，在大沙河的拐弯处打起了漩儿，搅得冯奶的儿子晕头转向，预报就不准确了。

眼见得河水天天上涨，堤内的几个村长都心急如焚，天天聚到冯奶的饭铺来商量办法。老实和冯奶也很着急，觉得自己的儿子没尽到责任，对不起乡亲们。老实有一天还跑到河边去，对着儿子，大发脾气，说，你晓得吗，这道堤一破，堤下的几个村子就要遭殃。这道堤保住了，就是长江干堤破了个大口子，大水从堤外流走了，堤内依旧平安无事。还说民国三十六年江堤破口就是这样。老实的脾气发够了，水面上却不见儿子的动静。就想，儿子一定是躲到水底下去哭去了，又于心不忍，又转过头来发自己的脾气，拍着脑袋自己骂自己说，动不动就发脾气，狗改不了吃屎的本性，你以为孩子容易吗，这么复杂的水情，让你去预报，你报得准吗？

干爹和干妈为这事心急，黑皮都看在眼里。有一天吃饭的时候，就问干妈，听说每次大水，都是堤外的鱼庐翻花，要是把鱼庐堵死了，不就翻不起花吗？冯奶说，这还要你说，鱼庐都是几十年防汛的时候下的木桩门板，大水过了，淤泥流沙卷走了，河里的鱼在里面做窝，早就把里面造空了，要堵它，哪那么容易，除非你把这水下的鱼庐都填结实了，一了百了。黑皮叔一边嚼饭，一边咕噜了一声说，那就填呗。冯奶没听见他在说什么，一边做着手里的针线活，一边自顾自地说，这事用不着你操心，你只管推车卖柴就是。眼下雨水多，田里收不上谷子，正缺柴草，还可以卖个好价钱。没看见这些时从后山下来的线车，像大路上的蚂蚁一样，还不是冲着这份好价钱来的。黑皮叔"嗯"了一声，又埋头嚼饭。

从那天以后，黑皮叔总是空车来往。冯奶问他，柴火呢，黑皮叔说，半道上被人截住买走了。冯奶想想最近都缺柴烧，也不生疑。直到有一天，老实从堤上回家说，黑皮领着人在填鱼庐，冯奶才大吃一惊，才想起那天自己跟黑皮说的话。

冯奶不说，其实黑皮叔早就有这个主意。黑皮叔认冯奶做干妈，除了自己是个孤儿，从小就没见过娘。还有一层原因，就是黑皮叔自己的这条命，和冯奶的儿子一样，也与一场大水有关。虽然是一死一生，但冥冥之中，却与冯奶有一段说不清的因缘。有一次，我缠着黑皮叔跟我讲故事，黑皮叔就把他的这段身世，当故事跟我和我妈讲了。

黑皮叔说他七岁那年，山里发了一场大水，山洪半夜里冲走了他家的房子，把他冲到了附近的一个山沟，堵在一个乱石堆里。漫天大水和乱七八糟的树根碎石，从他头顶上呼啸而过，吓得他连眼睛都不敢睁开。第二天早晨，村人找到他的时候，发现他被包裹在乱石堆内，居然毫发无损。围观的人都啧啧称奇，觉得这孩子福大命大。有个路过的瞎子却用棍子戳了戳躺在地上的黑皮叔说，这孩子今日逃得性命，日后必定有人代他去死，阴阳交替，死生有数，是免不了的。村人就笑瞎子瞎说，说他一家人都死光了，就剩这根独苗，还会有谁代他去死。瞎子用棍子朝东南方向指了一指说，阴司无亲，冥界无家，总会有人代他去死的。十几年后，黑皮叔跟着卖山柴的村里人来到冯奶的饭铺，听说冯奶的儿子为堵涌洞而死，就认定他是那个代他去死的人，当下就要认冯奶做他的干妈。冯奶听黑皮叔说了他的生世，也觉得他与自己有缘，就认下了他这个干儿子。有这样的双重因缘，冯奶待黑皮叔就比待自己的亲儿子还亲。

听说黑皮叔领着人在堵鱼庐，冯奶第一次破例上了河堤。河堤上到处是泥浆，冯奶高一脚低一脚深一脚浅一脚，就像走在棉絮堆上一样。河堤下，是一片白汪汪的大水，冯奶看见黑皮正领着一群人，把堆在河堤上的一堆堆老树蔸子，绑上沙袋沉到水底。黑皮虽然是在山里长大，但冯奶知道，他家附近也有一条大沙河。眼前的这条大沙河就是从那里起源，流到这儿来的。她听黑皮说，他家的那条沙河边上，还有一座水库，他从小也是在水里泡大的。她知道黑皮的水性不比自己的儿子差，只是这么大的水势，她还是有点担心，就在岸上大声吼着，叫黑皮叔小心。

回到饭铺，冯奶就开始收拾后院，又跟卖山柴的客人说，下次多带些树茺子来。凡是树茺子，她照单全收。都放到后院里，有空就直接送到堤上去，交给黑皮堵鱼庐。客人念着冯奶平时对他们的好，又能出一个好价钱，省得往前去多跑路，就纷纷帮着把树茺子往堤上送。一时间，堤上堤下，人来车往，没几天工夫，就把水下的鱼庐堵得严严实实。

鱼庐堵好后没几天，淤积的河水就漫上了堤面。往年这时候，堤外就会出现大片管涌，咕咕咕咕地冒着浑黄的水泡，看上去让人心惊肉跳。这下好了，水下的鱼庐堵住了，堤外的水花翻不出来了，只需加高加固河堤，防止大水冲出堤面就是。村人都说黑皮做了一件万古千秋的好事，说冯奶真是救苦救难的观世音娘娘，两个儿子，都拿性命堵堤，跟大禹爷治水的功德有得一比。

管涌是治住了，可河水还在上涨。加高的河堤因为都是新土，禁不住浸泡，一冲就垮。为防万一，各村村长还是要大家做好破堤的准备。接到通知后，冯奶和我妈就开始收捡家什物品。贵重一点的，随身带走，能吊能挂的，都吊挂到屋梁上，大件的物品，只好堆码起来，听天由命，冲走了是龙王爷的，没冲走的大水过后再回来收拾。

正在忙乱之中，忽然有一天，上面来了通知，说是要紧急分洪，大沙河两边的堤坝都要炸开，为陡涨的江水腾出一条排泄的通道。准备的时间只有三天，三天过后，这里将成为一片汪洋泽国。

第四天早上，我们刚在撤离的船上坐定，果然就听得身后一声巨响，在黑皮叔堵鱼庐的堤角拐弯处，冲起一根粗大的水柱，接着就见有巨浪袭来，推得小船胡乱摇晃。等这阵巨浪过后，就见水面上漂满了丢弃的箱笼桌柜和带不走的大小屋架。冯奶的饭铺的屋架也在其中。我妈坐在冯奶的对面，看着从身边漂过的屋架，叹了口气说，他黑皮叔费了这么大的劲填好了鱼庐，说炸就炸，真是可惜，你这些年的心血也白费了。冯奶笑笑说，都没白费，我们撤出来，救了别处的人，也是积德行善。

正这么说着，在我身边坐着的黑皮叔忽然纵身一跳，跃入波涛汹涌的洪水之中。待船上的人惊惶甫定，才见他抓着一架在水中不停翻滚着的线车，一边向船上大声喊着，这是我的线车，我推走了，我还要靠它卖柴呢。黑皮叔的话还未落音，船上的人就看见他跨上了线车，像骑毛驴一样，骑着它顺水漂去，眨眼工夫就消失在茫茫洪涛之中。

这年大水过后，冯奶的饭铺再也没开起来。分洪以后，虽然沙河的故道还在，但旧路却没有人走了。原因是没有河堤之后，却修起了宽阔的马路。马路上走的是胶皮轮子的板车，板车拉的柴火要比线车推的多得多。后来疏浚了河道，又兴起了水路运输，船拉的自然比车载的还要多。黑皮叔后来就经营了一条运输船。虽然公私合营的时候，他的这条船入了股，但他那点侍弄货船的功夫，却谁也夺不走。所以改革开放来了，他又东山再起，承包了一个船队。不过这个船队运的已不再是山柴，而是山里的特产，山外的百货。这时候，下乡的居民也早已不烧山柴，改烧煤球和蜂窝煤了。山柴只在过年的时候，要蒸粑熬糖烫豆丝，会这些手艺的老人掌握不了煤球和蜂窝煤的火候，才偶尔一用。唯一的例外是黑皮叔，不但到这时候还在烧山柴，而且烧出了名声，烧出了特色，烧成了我们那个县的一个品牌。

还在承包船队的时候，黑皮叔就跟我妈说，他承包船队不是为了发财，而是想赚一笔钱，把冯奶的饭铺再开起来。说干妈辛辛苦苦一辈子，好不容易经营的饭铺却打了水漂，他于心不甘。他要让干妈重操旧业，要让干妈的饭铺比以前更风光更红火。这时候，冯奶夫妇都已经老了，冯奶早已是名副其实的奶奶了。但饭铺开张的时候，黑皮叔还是坚持让冯奶做了饭铺的董事长。饭铺的名字还是叫冯氏饭铺，店堂格局和一应设施，虽然与一般饭店没有两样，但有一样不同的是，所有饭食菜肴的烹饪烧制，一律都用柴火。所以这家冯氏饭铺的锅巴粥和鱼汤，就格外有名。这两样吃食，都要文火慢功，没有经烧的柴火熬不出这样的细活。当初推出这两样吃食的时候，大家都说黑皮叔小眉小眼乡里乡气，没想到，不到十年工夫，风气大变。乡土食品成了一种时尚，土法烹饪被说成是回归自然。冯氏饭铺于是大火，成了本县酒店业的一块招牌，远近闻名的一张名片。

二十世纪九十年代，我陪我妈回乡探亲，路过冯氏饭铺，就想到去看看冯奶。饭铺修得很气派，三层洋楼，雕梁画栋。进门一个大院落，沿墙摆满了枯树蔸子和各色山柴。通往大厅的甬道两边，散乱地摆着几架线车。此情此景，一下子就把我们带回了冯奶当年的饭铺。冯奶虽然已经八十多岁，但身体仍很健朗。寒暄了一阵，便要留我们尝尝冯氏饭铺的特色饭菜。我早就听说冯氏饭铺的锅巴粥和鱼汤很有名。锅巴粥小时候在家乡喝过，鱼汤虽然也没少喝，但既然是饭铺的招牌菜，一定与众不同。一会儿，果然上了一道雪白的鱼汤。我正要问是什么鱼熬的，冯奶却笑眯眯地说，还记得报子鱼吧，这就是报子鱼熬的汤。我突然想起冯奶的儿子，就脱口而出，说，那不是。没等我说完，冯奶就接过去说，是我儿子变的是吧。你老实爷爷现在就养着一大群这样的鱼儿子。连他自己也不信，你还信，那时候不过是图个心安罢了。一直在一旁忙着招待客人的黑皮叔，这时却插进话来说，什么报子鱼不报子鱼，这原本是一道美味，只是生得古怪点，不敢吃它，才编出许多故事来。什么事放在那年月都稀奇古怪，放在今天都稀松平常。吃，吃，只管吃，我干妈不心疼，你们还心疼。说得众人禁不住哈哈大笑。

博士外公传

　　我外公很漂亮，说是美男子，也不为过。有一次，我妈接他到我家住几天，吃饭之前，特意给他做了一碗鸡蛋汤。我们那儿的鸡蛋汤很特别，不是水烧开了，再把鸡蛋搅好了倒进去，而是跟着冷水一起倒进去，然后再慢慢加热搅动，直到鸡蛋凝结成松软的蛋糕状，或像今天的孩子喜欢吃的泡芙状为止。凝结成团的蛋花，黄澄澄的，晶晃晃的，静卧在一碗清亮亮的汤水之中，再滴上几滴香油，撒上一点葱花，色香味俱全，别提有多诱人了。

　　那是一个夏天，我外公坐在一个竹床旁边。蛋汤端上来时，他高兴得像孩子一样，抓起一根汤匙，就在那蓬松的蛋花上，轻轻地剐了一勺，又摇摇头吹了吹，张开嘴，慢慢送了进去。就在他张嘴的那一瞬间，我看见他那弯弯的嘴唇，歙开成一个椭圆形的小洞。在汤匙送进这个小洞的时候，上下洞壁都在颤动。而后又在汤匙抽出之后，轻轻地合上。合上的洞口，两端微微上翘，呈一弯好看的上弦月。我外公肤色黧黑，脸形上方下圆，方的一半有镂空的鼻子眼睛镶嵌其上，被这一弯上弦月托着，看上去就像一尊黄杨木雕的楼船。我外公这瞬间的印象，就定格在我的脑海里。以后，我就再也没有见过像我外公这一刻这么漂亮的男人。

　　漂亮的外公自然很得女人喜欢。从前说古代的美男子潘安出门的时候，有许多女人手拉手地围观，还往他坐的车子里扔水果，我外公自然没有那样的福气。不过，我外公的职业也给了他接近女人的方便。那些女人都喜欢他，虽然不好意思围着他看，也没有水果扔给他，但凭借手上那点掌勺的权力，在招待的饭菜上下点功夫，也算是表达了一点隐秘的爱意，说来我外公也是艳福不浅。既享了艳福，又大快朵颐，我外公于是在受这些女人娇宠的同时，也落下一个毛病，好吃。

说到我外公的好吃，尽人皆知。乡人不以为这是什么不良的嗜好，或是什么坏毛病，恰恰相反，都觉得像他这样把好吃两个字挂在门面上的师傅，比那些藏着掖着的要好招待。起码不用费心思去猜，知道他喜欢吃什么，不喜欢吃什么，照着做就是。师傅吃高兴了，手上的活自然就干得好。再说，师傅们喜欢的又不是什么山珍海味，龙肝凤胆，不过是鸡鸭鱼肉豆腐蔬菜之类的日常荤素，好弄也好买。我外公喜欢吃的，也不名贵，除了鸡蛋汤之外，就是红烧泥鳅。所以我外公每次到我家来，我妈就忙着做鸡蛋汤，我就忙着抓泥鳅。常常是，我外公前脚刚进门，我就提着鱼篓出去了，我外公的鸡蛋汤刚喝完，我的泥鳅就弄回来剖好了，就等着我妈下锅红烧。

我以前在作品里写过，我外公是个细博士，也就是乡下的一个刻板雕花的细木匠。细博士与男人的关系，跟架屋上梁打造犁耙水车箱笼桌柜的大博士不同。打交道的时候，只在定制下料的日子，其余的时间，都是女人围在身边转。渴了倒杯茶，累了装袋烟，也有殷勤打扇擦汗的，我外公往往伸手接过蒲扇汗巾，自己动手。吃饭的时候，往我外公的碗里夹菜，当着众人的面，当家的男人也不计较。晚上铺床，早晨叠被，都有徒弟在旁，传不出什么风言风语。就算是有些嫂子媳妇喜欢打情骂俏，做出些轻佻的举动，知道的人只会骂那女人是个疯婆娘，不正经，并不传我外公的闲话，所以我外公在我们那一带，手艺和人品，口碑都好。

我外公虽说是个博士，但有时候又像个游馆先生。细博士不像大博士，接下一单活计不是三天两日十天半月就能干完，而是动辄三月五月一年半载才能完工。这是因为，细博士干的都是挑花绣朵描龙画凤的细活，用的木料都很精贵，对尺寸榫卯的精度要求又高，不便离了现场带回家去或在作坊预制。有些不用花板拼接，直接在成型的家具上雕刻，那就更不能离开主家了。遇到讲究的富户婆媳妇，木作的家什，都得提前两三年准备。有一种婚床，光雕刻就得花一千个人工，俗称千工床。二十世纪五六十年代，我在家乡还看到过这种婚床。不知为什么，我们那儿的人都叫它宁波床。这种床结构复杂，花样繁琐，做工精细，以一人之力，雕刻完成，没有两三年，确实很难想象。所以细博士有时候就免不了要像游馆先生那样，在主家安营扎寨，把主家当成了自己的家。

那年月，乡下的细博士本来就不多，像我外公这样，能雕宁波床的，更属凤毛麟角，所以我外公在我们那一带名气很大。邻县的人也知道我外公的手艺，有时也免不了要请他过去，常常弄得两边争持不下。有这样的老子，本来是一件很荣耀的事，偏偏我妈就恨死了我外公帮人家雕宁波床。好多年前，只要有人提到宁波床，我妈就会说，做这样的床，睡了去死。我妈下这样的恶咒，不是跟宁波床有仇，而是我外公帮人雕宁波床这件事，伤透了她的心。

这事说来话长。我以前在作品中写过，我外公有弟兄三人，他最小，排行老三。我的大外公从小就送到外面当学徒，后来虽然回来成了个家，也留下了一男半女，但却到老也不归屋。二外公年轻时就浪迹江湖，虽然在江湖上名气很大，但却抛家不顾，是我们那儿的人说的抛生子。只有我外公，从小就守在父母身边，老老实实地上学读书。我外公的书本来读得好好的，教书的先生也很尽力，实指望他日后功成名就，也好让父母在人前扬眉吐气。谁曾想这中间插进了一件小事，却因此改变了我外公的命运。

我们那地方有个风俗，这风俗很多地方都有，就是有办喜事的人家，婚床在正式启用之前，要找个童男子先在上面睡上一夜，名之曰压床。那年，我外公的一个大表哥结婚，就找到了他的这个小表弟，要我外公到他的婚床上去睡一夜。好吃好喝的招待不说，还许了他一袋点心和喜糖。有这么优厚的待遇，什么事都不做，就睡个觉，天底下哪有这样的好事，我外公自然喜滋滋地去了。去了之后，却发现事情并不是那么简单，表哥的父母不说，表哥却私下对他提了一个要求，要他当天晚上尿床。后来，我外公才知道，要是这个压床的男孩当晚尿了床，这对新婚夫妇来年就会生下一个大胖小子。我外公那时已经五六岁了，早过了尿床的年龄，但仍禁不住晚饭时表哥不停地要他喝汤，饭后又逼着他喝了一碗红糖水，结果半夜时分，果然在婚床上尿得个河翻水泄。这么大人还尿床，清早起来，我外公觉得很不好意思。哪知道他表哥的父母不但没有半点责怪的意思，相反，却当场兑现了那袋点心糖果，还往他的手心里塞了一块银洋。我外公事后一想，禁不住一个人乐得嗤嗤直笑。

原来我外公那天晚上睡下之后，就感到小肚子憋得慌，尿桶就在床面前的隔间里，本来想起来尿了再睡，又想到表哥的嘱咐，就咬紧牙憋着。透过窗外射进来的月光，我外公睁大眼睛上下左右地看他睡的这张床。我外公从未见过这样的床，说是睡觉的床，其实就跟住家的房子一样。床的三面都打了围子，一面矮点的，好比是罗墙，两面到顶的，那就是山墙。都刷了漆，画了画，雕了各种各样的人，刻了各色各样的花，柱子上有龙有凤，顶棚上有山有水，床前还有个踏板，踏板一头是个小柜，上面放着点心茶水，另一头是个起夜的马桶，用一个绣花帘子隔着。这个隔间除了没有弄饭的锅灶，吃喝拉撒都有。

床的正面虽然没有门扇，但两边的门墙和顶上的门楼，却像菩萨庙的神龛，富丽堂皇。看着看着，我外公渐渐地就有了睡意，刚一闭眼，又觉得小腹憋胀，就不顾表哥的嘱咐，起来找地方拉尿。尿桶明明就在床前，却怎么找也找不着，找了半天，终于找到了，就对着尿桶撒了个痛快。天快亮的时候，我外公觉得身子底下湿漉漉的，黏糊糊的，像睡在一堆打湿的草灰上一样。起来一看，才知道昨晚的那泡尿不是撒在尿桶里，而是撒在自己睡觉的床上。

我外公后来说，他从来没有这么痛快地撒过尿。回去以后，就跟他爹妈说，我不读书了，我要学博士，学会了也要雕表哥家的宁波床。我外公的父母是个很随和的人，并不想望子成龙，见这孩子帮人压了一回床，就像得了魔怔一样要当博士，就托人在后山找了一个会雕宁波床的细博士，择日上门拜师。师傅见我外公长得眉清目秀，又识文断字，就把他收下来了。从此，我外公便莫名其妙鬼使神差地当上了细博士。

细博士与大博士不同，说细博士的活是挑花绣朵，描龙画凤，一点不假。别的不说，单说这木匠工具，就与常见的大博士用的工具不一样。大博士的锯是长牙的钢条，细博士的锯是带刺的钢丝，大博士的凿子是宽宽窄窄的铁铲，细博士的凿子是大大小小的汤勺。大博士干活多用斧劈刨推，细博士干活只用刀刻锥雕。除了这些常见的工具外，细博士还有一套特别的工具，是常人见所未见的。这套特别的工具，有形如捻锤的小钻，有状若耳挖的小扒，有修眉的小剪，有剃须的刮刀，还有一种清理内孔的毛刷，看上去像一根细长的尖椒，周身却长满了钢毛。有经验的老博士说，这是因为镂空的木雕内孔，清理起来非常困难，既不能用风吹水洗，又不能用布粘纸擦，只能用这种特制的弯曲自如伸缩随意的钢毛刷子，才能解决问题。有这些稀奇古怪的工具，细博士出门的做派，就与大博士迥然不同。大博士出门，把凿子刨子往锯弓上一别，提起斧头就走，细博士出门，除了这几件必备的行头，还要背上一个木箱，像个出诊的郎中。这木箱里面装的，便是这些特别的家伙什儿。

我外公第一次走进我二外婆家，我二外婆看中的，就是我外公这副既像博士又像郎中的派头。我二外婆姓张，是邻县一个富户的女儿，家里很有钱，但人丁不旺，就她这么一个宝贝。十八岁上，由父母做主，嫁给当地一个富家公子。这人是个留洋的学生，结了婚后，就一去不回。看看等待无望，又由两家的大人做主，立了一纸休书，把她给休回了娘家。我二外婆的父母为了挽回面子，决意要把他们的这个宝贝女儿风风光光地再嫁一次。无奈找了多年，始终没有找到一个女儿中意的郎君。我二外婆的父母就想招个上门女婿，日后也好给他们养老送终。主意已定，就先别管他找没找到如意郎君，准备好一房像样的嫁妆最是要紧。我外公于是就被请到邻县张家，给我二外婆雕一张宁波床。

我二外婆生性泼辣，个子高高大大，跟我外公的文弱书生模样，正好形成对比。开工的时候，下料是细博士唯一的力气活，一般是由自己的徒弟打下手。我二外婆嫌我外公的徒弟力气太小，就自告奋勇帮忙拉锯。在上面掌锯的，本来是我外公，我二外婆又嫌我外公力气不大，又由蹲在下面拉锯，换成架在上面掌锯。我外公和我二外婆就这样一反常态，女上男下，硬是把几棵上好圆木，解成了一堆薄板。下完料，就到了精雕细刻、慢功出细活的时候了，我二外婆虽然帮不上忙，但少不了要守在旁边端茶递烟，打扇揩汗。自然也包下了日常浆衣洗裳、缝裂补洞等一应杂活。奇怪的是，对我二外婆的殷勤，我外公并不拒绝，也不讲客气，遇到手上的活放不下，还有意留我二外婆陪他一起赶活，两人有说有笑，有时直到深夜。我二外婆的父母只当他俩是兄妹，也不生疑。

说话间，差不多两年过去了，我外公在我二外婆家，已处得像一家人一样。我二外婆的父母也不见外，除了日常饭食，每月的工钱，有时还额外跟他添置一些衣物。我外公对我二外婆的父母，也恭敬有加。那时节，宁波床的花板都雕好了，只等着拼装上架，有天半夜，天要下雨，我二外婆的父母起来给天井的水缸加盖，忽然发现两人竟在搭好的宁波床架子上，睡到一起去了，这才如梦方醒。

事情到了这一步，我二外婆的父母也无话可说。既然女儿自己心甘情愿，那就是她的如意郎君了。再说，找个手艺人也不错，踏实可靠，比那些花心大萝卜的富家子弟强。当下就商定等宁波床一装配完成，就择日给他们完婚。正好，自己雕的床自己睡，省得做了嫁妆让不相干的人拣了便宜。

这本来是一件顺水推舟、就汤下面的好事。谁曾想这只是我二外婆的父母一厢情愿，我外公和我二外婆还守着一段不能为外人道的秘密。这秘密也不能跟我二外婆的父母说，一说就会炸锅，所以他们也只能一边应承着，一边私下里想着别的主意。原来我外公这之前已有家室，我妈也就比我二外婆小个十来岁。我外公与我二外婆走到这一步，也是情动于中，不能自已。这事我外公并没有瞒着我二外婆，我外公说，是我二外婆说她不在乎，反正是被人家休过一回的了，跟我外公做个二房，她乐意。我外公说，你乐意是乐意，我不能抛下老婆孩子不管，跟你在这儿做上门女婿。我二外婆说，那还不好办，我跟你走就是。反正你家离这儿也不远，翻过界岭就是，也不耽误我孝敬二老双亲。

说走就走，两人主意已定，就连夜出奔。临走时，我二外婆又舍不得雕好的花板，就拣那最要紧的用麻袋装了，一人背了一包，趁着夜色，逃出家门。等到我二外婆的父母发觉，天已大亮，就赶紧叫人，抄起家伙，朝界岭方向直追过去。一路上，有追兵紧逼，我外公和我二外婆又背着花板，自然十分吃力。我二外婆虽然人高马大，也架不住背着麻袋一路狂奔，我外公的身体本来就生得单薄，自顾不暇还时不时要照顾一下我二外婆。就这样，两人一路上搀搀扶扶跌跌撞撞，晌午时分，好不容易挨过了界岭。过了界岭，正想坐下来歇口气，没曾想后面的追兵已经跟上来了，没奈何，只得起身又走。正在这时，我外公突然发现，附近的村落里，有一群人也抄着家伙，正迎着追赶他们的人奔跑过去。不一会儿，就听见身后叮咣乱响，喊声大作。等到两边打完了，休兵罢战，才知道是一场误会。原来这界岭两边的村落，为了争地争水，常常发生械斗，这天，有人远远地望见邻县有一群人抄着家伙呼啸而来，以为又来寻衅生事，就召集了村中青壮，也抄起家伙，上前迎战。等到弄清事情原委，我外公和我二外婆已不知去向，附近村里的人觉得终归是保了自己人，这场仗总算没有白打。我二外婆村里的人见事已至此，也只好放他们一马，收兵回营。

这事后来传播很广。一对私奔男女，本来就有故事，沿途又相互搀扶，恩爱无限，被追得救，绝处逢生，文戏武戏都有，讲起来好听，演起来也必定好看。就有那好事的，编了鼓书在县城的茶楼里讲唱，听者如云。又有那好事的，把这鼓书的书文，再编了一段文曲戏文，名叫《背花板》，到四乡搬演，轰动一时。我妈那时正在学堂读书，有那略知本事的同学，就拿这事来问我妈，羞得我妈无地自容，也恨得我妈牙根发痒。从此便下了这个恶咒，再有人问她，我妈就说，做这样的床，睡了去死。

我外公把我二外婆带回家，其实也没过几天好日子，原因是没过几年，乡下就开始闹土改。早在我二外婆刚进家门的时候，我外婆受不了这种一妻一妾的日子，不久，就带着我妈住到我家陪我妈读书。我妈和我爸很早就定了亲，我爷爷也是个博士，两个博士有一天喝酒喝高兴了，在酒桌上一捏咕，就把两个孩子的亲事定下来了。我家比我外公家有钱，我爷爷的思想也很开通，见亲家遇到这种尴尬事，也乐意成全。只是好景不长，土改来了以后，我家已成了地主，我爹虽然在外面革命，但也保不了我外婆这个地主阶级的丈母娘，不久，我外婆就被遣送回家。回家后的第三日，我外婆就自己沉了塘。

我外婆一死，本来这一妻一妾的死结就解开了，偏偏这时候我外公的村子土改工作受阻，又出了一件事，让我的外公又套上了一个死结。原因是我外公的那个村子太穷，土改工作队来了以后，划来划去，不但划不出一个地主，连个富农也难得划出来。完不成上面的任务，村长就来找我外公做工作，要他顶一个富农。村长说，你家虽然没有多少田地，但村里只有你有活钱，又娶过大小两个老婆，看来看去，只有你顶上去最合适。我外公见村长为难，就点头答应了。

世界上什么事都好顶，唯独这阶级成分不好顶。我外公以为，顶成分只是应个景，帮村长渡过难关就行。谁知这一顶后患无穷，我外公好好的一个靠手艺吃饭的木匠师傅，竟成了一个剥削压迫贫下中农的阶级敌人。从那以后，我外公样样事都受管制，连接个木匠活，也得向村里的干部请示。我二外婆虽然受不了这口窝囊气，但这事有一半因她而起，加上自己的娘家也驮着成分，只好忍下了这口气，打碎的牙往肚里吞。

说话间就到了大集体，我外公因为从未干过农活，队里就让他开了一个木器社，专接四乡八里的木器活。收入归集体所有，队里只给他记点工分。我二外婆也因为同样的原因，就给我外公打了下手。两人就这样搭帮着干活，也搭帮着过日子。明白的人都知道，这个木工作坊，表面上是公家的木器社，实际上不过是我外公和我二外婆开的夫妻店。我外公本来是个细博士，这样一来，就不能不接大博士的活，也无非是为公家修理犁耙水车，帮私人打造箱笼桌柜，有时也被请去架屋上梁，这些，对我外公来说，都不难。只是丢了雕花的手艺，我外公和我二外婆都觉得可惜。所以，我外公白天干完了木器社的活，晚上回到家里，常常要找几块木板，把以前雕过的花样，在灯下再雕一遍。我二外婆见我外公这般惜艺，就给我外公出了个主意，说他当初雕的那张宁波床，在她家放着也是放着，不如拆散了搬过来，重新架起来，把没装上去的花板都装上去，好歹也让我们正经八百地睡上一回。我外公想想，也是，便让我二外婆抽空回了几次娘家，让她娘家人帮忙把宁波床都拆运过来。

运过来了的宁波床，经我外公一拾掇，果然光鲜靓丽、富丽堂皇。只是架在我外公和我二外婆住的那间茅草房里，实在有点不伦不类。好在我外公自从当了富农之后，都要跟他划清界限，平时没有多少人串门，过年过节上门来的亲戚也少，乐得两个人关起门来自我享受。只是好景不长，没过几年，就听说城里的年轻人在破四旧，宁波床据说也在四旧之列。有天晚上，有人偷偷地到家来把这事告诉了我外公，要我外公想法子藏起来，说要是这些年轻人到乡下来，或者乡下也有年轻人学着做，把这张宁波床当四旧破了，岂不可惜。说这话的是当年让我外公顶了富农的村长，现在当了大队书记，因为对当年的事心存愧疚，所以这些年来，对我外公和我二外婆私下里颇多照顾。书记走了以后，我外公和我二外婆就想，这么大个东西，又不是小器物件，藏，往哪儿藏。又是我二外婆灵机一动，说，不就是怕人沾了这些四旧吗，猪沾了总不怕吧，不让睡人，咱睡猪。当下，就和我外公连夜动手，把一架好端端的宁波床，硬给改造成了一个猪圈。好在这间放宁波床的房间原本就是一个偏厦，里面搭一个猪圈也不起眼。宁波床的花板床围床顶和隔间，都用一层破布一层旧絮包好，外面糊了厚厚的一圈黄泥，乍一看还真看不出来。我外公家养的一只猪娘正好下了一窝猪儿，新屋落成那天，就领着她那群小宝贝，舒舒服服地趴在松软的稻草床上，哼哼唧唧地喂奶。

虽然日子一天天过去，我外公和我二外婆却心有余悸，一直不敢拆除伪装，让这张宁波床重见天日，只是像往年一样，定期做些防虫防潮处理。除了当年的大队书记，也没人知道这个秘密。就这样又过了些年，忽然有一天，又叫作村长的大队书记带了一帮人，到了我外公家里，说是要看看我外公的那张宁波床。我外公见是村长带了人来，想必没有问题，就大着胆子跟我二外婆小心翼翼地拆去了宁波床外面包裹的泥皮。拂去花板床架上的灰尘，想不到竟光鲜如昨，观者无不称奇。同来的一个领导模样的干部还拉着我外公的手说，谢谢您哪，您老为我们县创造了两个奇迹。一个奇迹是一张床，另一个奇迹是一出戏。我外公知道，领导说的一张床，就是指这张宁波床，至于那出戏，他却不明白就里。村长见我外公没听懂，就在一旁解释说，您还记得当年演的《背花板》吗，我外公说，那怎么不记得呢，都是年轻时的荒唐事，不值一提，不值一提。村长说，怎么能不提呢，领导很重视这件事，说要重点抓这项文化建设。以前一演这出戏，两个县的人就打架，一个说是你县的细博士拐走了我县张家的闺女，一个说是你县张家的闺女自己跟我县的细博士私奔。现在好了，两个县的人都平心静气地坐下来，共同抓这项文化建设。上面的领导说，这张宁波床不能哪个县独吞，而是两个县共有，这出戏也不能哪个县独演，而是两个县都要演。要把这张床变成两个县的团结床，要把这出戏变成两个县的团结戏。两个县的男女青年，为追求美好的爱情私奔，是两县人民团结的象征。要齐心协力，共同抓好这项文化建设。

村长的这番话，我外公大半没听懂，只望着他呵呵呵呵地点头憨笑。正说在兴头上，我二外婆突然插嘴说，床你们要团结就拿去团结，戏就别演了，演多了伢们脸上挂不住。我外公跟我二外婆后来又生了一个女儿，就是我的细姨妈。我外公原指望我二外婆跟他生个儿子，好让他的手艺有人传宗接代，没想到我二外婆生的又是一个女儿，只好断了这个念想。

后记：黄梅有个太白湖

黄梅在外面很有名。

喜欢戏曲的人，知道黄梅有个黄梅戏；喜欢武术的人，知道黄梅有个岳家拳；喜欢女红的，知道黄梅有个挑花技艺；喜欢舞文弄墨的，知道黄梅有个作家废名；喜欢参禅悟道的，知道黄梅有个禅宗祖庭；喜欢钻研学问的，知道黄梅有个汤氏家族，如此种种。这些在外面都很有名。

在我心中，黄梅还有个有名的地方是太白湖。

我从小在太白湖边长大，太白湖伴随我度过了童年，送走了少年。以后无论我走到哪里，太白湖都常在我梦中出现。我从事文学创作了，我的白日梦中，也有太白湖的灵魂在其中游荡。一想到黄梅，就想到我的家，一想到太白湖，就想到我的亲人。太白湖啊，太白湖，你说，在我的心中，世界上还有什么比你更加有名。

我不喜欢数字，不知道太白湖有多少平方公里或公顷的面积，我只知道它很大，大到从黄梅到广济，连着两个县。它的发源地应当来自后山。后山就是大别山，从大别山里流出一条河，就是后河。后河流到太白湖的入口处，分了一个岔，形成两个支流，一支朝东，一支朝西，分别从两个入口注入太白湖。这样，在太白湖的入口处，就由这两个支流的堤坝围成了一个不规则的半圆，半圆的正面就是太白湖的湖堤，湖堤连着东西面的河堤，就成了一个圩，这就是有名的桂圩。桂圩的中心位置有一个圆形的大土墩，上面有一个自然村落，就叫桂圩大墩。隔着S形的湖堤，在太白湖中间，与桂圩大墩遥遥相对，也有一处圆形的土墩，这土墩是一座小山，县志上有它正式的名字，我只记得从小就叫它顺人寨，或简称顺寨。我在一篇小说中，曾经想象它是一个八卦图形，阳鱼是白色的湖水，阴鱼是青绿的稻田，顺人寨和桂圩大墩分别是这阴阳鱼上的两个眼。我在小说中说，一个外来的道士见到这幅图景，顿时倒地气绝，虽是虚构，也足见其神奇。

黄梅的上乡是山区，中部以下是水乡。水乡难免遭遇水灾，所以下乡经常发大水。县志上说，江行屋上，民处泊中，就是指下乡发大水时的景象。太白湖上接山洪，下积内涝，发大水更是家常便饭。老人说，三年一小淹，五年一大淹，不淹晒破天。晒破天还得发大水，还是个淹，可见闹水灾的频繁。

但太白湖人并不怕水灾，从古到今，积下了许多对付水灾的办法。太白湖一带的房屋都有列架，列架是一个木质的房架子，大水来了，取下屋顶的布瓦，囤积起来，大水过后再敷上去。墙上的土砖泡烂了不要紧，大水过后再切新砖换上。列架有木桩支撑，一般是不会倒塌的，所以灾后重建家园并不困难。听老人说，发大水还有个好处，就是大水过后，沉积的淤泥污垢在田里厚厚地铺上一层，几年都不用施肥。等到肥尽了，下次淹水又铺上一层。所以，发大水对太白湖人来说，是一件吃小亏占大便宜的事情。

太白湖一带的人把逃水灾叫跑水生，也可能叫跑水神，都是方言，大约是说跑出去，才能从水里逃生，或者说，水神来了，跑出去躲躲，总之是找个地方躲避水灾。这躲避水灾的地方不远，走不到十华里，就到了一个丘陵地带。那里有个村子叫郭家嘴，是太白湖人跑水生的集散地。去郭家嘴避难叫上水生，在村里有亲友的投亲靠友，没亲友的，就找块空地搭窝棚。窝棚成片的地方，就像电视里见到的难民营。别以为难民营的生活都很苦，吃的住的是差一点，但没有早出晚归的劳作，毕竟也很自由。女人们可以整天在一起说笑，孩子们可以整天在一起打闹，勤快的男人会驾船出去捡些被山水冲下来的浮财，懒惰的男人就整天窝在铺上睡觉，也有那些风流的男人去找村里风流的女子，交上一个相好的，下次再来上水生，就有个疼爱自己的心上人了。

1954年我就在郭家嘴上水生，我印象最深的事，是偷拿小贩的糖果。发大水了，街上的小商小贩也搬到郭家嘴来了，晚上就把货摊摆在路边上，一群半大孩子，在昏暗的罩子灯下，偷偷潜到小贩的背后，趁他打瞌睡时像鸡啄米一样不停地点头，就从旁边轻轻揭开玻璃糖罐的盖子，把里面的糖果抓上一大把出来，然后重重地把盖子朝罐子上一扣，等到守摊子的小贩惊醒过来，这群孩子已呼啸一声跑得四散。想想这真是一些阳光灿烂的日子。

太白湖的风景很美，这美烙印到我的心里，没法用自己的话来表达，只能借用古人的诗句。有一年春节，我还在镇上读小学，套用苏东坡的两句诗写了一副对联贴在门上。上联是：太白湖湖光潋滟风景好，下联是：大别山山色空蒙春意浓。小学生水平不高，但乡民都说写得好，大约他们也像我一样，觉得太白湖的美只有古诗里的词句才能形容，今人一写，天下的湖泊都一个样。我不愿把太白湖的美与其他湖泊并列，只想让她在我心中永远像初恋的爱人一样特别。

还是说说太白湖的物产吧。太白湖是有名的鱼米之乡，县志上写的，我就不说了。对粮食和其他物产，我没有特别想说的。我印象最深的还是鱼。我从小在湖里打滚，是弄鱼的一把好手，在村里还小有名气。太白湖人弄鱼的方法很特别，我在别的地方没有见过。先说装笼。笼是一个梭形的竹篓，竹篓的腰部反向安有两个形如漏斗的锥形腰子，一个在左，一个在右，一个口朝上，一个口朝下，底部都有柔软的竹须，像攒拢的五指一样丛集在一起。腰子是鱼的进口，无论顺流而下，还是逆流而上的鱼，进去都不能出来。春夏时分，稻田漫水，在田埂沟边找个缺口把笼装进去，半天工夫，就是一笼活蹦乱跳的各色鲜鱼。有天中午，因为外边打雷，我不敢出门，就求我的一个堂兄帮我把笼带出去装上，他把我的笼随意装在村边的一条小水沟里，傍晚时分，竟也收获了满满一笼黄鳝。所以太白湖的人都说，不愁鱼少，只愁笼小，不愁鱼不进笼，只愁水流不动。用笼捕鱼确是太白湖一绝。

再说拉索。拉索是太白湖冬季捕鱼常用的方法。冬季水冷，湖里的鱼都贴着温暖的烂泥伏藏，不愿浮上来，用网捕捞十分困难。不知从什么时候起，太白湖人发明了这个办法，用一根经过猪血浸泡的麻索沿着湖底拖刮，贴着烂泥伏藏的鱼儿碰到这根长索，会一个激灵翻出一朵浑黄的水花，提着赶网跟在长索后面走着的渔民，顺着这朵水花探手下去，就可以抓到一条大鱼。想想在寒冷的冬天，水冷如刀，风寒似箭，一群壮汉穿着深及大腿根的牛皮长靴，在茫茫湖水中逡巡，饿了啃几口干粮，渴了喝几捧湖水，乏了唱几段荤曲，这份快意不是常人享受得了的。我小时候最羡慕的人，就是下湖拉索的叔伯，最想做的事，就是有一天能下湖拉索，每次在进村的路口迎接下湖拉索的队伍归来，我会激动得一晚上睡不着觉。

再说围套。围套也是太白湖捕鱼一绝。夏季雨水多，山洪暴发，湖水猛涨，湖里的大鱼小鱼随着暴涨的湖水漫上湖滩，等到大水退却时，这些鱼儿也像溃败的士兵，随着撤退。这时候，当地人会在湖滩上打起一道土围子，把撤退之中的鱼儿圈在围内，再留出几个缺口让水缓缓放浅，等到能看到鱼儿游动时，趁天亮之前，就在缺口装上竹笼，坐等鱼儿入笼。视围住水域的大小，也视退水速度的快慢，一个套收鱼的时间十天半月不等，所得的收获少则几百斤，多则数千斤。1963年我由黄梅一中考上了黄冈高中，那个暑假，我和村里的同伴在湖滩上围套，光晒干的鱼烤（鱼干）就得了三百多斤。每天早晚取笼，行走在堤坝一样的鱼围子上，看脚下万头攒动争相涌向笼口的鱼儿，宛如一条青色的飘带忽忽悠悠地在水面飘动，我的心也被这条飘带牢牢地拴在湖滩上。结果误了到黄冈高中报到的时间，我比别的新生竟晚了一个星期到校。

太白湖还有许多特别的渔事，都是我在外面没有见到，或很少见到的。伴随着这些渔事，也出现了许多特别的渔人。我在小说中写过这些特别的渔人，写过鱼精白鳝爹，拉索的卵生，装虾笼的元贞，杀脚鱼的细火，摸脚迹的精古，捉黄鳝的国旗。这些人都有原型。我以后还会写更多这样特别的渔人，他们是捕鱼的圣手，也是太白湖的精灵。

除了这些特别的渔人渔事，太白湖一带也有许多特别的习俗值得一提。黄梅人喜欢唱黄梅戏，但我记忆中的黄梅戏不是《天仙配》的曲调，而是一种很原始的唱法，伴奏和表演的程式似乎也不一样。太白湖一带当年就流行这种原汁的黄梅戏，还出过一些名角儿，如演旦角的桂三元，我在小说中写过他。

除了喜欢黄梅戏，太白湖一带还流行听鼓书。我写过两个鼓书艺人，一个大家都叫他老赵，一个外号叫猪娘嘴，都是真有其人，小时候听他们说鼓书都听得如痴如醉。

此外，我还写过养狼猪的鞠保，也是真人。有狼猪自然就有猪娘，也就是母猪。太白湖养猪娘也是远近闻名的。我小时候放过牛，顺带着也放猪。早晨起来，跟小伙伴们一起，骑在牛背上，驱赶着脚下的猪娘和它率领的一群小猪，迤逦向前，远远望去，像一条黑色长龙。到了湖滩上，猪牛都是野放，我们也把自己野放了。傍晚时分，等到我们在湖滩上疯够了，才收拾它们回家。我在草原上见过牧马，在高原上见过放羊，都不及我小时候在太白湖的湖滩上放猪放牛，没有套马杆的阴影，没有头羊的约束，那份随意自在，我至今觉得是人生的至高境界。